Rotstraßenende

g

Manfred Römbell

Rotstraßenende

Roman

Gollenstein

Mit einem Nachwort von Karl August Schleiden

1

Als Andreas zum ersten Mal den Raum der Werkkunstschule in Saarbrücken betrat, in dem die Grundlehre untergebracht war, hatte dieser Moment etwas Magisches, denn endlich, nach Jahren der Zweifel und der Sehnsucht, schien er am Ziel. Sein Traum, die Kunstschule besuchen zu können, erfüllte sich. Aber keine Sphärenklänge, der weite Saal mit seinen Arbeits- und Zeichentischen erschien eher karg als künstlerisch, doch er atmete die Atmosphäre von Arbeit, von Anstrengung und Konzentration, ganz so, wie es sich Andreas vorstellte und erhoffte. Die Entwürfe und Arbeiten an den Wänden schienen diesen Eindruck zu bestätigen, auch wenn ihm das meiste auf den ersten Blick streng und kalt erschien. Reihungen von Punkten, von Kreisen, von Zeichen, Geometrie und Symmetrie wohin er auch sah, Papier, das in regelmäßigen Strukturen aufgerauht oder gerissen war. Da waren keine Farben, keine abstrakten Kompositionen, keine Portraits und keine Figuren, keine Landschaften. Richtige Bilder hatte Andreas aber nebenan in dem Pavillon gesehen, der die Malklasse von Kurt Sander beherbergte.

Und Maler will ich ja werden, dachte Andreas. Oft glaubte er, es schon zu sein, aber um die Malerei von der Pike auf zu lernen, hatte er nach langen Überlegungen und Qualen der Unsicherheit seinen bürgerlichen Beruf aufgegeben. Da es aber sehr schwer werden würde, nur von der Malerei zu leben, hatte er sich entschieden, nach der Grundlehre nicht Malerei, sondern Gebrauchs-Grafik zu studieren. Malerei und Grafik hingen ja zusammen, und mit Werbung konnte man Geld verdienen, wenn es mit der Malerei allein nicht reichen sollte. Es war ein Kompromiß, der ihn zwar selbst störte, aber dieser Kompromiß beruhigte wenigstens seine Eltern etwas, die alles andere als glücklich darüber waren, daß ihr Jüngster, den sie im sicheren Hort eines bürgerlichen Berufs gut untergebracht wußten, diesen wieder verließ, um sich der, wie Vater es nannte, „brotlosen Kunst“ zu widmen, denn die Künstler hätten zu ihren Lebzeiten doch meistens hungern müssen. Andreas wußte, daß Vater über seinen Entschluß beunruhigt und enttäuscht war. Vater hätte sich, wie er es nannte, „die Finger geleckt nach einer sicheren Staatsstelle“, denn er war nach dem Krieg Reisender für Lebensmittel gewesen, ein harter Beruf, der die Familie gerade so ernährte, und erst nach der Rückgliederung des Saarlandes vor bald fünf Jahren hatte er wieder seine Vorkriegsstelle als Handelsvertreter bei seiner alten Solinger Firma. Seither ging es der Familie etwas besser. Trotzdem hatten die Eltern erreicht, was sie sich immer geschworen hatten, daß nämlich ihre drei Söhne etwas lernen würden. Der Älteste, Ludwig, war Realschullehrer, der Mittlere, Günther, Buchhändler, und er, Andreas, der Jüngste, war Justizinspektor gewesen. Immer noch erschien es ihm unwirklich, fast wie ein Traum, daß er noch vor ein paar Tagen beim Amtsgericht in Sulzbach Mahnsachen, Zivilsachen und Grundbuchsachen bearbeitet hatte, nun aber im Saal der Grundlehre an seinem Tisch mit aufgeklebtem Namensschild saß und all das Neue begierig in sich aufsaugte.

Er hatte es geschafft, hatte das verwirklicht, was ihm in den Jahren zuvor wie eine Vision erschienen war, wenn er zuhause an seinem weißlackierten Waschtisch saß und malte oder wenn er auf dem Boden auf einer Pressplatte einen großen Bogen liegen hatte. Diese Vision, einmal die Kunstschule zu besuchen, hatte seine Lebenskraft gespeist und unterhalten.

Andreas hing noch eine Weile diesen Gedanken nach und sah hinaus durch die hellen Atelierfenster. Immer war dieser Drang in ihm, dieses Sehnen nach der Kunst, dieses Brennen, dieses Bohren des Ungenügens an sich selbst und am Leben, das nur aufhörte, wenn er malte oder schrieb, die Begierde nach dem Malen, die ihn trieb, die Begeisterung für van Gogh und für all die anderen, und dann der große Sommer '58 mit Wolfgang, als sie zusammen malten, sich ermutigten, und Andreas' Porträt von ihm, dieses wilde, expressionistische Porträt, von dem ab er eigentlich sein malerisches Bewußtsein datieren könnte, sein erstes richtiges Bild. Aber es waren auch immer die Zweifel da, ob er denn wirklich genug Talent habe, ob er es schaffen könnte, von seinen Bildern zu leben. Wie oft stürzte ihn diese Unsicherheit in Zweifel und Qual. Wie oft träumte er davon, nach Paris zu gehen, um dort als Maler zu leben, aber diese Träume hatte er inzwischen aufgeschoben, vielleicht später einmal. Das Leben in seinem Beruf sah er immer als Provisorium an, es war nur erträglich durch die Hoffnung. Aber immer das Brennen, das Sehnen. Und dann im letzten Jahr Eva. Da wurde alles erträglicher durch ihre Liebe. Als diese Liebe endete, als Eva ihn verließ, da fiel alles zusammen, alles war grauenhaft.

Er war weggegangen nach Berlin, er hatte es hier nicht mehr ausgehalten, hatte den kalten Winter in Berlin verbracht. Es war ihm klar geworden, daß er jetzt nicht mehr so weiterleben konnte, mit diesem Büro, weil jetzt keine Freude mehr in seinem Leben war, nur noch Ödnis, Unerträglichkeit, Qual und Schmerz. Er mußte heraus aus diesem Büro, um überhaupt etwas in sein Leben zu bringen, was Hoffnung gab, er konnte nicht nur mit der totalen Widerwärtigkeit leben, mit dem Schmerz um die verlorene Liebe, mit dem ungeliebten Beruf. Er hatte sich entschieden, hatte um Beurlaubung nachgesucht, die ihm aber nicht gewährt wurde. Daraufhin hatte er gekündigt. Als er von Berlin zurückgekommen war, hatte ihn der Geschäftsleiter in Sulzbach beschworen, so was gebe man nicht auf, das sei doch eine sichere Stelle, ob er sich das auch gut überlegt habe. Aber für Andreas war alles entschieden, es gab kein Zurück mehr. Diesem leichtsinnigen Quittieren des Staatsdienstes und der Unabkömmlichkeit schien die Strafe auf dem Fuß zu folgen. Der Brief des Kreiswehrersatzamtes traf Andreas nach ein paar Tagen wie ein Blitz aus dem heiterem Himmel seiner gerade keimenden Hoffnung. Er stürzte ihn aus den Höhenflügen seiner Phantasie in die schwarze Verzweiflung. Alles umsonst, dachte er, alles vergeblich, ich kann machen was ich will, es wird mir nichts gelingen, jetzt muß ich erst mal zwei Jahre zum Barras, und dann bin ich vierundzwanzig, wenn ich mit dem Studium anfangen kann. Die Vorstellung, zu den Soldaten zu müssen, war absurd, unvorstellbar der Gedanke, mit einer Horde junger Männer gedrillt zu werden. Doch die Katastrophe ließ sich vorläufig noch einmal abwenden. Bei seinem Anruf sagte man ihm beim Wehrersatzamt, er solle ruhig mit seiner Schule anfangen, im Sommer werde er wieder gemustert und dann sehe man weiter. Dann könne er auch wieder einen Antrag auf Zurückstellung einreichen.

Nun stand der Schule wirklich nichts mehr im Weg, denn auch das Geldproblem war nicht unüberwindlich. Im April '64 würde er anfangen. Vater hatte gesagt, er wolle ihm keinen Stein in den Weg legen, er werde ihn für die Jahre der Schule weiterhin unterstützen, und zuhause wohnen und leben könne er ja sowieso, was Andreas seinen Eltern hoch anrechnete. Er würde natürlich in den Ferien jobben und auch ein Stipendium beantragen, verhungern würde er bestimmt nicht, und Opfer bringen für die Kunst wollte er ja sowieso.

Er hatte es geschafft, er hatte es durchgesetzt, endlich die Richtung einzuschlagen, die ihn befriedigen würde. Jetzt hatte er seinen Platz gefunden, dachte er, und der Platz war eben vor einer Staffelei beziehungsweise an einem Arbeitstisch der Grundlehre und nicht an dem Schreibtisch seines Büros. Wenn er sich im Saal der Grundlehre umsah, spürte er tiefe Befriedigung darüber, zwischen den anderen zu sitzen, denen die Kunst auch wichtig war, die, wie er dachte, auch mit dem gleichen Eifer danach strebten, Maler zu werden, oder wenigstens einige von ihnen. So beseelt von der Malerei, von der Kunst, als jemanden, der seine Schüler mit Intensität an die Malerei und die Geheimnisse des Schöpferischen heranführen würde, hatte er sich auch seinen Professor vorgestellt. Und obwohl Andreas sich längst die Ansicht Tonio Krögers zu eigen gemacht hatte, ein Künstler müsse nicht nach außen zeigen, daß er Künstler sei, denn in seinem Inneren sehe es chaotisch genug aus, war die Erscheinung Professor Weilands doch ernüchternd, denn er wirkte eher asketisch, kühl und zurückhaltend. Er war mittelgroß und schlank, sein Gesicht unter dem kurzen Haar zeigte wenig Gefühlsäußerungen, kaum einmal ein Lachen, und wenn, dann ein ironisches. Seinem Gesichtsausdruck entsprach seine Redeweise, die eher monoton als packend, eher nüchtern als mitreißend wirkte, und Andreas empfand wenig von der inneren Besessenheit des Künstlers, die er wohl erwartet hatte. Aber von Kunst war an diesem ersten Tag sowieso nicht die Rede. Es schien, als seien dem Professor das Wort Kunst oder die Kunst überhaupt eher verdächtig und suspekt. Es ging nicht um die Kunst, es ging um das Sehen.

Professor Weiland legte ein weißes, leicht geknittertes Blatt auf einen weißen Bogen und fragte:

„Was sehen Sie?"

„Papier!"

Der Professor nickte, als habe er keine andere Antwort erwartet, aber sein Nicken war kein Nicken der Zustimmung, vielmehr spürte Andreas, daß er mit dieser Antwort, mit diesem einfachen Wort „Papier" ganz und gar nicht einverstanden war, daß dieses fast anstößige Wort „Papier" ihm einen Schauder des Entsetzens zu verursachen schien. Denn alles war viel komplizierter, und das Nicken bedeutete auch, daß es ihn gar nicht wundere, daß die Studenten mit ihrer willfährigen Anerkennung des Vorgelegten als Papier in die offenstehende Falle tappten. So widerlegte das, was er ausführte, auch gleich sein Nicken, führte es als ironische Kommentierung des einfachen, aber falschen Begriffes „Papier" ad absurdum. Wenn einer sage, dozierte der Professor, er sehe Papier, dann erkenne er Papier wieder, weil man es ihm so beigebracht habe, aber in Wirklichkeit sehe er kein Papier, sondern Helligkeiten und Proportionen, er sehe Formen und Richtungen, Abtönung und Begrenzung, die den Eindruck einer räumlichen Ausdehnung bewirken würde, kurz, alles Begriffliche werde nicht gesehen, sondern nur wiedererkannt. Erst eine Summe von tatsächlich zu Sehendem ergebe Begriffliches. Sehen müsse anerzogen werden und die Grundlehre erziehe zum Sehen.

Andreas versuchte angespannt, all dem zu folgen, es zu begreifen, auch als der Professor die Aussichten für das erste Semester bekanntgab, als er von füllenden Bildelementen, von der Helligkeit, von Körper und Raum, von Material und Struktur, von Punkt, Linie und Fläche sprach, als er davon sprach, wir würden keine Dinge sehen, für die es Bedeutungsträger gebe, sondern nur Helligkeiten, Körper und Räume, Strukturen, Farben, Formen und Bewegungen, die der Reihe nach möglichst getrennt voneinander anschaulich dargestellt werden müßten, ja, der Helligkeit müsse unsere ganze Aufmerksamkeit gewidmet werden, und die Grundlehre sei die Lehre von der systematischen Ordnung und ihrer Anwendung im Bild. Je länger Andreas zuhörte, desto weniger verstand er, die Begriffe verwirrten sich und aus den Worten des Professors wehte ihn etwas Kaltes fremd und bedrohlich an, legte sich wie Reif auf seine eigenen glühenden und durchpulsten Vorstellungen, die er vom Malen, von der Kunst hatte. Aber trotz aller Zweifel an diesem ersten Tag war Andreas ja begierig darauf, alles mitzumachen und alles gut zu machen. Später war er nicht wenig stolz, in dem Farbengeschäft in der Nähe einzukaufen, der Verkäuferin zu sagen, ja, er sei an der Werkkunstschule, um einen kleinen Rabatt zu bekommen.

Dann kamen die Grauwerte.

Die Grauwerte waren die ersten selbständigen Aufgaben, die Professor Weiland ihnen auferlegte. Um etwa vorhandene Begeisterung für Farbe oder ähnlich Schlimmes gleich gründlich auszutreiben, begann man sozusagen bei Null, beim Nichts, man begann mit Grau. Man zeichnete kein Portrait, keinen Akt, keine Figuren, man zeichnete Grau, Grau in Grau, und nach den Worten des Professors schienen diese grauen Graus das Wichtigste in der Welt der Formen und Wahrnehmungen, um das Wort Kunst nicht zu gebrauchen, und es schien, auch alles Heil der künftigen Grafiker, Maler oder Architekten hänge einzig und allein davon ab, ob sie einen guten Grauwert treffen könnten. Schon beim Grau werde sich die Spreu vom Weizen sondern, denn Grau war nicht gleich Grau, und es schien unerbittliches Prinzip der Weiland'schen Lehre, daß es ohne das richtige graue Grau keine Grafik, keine Malerei, ja, keine Kunst geben könne. Es stellte sich nicht mehr die Frage nach Kunst, denn die Grauwerte waren eine Kunst für sich.

Andreas saß zu Hause in der Rotstraße in Bildstock in seinem Zimmer unterm Dach, aber er warf nicht mehr wie vorher seine wilden, ungezügelt und vegetativ wuchernden Formen und Farben mit den verdünnten Ölfarben in schönem, durchglühten und leuchtenden Ton auf die durchtränkten Pappen und Bogen, nun übte er sich in Beherrschung. Er schraffierte, verglich die einzelnen Abstufungen des Grau und mühte sich, die Ränder sorgsam mit aufgeklebtem Tesafilm scharf und sauber zu halten. Es war das Gegenteil von dem, was er bisher gemacht hatte, aber wenn er an verschiedene seiner Bleistiftzeichnungen dachte, lag im sorgsamen Schraffieren auch wieder eine Ähnlichkeit und im Entstehen eines makellosen Grauwertes auch wieder eine gewisse Befriedigung, die aber nicht das gute, warme Befriedigungsgefühl des Malens war. Er dachte an eine Stelle im Wendekreis des Krebses, in der ein Freund von Henry vor einer Frau mit gespreizten Beinen kniet, sie betrachtet, sie immer wieder betrachtet, und immer wieder sagt, es ist nichts, es ist absolut nichts, das reine Nichts, und das sagte sich Andreas jetzt auch, es ist das reine Nichts, das graue Nichts und das weniger graue Nichts, und wie sagt es Gertrude Stein, ein Grau ist ein Grau ist ein Grau ist ein Grau. Andreas dachte an die Diskussionen, die sein Freund Wolfgang und er über die monochromen Bilder des Yves Klein geführt hatten, wobei er selbst sehr im Zweifel gewesen war, ob das Kunst oder Scharlatanerie sei. Da gefielen ihnen die schwarz konturierten Bilder des Franzosen Bernard Buffet doch besser. Andreas sagte sich, wenn es denn zur Kunst hinführe, müsse es eben sein. Vater schüttelte den Kopf, Mutter sagte, was das für eine Arbeit sei, Günther war auch etwas überrascht, bestärkte ihn aber weiterzumachen, und Karl, der Freund aus der Clique, der die Werkkunstschule hinter sich hatte und auf seine Einberufung wartete, sagte, da gewöhne er sich dran, das sei am Anfang so, er solle sich nicht irritieren lassen, das gehe auch noch eine Weile so weiter, und seine eigene Malerei müsse er wie bisher zuhause machen, wenn er noch Zeit dafür finde.

Dem reinen Grau folgten die Helligkeitswerte, die von schwarz bis weiß reichten, und das war schon ein Fortschritt. Aber alles war eingeordnet, untergeordnet oder klassifiziert, war Regeln, geometrischen oder algebraischen Abläufen unterworfen, war öde wie die Gesetzestexte, denen er entflohen war. Nirgendwo fand Andreas Freiheit oder künstlerische Entfaltung, Gefühle oder den Rausch der Farben, es war Konstruktivismus, war das Gegenteil von Expression, war Bauhaus und Buchhalterei, geometrisch und geodätisch, und wenn er Professor Weiland von der Vollkommenheit einer Linie oder eines Kreises, von der Abtönung von Hell- und Dunkelwerten schwärmen hörte, packten ihn Widerwillen und Fremdheit, er dachte, mein Gott, ich bin doch nicht zur Kunstschule gegangen, um so was zu lernen! Ich will malen, ich will zeichnen, mich ausdrücken! Dann wieder schalt er sich voreilig und ermahnte sich, nicht gleich die Flinte ins Korn zu werfen. Immerhin werde er gefordert, müsse sich bewähren. Doch die Worte des Professors erschienen ihm oft fremd, so fremd wie die Arbeiten des Professors selbst, die dieser ausstellte. Er füllte einen großen Bogen mit Punkten oder Kommas, riß Linien und Löcher in akkurater Reihung ins Papier, er war Meister der Minimalität, und seine asketischen Blätter wirkten auf Andreas eher öde und langweilig. War es denn wirklich Kunst, ein Blatt mit gleichmäßigen Wellenlinien zu bedecken?

Andreas mußte an einen anderen Künstler denken, den er auf der Südfrankreichfahrt mit Günther im letzten Jahr auf dem Campingplatz in Le Lavandou kennengelernt hatte, an Monsieur Trepel, der seine wilden, farbenprächtigen Bilder nur mit den Fingern malte, und den eine Zeitung deswegen als den „Maitre du Manochromisme“ bezeichnet hatte. Der dionysische Monsieur Trepel und der asketische Professor Weiland waren die zwei extremsten Pole und Gegensätze, und es schien Andreas, man müsse wohl den eigenen Weg dazwischen finden. Er neigte aber mehr zu dem Meister der Handmalerei als zu dem Meister des Papierritzens. Denn Kunst war für ihn in erster Linie doch das Überraschende, das oft spontane Ausdrücken von Empfindungen, nicht aber das buchhalterische Exerzieren und Durchführen von formalen Prozessen, über deren Klarheit und Nachvollziehbarkeit sich der Professor so erregen konnte.

Aber trotz dieser Irritationen und Zweifel, die Weilands Kunst-Exorzismus in ihm hervorriefen, wollte er doch mitmachen, wollte alles gut machen, war begierig auf seine Zukunft als Maler, und, wie er ergänzen mußte, als Grafiker. Er war auf jeden Fall auf dem richtigen Wege, das mußte er sich immer wieder sagen. Er war nicht mehr Beamter zur Probe, saß nicht mehr in seinem Amtszimmer und wühlte sich durch die Stöße der Akten, spürte nicht mehr, wie vorher, immer am falschen Platz unter falschen Menschen mit der falschen Arbeit zu sein, sah nicht immer Leute, die ihn mit ihrer selbstgewissen und von sich überzeugten Beamtenart anödeten und ihm auf die Nerven gingen, war nicht mehr eingespannt im Betrieb zwischen Geschäftsstelle, Dienstzimmer und Grundbucharchiv mit den dicken Folianten in diesem Behördenapparat, auf den alle so stolz waren, nur er nicht, sah nicht mehr die Gesichter, die kein inneres Feuer, keine Sehnsucht nach anderem erwärmte; jetzt war er endlich unter jungen Menschen, deren Gesichter anders waren, aus denen Interesse und Geist herauszulesen war. Wie schön war es, draußen auf dem Hof auf dem Mäuerchen zu sitzen und in den Pausen über die Arbeit zu reden, denn mit Professor Weilands Methode hatte er nicht allein Probleme, obwohl dieser seine Grauwerte gelobt hatte. Er konnte also nicht nur bestehen unter den anderen, er merkte bald, daß er sich mehr als die meisten mit Malerei beschäftigt hatte, und seine andere Leidenschaft, die Literatur, war nur einigen wichtig. Wenn man draußen zusammensaß, rauchte und diskutierte und die Hände lässig in die Taschen des weißen Malerkittels steckte, der inzwischen schon die ersten Spuren der Grauwerte trug, oder wenn man drüben im „Fürsten Ludwig“, den die Studenten in „Feuchten Ludwig“ umgetauft hatten, mittags eine Suppe aß, dann mußte Andreas oft an seine Träume von Paris denken, in denen er sich als Maler auf dem Montmartre oder Montparnasse gesehen hatte, der mit seinen Kollegen im Bistro saß und leidenschaftlich die neuesten Kunstströmungen diskutierte, oder der besessen in seinem Atelier arbeitete, der vielleicht auch hungern mußte, und es schien ihm, die Kneipe mit ihren kleinen, kargen Tischen und Stühlen und den Bildern und Zeichnungen an den Wänden habe auch etwas von der Stimmung und Atmosphäre der Cafés und Bistros in Paris, habe etwas von dem Reiz des „Café Monaco“, in dem er vor drei Jahren mit Günther und den anderen Copains viele Abende verbracht hatte, und an das er sich immer mit Wehmut und Sehnsucht erinnerte. Denn hier wie dort hallte der Raum von den Stimmen, den Zurufen und Gesprächen der jungen Leute, hier wie dort leuchtete manch schönes Gesicht einer Frau, und, dachte Andreas, die Suppe hier ist bestimmt nicht dicker als die, die ich mir als hungernder Künstler in Paris vielleicht leisten könnte. Es war nicht Paris, es war Saarbrücken, aber immerhin lagen der „Feuchte Ludwig“ und die Werkkunstschule am Ludwigsplatz mit seinen Platanen, die ja auch wieder an Paris erinnerten, und die mächtige Ludwigskirche mit den anderen Barockbauten, die den Platz begrenzten, und von denen einige noch die Zerstörungen der Bombenangriffe zeigten, waren Motive, die eines Malers würdig waren und ihn reizen konnten wie die malerischen Plätze in Paris.

2

All das Neue konnte die Trauer um Eva nur überlagern, nicht lindern oder auslöschen. Sie war noch ständig in ihm, war gegenwärtig, der Schmerz lagerte als dunkler Bodensatz in seiner Seele, legte sich lähmend über alles, was er tat und empfand. Es war nicht mehr der brutale, zuckende Schmerz der ersten Monate nach dem Ende, nicht mehr der wütende der Tage im kalten Berlin, der ihn ruhelos über den Kudamm getrieben hatte, er war eher zu Niedergeschlagenheit und Trauer geronnen, die ihn zu vergiften schienen. Seltener schlug er zu mit der ihm so vertrauten Intensität, meistens dann, wenn er träumte. In diesen Träumen sah er Eva wieder, sah sie genau vor sich, nicht in der Ungenauigkeit der ständig wechselnden Erscheinung, die man im Wachsein von einem Menschen hat, und die nie das strahlende, lebendige Bild, sondern nur eine Rückvergewisserung und Vorstellung ergibt, in den Träumen sah er sie fotografisch genau, sie kehrte zurück, war wieder lebendig.

Er war auf seinem Büro mit einem Kollegen zusammen. Sie kam, er sah ihr Gesicht mit den betonten Wangenknochen, ihre grau-dunklen Augen mit den schweren Lidern, diesen Zusammenklang, den er so liebte, der ihn so berührt und ergriffen hatte.

Sie wollte irgendeinen Antrag stellen. Er fragte, ob sie verheiratet sei, sie bejahte, aber nicht mit dem Kunzel, mit einem anderen, und da packte ihn der Schmerz. Immer wieder griff er nach ihren Händen, er legte den Kopf auf den Schreibtisch und weinte lange Zeit. Das Bohren und Drehen des Messers in seiner Seele war etwas Lebendiges. Es schien ihm, er weine sehr lange. Als er den Kopf hob, war sie weg. Sein Kollege fragte, warum er geweint habe. Er konnte keine Antwort geben, von neuem schüttelte ihn krampfartiges Weinen. Wenn er erwachte, bebte die Enttäuschung in ihm nach.

Sie wohnte in einem Hotel, sie wollte zu ihm zurückkehren. Er half, ihre Koffer herunterzubringen. Sie standen in der Hotelhalle, er schaute sie an, wie er sie oft angesehen hatte, mit ihrem schweren, dunklen Haar. Sie gab ihm ein Couvert und bat ihn, es einzuwerfen, das sei für den anderen. Er fragte sie, ob es ganz sicher sei, daß sie zurückkomme, und sie sagte, ja, ganz sicher. Grenzenlose Erleichterung, der Alptraum sei zu Ende, durchströmte ihn. Sie sah in an mit ihren Augen, die er so liebte. Dann waren sie zuhause in der Rotstraße. Seine Eltern, seine Brüder Ludwig und Günther waren da. Eva küßte seine Mutter und begrüßte die anderen. Er ging hoch in sein Zimmer, um aufzuräumen, aber als er herunterkam, es waren nur wenige Minuten gewesen, war sie verschwunden. Sie war weg. Man sagte ihm, der andere sei dagewesen und habe sie abgeholt. Die Enttäuschung stieß ihn zurück in seine Verlassenheit, sie setzte sich fort, als er erwachte, und diese Verlassenheit war auch die Verlassenheit des Menschen in der Welt.

Oft schien ihm, das werde nie aufhören, nie mehr werde er anderes empfinden als Schmerz und Qual, niemals werde er für eine andere Frau so empfinden können. Sah er aber eine Frau ihres Typs, des dunklen Typs, dann empfand er gleich Sehnsucht, die aber weniger der Frau galt, die sie auslöste, sondern ihrem Urbild, eben Eva. So war ihm Renate gleich am ersten Tag in der Grundlehre aufgefallen. Auch sie war schlank und schmal, mit schwarzen, schulterlangen Haaren, aber der Blick ihrer dunklen Augen war wach und kühl, in ihren etwas scharfen Gesichtszügen zeigte sich manchmal etwas Angespanntes. Ihre Züge hatten für Andreas nicht den anrührenden Zusammenklang Evas. Aber trotzdem, sie war sein Typ. Sie schlossen sich einander an, rauchten ihre Zigarette zusammen im Hof, saßen über Mittag beim „Fürsten Ludwig“, manchmal noch am Nachmittag nach der Schule.

An einem Nachmittag der dritten Woche war Andreas nicht auf den Zug angewiesen, er hatte den Firmenwagen seines Vaters, den VW Käfer der Firma Kirchner, Solingen nehmen können, jenen elfenbeinfarbenen Käfer, der seit der Rückgliederung des Saarlandes, seit dem Tag X, auch den Aufschwung der Familie Schöber nach außen hin anzeigte. Heute war Vater krank, Frau Meier konnte ihn nicht auf Tour fahren. Vater hatte ja, trotz aller heroischen Versuche, den Führerschein nicht geschafft, eine Geschichte, die zum Familien-Epos der Schöbers gehörte und von der Andreas Renate jetzt lachend erzählte.

Renates Nähe erschien ihm in der geborgenen Intimität ihres Tisches in einer Ecke des Gastraumes, der von den lauten Stimmen und Gesprächsbruchstücken von den Tischen hallte, auf einmal verlockend und schön. Der angespannte Zug in ihrem Gesicht löste sich, verschwand. Er sah ihr atmendes, warmes Gesicht und ihr fast blauschwarzes Haar, und zum ersten Mal seit langem spürte er in sich den Glühatem der Sehnsucht, den Atem des Verlangens, und auch bei ihr spürte er den gleichen Verlangatem, den lebendigen Jugendatem der Sehnsucht und des Begehrens. Das wirkte in ihm, brach sich Bahn, er öffnete sich ihr. Es drängte ihn, seine Geschichte zu erzählen: Er sei ja eigentlich schon etwas Ordentliches, etwas Bürgerliches, sei ja schon Inspektor. Er erzählte Renate, wie das alles gekommen sei, erzählte von seiner Sehnsucht, Maler zu sein und von seinen Zweifeln, ob er auch genug Talent dazu habe, von seinen Versuchen, seinen Bildern, seinen Zeichnungen. Er fühle, daß Malen, daß Kunst überhaupt ein Rausch sei, ein Rausch sein müsse, dem sich die Formen und Farben fügen müßten, so, wie es sich bei seinem Liebling van Gogh, bei den glühenden Weizenfeldern mit den zuckenden Krähen oder den dunklen, züngelnden Zypressen oder bei seinem Nachtcafé mit dem brütenden Gelb oder der Verlassenheit der Nacht mit den kreisenden Sternen gefügt habe, und dann sehe man die eigenen Sachen und sehe die Unzulänglichkeit. Er erzählte von seinen wilden Kompositionen, die sich aus ihm herausdrängten. Er glaube eben an die Malerei, an das Schreiben, als einzige Möglichkeit sich auszudrücken, um nicht verrückt zu werden. Er habe auch schon viele Gedichte geschrieben und in letzter Zeit auch kürzere Prosastücke, er spüre schon in beide Richtungen Veranlagung, aber zum Malen eben doch die stärkere. Zwar gebe es die Zweifel, die einen immer wieder in schwarze Qualen stürzten, aber er wolle versuchen, sich zu verwirklichen, seinen Traum vom Künstler wahr zu machen, denn oft schon spüre er das Feuer in sich, den Rausch. Renate verstand ihn auch, als er von seinen Zweifeln sprach, ob das, was sie da bei Professor Weiland machten, für ihn das Richtige sei. Nach den ersten Wochen habe er immer wieder Zweifel. Renate widersprach ihm. Er habe doch die Grauwerte als einer der besten hingekriegt, und sie denke doch, daß er Talent habe. Bei sich selbst sei sie da weniger sicher, sie mache sich auch nicht solche Vorstellungen vom Künstlertum, sie wolle Innenarchitektin werden, das gefalle ihr. Er spürte bei ihr nicht das Feuer, das er bei sich selbst wußte, nicht diese rückhaltlose Begeisterung für die Kunst, aber es war schön, so intensiv zu reden, wieder die Leichtigkeit im Aufleuchten der eigenen Vorstellungen zu spüren. Sie beschlossen, noch nach Völklingen zu fahren.

Sie tanzten unter blauem Quarzlicht. Er schloß die Augen, spürte ihre Haare an seinem Gesicht, roch den schweren, eigenen Geruch dunkler Haare. Renates Brüste und ihr Leib berührten ihn, und für Momente fühlte er sich zurückversetzt in eine andere Zeit, in die Zeit vor einem Jahr, als er mit Eva so oft in ihrem Lieblingslokal in Quierschied zum Tanzen gewesen war, glaubte fast, er habe die verlorene Zeit, habe Eva wiedergefunden, doch gleichzeitig wußte er, daß es nicht Eva war, die sich an ihn schmiegte. Zu seiner Überraschung spürte er, daß sich bei ihm wieder Lust regte, denn nach ein paar Pleiten bei Nutten hatte er gedacht, seine Potenz sei dahin. Renate spürte seine Erregung und antwortete mit einem sanftem Reiben ihres Leibes. Panik stieg in Andreas auf, der nicht wußte, ob er bei einer Frau noch bestehen könne. Die Vertrautheit des Körperlichen bei Eva, ihre rauschhaften Vereinigungen, alles war so abgeschnitten und tot seit langen Monaten, war so weit entfernt wie in einem anderen Leben, in einer anderen Welt, als wäre es nie gewesen. Ja, dachte er, wie schwach ich geworden bin und war doch einmal souverän mit Eva, und jetzt bin ich so unsicher, als wenn ich noch mit keiner Frau geschlafen hätte. Am besten wäre es auch, mich vorsichtshalber noch etwas frisch zu machen, man weiß ja nie. Am Waschbecken auf der Toilette wusch er sich schnell und hoffte, daß nicht gerade jemand reinkäme und ihn mit seinem entblößten Pint da stehen sehe.

Sie tanzten wieder und küßten sich. Renate sagte, komm, wir fahren irgendwohin, wo wir alleine sind. Draußen war die Nacht um sie, die etwas regnerische Nacht mit beschlagenen Scheiben. Leider habe er kein Radio, aber er könne mit Gedichten dienen, sagte Andreas, und dann trug er seinen geliebten Benn vor, von dem er Renate natürlich erzählt hatte… „oh, daß wir unsere Ururahnen wären, ein Klümpchen Schleim in einem warmen Moor… verächtlich sind die Liebenden, die Spötter, alles Verzweifeln, Sehnsucht und wer hofft. Wir sind so schmerzliche durchseuchte Götter und dennoch denken wir des Gottes oft… Ist das nicht toll? Oder Astern! Astern schwälende Tage, alte Beschwörung, Bann, die Götter halten die Waage eine zögernde Stunde an… Aber heute Abend passt ja besser der Nietzsche… Die Krähen schreien und ziehen schwirren Flugs zur Stadt. Bald wird es schneien, wohl dem, der jetzt noch Heimat hat…“ Alles war leicht jetzt und schwebend. Er parkte in einer dunklen Seitenstraße, weit weg von der nächsten Straßenlaterne. Ihre Lippen trafen sich. Er öffnete ihre Bluse und küßte ihre Brüste, die im Dunkel des Autos mit dem Geheimnis ihres Fleisches leuchteten. Wie gut war es, wieder diese duftende, warme Haut unter seinen Lippen zu spüren. Wie lange hatte er das nicht mehr erlebt, wie lange war er ausgeschlossen gewesen, da draußen in den Eiswüsten, wie lange in den furchtbaren Verlassenheiten. Zwischen ihren Küssen drängte es ihn, ihr zu erzählen, wie schlecht er dran sei, wie es um ihn stehe nach Eva. Renate hörte zu, war verständnisvoll und tröstete ihn. „Du Armer, wie du leidest!“ Es tat ihm gut, ihr zu erzählen. Dann küßten sie sich wieder. Seine Hand erkundete weiter, stieß an ihren Slip, den sie mit einer gleitenden Bewegung auszog. Dann berührte er die Haare, die ihm dunkel und warm in die Hand wuchsen, er spürte ihre Bereitschaft. Wie war es schön, wieder die feuchte Wärme zwischen den Schenkeln einer Frau zu spüren, wieder die Finger in sie gleiten zu lassen, oh ja, wie hatte er das vermißt. Er streichelte sie und sie bewegte ihm ihren Leib entgegen, und sie sagte oh ja, das ist gut, oh ja. Ihre Hand kam zu ihm, öffnete den Gürtel, sie zerrte seine Hose herunter, und er glitt in ihre Hand, ja, er hatte wieder einen Harten, einen richtigen Ständer, er war wieder da, sprang in die Höhlung ihrer warmen Hand, die ihn fest und zart umschloß. Gott sei dank, dachte Andreas, Dank dir Gott, an den ich nicht glaube, dank dir, daß du mich jetzt nicht im Stich gelassen hast, ich bin nicht mehr impotent… Renate bewegte seine Vorhaut, er war hart und schwer in ihrer Hand und sie fragte: „Willst du mich lieben, Liebling?“ Für einen Augenblick erschien ihm ihre Frage sehr routiniert, als frage sie das häufiger, aber da war wieder die Angst zu versagen, die Unsicherheit, trotz seines schönen Ständers, der stabil zu bleiben schien, aber etwas in ihm war blockiert. Er wagte nicht, ja zu sagen, aus Angst, sich zu blamieren, denn schon seit über einem halben Jahr hatte er mit keiner Frau geschlafen. Renate schien das zu spüren, denn sie sagte: „Ich mach es dir mit dem Mund, ist dir das recht?“ Und wie ihm das recht war! Sie beugte ihren Kopf, ihre schwarze Haarflut fiel über ihn. Sie nahm ihn auf in ihren Mund und sie bewegte ihren Kopf auf und nieder, auf und nieder in ihrem nassen Mund, ganz hinten stieß er an, stieß an ihren Zungengrund, ja, in ihrem Speichel, in ihrer Nässe, ganz eingeschlossen in ihrem Mund, ja, herrlich war es, zum Verrücktwerden, ihre Hand war an seiner Wurzel und sie sagte, ich will ihn, du hast einen Schönen, das hast du, oh ja, und es war ein Drängen und Fliegen, ein Steigen und Fallen, er stürzte, ihr Kopf stürzte auf ihn und er stöhnte, ich komme, ich komme, und sie sagte, mach in den Mund Liebling, in den Mund. Sie ließ ihn nicht frei, sie behielt ihn und umklammerte ihn mit ihrem Lippenring, hatte ihn fest im Griff mit ihrer Hand an der Wurzel, und er kam in ihrem Mund, er schoß heraus in ihren Mund. Das hatte er noch nie getan, auch bei Eva nicht, mit der er sonst fast alles getan hatte, und es war verrückt, es war gut, war fast wie das Überschreiten einer Grenze, und diese Überschreitung hatte etwas Erregendes, einen Kitzel. Renate schmatzte leicht, schluckte etwas von seinem Samen, dann öffnete sie die Autotür und spuckte auf den Boden, was sie noch im Mund hatte. Als sie sich wieder küßten, schmeckte er seinen eigenen Samen in ihrem Mund, und für einen Moment ekelte er sich davor.

Später, als er durch die ruhige Nacht nach Hause fuhr, klang die Erregung in ihm nach, aber in die Erregung mischte sich auch Trauer, denn er hatte gespürt, daß ihm Renate trotz der Intensität eigentlich fremd geblieben war, daß sie den Panzer, der um ihn war, nicht hatte durchbrechen können. Für einen Moment dachte er an die zu Berühmtheit gelangte Beischlafszene aus dem Bergmann-Film „Das Schweigen“, den er neulich gesehen hatte, nachdem er sich lange gesträubt hatte, weil alle Welt davon sprach, weil er ein Skandal war und weil alle in den Film rannten. Etwas von dieser Kälte war auch bei uns dabei, dachte er. Es wurde wieder deutlich, daß er Eva noch liebte und daß zur Zeit keine andere Frau an ihre Stelle treten konnte. Zu sehr beherrschte sie noch seine Gefühle, sein Empfinden, sein Denken. Renate konnte ihn davon nicht erlösen, auch wenn er in den nächsten Tagen bei ihrem Anblick etwas Zärtlichkeit spürte, auch wenn er an ihren Abend im Auto mit Erregung zurückdachte. Mit ihr schlafen zu können, das wäre gut und notwendig nach der langen Zeit der Impotenz, aber dann müßte er jetzt um sie werben, müßte sich um sie bemühen, müßte ihr zeigen, daß sie ihm etwas bedeute, und das konnte er nicht. Renate spürte wohl, was in ihm vorging. Manchmal sahen sie sich während des Unterrichts mit einem verlegenen Lächeln an, als wäre beiden klar, daß sich zwischen ihnen nichts weiter abspielen werde, und daß sie es auch nicht übermäßig bedauerten. Sie rauchten nach wie vor ihre Zigarette draußen im Hof, sprachen über die neuesten Entwicklungen der Grauwerte, aber nicht mehr über das, was zwischen ihnen gewesen war. Eigentlich könnte es gleich wieder zu Ende gehen, dachte Andreas. Zudem passen wir wahrscheinlich wirklich nicht zusammen. Seine oft grüblerische, nachdenkliche Art, sein zeitweises Versinken in sich selbst, seine Lust sich abzusondern, alles würde wohl nicht so recht zu ihr passen, denn sie schloß schnell Kontakte, war in ihrer offenen, unkomplizierten Art bei allen beliebt, während er sich schwer anschloß und bald das Gefühl hatte, den meisten mit seinem Wissen in Literatur und Malerei überlegen zu sein. Ein paar Mitschülerinnen, die ihn interessiert hätten, mied er aber, weil er bei ihnen auf eine Lebensart gutsituierten Bürgertums traf, der er sich unterlegen fühlte. So hatte er eigentlich nur mit zwei Leuten engeren Kontakt, mit einem, der auch malte, und mit Vox, der stets eine leuchtend rote Fliege trug und bei immer guter Laune seine neuesten Variationen der Werbeslogans zitierte. „Kennt ihr das?", sprach er dann und blickte siegessicher in die Runde: „Wenn dir ein Mädchen pudelnackt von hinten an die Nudeln packt, wenn dir soviel Gutes widerfährt, das ist schon einen Asbach-Uralt wert!" Vox war es gewesen, der sich Andreas genähert hatte und der mochte ihn mit seiner allzeit optimistischen Art, mit der er von seiner Zukunft als Werbegrafiker und Werbemensch träumte. Denn der Werbung, sagte er, gehöre die Zukunft, und wenn man da gut sei, könne man wirklich Geld machen. Natürlich wüßten ja alle, was Werbung im Grunde sei, es seien die geheimen Verführer, und eigentlich sei Andreas mit seiner Malerei und seinen Ideen vom Künstlertum zu beneiden, aber er denke, man könne auch in der Werbung kreativ sein. Im übrigen wollten die Leute sich ja verführen lassen, denn die Wirtschaft müsse florieren, die Schornsteine müßten ja rauchen, wie Bundeskanzler Erhard mit der dicken Zigarre immer wieder betone. Es versetzte Andreas trotzdem einen leichten Stich, er spürte eine

Anwandlung von Enttäuschung und Eifersucht, als er nach zwei, drei Wochen sah, daß Renate sich mit einem anderen aus der Klasse zusammengetan hatte. Doch er sagte sich, daß es dafür wirklich keinen Grund gebe, denn er hatte es ja nicht anders gewollt, hatte sich nicht um sie bemüht.

Vor allem aber quälte ihn Professor Weiland, der sie mit Aufgaben überschüttete und Protesten stets die Frage entgegenhielt: „Und was tun Sie nachts?“ Darüber konnte auch der Unterricht in Kunstgeschichte bei Professor Schmelker, der sie auf die Höhen des klassischen Griechenlands und dort auf den Parthenon führte, oder der Unterricht bei Herrn Meiser nicht hinweghelfen, der sie in die praktischen Niederungen des Schweißens, Lötens und Feilens stürzte. Immer wieder zwangen die Grauwerte aus den Gefilden der Schmelkerschen Dia-Projektionen und aus den handgreiflichen Übungen Herrn Meisers auf den Boden des Jetzt und des Nun und dann immer mehr des jetzt erst recht. Denn den monochromen hatten sich die reihigen und abgestuften Farbwerte, die Hell-Dunkel-Kontraste, die Akkorde und etliches mehr angeschlossen. Hatten die Grauwerte für Andreas immerhin noch etwas Konkretes, einen, wenn auch minimalen sinnlichen Reiz, so waren die folgenden Aufgaben qualvoller, denn es galt, Modelle aus Pappe herzustellen, die Helligkeit in bestimmten Abstufungen oder Kästchen widergaben, und die Konstruktion dieser Abstufungen mußte nach bestimmten mathematischen Reihungen und Permutationen erfolgen. So stieß Andreas dort, wo er es am wenigsten erwartet hatte, wieder auf die ihm so widerliche und verhaßte Mathematik. Wenn er nun die Höhe oder den Abstand des nächsten Körpers auf dem Karton ausrechnen mußte, packte ihn der gleiche Widerwillen wie zuletzt in der Ausbildung bei Gericht, wenn er in einem Zwangsversteigerungsverfahren das Geringste Gebot berechnen mußte, oder noch früher bei den Sinus- und Cosinus-Berechnungen, die ihm ein Buch mit sieben Siegeln gewesen waren. Und wieder fragte er sich, was er hier eigentlich tue, was das mit Kunst zu tun habe, aber dann sagte er sich, das habe ja auch nichts mit Kunst zu tun, aber er wolle sich doch einen Beruf schaffen, wolle Grafiker werden. Er war entmutigt, die Zweifel, ob das hier für ihn das Richtige sei, wuchsen.

Professor Weiland schien seine Ratlosigkeit und Unzufriedenheit zu spüren. Öfter stellte er sich neben Andreas, betrachtete seine Arbeit, sagte wenig, ging wieder. Auf eine Studie nach der Natur hatte Andreas sich gefreut, ging es doch mit dem Zeichenblock hinaus, wobei man sich als richtiger Maler fühlen könnte, der draußen seine Skizzen macht. Aber die Instruktionen des Professors verleideten ihm auch dies wieder, denn es ging dem Professor nicht um eine künstlerische Skizze, es ging ihm einzig und allein um die Helligkeitswerte und ihr Verhältnis zueinander. Durch diese Auflagen verunsichert, gelang Andreas weder das eine noch das andere.

Der Professor nahm ihn zur Seite: „Ich muß Ihnen mal was sagen. Am Anfang und in der ersten Zeit habe ich gedacht, daß Sie hier richtig sind. Aber jetzt glaube ich immer mehr, daß Sie hier nicht am richtigen Platz sind. Sie quälen sich hier!"

„Ja, das gebe ich zu, ich habe Schwierigkeiten. Ich habe mir das alles anders vorgestellt, eben mehr mit Malen, mit Kunst."

„Aber Sie wollen doch Grafiker werden! Auch für die Malklasse müßten Sie die Grundlehre schaffen. Und wie ich es jetzt sehe, werden Sie das nicht schaffen!"

Alle Zweifel verdichteten sich in Andreas, die Bestürzung über diese plötzliche Aussprache ließ ihm den Hals trocken werden, alles war ein Alptraum.

„Glauben Sie, ich soll weitermachen?"

„Nein, ich meine, es wäre besser für Sie, etwas anderes zu machen."

„Und Sie sehen keine Chance mehr für mich?"

„Ich will Ihnen nichts vormachen. Ich sehe keine Chance. Ich meine, es ist besser für Sie, wenn Sie aufhören!"

Andreas sah das schmale Gesicht des Professors vor sich, meinte sogar, eine Regung der Anteilnahme in ihm zu sehen. Obwohl der

Professor nur das aussprach, was er selbst empfand, war es doch wie ein Urteil. Es war die Verdammung, die Vertreibung aus dem Paradies, der Professor war der Engel mit dem Schwert. Er war der Richter und das Urteil lautete: Nicht am richtigen Platz. Es drang in ihn mit der Schärfe des Schwertes, so, wie ihn vor Monaten ein anderes Urteil durchdrungen hatte, jenes „Ich liebe dich nicht mehr“ Evas. Und wie damals durchdrang es ihn eisig und klar in seiner Endgültigkeit. Er wußte, daß es auch gegen dieses Urteil keine Berufung gab. Die Autorität fällte es. Es gab keinen Einspruch und keinen Widerspruch. Der Bannstrahl traf ihn. Sang- und klanglos ging er unter, scheiterte als Erster aus der Klasse. Andreas schien es, er falle immer tiefer in eine große Leere. Er war betäubt von dem Urteilsspruch. Nach nicht zwei Monaten war er schon wieder vertrieben von der Werkkunstschule, der Schule mit dem magischen Namen, von der er so lange geträumt hatte. Nach nicht zwei Monaten sollte alles zu Ende sein. Der Professor schien zu spüren, wie fassungslos Andreas plötzlich war, und, als wolle er ihm etwas Trost spenden, sagte er noch, mit dem Malen brauche er ja nicht aufzuhören, da solle er ruhig weitermachen.

Die Fassungslosigkeit hielt an. Abends unterhielt er sich lange mit Günther, immer noch wie betäubt, geschlagen von dem Urteil. Wie oft hatte er mit Günther über seine Träume von der Kunst, von der Kunstschule gesprochen, wie oft hatten sie in dem weiten Gastraum des „Weber“ in ihrer Ecke gesessen, hatten ein Bier nach dem anderen getrunken, eine Overstolz oder Bali nach der anderen geraucht, und nach einigen Bieren hatten sich die Widerstände, die sich einem Besuch der Kunstschule entgegenstellten, aufgelöst und im weiteren Verlauf des Abends erschien dann seine Zukunft als Maler in den rosigsten Farben. Nur den Traum von Paris hatte Andreas wieder begraben, denn er hatte Günther, der für ein Jahr bei Hachette in Paris gearbeitet hatte, besucht, und da war ihm schnell klar geworden, daß er sich die Vorstellung, sich dort als Maler zu behaupten, aus dem Kopf schlagen könne. Jetzt aber schien es, als falle alles zusammen, da sich der Wirklichkeit gewordene Traum von der Werkkunstschule wieder auflöse. Denn es hatte keinen Sinn, gegen den Willen des Professors bleiben zu wollen, und im Innersten meinte Andreas zu spüren, daß der Professor recht habe. Die Grundlehre war nicht das Richtige für ihn, die Grafik war nicht das Richtige für ihn. Wahrscheinlich war auch die Malerei nicht das Richtige, wahrscheinlich hatten seine Zweifel, die er ja immer gehabt hatte, recht behalten, wahrscheinlich hatte er nicht genug Talent. Aber Günther sagte, er solle mal nicht das Kind mit dem Bade ausschütten, er solle nicht alles zu schwarz sehen, solle sich nicht entmutigen lassen, denn mit seiner Malerei habe das doch wenig zu tun, die solle er weitermachen. Doch an diesem Abend gab es wenig Trost. Es schien Andreas, als versinke alles, was er sich immer vorgestellt und ersehnt hatte, als pure Einbildung und Illusion. Er war kein Maler, er war kein Künstler, er hatte kein Talent, das war alles, das durchzuckte ihn mit den Warnsignalen der Enttäuschung, des Zusammenbruchs. Alle Träume Illusion, alle Vorstellungen Täuschung, so sah es aus. Es gab keine Hoffnung mehr, er war gescheitert, er war als Maler gescheitert, obwohl er sich immer an den Hoffnungsschimmer klammerte, daß selbst der Professor gesagt hatte, er solle ruhig weitermachen mit der Malerei. Auch Günther versuchte ihn aufzumuntern, und wie so oft spürte Andreas, wie froh er war, mit seinem Bruder über alles reden zu können, spürte, daß sie nicht nur Brüder, sondern auch Freunde waren. Sie kamen zu einer Entscheidung. Andreas würde die Schule sofort aufgeben. Jeder weitere Aufschub, jeder weitere Tag war unsinnig, denn alles war klar, die Entscheidung war ihm ja selbst abgenommen worden. Der Professor hatte ihn auf seine ausdrückliche Frage, ob er denn nicht noch eine Chance für ihn sehe, nicht ermuntert zu bleiben, er hatte im Gegenteil gesagt, er halte es für richtig, wenn er aufhöre.

Am nächsten Morgen fühlte sich Andreas wie ein Verurteilter, wie ein Ausgestoßener, dem jeder seine Schande ansah. Es war ein grauer, bitterer Vormittag. Die Scham des Scheiterns lastete auf ihm mit Gewichten aus Blei. Nur Renate erzählte er, daß heute sein letzter Tag sei. Sie wollte es gar nicht glauben, rief gleich andere hinzu, und bald sah sich Andreas im Mittelpunkt des Interesses, was er als bitteren Witz für sich selbst empfand. Die Situation erinnerte ihn an die ungläubigen Ausrufe des Geschäftsleiters in Sulzbach, als er ihm mitgeteilt hatte, daß er als Beamter ausscheide. Alle redeten ihm zu, doch nichts zu überstürzen, aber der Professor hatte ihm ja mit seinem Urteil einen eigenen Entschluß abgenommen. Es hatte also keinen Sinn mehr, er gab auf. Er war gescheitert.

3

Nach diesem plötzlichen Ende fühlte er sich als Geschlagener. Die Einsicht des Scheiterns traf ihn unvorbereitet. Die Gedanken an seine Unfähigkeit waren Gitterstäbe, die ihn umgaben, an die er immer wieder stieß. Unfähig, unfähig, war der Refrain, der ständig in ihm klang und als Echo zurückkam. Nicht fähig zu malen, nicht fähig zu arbeiten, nicht fähig, irgendwas zu tun. Kein Aufstieg möglich. Auch der Blick auf begonnene Bilder, auf Skizzen, war kein Trost. Gewiß würde er ja weitermalen können, er brauchte das, er konnte es garnicht aufgeben, aber der Weg zur Malerei als Beruf, den er so ersehnt hatte, war plötzlich verschlossen. Die Zweifel an seinem Talent, die ihn vorher schon gequält hatten, wurden jetzt noch stärker, entmutigten ihn. Was soll's, dachte er, wohl doch nicht genug Talent, auch wenn er sich sagte, der Professor habe ja nur gemeint, daß er für die grafische Richtung nicht geeignet sei. Aber es schien, als verleide die Einsicht in sein Versagen als Grafiker, als Zeichner, auch seinen Drang zum Malen. Er verstaute seine begonnenen oder vollendeten Grauwerte in einer Mappe, und es kam ihm vor, als begrabe er mit diesen Blättern seinen eigenen Traum vom Künstler. Mit Wehmut betrachtete er begonnene Bilder mit ihren glühenden, leuchtenden Farbschwüngen und fragte sich, ob er je wieder weitermalen werde. Im Moment war alles begraben unter der grauen Asche der Enttäuschung.

Nicht mehr ein Funken Überzeugung von sich selbst war geblieben, kein Glaube mehr an seine Fähigkeiten. Nur noch Depressionen, die ihn niederwarfen und quälten. Er beschimpfte sich selbst als Versager, als unfähigen Kretin. Er war verwirrt und ratlos. Was sollte er tun? Der Traum von der Werkkunstschule war so kläglich gescheitert, wenn er Maler werden wollte, müßte er also wieder in einen Beruf. Zum Gericht wollte er aber unter keinen Umständen zurück. Alles andere, nur das nicht, nicht wieder zurück in die Öde des Büros. Betäubt von dem Schlag flüchtete er in den Tagen des heißen Juni ans Bad, auch um den Fragen zu Hause zu entgehen. Vaters gutgemeinte Ratschläge, er könne doch wieder zum Gericht, konnte er jetzt einfach nicht ertragen. Zumindest gab es keine Vorwürfe oder Vorhaltungen, die Familie behandelte ihn eher behutsam wie einen Kranken.

Er sah die Brüste und Schenkel der Frauen am Bad, schmerzliche Zeichen für das, was er verloren hatte. Die Erinnerung an Eva brannte wieder in ihm. Die Landmarken der Möglichkeiten, die sich formten und auftauchten waren immer dieselben: Abitur nachmachen, etwas studieren, vielleicht Germanistik. Aber wie lange würde das dauern und was dann? Zum Patentamt nach München in den gehobenen Dienst gehen, ein Angebot, das regelmäßig bei Gericht herumgereicht worden war? Aber da wäre er ja auch wieder in einem Büro. Oder wieder nach Berlin zum Gericht, dort sein Leben verbringen ohne Freude und ohne Hoffnung? Immerhin lebte ja Gaby dort, die er im Winter kennengelernt hatte, und die Journalistin war. Ihr vertraute er in langen, eruptiven Briefen seine Ängste, seine Zweifel und seine Hoffnungen an. In ihren verständnisvollen Briefen ermutigte und ermunterte sie ihn immer wieder, schalt ihn aber auch aus, wenn sie meinte, er gebe zu schnell auf. Das Wichtigste aber war, daß sie an ihn als jemanden glaubte, der Talent, der das Zeug zum Künstler in sich habe. Sie hatte ihm nun gleich angeboten, er solle einfach nach Berlin kommen, sie und ihr Mann würden versuchen, ihn als Volontär bei einer Zeitung unterzubringen. Aber er spürte, daß er jetzt nicht den Mut und nicht die Kraft hatte, ohne Geld und ohne Beruf nach Berlin zu gehen.

Und Buchhändler? Warum nicht Buchhändler? Auch einer seiner Lieblinge, Hermann Hesse, war einmal Buchhändler gewesen. Günther war es, Herbert Rauber, dessen Chef und beider Freund ebenso. Er liebte Bücher, in der Literatur war er zu Hause. Aber Buchhandel könnte er immer noch machen, das wäre schon Resignation, wäre Aufgabe, wo er sich doch als Malender, vielleicht auch als Schreibender, oder als jemand verwirklichen wollte, der etwas studierte. Die Überlegungen tauchten auf, jagten einander, lösten sich ab, keine gewann die Oberhand, keine war zwingend und klar, nachdem die ersehnte und erstrebte sich versagt hatte. Vielleicht doch Berlin, vielleicht doch besser Patentamt, vielleicht doch Abitur und Studium? Einem plötzlichen Entschluß, oder dem nachgebend, was ihm in einem Augenblick als Entschluß erschien, rief er beim Abendgymnasium an. Den Eltern verkündete er, er wisse jetzt, was er tun werde. Sie hörten es mit Erleichterung, aber auch mit Sorge. Er ging abends zum Unterricht, saß in einem öden Klassenzimmer unter eifrig büffelnden Schülern, die zum Teil älter waren als er, hörte Latein, das ihn zuletzt auf der Schule angeödet hatte, sah an der Tafel wieder die Chiffren und Zeichen der Integral- und Differentialrechnung, die ihm so unverständlich und fremd gewesen waren, und am Ende des zweiten Abends wußte er, daß er das nicht mehr ertragen würde, nicht mehr ertragen konnte, nicht die trostlos erscheinende Klasse, nicht den spröden Stoff. Er blieb einfach weg, meldete sich nicht einmal ab. Und die Eltern wunderten sich schon garnicht mehr.

Aus und vorbei, dachte er, auch das Abitur geschenkt, kein Studium, weg mit Schaden, was soll's. Auch das erledigt. Dieses erneute Aufgeben traf ihn garnicht mehr so hart, es versank einfach in der großen Misere des allgemeinen Scheiterns. Es war ein weiterer Posten, den er damit abhakte, ein Versuch am untauglichen Objekt, aber es war doch eine weitere Bestätigung des Versagens. Kein Studium der Germanistik, die ihm beim Blättern in entsprechenden Lehrbüchern, soweit sie nicht Literaturgeschichte betrafen, die ihn packte, sowieso trocken und staubig erschienen war, kein Studium von etwas anderem. Das war nun erledigt und rief dadurch eine gewisse Erleichterung hervor, gesellte sich aber auch zu den gebetsmühlenhaft wiederholten Vorwürfen, die er sich machte, er sei nichts, er tauge nichts, er könne nichts, waren blasse Gefährten des inneren Sterbens, der wehklagenden Gespenster des Versagens, die mit den seltenen guten Momenten im Kampf lagen und meistens die Oberhand behielten.

Dann sagte er sich, er könne doch noch nicht am Ende sein, mit seiner Sensibilität, die er ja immer auch als die Sensibilität empfunden hatte, die dem Künstler zu eigen sein mußte, mit seiner Empfänglichkeit für Eindrücke, mit seiner Intensität der Empfindung, mit seinen Gedanken, mit denen er sich oft weit über Gleichaltrige hinausgehen fühlte, wie er im Bewußtsein der Sinnlosigkeit, ohne Gott, ohne Glauben, ohne Stütze lebte, mit seiner Malerei, den Gedichten, mit aller Musik, mit seiner Vorstellungskraft, dem Ungewissen und Schwebenden, und die schwermütigen, zögernden ersten Töne der Appassionata, voll verhaltenen Schmerzes, voll hoffnungslosem Sehnen klangen in ihm. Er konnte doch noch nicht am Ende sein, er mußte weitermachen, weiter überlegen, weiter suchen. Was soll ich tun? Dieser Gedanke ging ihm wie ein lästiger, aber nicht zu verscheuchender Gast vom Aufwachen bis zum Schlafengehen im Kopf herum. Er fand keine Antwort. Ohne Überzeugung schrieb er ans Patentamt nach München, konnte sich aber eigentlich nicht vorstellen, ganz hier wegzugehen in seinem jetzigen Zustand. Gaby drängte ihn, nach Berlin zu kommen, er konnte nichts entscheiden. Und da war ja immer noch die Drohung der Bundeswehr, die sich bestimmt wieder melden würde. Nie mehr aufwachen, dachte er, das wäre schön, immer nur schlafen, betäuben den wahnsinnigen Schmerz. Wie lange ich so weiterleben kann, so ohne Inhalt, ohne Sinn? Ich weiß nicht, wie ich einen neuen Anfang machen soll, wie ich wieder werde leben können. Er hatte überhaupt kein Selbstbewußtsein mehr, nicht mehr den geringsten Mut, kein Vertrauen mehr in sich selbst. Tot sein, dachte er, wäre besser als dies hier, aber ich habe nicht den Mut, mich umzubringen. In ihm waren nur noch Ungewißheit, Unsicherheit,

Zweifel und Angst und besinnungslos drehte er sich in ihrem betäubenden Sog. Wie tief war er innerhalb eines Jahres gesunken! Wenn man einmal im Glück war, dachte er, ist alles, was nachher kommt, die Hölle.

Seit nun fünf Jahren, seit jenem legendären Sommer '58, als Andreas und Wolfgang sich kennenlernten, war ihre Clique im Ort für sie der Mittelpunkt gewesen. Auch Wolfgang hatte Maler werden wollen, seine Künstlerträume aber inzwischen begraben. Er war Journalist geworden. Aber die Basis ihrer Freundschaft war immer noch Bach, Benn und Bier. In der Clique wurde gestritten und diskutiert, über die Vergangenheit, die sie heute noch mitprägte und mit der sie fertig werden mußten, über den Auschwitz Prozeß, der seit dem letzten Jahr in Frankfurt abgehalten wurde, über Bergmanns Film „Das Schweigen“, über Sinn und Sinnlosigkeit des Lebens, über Gott, und über Gott und die Welt. Die Clique nahm jeden ernst, der zu ihr zählte, jeder konnte sein Herz ausschütten, konnte über seine Probleme reden oder mit seinen Erfolgen prahlen, die Clique nahm wenig übel und nicht alles ernst.

Jetzt empfand Andreas nach seinem schmählichen Abgang von der Kunstschule auch in der Clique oft Unbehagen, als habe er selbst an Wert verloren, als sei er jetzt weniger als die anderen, er, der Gescheiterte, als den er sich bald sehen mußte. Günther sagte: „Red doch keinen Unsinn, was meinst du, als du in Berlin warst im Winter, wie der Karl sich angestellt hat, als er seine Prüfung machen mußte!“ Aber immerhin hatte Karl die Prüfung bestanden, in deren Nähe Andreas gar nicht erst gelangt war, denn Karl hatte die Werkkunstschule als Grafiker abgeschlossen, also genau das erreicht, was Andreas ersehnt hatte. Es war unbestreitbar, daß Andreas nun der einzige in der Clique war, der nicht wußte, wie es mit ihm weitergehen sollte. Selbst der chaotische Wilhelm, der sich mit Annoncenwerbungen, Bohnerwachsverkauf und ähnlichem sein Betriebswirtschaftsstudium finanzierte, war nun entschlossen, Handelslehrer zu werden, und für den langen Berti gab es sowieso nie Zweifel. Er war

Mathematiker und Physiker und ging auf sein Staatsexamen so ruhig und souverän zu, wie er auch sonst war. Und Günther war als Buchhändler in seinem Element.

So fühlte Andreas sich jetzt unter den anderen oft als Versager, als minderwertig, auch weil es ihm so schlecht ging, weil er litt. Dann erschien ihm auch die Clique unerträglich, langweilig und öde, weil er an manchem Ironisieren und Persiflieren zur Zeit keinen Spaß fand. Ein krankes Tier, dachte er, verkriecht sich besser in eine Ecke. Ich will nicht, daß sie merken, wie schlecht es mir geht, sie, die Erfolgreichen, und ich, der Versager… Auch sein bester Freund Wolfgang war eher ratlos.

„Ja, mein Lieber," sagte er an einem Abend im Mainzer Hof, einer ihrer Stammkneipen, „ ich weiß auch nicht, was ich dir raten soll. Immerhin hast du doch deinen Inspektor, das ist doch was! Nichts Berauschendes, aber immerhin! Und die Kunst, ja. Vielleicht sind wir alle nicht fähig genug, vielleicht müssen wir alle unsere Träume davon begraben. Sieh mal, ich habe das inzwischen getan, ich weiß, daß meine Zukunft nicht in der Malerei liegt, wie ich es ja auch noch vor fünf, sechs Jahren mit dir zusammen geglaubt habe. Vielleicht fehlt uns doch die Kraft dafür, vielleicht müssen das Typen sein wie der Henry Miller, die sich einfach so genialisch durchschlagen oder Typen wie der Picasso. Vielleicht sind wir dafür einfach ein paar Nummern zu klein, es fehlt etwas, und alles wird zur Quälerei. Wir haben alle zuviel geträumt und zuviel gesoffen. Die Unfähigen frißt das Leben! So ist das! Du weißt doch: Die Sehnsucht liegt immer am anderen Ufer! Aber komm, trinken wir noch einen!"

Wolfgang hatte zur Zeit allerdings wirklich keinen Grund zum Klagen. Er hatte sein Studium wieder aufgenommen, nachdem er beim Rundfunk als Redakteur gearbeitet hatte, wollte seinen Doktor machen und war immer noch mit Jutta verlobt. Neuerdings orakelte er allerdings, er wisse nicht, wie das weitergehen solle mit ihr, komme er doch irgendwie nicht so recht über seine Karola hinweg.

Andreas spürte schmerzlich, daß Wolfgang all das gelang, was er selbst ersehnte und nicht erreichte, und vielleicht war dies auch der Grund, warum Wolfgang seine, Andreas, Misere nicht so an sich heranlassen wollte. Für ihn war Versagen Schwäche, und Schwäche galt es abzuwehren, um die eigenen Dämonen zu bannen. Und, dachte Andreas, ich werde mich wohl auch da zurückziehen, werde meinen eigenen Weg gehen, allein in den Eiswüsten der Verlorenheit, denn im Grund ist ja doch jeder Mensch allein, allein und verlassen und nur die Liebe kann uns für Zeiten davon erlösen. Wenn er aber ehrlich war, mußte er sich eingestehen, daß er eigentlich gar nicht so allein war, denn alle nahmen Anteil an ihm, vor allem sein Bruder Günther, der Vertraute seit langen Jahren. Selbst sein Bruder Ludwig, zu dem er eine eher distanzierte Beziehung hatte, die auch vom Respekt dem fünfzehn Jahre Älteren gegenüber geprägt war, schrieb besorgt und aufmunternd aus dem fernen Saigon, wo er als Deutschlehrer im Entwicklungsdienst war. Und Gabys Briefe kamen regelmäßig aus Berlin. Diese Erkenntnis durchdrang allerdings nur selten seinen Schmerz, sein Gefühl, selbst in der Clique nicht mehr am richtigen Platz zu sein, sich verkriechen zu müssen.

So floh er oft vor der Clique, nahm sich Vaters VW, denn sein eigenes Auto, der kleine Renault, sein geliebtes „Crèmeschnittchen", Sinnbild des vergangenen Jahres und des vergangenen Glücks, erfüllt vom Aroma ihrer Liebe und der leidenschaftlichen Stunden auf dem Rücksitz, war vergangen und perdu. Er hatte es ja verkauft, bevor er nach Berlin gegangen war. Er fuhr in jenes Tanzcafé nach Quierschied, in dem er so oft mit Eva war, damals vor Urzeiten, vor einem Jahr, als er mit ihr glücklich gewesen war, als ihre Liebe blühte, als sie tanzten unter dem blauen Quarzlicht. Oh, ihr vergangenen Stunden, die ihm vor Augen standen an seinem Tisch, vor seinem Bier, in seiner durchglühten Starre, die sich in ihm ausbreitete als zerstörerische Lava. So tot, so abgestorben, only you, ja, only you, die betörenden Platters, eines ihrer Lieder, und the green leaves of summer, und einmal dann auch die Knef, eins und zwei das macht drei, doch es ging nichts mehr auf, keine Rechnung ging mehr auf, alles war aus der Bahn, alles aus dem Lot, in einem Jahr alles verloren, die Liebe, Eva, das Auto, das Glück, jetzt auch noch den Traum. So versunken im dunklen Meer, in den Tiefen des Sturzes, so abgeschieden und unerreichbar. Über dem schwarzen Meer der Gegenwart leuchteten die bengalischen Feuer, sprangen die fluoreszierenden Spritzer des vergangenen Glücks.

Als er an einem dieser Abende spät nachts nach Hause kam, trat er oben in dem kleinen hinteren Zimmer, das früher sein eigenes gewesen war, an das Fenster der Dachgaube und sah hinaus. Die Sonne war noch nicht aufgegangen, aber im Osten färbte sich der Himmel schon rot. Das weite Land bis zum Schaumberg lag noch im schwärzesten Dunkel, verbarg die Halden und Fördertürme bei Reden. Nichts unterbrach die Stille. Er spürte eine wohltuende, großartige Ruhe in sich, die für diese Momente alle Qual der letzten Zeit auszulöschen schien. In diesem Augenblick hätte er sterben mögen. Stattdessen entschied er ein paar Tage später, Buchhändler zu werden. Da ihm fast alles gleichgültig war im unentscheidbaren Hin und Her, war der Buchhandel ein Ausweg. Irgendetwas mußte er ja tun.

Alles erschien ihm jetzt wie ein Wirbel, der sich drehte, er war herausgefallen aus der Zeit und aus dem Leben. In seinem Zimmer unterm Dach lag er auf dem Bett und starrte an die Decke, die rissig und grau war und an der sich ein paar Wasserflecken abzeichneten. Er dachte daran, wie er als Kind aus diesen Formen immer neue Gesichter und Gebilde herausgesehen hatte. Er lag auf dem Rücken, ohne sich zu bewegen. Neben dem Bett auf dem Boden sein alter Stiebel-Eltron Plattenspieler. Stundenlang hörte er Musik, rauchte eine Zigarette nach der anderen und trank ab und zu einen Schluck Cognac. Die Musik war das Einzige, was ihn hielt im stillen Auge des wirbelnden Lebens. Es war Bach, der ihn trug, die Violin-Konzerte, die Brandenburgischen Konzerte, es war Vivaldi. Die Musik führte ihn weg von seiner Qual, erfüllte die Windungen des Gehirns, riß mit als Sturm und als Flut oder drehte sich in betörenden Kadenzen mit immer neuen Ansätzen, Variationen und Wiederholungen, betäubte die Nerven, hob ihn aus dem Schmerz heraus, wiegte ihn, wie es im letzten Jahr zum ersten Mal das Meer getan hatte. Die Musik war wie das sanfte Wiegen des Meeres, das alles andere vergessen macht, wenn man in seine Konsistenz eintaucht. Es war eine Heimkehr in einen Urstrom der Töne, einen Urstrom der Wellen, und wenn eine Platte zu Ende war, mußte man gleich die nächste auflegen oder sie nochmal spielen, um diesen Strom, der ihn trug und seinen Schmerz betäubte, nicht zu unterbrechen. Die Musik schien ein Leib, ein Mutterleib zu sein, der ihn ganz umhüllte.

Manchmal kam seine Mutter hoch, um nach ihm zu sehen, so, wie sie es tat, wenn er krank war und sie ihn pflegte. Sie schüttelte besorgt den Kopf: „Was hast Du denn?"

„Nichts", war seine Antwort, „gar nichts."

Er wußte, daß es ihr Kummer machte, ihn so zu sehen, ohne ihm helfen zu können, und es tat ihm leid, ihr diesen Kummer zu bereiten, denn sie litt ja schon unter der Trennung von Ludwig. Seit über einem halben Jahr machten sie sich nun schon Sorgen um ihn, um Andreas, ihren Jüngsten. Er dachte an die Briefe, die ihm die Eltern nach Berlin geschrieben hatten, aus denen diese Sorge sprach, und die ihn bei allem Elend auch gerührt hatten, denn Mutter schrieb so, wie sie sprach, oft ohne Punkt und Komma, Vater dagegen in seinem korrekten, etwas gravitätischen kaufmännischen Stil mit vielen Unterstreichungen und Ausrufezeichen und seiner schönen Schrift mit schwungvollen Bögen.

Die Qual muß ein Ende haben, dachte er, es ist mir alles gleichgültig, ich bin gescheitert. Die Träume sind gestorben den langsamen Tod, die Erwartungen haben sich nicht erfüllt, nur noch Abscheu vor mir, vor meinem Leben, vor meiner Unfähigkeit, meiner Erfolglosigkeit. Wie träumte ich immer davon, etwas Großes zu werden, Maler, Schriftsteller. Immer habe ich mich trotz meiner Komplexe, und die hatte ich ja immer, für jemand Besonderen gehalten, für verfeinerter, reifer, sensibler. Wie sehr habe ich mich mit Tonio Kröger identifiziert, habe mein eigenes Leben vergessen, suchte Zuflucht in den Büchern, die so viel intensiver waren. Wie sehnte ich mich danach, Künstler zu werden, glaubte es zu sein, glaubte an die Flamme in mir, und wahrscheinlich war alles nur Flucht, Flucht aus meinen Minderwertigkeitskomplexen, weil ich meiner so wenig sicher war, weil ich glaubte, nie kräftig und überzeugend ins Leben treten zu können. Aber wie intensiv waren doch die Stimmungen, wenn ich ein Gedicht schrieb, wenn ich malte, auch wenn oft nichts herauskam als Enttäuschung. Oft aber auch Genugtuung. Immer das Ringen mit mir selbst, endlich den Beruf aufzugeben, endlich etwas zu tun, was mir gefiel. Da glaubte ich noch an mich, an meine Malerei, daran, daß ich es schaffen würde. Wie habe ich mich überschätzt, meine Energie, meine Fähigkeiten. Das ewige Denken in Relationen, was ich bin und kann, und dann die Erfolgreichen, die Fähigen, die wirklich etwas schaffen, etwas tun.

Wenn es dann Abend wurde, verließ er das Haus, um ins Dorf oder vorn zum Gasthaus Weber zu gehen. Oft spürte er jetzt großen Ekel vor seinem Leben, vor der Zukunft, hatte das Empfinden, um seinen Hals liege eine Schlinge, die bei jedem Versuch, sich zu befreien, sich immer enger zusammenziehe.

Es gab keinen Anlaß zu Hoffnung, keine Spur einer Erneuerung, nur Abscheu vor sich und seinem versauten Leben. Endlich Schluß machen, sich umbringen, dachte er am Tisch beim Weber in seiner Ecke am Fenster, von der aus er das Lokal vor sich hatte. Er starrte in den Raum, rauchte, ließ mit schöner Regelmäßigkeit ein frisches Bier bringen, das ihm Irmchen mit einem „Zum Wohle, junger Mann“ servierte. Er registrierte, wie sich in dem rot leuchtenden Glaskäfig der Musikbox die Plattenpalette langsam drehte, am Anschlag anstieß, wieder zurücklief, bis sie mit einem Klicken einrastete. So erschienen ihm auch seine Gedanken, die sich immer wieder und immer wieder darum drehten, wie er aus seinem Elend herauskommen könne. Sie drehten sich bis zum Anschlag der Vergeblichkeit, sie liefen wieder zurück zu ihrem Ausgangspunkt, sie liefen wieder vor, und sie klickten unweigerlich ein bei dem Lied „ich weiß es nicht“ und bei dem Refrain „ich habe es satt“.

Und wieder eine Nacht, und wieder ein Tag, und nichts ereignete sich, und Bach trug ihn und Vivaldi, und die Tage vergingen schwermütig und dunkel mit Regenschauern und seltenem Sonnenschein.

Jetzt schrieb er auf der kleinen Reiseschreibmaschine, die Günther gehörte, und während er schrieb, stieg manchmal wie ein Hoffnungsschimmer der Gedanke auf, daß er schreiben, alles aufschreiben sollte. Sovieles hatte er schon erlebt. Dinge, die er in eine Form bringen mußte, das Gedächtnis aufspulen wie eine Rolle Zwirn, die Ereignisse bannen, kühl, wahnsinnig, schmerzlich, niedergeschlagen und trostlos von dem Gefühl, verloren zu sein in dieser Welt, konfrontiert mit der Erkenntnis der eigenen Unzulänglichkeit und des Unvermögens. All die Träume vom Glück, von Erfüllung, und die Surrogate, die erbärmlichen Säufererinnerungen an die Zeit, in der er glücklich war, in der er lebte ohne den Schleier von Schmerz und Trauer, ohne die Erkenntnis, daß all diese Dinge so unbedeutend und nutzlos sind, daß das Wichtigste von ihm noch nicht erkannt war.

Ich möchte, schrieb er, die wahnsinnig intensiven Momente des Lebens bannen, so atemlos und erschütternd, wie ich sie erlebte: Den ersten Kuß, den ersten Beischlaf, als ich zum ersten Mal in sie eindrang, die zahllosen Nächte mit Eva, in denen wir aus uns heraustraten und in denen wir die Hülle unserer Unzulänglichkeit ablegten und Tiere waren, wunderbare Tiere im Rhythmus der Körper, in der Ermattung der Liebe, in dem Verlangen, das in mir mächtig aufstieg, wenn ich an sie dachte, meine Potenz und Männlichkeit, die sich entfaltete, wie ich es nie gedacht hätte. Oder die durchsoffenen Nächte in den Kneipen, wenn wir ohnmächtig am Boden unserer Gefühle lagen und im Rausch versuchten, ein neues und anderes Verhältnis zu diesem Leben zu bekommen, ein ekstatisches Verhältnis, in das wir uns stürzten und das wir auskosteten bis zum Exzess. Saufen als Surrogat für Leben, in der Überzeugung der Sinnlosigkeit dieses Lebens, dessen Sinn nur in sich selbst lag, wenn es denn einer war, einer sein sollte. Die Absurdität dieses Lebens und dieser Welt, von der wir nie erkennen werden, woher sie kommt und wozu sie da ist, in den Eiswüsten des Alls mit dem schweigenden Gott oder dem X oder dem Y, geboren, ohne gefragt zu werden, zum Tode verurteilt von der Geburt an, und doch die Wahnsinnigkeit des Lebens, des Menschen, und das Gefühl, immer sei es das Unfindbare, was wir suchen. Die Träume von Glück, von Erfüllung, das Glück, wie er es erlebt hatte mit Eva, und auch früher mit Rita, dieses zitternde, brennende, intensive Empfinden des Augenblicks, der in einem bebte, die Lust des Anfangs, und die Erfüllung und das Ende, bis zum grauenhaften Schmerz, der ihn niedergeworfen hatte, und der ja immer wieder in ihm aufloderte, auch jetzt noch.

Ja, er müßte ihre Geschichte schreiben, ein Buch, in dem alle drin waren, die Clique und ihre Verrücktheiten, der Ort, die Saufereien, die Frauen, das Malen, der Sommer '58, die Gedichte, Benn und Hofmannsthal und Henry Miller und Joyce und Hesse und Rilke und Thomas Mann und Thomas Wolfe und Dostojewski und Flaubert und Bach und Beethoven und Tschaikowski und die Dreigroschenoper und die Piaf und Brassens und alles und alles.

Er verbrachte die Tage wie zwischen Schlafen und Erwachen. Verwirrende, seltsame Träume verfolgten ihn. Die Clique hatte einen Menschen gebraten und sie hatten ihn gegessen, und die Erinnerung an den fiesen Geschmack des Fleisches verfolgte ihn, würgte im Hals. Davon erwachte er. Oder er ging im Zwielicht eine Treppe hinauf und trat durch eine Tür und hatte das Gefühl, daß ihn hinter dieser Tür etwas Schreckliches erwarte. Er rief, sah aber niemanden. Dieses beklemmende Gefühl wurde immer stärker. Plötzlich erschien eine alte Frau und bedeutete ihm zu folgen. Sie brachte ihn an ein Kinderbett und darin lag… Eva.

In dem tagtraumartigen Erinnern stieg wieder auf die Zeit mit Eva, die stürmische Verliebtheit und das Kennenlernen, der Zauber jener Tage und Wochen, als sie beide das Glück so intensiv als etwas Berauschendes empfunden hatten im bebenden Beieinander, so atemlos erschütternd, wie er es erlebte, der erste Kuß, ihr erster Beischlaf, ihre zahllosen Nächte, in denen sie aus sich heraustraten und die Hülle der Unzulänglichkeit ablegten im Verständnis ihrer Körper, in der Ermattung der Liebe, im neuen Verlangen. Und es schien ihm, nie werde er es verwinden, als sei ein Stück von ihm selbst gestorben oder als sei er ganz gestorben, als sie ihn verließ. Nie mehr ihr Anblick, nie mehr ihre Gegenwart, ihre Augen, ihre Lippen, ihre Anmut, der Zusammenklang ihres Gesichts, den er so geliebt hatte.

Ja, dachte er, das sind die Erinnerungen, die mich fertig machen. Er lag auf dem Bett und die Bilder überfielen ihn, sie waren plötzlich da, er sah alles hinter seinen geschlossenen Augen, konnte es nicht abwehren, war den Bildern ausgeliefert. Morgens gegen fünf kamen wir von einer Party bei Jupp auf dem Hoferkopf. Trotz Vaters Verbot gingen wir in mein Zimmer und wir waren wie zwei Verdurstende, als wir uns aufeinanderstürzten. Mein Pint war schwer und steif. Sie betrachtete ihn mit irrem Blick, faßte ihn an und drückte ihn und sie führte ihn bei sich ein, und wir begannen mit dem herrlichen Rhythmus. Ich hatte das Gefühl, überhaupt nicht mehr kommen zu müssen, und sie kam mehrere Male, bis es bei mir soweit war, und dann kamen wir zusammen in einem herrlichen Erguß. Wir waren wie zwei Verrückte, wir liebkosten uns, wie wir es noch nie getan hatten, ich leckte den Haarbusch zwischen ihren Beinen und leckte ihren Saft mit der Zunge, aber wir waren noch nicht am Ende. Ich spürte, daß er nicht mehr so steif war. Sie nahm ihn in den Mund und kitzelte ihn mit der Zunge, daß er gleich wieder mächtig wurde und ich stieß in ihren Mund, er war naß in ihrer Höhle und sie sagte, komm wieder in mich, und ich stieß wieder in sie, und wir waren zusammen und dann kamen wir wieder und wir keuchten und lachten. Oh ja, was für ein Wahnsinn, dachte er, was für ein Wahnsinn unsere Vögeleien waren. All die Abende in meinem kleinen Auto auf dem Rücksitz, die irren Stunden dort, und einmal stieg ich nackt aus dem Auto und hielt meinen Körper dem Regen entgegen, der mich kühlte, und dann stieg ich wieder zu ihr, dort oben auf dem Feld über Neunkirchen. Oder wir fuhren ins Ostertal und lagen auf einer Lichtung im Wind. Wir waren fast nackt und ich sah ihren Körper und ich liebkoste und begehrte ihn. Ihre Schenkel öffneten sich, und ich sah ihr Haarvlies und die herrliche, bleiche, beschattete Haut und den Spalt, und sie machte es mir mit der Hand, und sie tat es herrlich, und die Stunden waren von schwebender Leichtigkeit. Wie ist das alles eingebrannt in mir, alles in unauslöschbarer, in nicht zu tilgender Schrift. Alles verloren, alles für immer verloren. Nach der Nacht auf der Polizeizelle in Friedrichsthal, als sie Wolfgang und mich eingesperrt hatten, fuhr ich am nächsten Tag nach Neunkirchen zu ihr. Später waren wir im Auto. Draußen ging ein Landregen nieder. Wir waren auf den Vordersitzen, wir streichelten uns, und dann war mein Pint schwer in ihrer Hand und sie liebkoste ihn, ihre Haare fielen über ihn, und plötzlich ging draußen im Regen ein Mann vorbei und wir wußten nicht, ob er etwas gesehen hatte, und es war uns auch gleichgültig, und dann regnete es nicht nur draußen, dann ging ein weißer Regen auf ihre Hände und auf meinen Bauch nieder, und wir lachten über den weißen Regen. Oh mein Gott, so reiht sich Erinnerung an Erinnerung, sie machen mich fertig, unsere herrlichen Vögeleien, der Irrsinn unserer Körper, unsere Liebe, und alles vorbei. Das macht mich verrückt zu wissen, daß ich so herrlich mit ihr zusammen lebte, und daß sie dies heute mit dem anderen tut.

Eine Erinnerung ging über in die andere, zauberte immer wieder neue aus dem Hut, hatte sie in Reserve, lag mit ihr im Hinterhalt. Die Fahrt nach Straßburg, die Nächte beim Weber, die Abende im Schloßhof, die Sommertage am Bad, alles ging zusammen und stürzte ihn in Verzweiflung. Alles war so frisch, als wäre es gestern gewesen, und ich selbst bin schuld, wußte er immer und immer wieder, ich habe alles zerstört mit meiner Überheblichkeit, mit meinem Hang zum Quälen, mit meinen Minderwertigkeitsgefühlen, die ich an ihr ausließ, mit meiner Unzufriedenheit mit meinem Leben.

Unter der brünstigen Sonne waren die Tage von glühender Einsamkeit. Er ging zum Bad und sah die Körper der Frauen. Er traf Rita, die ebenfalls Dunkle, voll erblühter Weiblichkeit, deren Brüste er damals geküßt hatte, als sie sich in jenem verrückten Sommer '58 eine Zeitlang getroffen hatten. Jetzt war Rita mit Wilhelm zusammen, dem Freund aus der Clique. Wenn er mit ihr schwamm oder sie sich am Beckenrand unterhielten, sah er unter dem nassen Stoff des Badeanzugs ihre prächtigen Brüste, die er einmal begehrt hatte. Er sah den schwarzen Blitz ihrer Achselhöhlen, ihren vollen, weiblichen Hintern, den sie auf die Bretter am Beckenrand schwang, die dunkel wuchernden Härchen da unten, die seitlich unter dem Stoff des Badeanzugs hervorlugten, und er meinte, fast wahnsinnig zu werden vor Sehnsucht und Verlassenheit. Alles war vor ihm, ihre Brüste, ihr Hintern, oh Brüste, die er einmal geküßt hatte im Taumel warmer Abende, ihre Augen, alles war verschlossen, war nicht mehr für ihn. Nur manchmal spürten sie beide noch etwas von der alten Vertrautheit, aber dann war er wieder blind vor Vergeblichkeit, Rita und Eva verschmolzen für Momente, überlagerten sich, die noch weiter entfernt liegende Vergangenheit wurde auch wieder lebendig. Eva, die Urdunkle, die Urmutter und Rita, die andere, sie verschmolzen, sie wurden eins in ihrer Unerreichbarkeit. Beide waren Vergangenheit, beide vergebliche Lockung.

Am Abend der glühenden Tage saß er am Marktplatz. Jetzt war in den Räumen des Café Schwarz, das einer der Treffpunkte der Clique gewesen war, und wo er noch vor einem unendlich entfernten und gleichzeitig gegenwärtigen Jahr zum erstenmal mit Eva gesessen hatte, eines jener Eiscafés, die sich überall im Lande ausbreiteten. Mit ihren klangvollen Namen Capri, Napoli oder Roma brachten sie etwas Farbe in das deutsche Allerlei, auch wenn die dazugehörigen Italiener von den Dörflern erst etwas mißtrauisch beäugt oder als Itaker und Badoglios tituliert wurden. Aber das „Bella bella bella Marie“ der Caprifischer war doch in allen Köpfen so lebendig wie das „komm ein bißchen mit nach Italien, komm ein bißchen mit ans blaue Meer“ der Caterina Valente und ihres Bruders Silvio Francesco oder ihre Italienfilme.

So saßen jetzt die Bildstocker an den wenigen Tischen vor dem Café Roma. Von drinnen hörte man das klingende va bene oder tschau oder das schmelzende Marina, Marina, Marina te voglio sposare per me... Für Andreas hatten die wenigen Stühle und Tische am Markt etwas Tröstliches, erinnerten ihn an sein geliebtes Paris, an das Stammcafé Monaco in der Rue Saint Sulpice und an seinen inzwischen schon legendären Besuch bei Günther vor vier Jahren.

Sonst allerdings erinnerte nichts an jenes lebendige, schöne Fluten und Treiben, denn der Marktplatz lag an den Abenden verlassen und leer. Nur hin und wieder schlenderten zwei gickelnde Mädchen vorüber, die sich eingehängt hatten. Ein paar Autos parkten, und auf der anderen Hälfte des durch die Hauptstraße geteilten Platzes warfen die wenigen Lampen ihr Licht auf die schlanke Mariensäule.

Bildstock und die Mutter Gottes, das ist eine Geschichte für sich, dachte Andreas. Die Bildstocker konnten nicht genug bekommen von der Gottesmutter. Schon der Name des Ortes ging auf ein Bildstöckel zurück, in dem eine Statue der Gottesmutter stand, und Vorläufer des Bildstöckels war ein hohler Baum, in den ein Pilger vor langer Zeit eine kleine Statue der Muttergottes gestellt hatte. Und so, nomen est omen, legten die Bildstocker im Krieg ein Gelübde ab, natürlich ebenfalls zu Maria. Wenn der Ort verschont bleibe, wollten sie eine Marienkapelle auf dem Hoferkopf errichten. Maria erhörte das Gelübde, der Ort wurde verschont. Die Bildstocker bauten ihr eine Kapelle auf dem Hoferkopf, die nicht weit von dem Bildstöckel entfernt war, und dann, da aller guten Dinge drei waren, wurde auch noch das Ortszentrum Maria geweiht, auf dem Marktplatz errichtete man die Mariensäule. So stand der Ort unter dem flächendeckenden Schutz von Maria. Jetzt konnte eigentlich nichts mehr passieren.

Andreas erinnerte sich an die Einweihung. Wie immer, wenn im Dorf ein kirchliches oder weltliches Fest gefeiert wurde, gab es einen Festzug, mit der Bergkapelle, mit den Knappen in schwarzen Uniformen und weißen Federbüschen an ihren Kappen. Die Bergkapelle spielte, das Blech klang, die Posaunen erschallten, als wollten sie die Häuser am Markt zum Einsturz bringen wie die Mauern von Jericho. Der Kirchenchor sang, der Leiter, Herr Breuer in seinem engen, schwarzen Anzug hob und senkte die Arme, daß der Anzug nur so spannte, aber der Chor klang laut und getragen über den ganzen Platz. Dann stand auf einem kleinen Podest neben der noch verhüllten Maria eine Frau, die einen endlos langen Festprolog deklamierte, und dann war der spannende und feierliche Augenblick gekommen. Pastor Scheidemann zog an der Schnur, das Tuch glitt herunter und gab die Mariensäule endlich den Blicken frei. Sie zeigte sich schlank und glänzend aus hellem Stein, und oben auf der Säule stand die Statue mit dem Jesuskind im Arm. Sie blickte über den Platz in Richtung Kirche, sie blickte auch in Richtung Hoferkopf, in Richtung ihrer Kapelle und ihrer kleinen Statue im Bildstöckel.

Aber diese Enthüllung war nur der Anfang gewesen, denn erst am Abend fand die kirchliche Einweihung statt, und die stellte, obwohl bei Dunkelheit, die Zeremonie vom Tage weit in den Schatten. Sie tat dies mit Fackeln, Lichtern und Lampions. Vor der Kirche hatte sich ein Zug gebildet, der nicht etwa nur die wenigen Meter bis zum Markt und damit zur Säule zurücklegte, er schlug einen großen Bogen durch mehrere Straßen, er bewegte sich als tausendfach leuchtender Wurm durch die Nacht, um dann von der anderen Seite auf den Marktplatz zu stoßen. Dort war es fast taghell, denn die Säule wurde von starken Scheinwerfern angestrahlt, und Maria leuchtete und trohnte auf dem Strahlenbündel der Scheinwerfer als sei sie Zielscheibe für die Flak, die ein feindliches Flugzeug vom Himmel holen wollte.

Dann hatte Pastor Scheidemann die Einsegnung vorgenommen, der Kirchenchor fiel ein mit „Meerstern ich dich grüße“ und später klang das „Gut, Blut und Leben“ aus hundert Mündern als mächtiges, dunkles Brausen fast bedrohlich durch die Nacht, klang hoch zu der hell leuchtenden Säule, zu dem zarten Gesicht der Mutter Gottes.

Als Andreas auf den Markt hinaussah, meinte er, nocheinmal dieses Gut, Blut und Leben zu hören. Wie fern war dies jetzt alles, wie fern der Glauben, alles vergangen, und dunkel lag heute nacht drüben die Mariensäule. Aber Maria wachte auch im Dunkeln.

Andreas sah zu den Autos hinüber, dachte mit Wehmut an sein Crèmeschnittchen, das er nicht mehr hatte. Man sah jetzt, vier Jahre nach der Rückgliederung, immer mehr deutsche Autos. Die Käfer verdrängten aber die Crèmeschnittchen und Dauphines nicht ganz, die Opels und Borgwards nicht die Simcas und Peugeots. Solche Überlegungen konnten ihn nicht lange ablenken von seinem Elend, und wieder schien ihm, die Trostlosigkeit seines Lebens müsse ihn überwältigen. Dann kam vielleicht doch noch Günther, oder Wolfgang, oder Berti und erlösten aus der Einsamkeit. Andreas konnte vielleicht noch etwas von Fürst Myschkin schwärmen, von Dostojewski, den er gerade wieder las, oder von seinem geliebten Henry Miller.

Immer noch hatte er keine Nachricht auf seine Bewerbung von jener Buchhandlung, bei der auch Günther arbeitete. Mitte Juni lag morgens ein Brief des Kreiswehrersatzamtes auf dem Küchentisch. Andreas schwante nichts Gutes, denn die fällige Musterung hing ja schon seit einer Weile als ständig drohendes Unheil über ihm. Ein paar Tage später sollte er zur Musterung erscheinen.

Wieder einmal stürzte alles zusammen, der Brief riß ihn aus dem schwebenden Zustand des Dahintreibens. Wenn er zum Barras müßte, würde sich alles wieder verschieben. Wieder einmal war die Zukunft ungewiß und bedrohlich.

4

Es war die Zeit des kalten Krieges, man lebte mit der atomaren Bedrohung, der Wahnsinn hatte Methode, der eiserne Vorhang teilte Europa und die Welt. Hierzulande lebte man mit Mauer und Stacheldraht, mit der angeblichen oder wirklichen Bedrohung aus dem Osten, Deutschland war in der Nato, die drüben im Warschauer Pakt, fest stand wieder die Wacht am Rhein, und fest die Verbündeten in Berlin, an Mauer und Stacheldraht, am Checkpoint Charly, Amis, Engländer, Franzosen. Deutschland war das größte Waffenlager, Deutschland würde der Schauplatz des nächsten Krieges sein, und trotzdem, man lebte ganz gut mit der Bedrohung, mit der Gefahr, hatte sich eingerichtet im täglichen Wahnsinn unter den Raketen. Keine Zeit der Entspannung, keine Zeit der Friedenstauben, es war die Zeit von Mauer und Minen, die Bedrohung war real. Chruschtschow klopfte in der UNO mit seinem Schuh auf den Tisch, die Stimmung war gereizt, manchmal wurde sie hysterisch. Jeder Zwischenfall konnte Folgen haben, dem Kommunismus mußte Halt geboten werden. Gab man denen den kleinen Finger, konnte es den Arm kosten. Wie sich das auf die Menschen auswirkte, wußte niemand. Man lebte mit der Bedrohung, jederzeit könnte es zum großen Knall kommen. Verteidigung tat not, es ging nicht ohne Armee.

Andreas dachte dies widerstrebend, auch wenn er es schrecklich fand, daß die Deutschen wieder Soldaten hatten, wieder lieb Vaterland und Helm ab zum Gebet, und nach dem Krieg hieß es, wie Vater immer spöttisch zitierte, jedem Deutschen, der wieder ein Gewehr in die Hand nehme, solle diese Hand abfallen. Nun müßten viele Hände abfallen, denn viele Hände trugen wieder Gewehre. Die Deutschen marschierten wieder eifrig, in Reih und Glied, aber diesmal nicht für Führer Volk und Vaterland, diesmal für die freiheitliche Grundordnung, in den Reihen der NATO, im Atlantischen Bündnis, zum Schutz der freien Welt, die so frei aber wiederum in vielem auch nicht war. Freier allerdings als die Welt der Roten, die erst langsam den schrecklichen Diktator Stalin überwand. Aber auch im Westen war nicht alles frei und fein, was glänzte. Im freiesten Land USA lebten die Schwarzen in Unterdrückung und Ungleichheit, und dieses freie Land unterdrückte in einigen Ländern jeden Versuch, ihre ungerechten Verhältnisse zu ändern. Sie fürchteten, Revolution wäre gleich Kommunismus, und den galt es ja zu bekämpfen. Man unterstützte dabei so manches ungerechte Regime. Und selbst Europa hielt sich noch Kolonien. Mehr Gerechtigkeit tat not, mehr Menschlichkeit, mehr Ausgleich zwischen den Armen und den Reichen. Aber der Kommunismus war nicht der richtige Weg, auch er führte wieder zur Unfreiheit, zur Unterdrückung. Richtschnur dürfte nur die Humanität sein.

Die Deutschen waren ihren Diktator mit Hilfe des freien Westens losgeworden, viele trauerten ihm noch nach. Die großdeutsche Wehrmacht hatte ihren Geist, das heißt ihren Ungeist aufgegeben, jetzt marschierten die Deutschen in der Bundeswehr. Sie gehorchten nicht mehr dem größten Feldherrn aller Zeiten, der in Wahrheit der größte Verbrecher aller Zeiten gewesen war, sie eroberten nicht Polen und nicht Frankreich und nicht Europa, sie brannten nicht nieder und mordeten nicht, aber sie zogen auch wieder mit Fahnen und klingendem Spiel, es gab wieder den Treueeid mit Fackeln und Fanfaren, aber diesmal auf die Verfassung, auf die freiheitliche Grundordnung. Dabei kam es dann im Innern der Bundeswehr auf etwas Unfreiheit und Unterdrückung nicht so an. Das war ganz im alten Geiste, denn die neue Bundeswehr hatte sich eigentlich nie so ganz eindeutig von der alten Wehrmacht distanziert, war nicht auf Abstand gegangen, hatte nicht verdammt, was damals geschehen war, hatte die Taten nicht verurteilt. Der alte Ungeist stand als Schatten im Hintergrund. Der deutsche Offizier und der deutsche Soldat waren nach wie vor Werte, hehr, rein, sauber, anständig, pflichttreu. Auf den deutschen Soldaten ließ die Bundeswehr nichts kommen. Manche alte Helden der Wehrmacht waren Vorbilder für die neue, manche, die im bedingungslosen Wahn dem Verbrecher Hitler bis zum Schluß die Treue gehalten hatten, verurteilte man nicht, im Gegenteil, man stellte sie als Vorbilder hin. Der Kadavergehorsam war ein Bazillus, der nicht ausgerottet war, man pflegte weiter auch den falschen Stolz, das falsche Pathos, das falsche Erinnern und das falsche Vergessen. Wo man sich hätte erinnern müssen, vergaß man, und was man hätte tilgen müssen, hielt man in Ehren, die falsche Autorität, die falschen Vorbilder, die falschen Lehren. Das galt nicht nur für die Bundeswehr, das wucherte noch überall, trat dreist ans Licht, in diesem Lande, in dem Judenfriedhöfe wieder geschändet wurden, und in dem man Nazi-Täter nicht verfolgte oder sie freisprach.

Es war unmöglich, er konnte nicht zu den Soldaten. Alles Militärische war ihm zuwider, auch wenn es ohne wohl nicht ging. Eine Berufsarmee wäre eine Lösung. Er haßte Uniformen, den Drill, das Kommando, die Unterwerfung unter einen anderen Willen, unmöglich, daß er selbst schießen, im Dreck liegen, sich durch den Dreck wälzen sollte, auf! nieder! auf! nieder! wie Vater seine Ausbildung bei der Infanterie in Germersheim beschrieb, auf! nieder! auf! nieder! Gewehr auf! Der hirnlose Kadavergehorsam, nein, es war unvorstellbar. Aber wenn er tauglich war, würde es so kommen. Denn Verweigerung war sehr schwer, damit kam man kaum durch. Da genügte es nicht, zu sagen, man lehne den Krieg ab. Den lehne doch wohl jeder ab, aber was sei denn, wenn der Feind, sprich Iwan, mit dem Gewehr vor der Tür stehe und seine eigene Mutter bedrohe? Was er dann tue, ob er sich dann etwa nicht wehren müsse, sie nicht verteidigen müsse? Ja gewiß, die würde er verteidigen. Aber ohne Waffe? Wenn jeder so denken würde wie er? Was dann? Nur wer aus tiefster religiöser Überzeugung jede Waffe, jedes Töten, ablehne, der hatte vielleicht Chancen, aus Gewissensgründen verweigern zu können. Aber die Fälle waren selten. Also doch Wehrdienst? Oder Verweigerung und dann ins Gefängnis? Oder Flucht nach Berlin, wie es viele taten, und was Gaby aus Berlin ihm schon in einem Brand-Brief empfohlen hatte? Dann wäre der Rückweg versperrt, und wie weiter? Mit Gefängnis wäre er vorbestraft. Er durfte einfach nicht tauglich sein. Auf diese Karte mußte er setzen. Den Wehrdienst würde er körperlich sowieso nie durchstehen.

Die Lösung war: untauglich sein. Reserve hat Ruh. Reserve macht vielleicht ab und zu eine Übung. Das kann man überleben. Er mußte untauglich sein, sein körperlicher Zustand mußte überzeugend schlecht sein. Da könnte man ja auch etwas nachhelfen. Wie hatte das Felix Krull so unnachahmlich gemacht, wie hatte er die Militärärzte mit seiner schauspielerischen Simulation irre geführt! Aber Andreas war nicht Felix Krull, solche Mittel standen ihm nicht zur Verfügung. Auf so etwas konnte er sich nicht einmal versuchsweise einlassen, damit würde er ganz schnell auf der Schnauze landen, und dann wäre er wirklich mit der Nase im Dreck, auf und nieder, auf und nieder. Nein, er mußte es prosaischer angehen, ohne Kunst, ohne darstellende Kunst.

Inzwischen hatte ja auch wohl jeder Militärmedicus die Stelle im Krull gelesen. Bei der ersten Musterung vor drei Jahren war er tauglich gewesen. Etwas Schwerwiegendes hatte sich bei ihm inzwischen ja nicht eingestellt, er hatte keine erkennbaren Gebrechen, war vielleicht nicht ganz so kräftig, oft plagte ihn Angina, Angina pectoris wäre besser. Aber er war sehr erregbar, war übererregbar. Sein Körper reagierte manchmal mit Panik, mit Herzklopfen, mit Schweißausbrüchen, das Herz jagte dann, der Puls schlug schnell. Seit der Trennung von Eva waren diese Zustände häufig. Dr. Maurer, zu dem er gegangen war, sagte, das sei vegetative Dystonie, seelisch bedingt. So könnte diese vegetative Dystonie vielleicht doch zu etwas nützlich sein. Das Saufen und Rauchen natürlich auch. Mit dem Attest

Dr. Maurers, des väterlichen Arztes, den Gott segnen möge, und etwas Glück könnte es reichen. Um dem Glück noch etwas nachzuhelfen, trank er an den zwei Abenden vorher ein paar Biere mehr als sonst und am Morgen der Musterung eine halbe Kanne starken Kaffees, der sein Herz schon ganz schön zum Klopfen brachte.

Keine Uniformen, kein Musterungskomitee wie im Krull, nur ein Arzt im weißen Kittel. Andreas mußte auch nicht nackt vor den neugierigen Blicken eines Komitees defilieren, er stand nur in seiner schwarzen Turnhose vor einem Arzt, der ihn locker und ganz unmilitärisch begutachtete. Aber obwohl keine schnarrenden Stimmen ihn befragten, obwohl er auch im Vorraum beim Ausziehen allein gewesen war, spürte Andreas gleich, wie ihn schon der Vorgang selbst in einer Weise in Erregung versetzte, die eigentlich nicht gerechtfertigt war. Schon spürte er, wie ihm die Hitze in den Kopf stieg, wie sich seine Wangen röteten und sich erste Schweißtropfen bildeten. Es schoß ihm durch den Kopf, daß der Grad der Erregung wohl dem des guten Felix Krull in nichts nachstehe, daß er aber einen anderen Gebrauch als dieser davon machen werde. Leicht gebeugt stand er vor dem Mediziner, beantwortete dessen Fragen, ob sich seit dem letzten Mal etwas Wesentliches geändert habe, was er mit einem eher zögernden „Ja“ beantwortete und das Attest überreichte, das der Stabsphysikus mit leichtem Stirnrunzeln durchlas und mit einem kollegialen Nicken zur Kenntnis nahm.

„So, so, vegetative Dystonie also!“ bemerkte er, und Andreas schien es, in seiner Stimme klinge doch Zweifel an der Diagnose des nichtmilitärischen Kollegen. Und wie sich das denn äußere? Herzklopfen, Herzziehen, Schweißausbrüche? So, so, das sei ja interessant.

„Bücken!“ Na ja, Hämorrhoiden habe er immerhin keine! Und wenn er bitte einmal zehn Kniebeugen machen wolle? Andreas tat, wie ihm geheißen, und der starke Kaffee und das Bier der vergangenen Tage zeigten ihre Wirkung, denn bei den Kniebeugen spürte er einen zuckenden, schwindelnden Schmerz im Kopf und in der

Brust, er schnaufte hörbar. Als er wieder stillstand, spürte er das Blut heiß in seinen Wangen und in seinem Kopf, dort, wo auch das Herz unregelmäßig und schnell dröhnte. Von der Stirn flossen Schweißtropfen. Da es ihm unangenehm und zugleich höchst peinlich war, sich so desolat und aufgelöst dem prüfenden Blick des Stabsarztes zu zeigen, verstärkte dieses Empfinden der Scham seinen miserablen Zustand noch mehr. Der Stabsmedicus zählte den Puls, Andreas hustete auf Kommando über das dünne, gelichtete Haar des Arztes hinweg, der wiederum mit seinem Stethoskop dem jagenden Dröhnen seines Herzens mit Interesse zu lauschen schien. Dann richtete er sich auf, ließ das Stethoskop in die Tasche seines weißen Arztkittels gleiten und betrachtete Andreas ein paar Augenblicke mit gleichmütigem, aber eher nachdenklichem Ausdruck.

„Ja, junger Mann, ich glaube mit uns wird das nichts! Was ich da sehe, gefällt mir garnicht!"

„Soll das heißen…"

„Das soll heißen, daß bei Ihnen einiges nicht so ist, wie es sein sollte. Ihr Herz gefällt mir garnicht, Lunge scheint in Ordnung. Aber das Herz…", er gab ein paar schnalzende Töne von sich… „auf Ihr Herz müssen Sie achten! Ich werde Sie für die Reserve vorschlagen."

„Heißt das untauglich?" fragte Andreas kleinlaut und anscheinend bedrückt.

„Das heißt untauglich. Aber entscheiden wird die Kommission. Gleich anschließend."

Das Wort „untauglich", das er eher beiläufig aussprach, war die Erlösung von einem Alptraum, war wie ein Tropfen einer chemischen Substanz, die eine trübe Lösung mit einem Schlag wieder in klares Wasser verwandelt. Die Erleichterung fiel in seine Seele mit diesem einen, entscheidenden Wort, sie breitete sich aus, und Andreas spürte, wie sie sich auf den Nervenbahnen ausdehnte und als etwas Leichtes, Befreiendes in ihm aufstieg, das er fast körperlich spürte. Der Generalarzt, zu dem ihn Andreas längst befördert hatte, gab Andreas gute Ratschläge: Er solle auf seine Gesundheit achten, das sehe nicht gut aus mit ihm, er solle Sport treiben, wenn er so weiter mache, könne das böse enden.

Ja, sagte er, er werde versuchen, das Rauchen aufzugeben, und er werde versuchen, nicht mehr so viel zu trinken, natürlich, das habe ihm Dr. Maurer auch schon nahegelegt, und während er das sagte, dankte er der vegetativen Dystonie, den zahllosen Bieren und Cognacs und manchem Klaren, er dankte den Overstolz und den Bali und den Halbe Fünf, den Pall Malls und den Lucky Strikes, den Gitanes bleu und den Gauloises, er dankte den Besäufnissen der Clique im Weber und im Mainzer Hof, im Café Schwarz oder beim Buckel in Neunkirchen, oder nur dem einsamen Suff. Jetzt hatte sich alles ausgezahlt, hatte sich bezahlt gemacht, und er dankte dem guten, anregenden Koffein, das sein Herz immer noch stürmisch schlagen ließ. Und dann dankte er noch dem Arzt, den er jetzt am liebsten zum Oberstabsphysikus oder zum Heeresoberarzt befördert hätte, zeigte ihm, wie froh er war, in ihm einen verständnisvollen, einsichtigen Menschen gefunden zu haben, der es nicht verantworten konnte, einen jungen Mann in einem so miserablen Gesundheitszustand den Strapazen des Wehrdienstes auszusetzen, vermied es jedoch gleichzeitig, Erleichterung über seine Untauglichkeit zu zeigen, um ja nicht den Verdacht einer Simulation aufkommen zu lassen. Er wäre bereit gewesen, aber es konnte halt nicht sein.

Dann trat er mit immer noch gerötetem Kopf und immer noch stark klopfendem Herzen vor die Musterungskommission, vor drei würdige Herren, von denen nicht einer in Uniform war. Keine Epauletten, keine Schnüre und keine blitzenden Zwicker, und auch die Stimme des Herrn in der Mitte, der wohl der Vorsitzende war, schnarrte nicht militärisch, sondern klang eher wohlwollend ruhig als sie die Entscheidung verkündete: „Ersatzreserve zwei. Untauglich." Andreas hatte es geschafft.

Er wurde über die Folgen dieses Urteils belehrt, und es kam ihm nicht in den Sinn, wie der gute Felix Krull aufs Äußerste zu bedauern, daß er nun nicht dem Vaterland dienen könne, daß er nicht die Uniform tragen könne, die ihm bestimmt so gut zu Gesicht stehen würde, ja, daß er sich insgeheim eine Karriere im blauen Rock für sich vorgestellt hatte, wie sie auch seine Mutter für ihn ins Auge gefaßt habe. Andreas vermied es, beim Abschied in irgendeiner Weise etwa Triumph oder Freude über dieses Urteil zu zeigen. Er behielt seinen niedergeschlagenen Gesichtsausdruck bei, der zeigte, meine Herren, es hat nicht sollen sein, ich kann nichts dafür, ich bin unschuldig, das heißt ich bin untauglich, ich bin gestraft genug, und betäubt von der ganzen entwürdigenden Prozedur fiel ihm das auch nicht schwer.

Am Abend feierte die Clique beim Weber diesen Erfolg mit einem kräftigen Besäufnis.

5

Die Buchhandlung, in der Günther arbeitete, hatte ihm abgesagt, „es müsse der Bruder ja nicht unbedingt beim Bruder sein.“ Andreas war zu einer in der Nähe gelegenen Buchhandlung gegangen, hatte nach dem Chef gefragt, sich vorgestellt und gesagt, er wolle Buchhändler werden, worauf der erstaunte Herr Seibert gefragt hatte, er sei doch Buchhändler, was Andreas Gelegenheit gab, ihn aufzuklären, nicht er sei Buchhändler, der Buchhändler sei sein Bruder, und nach einem nicht allzulangen Gespräch hatte Herr Seibert mit seiner heiseren Stimme gesagt, Andreas könne zum Ersten anfangen.
Kurze Zeit später betrat Andreas den verwinkelten Laden der Buchhandlung, aber er empfand wenig von der Erwartung und Freude, die er noch vor wenigen Monaten gespürt hatte, als er zum ersten Mal den Raum der Werkkunstschule betreten hatte. Zu sehr hatte sich sein Leben nach dem offensichtlichen Scheitern seiner künstlerischen Pläne geändert. Statt Bilder zu malen oder Bücher zu schreiben, würde er jetzt Bücher verkaufen. Gewiß war das ein Rückschritt, es war Scheitern, aber dann wiederum schien ihm der Buchhandel doch in seiner jetzigen Lage das Richtige, und er sagte sich, es sei kein schlechter Beruf.

Nebenbei werde er ja selbstverständlich mit seinen künstlerischen Versuchen weitermachen. Vor allem war er nun froh, sich überhaupt für etwas entschieden zu haben nach den letzten Monaten der Unentschiedenheit, der Enttäuschung und der Qual.

Im Laden, dessen älterer Vorderteil durch eine Längswand geteilt war und der sich hinten in einen neueren Teil fortsetzte, spürte er zwischen den Regalen aus dunklem Holz, die bis zur Decke reichten, die alte, schöne Vertrautheit, die sich in Buchhandlungen oder Büchereien immer einstellte, das Wohlsein und die Neugierde im Labyrinth der Bücher, das einen sofort in einen zeitlosen, freien Zustand versetzte, wenn man sich bewußt wurde, daß, hätte man die Zeit, man Jahre und Jahre mit diesen Büchern, mit Lesen verbringen könnte. Eine solche Ansammlung, eine solche Summe von Büchern, wie auch jedes einzelne Buch selbst, hatten auf Andreas von klein auf diese Faszination ausgeübt, und von klein auf hatte er die Bücher gesucht.

Die Bücher zuhause in der Rotstraße waren die ersten gewesen, die Bücher von Tante Irma, die Bücher von Ludwig. Sie waren immer da gewesen, von Anfang an, von Anfang an das Wort, das Buch, das Gedruckte, die magischen Titel, die Umschläge, das Geheimnis ihrer Inhalte, sie waren Verlockung und Verheißung, sie waren der Humus, auf dem eine Saat aufgehen konnte, sie waren in der kleinen Welt der Rotstraße in dem kleinen Dorf ein Samen, der aufgehen, ihn selbst befruchten würde, der ihn immer neben der wirklichen Welt, neben der Welt der Straße, des Dorfes, eine andere Welt sehen ließ, eine, die in den Büchern war, die nur dort blühte und erstand. Wieviele unvergessene und unvergeßliche Stunden hatten ihm die Bücher geschenkt, wie sehr hatte er als Junge seinen Robinson geliebt, wie hatte er mit ihm gelebt, wie auch mit Peter und Eva, den Höhlenkindern, wie hatte er sich hineinversetzt in diese andere Welt, wie davon geträumt, selbst in dieser anderen Welt zu sein, und wie sehr hatte er die Welt des Buchs in die eigene Welt übertragen. Robinson war auch unten in den Wäldern, am Schlammweiher, dort konnten auch Peter und Eva die Höhlenkinder leben. Und immer auch waren Ludwigs Bücherschätze neuer Anstoß, wie gierig durchflog er den deutschen Novellenkranz, wie später die ersten Bücher von Thomas Mann, von Hermann Hesse.

Zu diesem Urfundus kamen nach und nach andere Quellen. Da war die Borromäusbibliothek, die im katholischen Vereinshaus untergebracht war, wo die Bücher unerreichbar in den Regalen standen und nur von der gestrengen Fräulein Hermann mit gnädiger Geste, das heißt huldvoll und etwas herablassend überreicht wurden, und unter diesen Schätzen waren auch die Karl May Bände mit den farbigen Titelbildern. Dazu kam eine kleine Leihbücherei am Oberen Markt in Neunkirchen, eine Geheimquelle von Günther, der von dort die herrlichsten Schätze anschleppte, wie „Aus Wald und Flur", und mehr in diese Bücher schaute als in die Schulbücher, und es kam die Gemeindebücherei in Friedrichsthal hinzu, wo der würdige Herr Bahner sich über die beiden Schöber Buben freute, die die dicksten Bände abschleppten. Dann wurde Günther selbst Buchhändlerlehrling, und nun floß ein steter Strom aus der Buchhandlung in Saarbrücken in die Rotstraße, und auch der Zuwachs aus dem „Club der Buchfreunde" von Ludwig blieb ja nicht aus. Günthers Zugehörigkeit zum inneren Kreis derer, die unbeschränkten Zugang zu den Herrlichkeiten einer Buchhandlung, den der Taschenbücher oder den wunderschönen Klassikerausgaben hatten, brachte auch für Andreas die angenehme Möglichkeit, sich öfter in der Buchhandlung aufzuhalten, in den Regalen zu stöbern, sich in aller Ruhe die Fischer Taschenbücher mit ihren schön cellophanierten Umschlägen oder die rororo Taschenbücher anzusehen, und manchmal auch vorsichtig einen Blick in die herrlichen Dünndruckausgaben mit ihren weichen Ledereinbänden zu werfen. Einmal fiel ihm ein Buch über Gerichtsmedizin in die Hände. Er dachte noch lange an die fürchterlich zugerichteten Leichen, an die wild gezackten Ränder der durchschnittenen Kehlen, an die aufgequollenen Gesichter der Selbstmörder.

Aus vielen Richtungen flossen die Bücher, kleinen Rinnsalen gleich, die sich dann doch zu dem steten Fluß der Bücher vereinigten, die er las, die er brauchte, die ihn entzückten, ihn nährten und speisten, die ihn beunruhigten und ihn quälten. Dieser Strom, das wußte er, würde nie versiegen, denn die Bücher waren ein Teil seines Lebens, ein wichtiger Teil. Nichts hatte sein Leben so beeinflußt wie Bücher.

Stunde um Stunde konnte er versinken in der Welt, die vor ihm aufgebaut wurde. Wie maß er seine Welt mit den Maßstäben der Bücherwelt, und immer, wenn er ein Buch zu Ende gelesen hatte, war es das gleiche schmerzliche Aufwachen, das Auftauchen aus der Fiktion und der Phantasie, die um so vieles interessanter und schöner waren als das eigene, bedeutungslose Leben. Dann tauchte er langsam wieder auf, und so war dieses Versinken in anderen Leben, in anderen Zeiten, nicht nur Lust, es war auch Last, wenn es endete, wenn plötzlich dies eine, bestimmte Buch zu Ende war. Als er älter wurde, war immer öfter an die Stelle des Gepacktseins vom anderen das Betroffensein getreten, der Blitz, der ihn durchzuckte, die Stimmung, die ihn traf, die Figur, die ihn packte, in der er eine verwandte Seele ahnte, die Ideen, die ihn aufwühlten, und es schien, als treffe er immer zur richtigen Zeit auf die richtigen Bücher, als hätten sie auf ihn gewartet. Die Zerrissenheit von Rodion Raskolnikow, aber auch die Schönheit der Knabenzeit bei Hans Giebenrath, des Jünglings bei Peter Camenzind, oder die Träume vom Künstlertum bei Tonio Kröger, der sich von den anderen unterscheidet und Gedichte von Storm liest, die Gedichte von Villon, oder Henry Miller, den er fühlte wie sich selbst, oder Verse von Gottfried Benn, die ihn aufgewühlt und gepackt hatten in jenem großen Sommer '58. Figuren aus Büchern waren Bestandteile des eigenen Lebens, des eigenen Denkens und Fühlens. Sie waren alter egos, waren nicht mehr nur beliebige Figuren, sie lebten in ihm, hatten Gestalt und Gewicht außerhalb der Bücher, sie waren Fiktion und waren doch ganz real, realer und wichtiger oft als richtige Menschen, sie waren ein Teil von ihm selbst geworden.

Schöner als alle Rinnsale und Ströme, die sich aus vielen Quellen bildeten, waren aber die eigenen Bücher, die er um sich hatte unterm Dach in der Rotstraße, denn Bücher zu lieben hieß ja auch, sie zu besitzen, zu betrachten und in die Hand nehmen zu können. So war das Büchersammeln zur gleichen Leidenschaft geworden wie das Lesen selbst. Mit Wehmut fast dachte Andreas an die Zeit zurück, als er sich mit vierzehn die ersten rororo Taschenbücher gekauft hatte, die zusammen mit den immer fälligen geschenkten Büchern den Grundstock zur eigenen Bibliothek bildeten. Im Laufe der letzten Jahre war aus den Anfängen schon eine ganz beachtliche Anzahl geworden, die zusammen mit Günthers Büchern schon zwei große Regale füllte. Immer wieder lockte es, sie neu zu ordnen, zu überlegen, ob man den Schutzumschlag abnehme oder nicht, sich zu erinnern, woher dieses oder jenes Buch stammte. Jedes Buch hatte eine eigene, ihm bekannte Geschichte, und es gab kaum etwas Schöneres, als einen Nachmittag damit zu verbringen, wieder einmal die Bücher durchzugehen, sie in die Hand zu nehmen und liebend zu betrachten, oder sich zu überlegen, was man sich vom spärlichen Geld vielleicht doch als nächstes kaufen könne. Vor allem von Günther oder auch von Herbert Rauber fielen manche Brosamen vom Tische der Buchhändler, etwa eine schöne Erstausgabe von Hesses „Gertrud“. Überhaupt liebte er die älteren Ausgaben der deutschen Verlage, mit Jugendstilornamenten und reich verziertem Umschlag. Über allem aber leuchteten die herrlichen Winkler Dünndruckausgaben oder die Bände der Manesse Bücherei.

Nicht nur die Bücher waren Ziel ständiger Begehrlichkeit und Quelle ständiger Befriedigung, auch die ganzen Zutaten faszinierten. Die Prospekte, die Verzeichnisse der Taschenbücher, die Verlagsankündigungen, die man wunderbarerweise gratis bekam, und die in den ganzen Kosmos der Autoren und Titel entführten. Deren Lektüre oder öfteres Studium war fast schon so schön und fesselnd wie die Lektüre der Bücher selbst. Reichlich flossen auch Leseexemplare, die Günther oft an Andreas weiterleitete, denn der unerschöpfliche Hunger brauchte ja Nahrung. Und jetzt, dachte Andreas, als er zum ersten Mal die Reihen und Regale in dem ihm noch nicht vertrauten Laden betrachtete, werden mir all diese Köstlichkeiten ohne Umweg zufließen. Und schwer wird es mir bestimmt nicht fallen, denn lesen, das tue ich so oder so, da wird sich nichts ändern. Für mich ist Lesen ja auch Leben, die Bücher sind

Teil meines Lebens, und natürlich werde ich versuchen, neben dem Buchhandel weiter zu schreiben und zu malen, und ich werde auch einmal weggehen können, wenn ich fertig bin mit der Lehre, die ja nur zwei Jahre dauern wird. Ich kann auch nach Paris gehen, oder nach London wie Günther, der jetzt auch schon wieder mit dem Gedanken spielt, wegzugehen. In jedem Fall besser als das Büro, das ist sicher.

Das Neue, die Eingewöhnung, alles lenkte ihn etwas von seinem Elend ab, aber fast immer hatte er das brennende Gefühl der Unzulänglichkeit, schmeckte die Abgestandenheit seines Lebens, seine Leere, die sinnlose und idiotische Tätigkeit des Lebens überhaupt. Alles in ihm war leer geworden, sein Empfinden hungerte nach der verlorenen Liebe, er träumte immer wieder von Liebe und Erfüllung, von Eva, von seiner Vergangenheit. Die Stimmungen waren intensiv und schmerzhaft, oft fühlte er sich ausgebrannt, als leblos Trauernder, der den Glauben an sich und das Leben verloren hatte, und der auch keinen Sinn mehr darin sah, noch weiterzukommen, hochzukommen. Endlich aufhören können mit allem, endlich nichts mehr spüren, nicht mehr den unausgesetzten Strom der Empfindung, des Leidens. Sterben, aber auch leben wollen, noch einmal glücklich sein und dann sterben. Und die wunderbaren Sommerabende voller Trauer und Wehmut warfen ihn zu Boden. Von draußen, durch das offene Fenster seines Zimmers, in das er sich nach dem anstrengenden Tag nach dem Essen gleich zurückzog, hörte er die Melodie der Grillen von erfüllter Nacht und von Glück, das er kannte, als er noch nicht tot war, als er noch Hoffnung hatte.

Im Laden war er etwas abgelenkt, aber er spürte, daß er sehr zurückhaltend, sehr ernst wirkte, zu ernst für jemanden, der einen neuen Beruf erlernt, und zu lernen gab es vieles. Der Umgang mit den Kunden fiel ihm leichter als er gedacht hatte, auch wenn er hier schutzlos war. Hier hatte er kein Dienstzimmer, keinen Titel, keine Amtshandlungen, hier mußte er den Kunden entgegenkommen, ihre Wünsche anhören, hier kamen sie nicht hilfesuchend zur Behörde, hier traten sie fordernd auf, eilig oft, ungeduldig manche, und immer war er in der Position des Verkäufers, obwohl er sich sagte, ein Buchhändler ist kein Verkäufer, ein Buchhändler ist gleichwertig mit seiner Beratung, ist oft überlegen, weil er mehr gelesen hat als die meisten Kunden. Andreas hatte ja wirklich viel gelesen, er kannte sich aus, war gleich im Verkauf eingesetzt worden, und nach einiger Zeit kamen oft ältere Kollegen zu ihm, um ihn nach einem Titel zu fragen. Und doch war es oft wieder ein Stachel gegen sein Selbstbewußtsein, bedienen zu müssen. Denn dieses junge, schöne Mädchen eben, dem er etwas empfohlen hatte, sie hatte ja nicht gewußt, daß er auch noch jemand anderes war, daß er malte und Gedichte schrieb. Für sie war er eben der junge Mann in blauer Jacke, mit Krawatte, der ihr ein neues Buch empfohlen hatte. Und dies brannte fast als Demütigung in ihm. Er war Lehrling, aber er war doch ein besonderer Lehrling, alle schätzten bald seinen Rat oder sein Urteil, wenn es um Belletristik ging, auch eine erste gelungene Schaufenstergestaltung brachte ihm Lob ein. Grabowski sagte, er könne nicht begreifen, wie man einen so guten Beruf wie Inspektor aufgeben könne, um Buchhändler zu werden und einen Chef wie Seibert über sich zu haben. Aber er wolle ihm ja nichts vermiesen. Für Andreas war diese Haltung zuerst fremd, denn der Buchhandel war ja für ihn immer auch ein Hort des Geistigen.

Was Grabo damit meinte, wurde ihm erst nach und nach bewußt. Langsam drang er hinter die Fassade, langsam wurde ihm klar, wie sich alles in der Firma nach dem Chef richtete, wie fast alle vor ihm zitterten, wie alle seinen Launen ausgeliefert waren, sobald er das Haus betrat. Andreas war ihm mit freundlicher Offenheit entgegengetreten, aber als der Alte ihn nach zwei Wochen anschnauzte, als er am Regal stand und in einem Buch blätterte, da war nichts mehr von dieser Offenheit geblieben. Er begann, den Alten mit den Augen der anderen zu sehen.

Der Atem des Chefs lastete von dem Augenblick an über der Firma, in dem er morgens mit seinen schweren Schritten die Holztreppe aus dem Keller hochwuchtete. Dann galt es, auf der Hut zu sein, nicht lässig irgendwo rumzustehen, wenn es im Laden noch ruhig war, sondern schleunigst so zu tun, als sei man beschäftigt. Man nahm eine Bestandsaufnahme eines Verlages zur Hand, ordnete Bücher, oder bestellte neue Schutzumschläge. Denn auf seinem ersten Gang durch den Laden, ohne Jacke und in Hosenträgern, die nicht verhindern konnten, daß sein gewichtiger Bauch über den Hosenbund hing, entging den wachsamen Augen des Chefs kein Nichtstun, keine Vortäuschung, während er sein heiseres „Morgen" hören ließ, mit dem er die Reverenzen seiner Untertanen entgegennahm, die in Hab-Acht Stellung seinem Kontroll- und Begrüßungsgang entgegensahen. Bei diesem ersten Kontrollgang konnte man schon feststellen, wie die Laune des Herrn Chefs an diesem Tage war und sein würde, und dieser Gang war die erste von vielen Begegnungen. Manchmal stand er unvermutet neben einem, brachte sein Gesicht mit seinem oft schnaubenden Asthmatiker-Atem an das Gesicht seines Opfers heran, sah ihm über die Schulter, nickte beifällig oder fragte in manchmal leutselig duzender Art, was man da mache, ob alles laufe, oder wenn etwas nicht lief, warum es nicht laufe, und dann war die Leutseligkeit aus seiner Stimme verschwunden. Dann konnte er fauchen und ächzen, schnauben und zischen, drohen und fluchen, und jeder Ertappte mußte sich als Unwürdiger fühlen, als Saboteur, als Verweigerer, als asoziales Element, der durch seine Untätigkeit und seine Fehler am nahen Ruin der Firma unmittelbar beteiligt sei, er mußte sich als einer vorkommen, der wirklich nicht würdig war, in dieser Firma zu arbeiten, für die sich ihr Chef Tag und Nacht unermüdlich abrackerte, immer das Wohl seiner Mitarbeiter im Auge. Denn nur für sie arbeite er, nur für sie rackere er sich trotz seiner angeschlagenen Gesundheit ab. Wer das nicht begreife, wer das nicht verstehe, der tue ihm wirklich leid, und es schien, bei seinen Vorwürfen klinge der Schmerz über den unbelehrbaren Sünder mit, der sich hartnäckig seinen Wohltaten widersetze, der nicht einsehe, daß er sich ins eigene Fleisch schneide. Denn wovon solle er denn die Gehälter zahlen, wenn jeder mache, was er wolle, wenn jeder nur an sich und an seine Bequemlichkeit denke? Denn es koste doch alles sein Geld! Wenn einer nur so rum stehe, koste es sein Geld, und wenn einer keine Ordnung halte, koste es sein Geld, und wenn einer mit dem Material schludrig umgehe, koste es sein Geld, und wenn jemand zwölf Minuten Frühstückspause mache anstatt zehn, von der Mittagspause garnicht zu reden, die koste auch sein Geld, alles, alles koste nur sein Geld. Jeder Widerspruch war Insubordination, daher verdächtig und zwecklos, die Forderung nach einem Betriebsrat wäre Meuterei. Am liebsten sah er die Opfer, wenn sie seine väterlichen Belehrungen in der Pose des reuigen Sünders entgegennahmen, mea culpa, mea maxima culpa. Dann konnte man in seinem gequälten Gesicht auch so etwas wie ein flüchtiges Leuchten der Befriedigung erkennen. Manchmal ließen die Durchgänge die Leute im Laden in einem Zustand der Erschöpfung zurück, und Andreas dachte an seinen Mathelehrer Toto in Neunkirchen, nach dessen Sturmläufen durch die Klasse eine ähnliche Stimmung geherrscht hatte. Das war so eine Sache mit dem Chef, es war eben Chefsache.

Für Andreas, der beim Gericht zwar auch unter manchem sich wichtig nehmenden Geschäftsleiter oder Direktor gelitten hatte, gegen die man sich aber versuchen konnte zu wehren, war es doch etwas Neues, den Launen eines Mannes so ausgeliefert zu sein, seinen Anordnungen und Anweisungen folgen zu müssen, zu spüren, wie der mißtrauische Atem des Alten durch die Firma wehte, jeden Winkel, außer der Toilette, erfaßte und die Stimmung der Leute beeinflußte. Selbst wenn er unsichtbar hinten in seinem Büro saß, konnte er wie ein Krake seine Arme sofort und augenblicklich auf jeden legen. Und dann erschien es Andreas, er habe sich wirklich nicht verbessert, auch wenn ihm die Arbeit, der tägliche Umgang mit Büchern und Kunden, eigentlich nicht zuwider war, ja, ihm oft gefiel. Es war schön, wenn er mit Grabowski, einem Sortimenter, über Literatur sprechen konnte, wenn der ein Buch, etwa eine schöne Balzac Ausgabe, zur Hand nahm, um sie ihm zu zeigen, oder wenn er dozierte, man müsse lesen und lesen und lernen und lernen. Das deckte sich ja mit seinen eigenen Ideen, denn er las den „Martini" oder den „Laaths" nun systematischer als früher. Das waren Momente, in denen er es wieder schön fand, hier zu sein, wo ihm trotz der Allgegenwart des Chefs die Grundsubstanz der Arbeit doch näher war als beim Gericht, und wo die Interessen der Kollegen seinen eigenen doch ähnlicher waren. Manchmal herrschte eine schöne Übereinstimmung, weil alle eigentlich Bücher mochten, mehr oder weniger liebten. Die Bücher verbanden sie, und er, Andreas war mitverbunden, so, wie er es bei Gericht nie gewesen war. Eigentlich war es auch schön, einem Kunden etwas über Bücher zu erzählen, ihn so zu überzeugen, daß er das Buch kaufte. Doch im Innersten spürte Andreas, dies könne nicht alles sein, dies könne er nicht sein Leben lang machen, Jahre und Jahre unter einem solchen Chef oder vielleicht auch einem anderen zu arbeiten, langsam zum ersten Sortimenter aufzusteigen wie Herr Schubert, der immer etwas nach Kernseife roch, dem Alten gegenüber recht devot war und der oft von seiner alten Leipziger Buchhändlerschule erzählte, mit der heute nichts mehr mitkomme. Es war auch schön, in der Frühstückspause mit Fräulein Seibert, der Schwester des Chefs zu reden, die versuchte, als Puffer zwischen den Leuten und ihrem Bruder zu wirken. Dabei hatte sie selbst Angst vor ihm, was sie aber nicht zeigen wollte. Mit ihr sprach Andreas über Bücher, über Malerei, über das Schreiben und sie hörte ihm mit einem Lächeln zu, das ihr von ersten Falten gezeichnetes Gesicht plötzlich verjüngte und ihm etwas von seiner früheren Schönheit zurückgab. Sie rauchte ununterbrochen Lasso ohne Filter in einer Zigarettenspitze, und öfter bat sie Andreas, ihr doch ein Päckchen zu besorgen, das er ihr dann mit einer Geste überreichte, die sagen sollte, eigentlich sei es ja unter seiner Würde, aber für sie tue er es gern. Diese etwas ironisierende Galanterie, die ihr Andreas entgegenbrachte, schien ihr zu gefallen. So fühlte sich Andreas öfter als ein Teil dieser Firma, spürte eine Art Verbundenheit mit den anderen in dieser kleinen Welt des Betriebes. Er begann das Netz von Beziehungen und Intrigen zu ahnen, das sich zwischen allen spann, die Abneigungen und die Sympathien, die Ruppigkeiten und die Rücksichtnahmen, es war eine geschlossene kleine Welt, eine Gruppe, die auf den Laden schimpfte, aber auch stolz auf ihn war.

Die Tage waren festgefügt im Rhythmus der Geschäftszeit. In der Mittagspause aß Andreas im Kaufhof einen Teller Suppe, stand an einem Tisch mit irgendwelchen Fremden, ging unter den Arkaden der Bahnhofstraße, sah die Frauen mit der Qual des Ausgeschlossenen. Dann flüchtete er in eine kleine Anlage an der Ludwigskirche, nicht weit vom „Fürsten Ludwig“, in dem er als Student gesessen hatte. Wie fern erschien ihm jetzt dies alles, und doch war es erst ein paar Monate her, seit er mit anderen Studenten oder mit Renate dort über die Grauwerte diskutiert hatte und voller Hoffnungen gewesen war. Und mit wie wenig Hoffnungen saß er heute hier auf seiner Bank und starrte auf den aufsteigenden Strahl des kleinen Springbrunnens. Es verbot sich von selbst, etwa einmal dorthin in den „Feuchten Ludwig“ zu gehen und sich zu den anderen an den Tisch zu setzen. Das würde er nicht über sich bringen. Es würde ja bedeuten, sein Scheitern zu bekennen, nun, da er Buchhändlerlehrling war und seine Träume von der Malerei ausgeträumt schienen.

Immer mehr zeigte sich aber auch, daß dieser Beruf ein Moloch war, der ihn verschlang, der ihn auslaugte, der ihn von morgens bis abends in Beschlag nahm und ihn dann so müde und erschöpft entließ, daß er sich zuhause oft gleich nach der Tagesschau auf sein Zimmer zurückzog. Er fühlte sich leer und ausgepumpt, und er begann zu ahnen, daß ihm dieser Beruf keine Zeit mehr für anderes lassen würde. Er würde nicht mehr die Kraft haben zum Malen und zum Schreiben, das ihn jetzt mehr anzog. Zu was würde er überhaupt noch die Kraft haben? Wenn er darüber nachdachte, und das tat er fast ständig, wirbelten die Selbstanklagen und Selbstvorwürfe durch seine Gedanken, lösten sich immer wieder mit gebetsmühlenhaftem Gleichmaß ab. Er kam sich unfähig vor, unfähig zur Selbstverwirklichung, unfähig zum Glück, unfähig, etwas zu tun, was ihn wirklich ausfüllte, unfähig zu einem Studium, zu einer Karriere, unfähig, seine Träume von der Kunst zu verwirklichen, unfähig, eine neue Frau zu finden, unfähig zu allem. Er war ein Gescheiterter, den nichts mehr hielt, einer, der am Ende schien, in Bildstock, wo nur die wenigen Freunde einen am Leben hielten. Er glaubte sich am Ende. Sich umbringen, dachte er, aufhören, aussteigen aus diesem Leben, das ich nie gewünscht habe, in das man mich gebracht hat, ohne mich zu fragen, in das ich ohne mein Zutun einfach geboren worden bin, das mir immer schon, seit ich den Glauben an Gott verloren habe, als etwas vollkommen Sinnloses erschienen ist, etwas, wie es Schopenhauer sagt, das den Aufwand nicht lohnt, etwas, dessen Summe an Leiden immer die Summe des Glücks übersteigen wird, ein Leben, das ich eigentlich nie geliebt habe, außer in den starken Momenten der Liebe zu Eva, aber immer erschien mir das Leben als etwas Gebrochenes, zutiefst Fragwürdiges, nie habe ich gläubig über dieses Leben jubeln oder gar dankbar sein können. Das Leben ist mir nicht unbedingt erstrebenswert, und wenn ich heute wählen könnte, würde ich das Nichtsein vorziehen, aber jetzt, da ich bin, ist es nicht einfach, das Leben aufzugeben, auch wenn es nur noch Qual und Öde ist, Öde und Qual.

Immer rotierten seine Gedanken um diese Dinge und stießen immer wieder an die Gitterstäbe der Verzweiflung.

Auch als Mann hatte er nicht mehr das geringste Selbstvertrauen. Das Schwitzen, die Hitze im Kopf, das, was Dr. Maurer als vegetative Dystonie benannt hatte, alles verunsicherte ihn, die alten Geister, die er gebannt geglaubt hatte, kehrten zurück, schlugen wieder zu. Und natürlich träumte er oft von Eva. Er träumte von ihr in der gleichen Intensität, mit der er ihr gemeinsames Glück erlebt hatte, und so war sie auch ständig in seinen Gedanken, in seinem Fühlen. Oh gib mir die Stunden zurück, in denen ich glücklich war, dachte er, in denen das Leben herrlich, groß und berauschend war, Stunden, die ich trank, Stunden, die so wild, so süß, so zärtlich waren, deren Geschmack nach Frau, nach Sonne, nach Ermattung und Erfüllung ich nie werde vergessen können, in denen ich so satt war vom genossenen Glück, von unserer Hingabe, vom Ficken, von der Intensität, wo ich mich kraftvoll und ausgefüllt fühlte, Stunden, in denen ich die Schwere meines Pints und deinen Leib spürte. Diese trunkene, irre, glückliche Stimmung, in der ich nie wünschte, etwas anderes zu tun oder zu fühlen, als das, was ich in diesem Moment tat, Momente, in denen ich sterben wollte vor Glück. Oh wäre ich doch gestorben. Was alles wäre mir dann erspart geblieben. Der Sommer mit dir, Eva, die Nächte, sollen all diese Tage und Monate, diese Stunden und Minuten vorbei sein für immer, verschlungen von der Zeit, sollen sie nur noch in meiner Erinnerung existieren? Unwiderruflich vorbei die Tage der Erfüllung. Wird jemals wieder in diesem Leben der Tag kommen, wo ich mit neuem Mut und neuer Lust wieder werde leben können, wo ich mir sagen werde, daß ich gerne lebe, oder soll dies alles gewesen sein, soll sich mein weiteres Leben in Trauer und Erinnerung an diese Tage dahinschleppen? In der steten, bohrenden und nagenden Gewißheit meines Unglücks? Wie ich dieses Leben liebte und wie ich es heute hasse, da es mich so enttäuschte, da ich mich selbst so enttäuschte.

Er schwamm verzweifelt gegen den Strom von Trauer, Erinnerung und Schmerz, der ihn mitriß, er hatte das Empfinden, immer schneller und unaufhaltsamer zu versinken und unterzugehen, und niemand war da, ihn zu retten. Von den Tagen dieses Septembers sah er nur die kalten Morgen, wenn von den Wäldern unten am Bahnhof schon Nebel aufstieg und die Luft klar und herb nach Rauch, nach reifen Früchten und nach verbranntem Gras schmeckte. Und er sah die Mittage, schwer und traurig von der vergangenen Sonne, unter einer Dunstglocke die klar umrissenen Konturen der Stadt an der Berliner Promenade. Von den Lastkähnen auf der Saar stiegen aus den kleinen Schornsteinen schon dünne Rauchschleier. Und die Abende sah er früh gedunkelt, neblig verschwammen die Strukturen in den müden Strahlen der untergehenden Sonne.

Manchmal saß er abends im Tanzcafé Moser, ließ die schmerzlich schönen Melodien in sich dringen, ließ sich mit ihnen treiben, und sein Leben in seiner Verlorenheit schien ihm klar und unabänderlich. Hier war er mit seiner Frustration, mit seinen ganzen Träumen von Körper, von Fleisch, von Begierde, von Liebe, und dort auf der Tanzfläche waren die Frauen, die er nicht mehr erreichte, dort waren die Gesichter, die Brüste, unter den Blusen und Jacken, dort waren die Beine, die Schenkel, dort waren die Hintern, die sich zur Musik bewegten, dort wiegte sich alles, feucht, duftend, dort rieb sich Fleisch leicht bebend an Fleisch, dort waren die Verschattungen und die Weiße der Haut, das Dunkel zwischen den Beinen, dort waren die schönen, warmen Brüste, dort stieg von Gesichtern der Duft erhitzter Haut, oh ja, und er war ausgeschlossen, so ausgeschlossen, auch wenn er manchmal ein Mädchen zum Tanzen aufforderte, aber bald spürte er, wie ihm der Schweiß auf die Stirn trat, wie er die Hitze wieder im Kopf spürte, und er sich so unsicher zu fühlen begann, weil er so unsicher geworden war, weil er so gefallen war in einen dunklen, tiefen Schacht, in einen Stollen. Es ergab sich nichts, und dann dachte er, wie trügerisch auch diese Glücke sein können, wie trügerisch war mein eigenes. Einmal war er zusammen mit Wilhelm und Rita. Er tanzte mit Rita, spürte ihre festen Hüften unter seinen Händen, er dachte daran, daß er vor Jahren ihre Brüste liebkost hatte, daß sie sich geküßt hatten in den verzauberten Stunden jener Tage, und jetzt waren ihre schönen Hüften wieder unter seinen Händen, aber sie gehörte nicht mehr zu ihm, das war alles längst vorbei, alles vorbei Tom Dooley, vorbei wie die Zeit mit Eva, vorbei die Zeiten des Glücks, ja, nichts hatte Bestand, nichts hat Bestand. Und sie tanzten unter dem blauen Quarzlicht, die Glücklichen, und sie wissen es noch nicht, und sie wissen nicht, daß es enden kann, und daß es schmerzen wird wie wenn der Teufel einen mit seinen Klauen auseinanderreißt, und doch war Ritas Hintern weich und schön. Er drückte seinen Leib etwas an sie, sie spürte seine Erektion, sie schmiegten sich für ein paar lange Augenblicke aneinander. Es war ein geheimes Einvernehmen zwischen ihnen für diese Zeit, als stiegen aus toten Tagen der Vergangenheit nocheinmal die Stunden hoch, die sie miteinander im Auto verbracht hatten, der Duft ihrer Brüste, das Mondlicht, das auf sie fiel. Aber bald rückte Rita etwas von ihm ab, sie flüsterte, er wisse doch, wie eifersüchtig der Wilhelm sei. Und es war nur der Rest einer bitteren, gallsauren Enttäuschung, die gleich wieder verflog in der allgemeinen Trauer.

Deswegen blieb er jetzt auch viel zu Hause, ging lange nicht mehr so häufig zur Clique in die Kneipen, zum Weber oder in den Mainzer Hof, ins Heli. Er schrieb viel Tagebuch, schrieb all sein Elend und seine Verzweiflung auf. Er sprach mit sich in den Blättern, die er in einem blauen Schnellhefter sammelte. Wenn er bisher bei seinen Gedichten, die nicht so zahlreich waren, das Gefühl und das tastende Bedürfnis gehabt hatte, er wolle Kunst machen, wolle etwas in eine künstlerische Form bringen, war das Schreiben jetzt vorwiegend Ventil seines überströmenden Innern.

Immer wieder beschwor er seine Qual, seine Zweifel, und indem er sie in diesen Seiten bannte, hielten sie ihn auch am Leben. Aber der Drang, wirklich zu schreiben, wurde immer stärker. Dieser Wunsch war wie etwas Brennendes, Quälendes, das ihn bedrängte, gleichzeitig aber meinte er, doch nichts zu können, zu kraftlos, zu verzweifelt, zu unkonzentriert zu sein. Das hat eben für ein paar Gedichte gereicht oder für den einen oder anderen kleinen Entwurf, für die eine oder andere Skizze, sagte er sich, aber es fehlt mir wohl doch das Talent, der Mut. Keine Kraft, keine Begabung, Sela, Psalmenende, bring dich um und sei ruhig.

Und in seinem Tagebuch beschwor er immer wieder die Zeit mit Eva, das vergangene Glück stieg immer wieder in ihm auf, brennend und erschütternd zugleich. Die Kraft, die ihm der Tag in der Buchhandlung noch ließ, floß abends in die Seiten des Tagebuchs, die Blätter mit der blauen Schrift wurden mehr und mehr, sie waren der einzige Beweis für ihn, daß er lebte, daß er ein empfindender Mensch war.

Er fühlte sich so außerhalb jeder menschlichen Gemeinschaft, ohne Geliebte, ohne Frau, und es schien ihm vollkommen unvorstellbar, je wieder Nähe zu erleben, je wieder das Lächeln einer Frau zu sehen, das ihm galt in zärtlicher Vertrautheit, je wieder eine Geliebte wie Eva zu haben. Wie sehr sehnte er sich nach Trost. Gleichzeitig fühlte er sich wie abgestorben, als könne er nie mehr etwas empfinden. Den Kopf in den warmen Schoß einer Frau legen, sich an ihren Brüsten bergen, was würde er dafür geben. So flackerte manchmal aus der Asche der Trauer eine kleine Hoffnungsflamme, und plötzlich richtete sich diese Hoffnung auf eine Buchhändlerin in der Firma. Oft hörte man ihr kräftiges Lachen, ihr Gesicht war lebendig, ihre Wangen zeigten einen leichten Anflug von Röte, ihre Augen strahlten dann. Sie war klein und beweglich, und wenn sie auf eine Leiter stieg, zeigte sie ebenmäßige, aber auch kräftige Waden, die man dann gerne berührt hätte. Mehr und mehr spürte Andreas diese warme, lebendige Ausstrahlung, auch wenn sie nicht dunkel, nicht von der rassigen Eleganz Evas, also eigentlich gar nicht sein Typ war. Aber immer öfter sah er ihr nach, verfolgte sie mit seinen Blicken, beobachtete sie, wußte, wo sie gerade war. Auch beim Frühstück saßen sie zusammen, er spürte, daß er sie auch interessierte.

Sie hatte sich mit ihm verabredet. Es war ein milder Novemberabend, leichter Regen war in der Luft. Gleich in der Nähe saßen sie in einem Lokal mit bequemen Polstersesseln unter dem schummrigen Licht einer Jugendstillampe. Sie sagte, sie spüre, daß mit ihm etwas nicht in Ordnung sei, er wirke oft so gedrückt, so gequält, er gehe so selten aus sich heraus, er lache wenig. Und er erzählte ihr von Eva, von der Trennung und vom Schmerz, vom kalten Berlin und von dem gescheiterten Versuch mit der Werkkunstschule. Es tat ihm gut, mit ihr zu reden, sie war warm und verständnisvoll, sie hörte ihm zu, und plötzlich spürte er, wie sich die Hoffnung in ihm regte, sie könne jemand sein, mit ihr könne sich etwas entwickeln. Sie sprachen lange miteinander unter dem gedämpften Licht, und dann fuhr er sie nach Hause, denn er hatte Vaters VW bekommen. Nicht weit von ihrer Wohnung hielt er. Sie saßen zusammen im geheizten Autoinnern, er beugte sich zu ihr und zog ihren Kopf zu sich mit der Gebärde dessen, der darin Rettung sucht. Sie küßten sich, ihre Lippen waren warm wie ein Apfel, der auf dem Ofen gelegen hat, und er berührte ihre Brüste, die nicht sehr groß waren, was ihn aber jetzt nicht weiter störte. Sie flüsterte, komm näher, legte ihr feste, kleine Hand auf seine Hose, und zog den Reißverschluß hinunter, und er war da, war in ihrer Hand, er war plötzlich ganz kräftig. Sie lächelte ihn an, oh, schön ist er, und Andreas war überrascht, das hatte er eigentlich nicht so schnell erwartet, hatte nicht erwartet, daß sie so zugänglich sei, denn sie hatte ihm erzählt, sie habe einen Freund, der sehr an ihr hänge, den sie auch nicht aufgeben wolle. Sie bewegte seine Vorhaut, ihre kleine, warme Hand lag um seinen Pint als eine wunderschöne Umklammerung, sie hielt ihn eine Weile fest, er spürte, wie sein Pint jetzt ganz fest und steif war, wie er mit erregten Zuckungen auf ihre Berührung reagierte, und sie sah ihn aus der Nähe an, aber sie berührte ihn nicht mit der Zunge, sie bewegte die Vorhaut langsam und dann wieder schneller, und er stand groß und mächtig vor ihrem Gesicht. Andreas spürte, daß er nicht mehr lange würde halten können, er sagte, ich komme bald, oh, du, wie schön das ist, du machst mich verrückt, ich würde gern mit dir schlafen, und sie flüsterte, gib mir dein Taschentuch, und sie verhüllte die Kuppe, die Spitze, sie setzte ein Fahnentuch, sie hüllte den Helden ein, sie hielt ihn jetzt schräg zu seinem Bauch, und als er leise zu stöhnen begann, zog sie scharf die Luft ein, ja, du, oh ja, komm, spritz du, ja, ich komme, und sie hielt ihn jetzt ganz fest an der Wurzel, und dann strömte es, er spürte es ganz tief unten, von der Wurzel her, es spritzte gegen den Stoff, und sie spürte die Nässe, sie rieb ihn oben ein mit der Nässe, mit seinem Samen, und Andreas klammerte sich an sie, oh ja, oh wie gut, jetzt für Momente vergessen die Qual, für diese Augenblicke vergessen die Öde und der Schmerz, und sie schien es auch zu mögen, und sie küßten sich und er küßte ihre geschlossenen Augen, und flüsterte, es war schön, Anna, du, sehr schön. Ja, es war schön, aber du, verlieb dich nicht in mich, versprich mir das, das hat keinen Zweck.

Aber er spürte sie, er könnte sich verlieben in sie, in ihre warme Lebendigkeit, ihre Munterkeit. Öfter folgte er ihr in den nächsten Tagen im Laden, suchte ihre Blicke, berührte einmal wie unabsichtlich ihre straffe Wade, als sie auf einer Leiter stand, er flüsterte ihr zu, er müsse mit ihr reden, sie tue ja, als wenn nichts gewesen wäre. Sie trafen sich wieder, er fühlte sich unterlegen, als Werbender, er deutete Gefühle an, sagte ihr, er sei nun doch drauf und dran, sich in sie zu verlieben. Sie wurde ernst, sie habe ihn gewarnt, es könne mit ihnen nichts werden, sie habe einen anderen, und auch wenn das nicht so wäre, er sei ihr zu weich, zu sensibel, sie könne sich bei ihm nicht geborgen fühlen, weil er selbst so unglücklich, so traurig sei. Aber das könne sich doch ändern, das werde sich ändern, wenn es ihm besser gehe, dann werde er auch wieder anders sein. Ja, vielleicht, aber sie habe einen anderen, es habe keinen Sinn. Laß uns Freunde bleiben, Andreas, sagte sie und streichelte seine Hand. Andreas empfand die Vergeblichkeit. Sie hatte ihm ja wirklich von Anfang an nichts vorgemacht, und an dem Abend hatte sie das eher aus Mitleid getan, aus dem Augenblick heraus, weil sie ihn ja mochte. Obwohl ihn ihre Antworten nicht überraschten, hinterließen sie Enttäuschung, eine fade Enttäuschung des Unterlegenen, dessen, der sich vergeblich bemüht. In den nächsten Tagen hielt dieses Gefühl an, wurde dann schwächer, aber immer wenn er sie sah, dachte er, es hätte etwas sein können. Alles versank wieder in dem monotonen Grau der Tage und des Gewesenen.

Ein Tag verlief wie der andere im diesigen, trüben November. Zu Beginn des Weihnachtsgeschäfts mußte Andreas in den Packraum. Eingespannt von morgens bis abends am Tisch mit den eingetroffenen Paketen, hinter ihm die offene Klappe zum Papierkeller, aus der es empfindlich zog. Pakete öffnen, Papier hinter sich werfen, Rechnungen beifügen, immer und immer wieder. Ihm gegenüber oft Leiner, ebenfalls Lehrling, der immer einen lockeren Spruch parat hatte. Er war etwas großspurig, verbarg viele Lücken im literarischen und sonstigen Wissen hinter einer schnoddrigen Ausdrucksart, war aber sonst nett und unkompliziert. Auspacken, sortieren, auspacken, manchmal zur Aushilfe in den Laden, in dem die Kunden in Reihen vor der Kasse standen und den Laden füllten. Dann mußte man sich unter die Leute stürzen wie in ein Meer, das gegen einen anbrandet. Manchmal packte Andreas Panik, wenn er all diesen Menschen gegenüberstand. Am liebsten wäre er wieder hinausgestürzt. Es wurde ihm immer klarer, daß der Buchhandel auch nicht das Richtige für ihn war, vielleicht sogar schlechter als Inspektor. Das Bücherverkaufen befriedigte ihn nicht, der Drang zur schöpferischen Tätigkeit war stark, quälte ihn, ließ ihn nicht zur Ruhe kommen. Das wäre sein Weg, aber er scheiterte ja schon gleich am Anfang. Da er sich als Unfähigen sah, glaubte er nicht mehr an sich. In seinen Aufzeichnungen stieß er immer auf die Frage, wie er denn schreiben sollte, und da er sich da schon verwirrte, schalt er sich als unfähig, immer und immer wieder verloren in den Seiten seines Tagebuchs.

Morgen muß ich anfangen, dachte er, morgen muß ich mit dem Schreiben anfangen, um nicht verrückt zu werden. Aber dann schrieb er doch wieder nur Tagebuch, und wieder schien ihm, er habe nur ein halbes Talent, nicht fähig zur künstlerischen Arbeit, nicht fähig genug, das ist das Schlimmste, nicht genug zum Leben und zuviel zum Sterben, nur fähig Seite um Seite zu füllen mit dem Versuch, seine Lage und sein Leben zu analysieren, sich über sich selbst klar zu werden, die Loseblattsammlung fortzusetzen. Und wenn ihm bewußt wurde, daß er nur dies tat, haßte er seine Unfähigkeit, seine Trauer. Oft erfüllte ihn unsägliches Elend, das durch nichts gemildert werden konnte, es war ein unaufhörlicher Schmerz, der an ihm fraß. Nichts war geblieben als die Erinnerung an die Zeit, als er lebte und aktiv war, an die Zeit mit Eva.

Gib mir die Stunden zurück, in denen ich glücklich war, in denen das Leben herrlich und groß und berauschend war, die Stunden, in denen mir der süße, wilde, zärtliche Geschmack nach Frau und Sonne, nach Ermattung und Erfüllung so selbstverständlich gewesen war. Und jetzt? Ich kann nichts, ich bin unfähig auf jedem Gebiet, unfähig, etwas zu leisten, unfähig zu malen, zum Schreiben, etwas zu studieren, unfähig zu leben. Ein Teil von mir will nicht leben, sträubt sich gegen die Sinnlosigkeit, und ein anderer Teil sehnt sich nach dem Leben, nach Erkenntnis, nach Arbeit, nach Erfolg. Ich hänge herum, leer, ausgelaugt, müde und hoffnungslos resigniert. Ich tue nichts, oft habe ich den Wunsch, tot zu sein, ein Ende zu machen. Gedanken an Buch aufgeben, Gedanken an Frau aufgeben, Gedanken an Leben aufgeben.

So eingeschlossen in dem täglichen Ablauf, dachte er, so eingeschlossen in diesem Leben. Das Leben weiterführen ohne Hoffnung auf etwas Neues, einfach leben ohne Ansprüche und jeden Tag und jede Minute den brennenden Tod der Verzweiflung und der Trauer, der Enttäuschung und des Schmerzes sterben. Versuchen, sich abzutöten, nicht mehr zu empfinden. Doch die Träume sind noch in mir. Den Schmerz annehmen als Teil des Lebens, Abraxas, oder soll man versuchen, unempfindlich gegen alles zu werden, einzusehen, wie sinnlos der Schmerz ist, wie sinnlos das Glück? Ich müßte ein Buch schreiben, ein grundlegend trauriges, von der Verzweiflung und der Hoffnung getriebenes, gleichzeitig abgeklärtes Buch von der Situation des Menschen, der die wahnsinnige Komplexität dieser Welt erkennt, der das Leben in allen Erscheinungsformen und Wahnsinnigkeiten sucht, der den Sinn darin nicht finden kann. Aber der Buchhandel läßt mir keine Zeit zum Schreiben. Abends bin ich müde und ausgelaugt, habe nur noch den Wunsch, ins Bett zu kommen und vorher vielleicht noch etwas Bach zu hören, dieses Cembalo-Konzert über das Adagio von Albinoni.

Es ist wirklich ein Teufelskreis, dachte er.

6

So verstrickt in das Eigene, erschien die übrige Welt wie hinter Glas, auch die Familie. Was habe ich hier zu suchen, dachte er oft, hier in diesem Haus, hier in der Rotstraße, dieser kleinbürgerlichen Straße mit den Menschen, die mir so normal vorkommen mit ihrem geregelten Leben, was tue ich noch hier in diesem Kaff Bildstock? Was habe ich mit den Menschen in diesem Haus zu tun, mit denen ich unter einem Dach zusammenlebe und die mir oft fremd und entfernt, und gleichzeitig selbstverständlich sind. Was hält uns denn noch zusammen? Mit meinem eigentlichen Leben, mit meinen Problemen und Sorgen haben sie im Grunde nichts zu tun, sie können sie auch nicht verstehen, sie verstehen mich nicht. Ich bin ihnen ein Rätsel. Aber sie versuchen immer, mir zu helfen, auf ihre Art helfen sie mir auch.

Aber jetzt in dieser Zeit der Zweifel, der Qual, da ihm auch der Buchhandel als etwas erschien, was ihn von seinen Träumen von der Kunst, vom Schreiben abhielt, sorgte die Familie für Ablenkung, riß etwas heraus aus der eigenen Trauer. Seit ein paar Wochen war Ludwig wieder im Lande, war aus Saigon, aus Vietnam zurück, zurück aus dem Land, in dem sich seit dem Zwischenfall von Tonking, als nordvietnamesische Patrouillenboote einen US-Zerstörer angriffen oder angegriffen haben sollten, die USA immer mehr kriegerisch verstrickten und in dem die innenpolitischen Unruhen immer stärker geworden waren. Eigentlich herrschte schon offener Krieg zwischen dem Norden, den Kommunisten, und dem Süden und den Amerikanern. Ludwig hatte bis zuletzt versucht, die Stellung an der deutschen Schule zu halten, aber nun war es doch zu riskant geworden. In Saigon hatte es ständig Auseinandersetzungen gegeben, auch zwischen den buddhistischen Mönchen und der Regierung. Es war zu gefährlich geworden, die deutsche Schule hatte geschlossen werden müssen. So saß Ludwig wieder zuhause in der Rotstraße im Wohnzimmer. Braungebrannt von der Tropensonne wirkte er mit seinen fast vierzig Jahren immer noch jugendlich und energisch, und wenn er von seinen Erlebnissen erzählte, erinnerte er Andreas wieder an den Ludwig, der früher, nach dem Krieg, von seinen Erlebnissen und der Gefangenschaft, seiner Verwundung erzählt hatte, was ihn damals für Andreas mit einem mythischen Glanz umgeben hatte, und etwas von diesem Glanz strahlte auch heute noch von ihm aus, wenn er nun von dem fernen, mythischen Saigon erzählte, wenn er diese so andere, so exotische Welt schilderte, in der er gelebt hatte.

Er erzählte von Saigon, diesem Paris Ostasiens, von dieser lebensfrohen, ausgelassenen, schönen Stadt mit ihren Boulevards, die an Paris erinnerten, von den vielen Hotels und Bars, dem lebhaften Treiben auf den Straßen, den flanierenden Menschen und besonders den Frauen, diesen zarten, schönen Frauen in ihren enganliegenden Seidenkleidern mit seitlichem Schlitz, von den so anderen, asiatisch schönen Gesichtern, die allem eine schwingende, zarte Eleganz verliehen. In dem Gewimmel der Autos tummelten sich in oft halsbrecherischem Tempo die Radfahrer und die Fahrradrikschas und über dem Lärm des Verkehrs ertönten die lauten Anpreisungen der Limonaden- und Melonenverkäufer. Er erzählte vom Saigon-River, dem breiten Fluß, auf dem es von Booten und Dschunken wimmelte, und auf dem man herrlich Wasserski fahren konnte, was Ludwig geliebt hatte. Einmal erzählte er auch von einer Bekannten, einer Studentin, die schwer verletzt worden war, als ihr Bus auf eine Mine fuhr, und es schien Andreas, als trübe diese Erinnerung an die Studentin Li das heitere, schöne Bild Saigons, als sei da etwas gewesen, was Ludwig nicht erzählte, weil es schmerzlich für ihn war. Aber in seinen Erzählungen öffnete sich diese eigenartige, fremde Welt, leuchtete aus den Diabildern, die Ludwig auf ein Bettlaken an die Wohnzimmerwand projizierte, und es war schwer, sich vorzustellen, daß dort in diesen Straßen jetzt gekämpft wurde, daß die Bars größtenteils geschlossen waren. Vor kurzem hatte sich auf einem Boulevard ein Mönch mit Benzin übergossen und verbrannt. Jetzt schien dieses Saigon, dieses Vietnam, wieder im Krieg zu versinken, wie es schon einmal mit den Franzosen gewesen war, als es noch Indochina hieß. Andreas sah in der Erinnerung noch deutlich jene Karte aus der Zeitung, die Zangenbewegungen der Truppen, sah den Namen Dien-Bien-Phu, wo die Franzosen geschlagen worden waren. Ludwig war weltläufig geworden, wenn er von seinen Flügen sprach, die er nach Japan oder nach Signapur gemacht hatte, er hatte vieles gesehen und vieles erlebt. So war plötzlich in der ruhigen Rotstraße in Bildstock ein Atem der fernen Welt, der weiten Welt, erinnerte beiläufig an den Duft der weiten Welt der Stuyvesant-Reklame. Andreas dachte mit etwas Neid an Ludwigs Reisen, während er hier im Kaff saß. Immerhin war er zumindest ein Vierteljahr in Berlin gewesen. Mutter schien es noch gar nicht fassen zu können, daß ihr Ältester wieder zuhause war. Sie umsorgte ihn, buk Mengen ihrer berühmten Käse- oder Streuselkuchen, als könne sie es noch gar nicht glauben, daß ihr Ludwig allen Gefahren der Tropen, der Unruhen und des Krieges heil entronnen war.

Die eigentliche Überraschung aber war, daß Ludwig heiraten würde. Er hatte sich keine Vietnamesin mitgebracht, keine Schönheit im Seidengewand, er heiratete ein Mädchen aus Bildstock. In ihrer angenehm zupackenden, praktischen Art gefiel sie auch der Familie, und die Hochzeitsvorbereitungen füllten die trüben Tage nach Weihnachten. Bei der Hochzeit konnte Vater wieder einmal in seinem schwarzen Anzug als Kavalier alter Schule eine gute Figur machen, ebenso wie Mutter in ihrem eigens für die Hochzeit ihres Ältesten gekauften neuen Kleid, und die beiden Väter, der Handelsvertreter und der Fahrsteiger, schienen sich auch auf Anhieb gut zu verstehen. „Und“, sagte Mutter, „denkt mal, ein Fahrsteiger, das ist doch auf der Grube schon was! Das waren immer bessere Leute!“

Aber wenn Mutter gedacht hatte, nun, nach Ludwigs Heirat, werde sie eine weitere Familie zu ihrer Familie zählen und bald ihre ersten Enkelkinder spazieren fahren können, hatte sie sich getäuscht, denn Ludwig wollte noch nicht seßhaft werden, wollte nicht zur Realschule in Neunkirchen oder Sulzbach, er wollte wieder in die Fremde. Da er nach Saigon nicht zurück konnte, wurde ihm eine Stelle in Thailand angeboten, später in Kabul. Das stürzte Mutter natürlich wieder in die bewährten Ängste. Vorerst, bis zur Abreise im Frühjahr, wohnte Ludwig mit seiner Ilse bei den Schwiegereltern. Er übersetzte vietnamesische Märchen aus dem Französischen und wollte sie als Buch herausbringen. Dann kam sogar jemand vom Saarländischen Rundfunk und interviewte Ludwig über seine Zeit in Saigon und über seine Pläne. Der etwas herrisch auftretende Reporter vom Rundfunk erschien Andreas als ein Abgesandter der Bezirke, in die er selbst gerne eintreten würde. Als Clou, sozusagen als Tüpfelchen auf dem i, kaufte Ludwig sich ein gebrauchtes Mercedes-Cabriolet, einen 190 SL, den er mitnehmen wollte. Als er zum ersten Mal mit diesem Traumauto in der Rotstraße vorfuhr, da kamen auch die Nachbarn herunter und bestaunten das Wunderding, so, wie sie vor ein paar Jahren nach der Rückgliederung Vaters ersten elfenbeinfarbenen Volkswagen bestaunt hatten, und, wie Andreas lästerte, vor dem Krieg das erste Radio in der Straße, das bei Schöbers gestanden hatte und wo alle den Boxkampf Max Schmeling gegen Joe Louis verfolgt hatten. Ja, die Schöbers! Die seien eben, wie Tante Irma immer zu sagen pflegte, etwas Besonderes!

Andreas fühlte sich als jemand Besonderer, aber es gelang ihm nicht der Nachweis, es auch zu sein. Immer stärker festigte sich jetzt der Gedanke, daß der Buchhandel für ihn doch nicht das Richtige sei, zuviel Handel, zuwenig Buch. Jetzt müßte er nämlich doch noch zur Berufsschule, um kaufmännisches Rechnen, Buchhaltung und dergleichen erfreuliche Dinge zu lernen, die in der Prüfung verlangt wurden. Sollte ihn denn diese gottverdammte Mathematik immer verfolgen? Das gab den letzten Anstoß. Er wollte aufhören. Aber was tun? Zum wievielten Male drehte sich Andreas in den Spiralen der Ungewißheit, prallte gegen die Bande seiner Unentschiedenheit, prüfte eine Möglichkeit, verwarf sie, prüfte eine andere, verwarf sie, schrieb wieder einen Brandbrief nach Berlin an seine Freundin, ob sie ihn beim Rundfunk unterbringen könne, schrieb an den Präsidenten des Kammergerichts, ob die ihn wieder als Inspektor einstellen würden. Da kam prompt eine Absage, erst in ein, zwei Jahren würde das möglich sein. Seine Freundin vertröstete ihn, sie wolle sich umhören, und wie so oft, wenn er ihre Briefe las, war Andreas getröstet und ermuntert, weil sie an ihn glaubte, ihn ermutigte, sich öfter mal über seine tieftraurige Art lustig machte, so, daß er dann auch für eine Zeit sich selbst mit etwas Abstand zu sehen versuchte, was aber nicht lange gutging. Er lebte von ihren Briefen wie Leila von den Briefen Mountolive's in dem Roman „Mountolive" von Lawrence Durrell, dessen Alexandria-Romane Andreas sehr beeindruckten.

Oft war die Leere in ihm entsetzlich. Er wußte nicht mehr, was er konnte oder was er wollte. Er spürte, daß er nur durch eine geistige oder schöpferische Tätigkeit würde zufrieden werden können, doch dazu reichte es ja wohl nicht, dazu war zuwenig Talent da, wie er glaubte. Er stand sich selbst im Weg.

Betäuben, nur betäuben. Jetzt war Fastnacht, jetzt war Rosenmontag. Ohne viel Lust war Andreas am Nachmittag mit Vaters VW in die „Tenne", eine Kneipe in Saarbrücken, gefahren, weil Günther und Freunde aus der Buchhandlung dort feiern wollten. In dem niedrigen Raum waberte der Zigarettenqualm, die Musikbox dröhnte das Fastnachtssalut, humba humba humba humba täterä, und warum ist es am Rhein so schön, und so ein Tag, so wunderschön wie heute, und heit gehma garnemme garnemme hemm. An der Theke sangen ein paar das Urlied der Saarbrücker, sie gröhlten „mir sinn Saarbrigger, mir spiele Gligger und stemme die Bludwurschd mit äner Hand“. Aus den trüben Augen glomm der Bierstolz, etwas zu sein, und sei es ein Saarbrigger. Heute interessierte niemanden, was morgen sein würde, die Schlote qualmten ja, das Bier lief, der Lyoner schmeckte noch, auch jetzt ein paar Jahre nach der Rückgliederung, heute wurde gefeiert, heute interessierte auch niemanden, daß im fernen Vietnam immer stärkere Kämpfe ausbrachen, und daß die USA ihre Ledernacken dorthin schickten, heute wollte sich niemand die Stimmung verderben lassen, heute war Rosenmontag.

Schon ein paar Mal hatte Andreas mit einer Rothaarigen an der Theke Blicke gewechselt, ja, sie schien flirten zu wollen, schien interessiert. Plötzlich spürte er eine verwegene Leichtigkeit in sich, er forderte sie zum Tanzen auf. Es war einmal ein treuer Husar, sie tanzten in dem schmalen Raum zwischen den Tischen, der liebte sein Mädchen ein ganzes Jahr, aus ihren ungebändigt langen, roten Haaren duftete ein starkes Parfum, ein ganzes Jahr und noch viel mehr, sie wiegte sich in seinen Armen und lachte mit ihrem vollen Mund, ihr Körper duftete leicht nach Parfum und Schweiß, die Liebe nahm kein Ende mehr, und alle, ein ganzes Jahr und noch viel mehr, und als sie neben ihm am Tisch saß, hatte ihr Gesicht, wenn sie ihre Mähne aus der Stirn zurückstrich, einen kindlichen, weichen Ausdruck. Sie schunkelten weiter, Günther rief: „Hoch die Tassen!“, aber Andreas hielt sich mit dem Trinken zurück. Beim nächsten Tanz küßten sie sich, er küßte sie auf den vollen, roten Mund, oh ja, mein guter Villon, dachte Andreas, ich bin so wild nach deinem Erdbeermund, sie war so anschmiegsam und ausgelassen, und er fühlte sich wieder so jenseits all dieser Dinge, er hörte ihr argloses Geplauder vom Geschäft und von zuhause, sie wohne in Spiesen, sie hätten noch zwei Kühe, ja, da staune er. Natürlich fahre er sie nach Hause. Ja, warum nicht, dachte er, warum nicht, sie ist so warm und lebendig, so anschmiegsam, bestimmt hat sie auch einen schönen Körper. Wie entbehre ich das alles, wie darbe ich. Er fuhr mit ihr durch die Nacht, in der Nähe ihres Dorfes hielten sie in Schüren auf einem Parkplatz.

Sie stiegen um nach hinten, und sie küßten sich lange und sie schmeckten ihren Bieratem und ihre Spucke. Im Auto war es nicht so warm, sie behielt ihren Pullover an, unter ihm verbargen sich ihre köstlichen Brüste. Ihr rotes Haar fiel über ihr bleiches Gesicht, sie zog ihren Rock und ihren Schlüpfer aus, und die Wärme zwischen ihren Beinen war wie ein Wunder. Er streichelte sie dort, er spürte ihr weiches Vlies, er hielt sie in den Armen, küßte sie und streichelte sie weiter, und der Rücksitz des VW war eine abgeschlossene, kleine Insel. Andreas genoß die Berührung fast mit Andacht. Ja, sie wollte, ja, sie wollte auch. Andreas zog seine Hose herunter, und er war da, ja, er ließ ihn nicht im Stich, aber der verdammte Pariser mußte drauf, den hatte er gottseidank noch in der Tenne gezogen. Sie drehte sich um, setzte sich rittlings auf ihn, saß auf seinen Knien, und er drang in sie, mit Leichtigkeit drang er in ihre feuchte, bereite Scham, er stieß ganz hoch in sie in der Haltung, wie sie sich hingab, und ihr Hintern leuchtete in seiner makellosen Weiße. Es war ein schöner, schwer von den Hüften wegspringender Hintern, der sich seinem Blick bot, der sich seinen Händen anbot, sich in seine Hände schmiegte. Er umklammerte ihn, mein Gott, wie herrlich, wie lange hatte er dies nicht mehr gespürt und berührt, lange nicht mehr gesehen, diese Zartheit der Haut, diese Festigkeit und Weichheit zugleich. Er bewegte ihren Hintern sanft auf und nieder, und sie hob sich und bewegte sich langsam wieder auf ihn nieder und er drang ganz hoch in sie, und die Bewegungen seiner Hände und die Bewegungen ihres Hinterns wurden schneller und dann wieder ruhiger, die Nacht draußen war still, sie hörten ihren Atem, hörten das Gleiten ihres Hinterns auf ihm, das leise Klatschen, mit den sie auf ihn niederkam, und dann stöhnte sie, sie komme, ja, sie komme gleich, und auch er spürte den kommenden Erguß, sie richtete sich fast ganz auf und wiegte sich auf ihm, und von ihr hoch stieg das Parfum ihrer Lust. Später lösten sie sich behutsam voneinander, damit der Pariser nicht in ihr auslaufe, sie schmiegten sich wieder aneinander, rauchten eine Zigarette, und als er sie nach Hause fuhr, redeten beide kaum, genossen das Gefühl, daß es gut gewesen war. Der Abend war ein verrücktes, schönes, rotes Leuchten, und vor allem ihr blendender, herrlicher Hintern zuckte oft wie ein kurzes, hell beleuchtetes Foto in seiner Erinnerung auf. Sie trafen sich nur noch einmal, aber sie hatten sich wenig zu sagen. Beide spürten, daß es keine Fortsetzung geben würde. Sie würde seine Gedanken und Sehnsüchte nach Eva nicht verdrängen können, aber oft noch stieg das Bild des Abends in ihm auf, ihr herrlicher, weißer, strahlender Hintern leuchtete als etwas Triumphales, Unbesiegbares.

In der Qual der Unentschiedenheit wurde Andreas immer klarer, daß er etwas ändern müsse. Er mußte raus aus dem Buchhandel. Selbst hier wegzugehen, schien verlockender. Aber Gaby hatte ihm in Berlin noch nichts beschaffen können. Sie ermahnte ihn zu Geduld. Aber hatte er nicht auch Angst wegzugehen? Alle Zelte hier abzubrechen? Hier war die Clique, war Günther, hier war Wolfgang. Aber war Wolfgang noch so wichtig, war er noch sein Freund? Sie hatten sich doch ziemlich entfremdet in letzter Zeit. Was dann vor einigen Wochen geschehen war, ließ Andreas mehr denn je an ihrer Freundschaft zweifeln: Wolfgang hatte bei sich zuhause, als seine Eltern über ein Wochenende verreist waren, eine Party gegeben, und zu dieser Party Bekannte und auch die ganze Clique eingeladen. Zu diesen Bekannten zählte auch Kunzel. Wegen ihm hatte Eva Andreas verlassen, und so würde sie natürlich auch kommen. Am Abend des Festes ging Andreas zum Gasthaus Weber und betrank sich allein an seinem Tisch in der Ecke. Mit jedem Bier, das er trank, versuchte er, den Schmerz zu betäuben, der sich mit Eifersucht, mit Wut und Verzweiflung paarte, sich zu einem Knäuel bitterer und schmerzlicher Vorwürfe gegen Wolfgang mischte. Wie konnte er so etwas tun? Wo er doch wußte, wie sehr dies Andreas schmerzen würde, sie dort unter den anderen, mit der Clique zusammen zu wissen, zu der sie vorher mit Andreas gehört hatte? Aber auf die fast sprachlos verletzte Reaktion von Andreas hatte er gesagt, er könne so Schlimmes nicht dabei finden, es sei doch eben Schluß mit ihnen beiden, schon lange.

Sie gehöre jetzt eben zu Kunzel. Andreas müsse das akzeptieren, müsse sich damit abfinden. Aber genau das konnte Andreas ja immer noch nicht. Jetzt, genau zu dieser Zeit war sie mit ihrem Gesicht, mit ihren Augen, mit ihrem Körper da unten im Dorf, in der Hauptstraße, bewegte sich, war unter den Freunden, lachte mit Wilhelm oder Günther, der übrigens nur sehr widerstrebend hingegangen war und es auch nicht gut fand. Sie war wieder Teil der Clique, aber sie war es nicht mehr mit Andreas. Diese Vorstellung brannte in ihm und ließ ihn wieder tief in den schwarzen Schmerz stürzen. Durfte man sich einem Freund gegenüber so verhalten? Er empfand es als Treuebruch, und zum ersten Mal schien ihm möglich, daß die Freundschaft mit Wolfgang auch einmal enden könne.

Ach ja, er würde keine große Lücke hinterlassen, ginge er nach Berlin. Seiner Mutter, seinen Eltern, denen würde er fehlen. Mutter war jetzt gleich zweimal geschlagen, denn Ludwig war nach Thailand aufgebrochen, und Günther ging im Laufe des Jahres nach Mannheim. Dort wurde er erster Sortimenter in einer großen Buchhandlung. Wenn dann er noch wegginge, wäre das schlimm für Mutter. Aber es war ja noch nichts entschieden. Gaby hatte noch nichts gefunden. Warum nicht in Saarbrücken bleiben? Auch da gab es Zeitungen. Er ließ sich einen Termin bei der SZ geben, er wolle sich als Volontär bewerben, stand vor dem würdigen, streng blickenden Chefredakteur, erzählte ihm von seinen Vorstellungen, von seinem Schreiben. Nach einer Woche bekam er die Ablehnung, ohne nähere Begründung. Was solls, dachte er, dann eben vielleicht doch noch Berlin, wieder kreiste er ratlos in sich und seiner Unentschiedenheit.

An einem Sonntagmorgen erwachte er aus den verworrenen Träumen, den Sehnsuchtsträumen nach Eva, die ihn fast jede Nacht heimsuchten, ihm in den Traumsequenzen ihre Rückkehr vorgaukelten, um ihn dann gleich wieder in die Klarheit zu stürzen, daß es vorbei, für immer vorbei war. Draußen war es trübe, Nieselregen färbte die helle Wand des Nachbarhauses mit dunklen Schlieren. Andreas lag auf dem Rücken, sah wieder wie in einem Nachklang der Träume Evas Gesicht vor sich, empfand diesen Zusammenklang, der sich für ihn zu Schmerz wandelte, war gleich wieder in diesem widerlichen Gefühl der Unentrinnbarkeit, der Hilflosigkeit, das sein Inneres vergiftete, umkreiste mit seinen Gedanken wieder die Verfahrenheit der Lage.

Sirenengeheul durchbrach plötzlich die Stille des Morgens. Andreas sprang aus dem Bett, stürzte zum Fenster, blickte hinüber zur Bexbacher-Straße, faßte natürlich als erstes das Dachfenster ins Auge, in dem Roswitha wohnte, nach der ihn in letzter Zeit oft wieder eine merkwürdige Sehnsucht packte. Manchmal sah er sie oben an ihrem Fenster. Da war alles ruhig. Aber ein paar Häuser weiter sah er im Garten Feuerwehrleute, die sich um das Klohäuschen bewegten, das seinen Blicken entzogen war. Irgendetwas war da passiert, vielleicht ein Unfall, denn Feuer war nicht zu sehen.

Später nach dem Mittagessen kam Frau Alt von gegenüber und erzählte aufgeregt, Frau Berger, die Ältere, sei im Klo ertrunken. Sie war am Morgen aufs Klo gegangen, und als sie lange nicht zurückkam, hatte ihre Tochter nachgesehen und das Entsetzliche entdeckt. Der Holzboden im Klo war eingebrochen, Frau Berger war in die Klogrube gefallen und jämmerlich ertrunken. Jede Hilfe war dann zu spät gewesen, es konnte ihr auch niemand helfen oder sie herausholen, dann wäre vielleicht noch jemand hineingestürzt. Erst die Feuerwehr mit ihren Leitern und Kränen hatte es geschafft, die arme Frau aus der Grube herauszuholen. Aber jede Hilfe kam zu spät, sie war tot. Alle waren erschüttert. Mutter sagte gleich, Vater solle bloß nicht mehr hinters Haus gehen, denn Vater bevorzugte nach wie vor das Häuschen hinterm Haus, obwohl sie doch schon seit längerem Bad und Toilette unterm Dach eingebaut hatten, aber Vater sagte, Kappes, das Häuschen sei stabil und habe Steinboden, da könne so etwas nicht passieren.

Den ganzen Tag verfolgte Andreas dieser Vorfall, der in seiner Entsetzlichkeit auch etwas Groteskes hatte. Fast erschien er ihm als Bild, als Zeichen für die Absurdität des Lebens. Geboren in Blut und

Urin, gestorben in Urin und Scheiße, das war das Leben. Grotesk, absurd, sinnlos. Da gingen die Mitglieder der Familie nun Jahre für Jahre hinters Haus, entleerten sich, pinkelten und schissen. Frau Berger selbst auch. Die Familie hatte ihr das eigene Grab nicht geschaufelt, aber geschissen. Oh Gott, dachte Andreas, was für ein Wahnsinn, wie entsetzlich muß es für diese Frau gewesen sein, als sie in die dunkle, stinkende Grube fiel. Er versuchte, sich den Moment des Sturzes vorzustellen, als sie vielleicht noch versuchte, sich irgendwo festzuhalten, aber es hatte nichts gegeben, was ihren verzweifelten Händen Halt geboten hätte, sie war hinunter in die stinkende Brühe gefallen, und dort war sie einfach untergegangen, sie konnte sich nicht wehren, sie war versunken in der Brühe aus Pisse und Scheiße, sie war an ihrer eigenen Scheiße erstickt. Sie hatte wohl noch nicht einmal mehr um Hilfe rufen können. Die Pisse hatte ihr den Mund geschlossen. Das Bild dieses absurden Todes verfolgte Andreas, so wie ihn oft die Vorstellung verfolgte, wie es den Sterbenden in der Gaskammer zumute gewesen sein mußte. Die Vorstellung quälte, aber er empfand auch wieder die Ohnmacht, sich das Ende wirklich vorstellen zu können. Man konnte es nicht. Man habe, so hieß es, Frau Berger zuerst mit dem Feuerwehrschlauch abspritzen müssen.

Jeder in seinem Unglück, so schien es, die Welt beschissen und der Tod beschissen. Das Leben auch. Er, der es sich oft wünschte, tot zu sein, sah sich selbst in einem Sarg liegen. Zum ersten Mal in seinem Leben war er bleich, keine Farbe in seinem Gesicht, das Traurigkeit und Bitterkeit verloren hat. Die Lippen weich wie die eines Kindes. Er weiß, daß erst jetzt Frieden in ihm ist, daß erst in diesem Augenblick die Düsternis des Lebens von ihm gefallen ist, jetzt erst frei und glücklich. Wenn er nicht mehr ist. Sich auflösen in der herrlichen Weite des Nichtseins. Denn wohl nie, dachte er, werde ich die Schwere ganz ablegen können, die mich bedrückt, dieses Leiden am Leben, dieses Versinken in der Ohnmacht. Und doch ist die Sehnsucht nach dem brennenden Leben in mir, nach Erfüllung, nach

Glück, wie ich es einmal erlebte. Ist das etwas wie Hoffnung? Oder ist jede Hoffnung illusorisch? Alles Kappes, wie Vater immer sagt? Und wieder spürte er die Sehnsucht nach Ruhe, nach Klarheit, danach, Künstler zu werden, mit sich ins Reine zu kommen, oder jetzt überhaupt etwas zu entscheiden, weg aus dem Buchhandel. Gaby hatte nichts finden können, SZ abgelehnt, Studium nicht mehr möglich, die Malerei ruhte, das Schreiben ging nicht weiter, der Buchhandel enttäuschte. Zurück zum Gericht zu gehen, wäre das Vernünftigste. Mehr Geld, mehr Zeit zum Schreiben und Malen. Er würde zurückgehen.

Bei der Justiz, sagte man, galt der Satz „They never come back", aber man machte bei Andreas eine Ausnahme, man sah in Andreas Ausscheiden wohl eine Unüberlegtheit, die man seiner Jugend zugute hielt. Er konnte zum ersten Mai wieder anfangen. Vater sagte, das sei das Vernünftigste, was er machen könne. Er solle froh sein, wieder im Staatsdienst zu sein, denn der Staatsdienst sei eine sichere Sache, etwas Besseres gebe es nicht, und Andreas ergänzte, Vater hätte sich die Finger bis zum Ärmel geleckt, wenn er als junger Mensch diese Möglichkeit gehabt hätte. Aber er wußte natürlich, daß seinen Eltern ein Stein von der Seele fiel.

7

Als Andreas zum ersten Mal das Amtsgericht in Homburg, wo man ihm seine neue Stelle zugewiesen hatte, betrat, also wieder in die Arme der Justiz zurückkehrte, war ihm wie einem Gefangenen zumute, der nach längerem Aufenthalt in der Freiheit in sein Gefängnis zurück muß. Das Tor schloß sich wieder hinter ihm, die Gitter fielen, und diesmal für immer. Es war keine Erneuerung, kein Neuanfang, wie es noch vor einem Jahr der erste Tag in der Werkkunstschule und später der erste Tag in der Buchhandlung gewesen war, die Rückkehr war auch nicht reumütig, wie manche Kollegen glaubten, die nicht wissen konnten, daß es für ihn ein Eingeständnis des Scheiterns war, nicht die Korrektur eines Fehlers.

Nach einigen Wochen war der Dienst so unerträglich, wie er vorher, vor seiner Flucht, vor seinem Ausbruchsversuch gewesen war. Nur fuhr er jetzt nicht mehr nach Sulzbach in das schöne wilhelminische Gebäude, er fuhr nach Homburg, und die Fahrt in die Saarpfalz war wesentlich länger. Aber die Flure und die Büros, die Aktenstöße und die Aktenböcke, die Geschäftsstellen und die Dienstzimmer, alles war so, wie es vorher gewesen war, wie er es kannte, alles hatte ihn schnell wieder aufgenommen, ihn absorbiert, belegte ihn wieder mit Beschlag, verlangte seine Aufmerksamkeit, seine Verfügungen, seine Arbeit. Der tägliche Geschäftsanfall mußte bewältigt werden, ob man wollte oder nicht, ob man die Akten liebte oder ob man sie haßte, ob sie einem nur gleichgültig waren oder ob man sie mit Begeisterung anging, sie mußten erledigt werden. Wenn Andreas nun in seinem Büro neben einem jungen Kollegen saß und den Stoß der Mahnsachen wie einen Feind anging, dann erschien ihm plötzlich die Zeit in der Buchhandlung wie eine Zeit im Paradies, wenn er mit Grabowski, war der Alte nicht in der Nähe, einen kleinen Plausch oder eine Zigarettenpause mit Fräulein Seibert halten konnte, und er wußte, daß die Rückkehr ins Büro ein Fehler gewesen war, aber wiederum auch kein Fehler, dachte er an die langen Stunden im Laden, an den kalten Packraum, an die Ströme der Kunden im Weihnachtsgeschäft. Er war hier nicht am richtigen Platz, insofern war es ein Fehler gewesen, aber eigentlich gab es für ihn ja keinen richtigen Platz außer den an der Staffelei oder am eigenen Schreibtisch. Er litt, aber er mußte leiden, weil es keine andere Möglichkeit gab. Er mußte ins Büro zurück, weil er nur so mehr Zeit für sich und die Kunst haben würde. Das Büro war ein notwendiges Übel. Trotzdem konnte man manchmal Leuten helfen, das tat wiederum gut. Aber im Grunde war es ein Übel, mit dem er leben mußte, er mußte jetzt leiden, um später einmal vielleicht nicht mehr zu leiden. Denn bei der Aussicht, sein Leben lang in dieses Büro gehen zu müssen und nichts anderes, nicht die Kunst zu haben, würde er verrückt werden. Dann wäre es besser, sich gleich aufzuhängen. Nur die Aussicht auf das, was er nicht im Büro tun würde, ließ ihn das Büro ertragen. Inspektor, Oberinspektor, Amtmann, sein Leben lang bis zur Pension Mahnsachen, Grundbuchsachen, Nachlaßsachen, das könnte er ohne die Kunst nicht ertragen. Aber auch jetzt war es wieder schlimm genug.

Aufwachen nach wirren Träumen, jeden Morgen mit demselben Gefühl der Widerwärtigkeit und Leere. Frühstücken, Mutter Wiedersehen sagen, zur Garage gehen, das Auto starten, den Weg fast auswendig kennen, beim Fahren dösen, eine halbe Stunde später da sein, auf den Hof der Behörde biegen, das Auto abschließen, ins Büro gehen, immer und immer wieder dieselben Handlungen, dieselben Gesichter. Manchmal beim Aussteigen dachte er, bin ich nicht gerade eben erst angekommen, nun bin ich schon wieder da, nein, das war gestern morgen, heute morgen war gestern morgen und gestern morgen war heute morgen und morgen morgen wird sein wie heute morgen und wie gestern morgen und wie übermorgen morgen wird sein wie gestern und wie morgen und wie heute und wie immer jeden Tag, und in einem Jahr und in zwei Jahren und in drei Jahren und in zehn Jahren und in zwanzig Jahren, da braucht sich nichts zu ändern, da fließt die Zeit ohne Zwischenfall und unmerklich weiter, und wenn ich nicht wüßte, daß ich gestern abend zuhause war, ich könnte glauben, ich wäre nur hier und mein Leben würde nur aus Ankommen und Ankommen bestehen und nur am Kalender, den ich jeden Tag mit Sorgfalt auf den neuesten Stand bringe, merke ich, daß wieder ein Tag, wieder eine Woche, wieder ein Monat vergangen ist.

Und dann dachte er, ob er einmal so werden würde wie der Kollege, mit dem er neuerdings das Zimmer teilte.

Wenn er mit ihm im Zimmer saß, ihm gegenüber am Schreibtisch, spürte er nicht, daß ein Mensch mit im Zimmer war, es sei denn, der Kollege hustete oder schlug kräftig einen Stempel auf, wovon Andreas jedesmal zusammenzuckte. Manchmal mußte er hochblicken, um sich zu überzeugen, daß der andere noch da war, sah dessen Figur in seinem vollkommen unauffälligen Anzug, mit dem leeren Gesicht ohne den geringsten Ausdruck, ohne die geringste Gemütsbewegung, ohne Lachen, und wenn er doch einmal lachte, was äußerst selten vorkam, wirkte es fehl am Platz. Es passte nicht, denn es war auch kein richtiges Lachen, nur die Lippen zogen sich etwas zur Seite. Der andere sprach nichts, nur wenn Andreas ihn ansprach, oder wenn es ihm zog, weil Andreas oft das Fenster aufmachte, da er zu ersticken glaubte. Eine Mumie, dachte Andreas, eine lebende Mumie, völlig ohne Anzeichen von Leben, von Hoffnung, von Glück. Stumm saß er da und machte seine Arbeit, die Mundwinkel heruntergezogen und mit ernster Miene. Andreas spürte, daß der andere ihn mißbilligte, daß ihm sein ganzes Wesen, von dem er im Amt sowieso nichts zeigte, völlig suspekt erschien. Öfter machte Andreas, ermüdet von der monotonen Arbeit, eine Pause, lehnte sich zurück, schloß die Augen, träumte, oder sah zum Fenster hinaus. Dann spürte er, daß der andere ihn mißbilligend ansah, sich räusperte und schwieg. Er arbeitete unermüdlich, er hockte geduldig von morgens sieben Uhr bis nachmittags halbfünf an seinem Tisch und schrieb, schrieb den trockenen und eintönigen Unsinn, der die Grundbucharbeit war. Eines Tages kam zufällig seine Frau vorbei. Er sah sie genauso an wie seine Aktenstücke, in seinem Gesicht zeigte sich keine Regung, keine Freude über ihr Erscheinen. Eine Mumie, dachte Andreas, kann sich halt über nichts freuen.

Die ständige Anwesenheit der Mumie begann Andreas entschieden auf die Nerven zu gehen. Aber es gab kein Entrinnen, die Grabkammer war zu. Nur in der kurzen Mittagspause konnte er in die Stadt entfliehen, um dort in der Kaufhalle einen Teller Suppe zu essen.

Andreas füllte weiter Seite um Seite seines Tagebuches mit seinen Klagen, aber er versuchte sich jetzt wieder an kleinen Prosaskizzen, zögernd, tastend und unsicher. Er erinnerte sich an eine Begebenheit, die er in Berlin erlebt hatte. In einer Kneipe, im „Seeturm“, in der Nähe seiner Wohnung im Wedding, hatte er an der Theke gestanden, hatte über sich und seine Zukunft als Maler nachgedacht. Am Tisch nebenan hatte eine offenbar betrunkene Frau gesessen, die vor sich hinzeterte. Plötzlich warf sie ihr volles Bierglas in die Spiegelglasscheibe hinter der Theke, tobte, wurde überwältigt, später kam ein Krankenwagen, und das einzige, was draußen auf der Straße liegenblieb, war ein abgetretener Frauenschuh.

Andreas versuchte die Atmosphäre darzustellen, die Hitze im Lokal, das Erschreckende der plötzlichen Raserei, das Entsetzen, das zurückblieb, das Mitleid, das er mit der Frau empfunden hatte. Aber er war sich nicht sicher, ob das etwas taugte, was er geschrieben hatte, und schickte den Text an Gaby nach Berlin. Wie gut tat es ihm, wie durchströmte ihn ein Gefühl der Freude und Genugtuung, als Gaby antwortete, sie habe von einem Anfänger nie so gutes Material in Händen gehabt, seine Sprache sei glutvoll, sie nehme ihr den Atem, sie schmerze und streichle. „Oh, Du“, schrieb sie, „Du wirst einmal die Menschen beglücken, nicht heute und morgen, aber in Zukunft. Dafür mußt Du leben! Hörst Du! Aber ich flehe Dich an, arbeite! Sonst hasse ich Dich, wie nie ein Mensch von mir gehaßt wurde!“ Andreas war überrascht, es wurde ihm merkwürdig unbehaglich, als verlange Gaby da etwas von ihm, was er vielleicht doch nicht würde erreichen können, andererseits sprach dies sein eigenes, geheimes Sehnen und Verlangen aus. Gleich begann er eine neue Skizze, verzagte aber bald, legte sie zur Seite, als er nicht genau wußte, wie er weitermachen sollte. Entmutigung und Depression trafen ihn dann wieder wie ein Tiefschlag. Er schrieb es Gaby, sie schimpfte ihn aus. Glaube er denn, ein Dichter sei ein Dukatenscheißer, wo es nicht mal stoppen könne?

Am besten, er komme einmal nach Berlin.

Ja, das war jetzt nötig, er brauchte Gabys Zuspruch, ihr Gespräch. Andreas fuhr mit seinem gebraucht gekauften VW Käfer, natürlich elfenbeinfarben wie alle Käfer der Familie Schöber, überwand die Grenzkontrollen, hielt sich streng an die vorgeschriebenen hundert Stundenkilometer auf der schlaglochübersäten Transitstrecke, Original Führer Autobahn. Es war Sommer in Berlin, nicht Winter wie vor zwei Jahren, als er in Berlin drei Monate gearbeitet hatte, von Rußland kam keine kontinentale Kaltluft, Berlin blühte, Berlin prangte im Grün der Alleen, auf dem Kudamm standen die Stühle der Cafés auf den Bürgersteigen dicht an dicht, es fror nicht Stein und Bein, die Frauen zeigten Bein und Busen, Berlin war aufgetaut, Berlin war nicht wiederzuerkennen, und Andreas dachte mit Wehmut an den Winter hier zurück, als er wie ein streunender Hund den Kudamm in der Kälte hinauf- und hinuntergegangen war.

Zwischen Gaby und ihm herrschte gleich der vertraute Ton ihrer Briefe. Am Wannsee tranken sie im Freien Kaffee und aßen Kuchen neben einem Schild „Hier können Familien Kaffee kochen“. Andreas sah mit Entzücken, daß Berlin so schön sein konnte, die weißen Segel der Boote standen als Salut, die Luft war weich und mild. Gaby und er freuten sich aneinander, redeten und redeten, Andreas konnte endlich einmal wieder sein Herz ausschütten, konnte über seine ganzen Schwierigkeiten reden. Gaby ermunterte, machte Mut, klagte aber auch selbst, über ihre Ehe, es fehle an Zärtlichkeit, und eigentlich sei sie auch oft allein, und eigentlich könnten sie ja mal zusammen, das hatte sich schon früher aus Andeutungen in ihren Briefen ergeben. Ja, sie würde gerne mit ihm, und er, ja, das wäre schön. Am Nachmittag schliefen sie miteinander. Gaby führte sich eine Verhütungscreme ein, und als Andreas in ihren Schoß eindrang, erschien ihm dies als Fortsetzung und Krönung ihrer seelischen Verwandtschaft fast selbstverständlich. Ein schlechtes Gewissen ihres Mannes wegen hatte er nicht.

Am Abend gingen sie ins Kino. Später fuhren sie den hellen Kudamm hinunter, die Luft, die durch das geöffnete Fenster ins Auto strömte, war warm und roch nach den Blättern der Bäume. Gaby schlich sich mit ihrer Hand zu ihm. Andreas zog den Reißverschluß herunter und gleich war er da, sie nahm ihn heraus, er war steif und schön, Gaby hielt ihn in der Hand, streichelte ihn, und Gaby lachte, amüsiert und auch mütterlich, sie war stolz auf ihren Kleinen. Der stand wie eine Fahnenstange im Fahrtwind, und sie sangen, wenn die Kastanien und der Flieder wieder blühn, und die Amis übers große Wasser ziehen, und Gaby sagte, der steht wie eine Eins, na klar, sagte Andreas, wie Preußens Gloria! Und was machen wir nun mit ihm, fragte Gaby, zuhause ist mein Mann, und das war schade, denn sie hätten gerne nocheinmal miteinander geschlafen. So hielten sie in einer Seitenstraße des Kudamms, und Gaby nahm ihn in ihre mütterlichen Hände und ließ sich Zeit damit, und er stand immer noch wie eine Eins und wie Preußens Gloria, und dann auf einmal begann er zu sprechen im Rhythmus von Gabys Händen, die Preußens Gloria zu Fall brachten, und er ließ die Samenblüten regnen auf Gabys Hände und in ihre Hände, und sie sammelte sie und sie schmolz sie und beide waren sich sehr nahe, und Andreas legte sein Gesicht auf ihren garnicht mütterlichen Busen.

„Det bleibt unter uns, klar?“

„Na klar doch! Jetzt kann der doch auch von sich sagen: Iiich biiin eän Bärliner!"

Das hielt wieder eine Zeitlang am Leben im Dorf, wieder Berliner Luft geatmet, das leichte Berlin, das helle Berlin, diesmal nicht die Vergangenheit wie bei seinem Aufenthalt im Winter, diesmal nicht Plötzensee sondern Wannsee. Auch Gabys freundschaftliche Ermunterungen, daß sie an sein Talent glaube, lagerten sich als Bestätigung in ihm. Er mußte einfach weitermachen, er mußte weiterschreiben, auch wenn es immer wieder Rückschläge und Zweifel geben würde.

An einem Samstag fuhr er nach Saarbrücken, schlenderte über die Bahnhofstraße, die im Vergleich mit dem Kudamm doch arg bescheiden wirkte. Vor einer Boutique, die Nippes und kleine Glasobjekte verkaufte, stieß er auf Eva.

Als er sie so unvermutet sah, durchzuckte es ihn, alle Nerven schienen in Aufruhr zu geraten. Jetzt sah er sie wieder, so, wie er sie im Traum oft vor sich sah, ihr Gesicht mit den betonten Wangenknochen, ihre grau-dunklen Augen, ihr Mund, ihr Haar, schwarz und schulterlang, und der Zusammenklang dieses Gesichts, das er so geliebt hatte und immer noch liebte, drang in ihn mit der Schärfe einer Klinge. Sie war so schön, wie sie es immer gewesen war. Unter ihrer kurzärmligen, leichten Bluse wußte er ihren schönen Busen, unter ihrem enganliegenden, kniefreien Rock ihren Schoß, alles kannte er, alles war ihm vertraut, und alles war ihm genommen, war veschlossen für immer. Er sah es wie ein prächtiges Bild aus einer vergangenen Zeit, die mit ihm nichts mehr zu tun hatte. Er konnte keine Ansprüche mehr stellen, konnte nichts mehr fordern, es war, als hätte er das nie gekonnt. Sie mußte glücklich sein, so strahlend, ruhig und gelassen stand sie vor ihm. Sie tat, als hätte es zwischen ihnen nie eine Trennung gegeben, sie schien nichts von den Schmerzen und Qualen zu ahnen, die Andreas deswegen gelitten hatte, nicht, daß ihn die Trennung fast umgebracht hätte, und sie schien auch nichts von dem Aufruhr zu bemerken oder bemerken zu wollen, in dem Andreas sich jetzt befand. An ihre gemeinsame Vergangenheit schien sie keinen Gedanken zu verschwenden. Es schien wie das zufällige Treffen von zwei Bekannten, die sich lange nicht gesehen hatten. Andreas folgte ihr sogar in die Boutique, wo sie Preise für eine Tombola kaufte, die sie zuhause bei einem Fest veranstalten wollte. Er stand neben ihr, betrachtete mit ihr die zierlichen Glasfiguren. Plötzlich war er ganz ruhig geworden, fast schien es ihm, er stehe neben sich, betrachte sich und sie, so unwirklich war es, neben ihr zu stehen, ganz ruhig mit ihr zu reden, mit ihr, die er in seinen Träumen heute noch unter Tränen anflehte, zu ihm zurückzukommen. Sie war unberührbar geworden.

Draußen sagte er ihr unvermittelt, er liebe sie immer noch, aber auch das berührte sie nicht im Geringsten. Sie ging nicht darauf ein, sie tat, als habe sie seine Bemerkung gar nicht gehört, und Andreas fühlte sich plötzlich wie ein Toter, der durch irgendeinen Zufall wieder zum Leben erwacht war, der sieht, wie herrlich das Leben sein kann, der aber von den Lebenden nicht mehr wahrgenommen wird, gleichgültig, wie lebhaft er auf sich aufmerksam machen will, und der dann wieder in das Schattenreich verbannt wird. Plötzlich stand ihm der Satz aus der Göttlichen Komödie vor Augen, den er neulich gelesen hatte: Im Unglück sich vergangenen Glücks zu erinnern, das ist der größte Schmerz.

Er war im Unglück, er war im Schmerz, und doch spürte er paradoxerweise, daß ihm nach dieser Begegnung im Schattenreich wohler war. Jetzt wußte er, daß es nicht die geringste Hoffnung mehr für ihn gab. Auch hatte er bei ihrem Anblick kaum Schmerz empfunden, denn er hatte das Maß an Schmerz ausgetrunken bis zum Boden. Zu tief schon war er gesunken, und sie, dachte er mit grimmiger Ironie, sie lebt und ist glücklich, und sie schert sich keinen Deut darum, wie es mir geht, ob ich krepiert wäre oder nicht. C'est la vie. Und das Lächerliche, das Grauenhafte, das Verletzende aller Beziehungen, die Gleichgültigkeit des Lebens gegenüber all diesem ließ ihn laut auflachen. Aber er wußte auch, daß er sich diese Frau, diese

Liebe endgültig aus dem Kopf schlagen mußte. Er mußte sie wirklich überwinden. Ablenkung tat not, um nicht die Nacht und den Schleier um ihn immer undurchdringlicher werden zu lassen.

Am Abend nach den Schwimmbadbesuchen hörte er viel Musik. Dutzendemale legte er seine Lieblingssonaten auf, die Appassionata, die Pathétique, die Mondscheinsonate, verlor sich in den schmerzvoll zerreißenden Klängen, die seinen eigenen Schmerz so trafen und ausdrückten. Jetzt war es doch wieder Eva, die seinen Schmerz nährte, es war nun ihr endgültiger Verlust, der, seit er sie getroffen hatte, für immer verbrieft und besiegelt war. Nie mehr würde sie zu ihm zurückkehren, ihr Gesicht würde nie mehr für ihn leuchten. So klang dieses nie mehr, nie mehr in den kraftvollen Tönen der Appassionata, sie waren selbst dieses nie mehr, nie mehr und für immer vorbei, und sie ist verloren für immer klang es im perlenden Anfang der Mondscheinsonate, au clair de la lune. Die Liebe ist gekommen, die Liebe ist gegangen, trauerten die Klänge, und doch war sie, Eva, immer noch in ihm, war immer noch gegenwärtig, immer noch ihr Gesicht, immer noch ihre Augen, abgesunken er unter den brandenden Wirbeln des Klaviers in den Kammern des Verlassenseins, des Verzichtenmüssens. Die Musik ließ ihn zurück wie ausgebrannte Asche, in der sich keine Glut mehr finden wird, aber sie stachelte auch wieder auf, gaukelte neue Möglichkeiten, neue Bilder, neue Gesichter, eine neue Liebe vor, er schrie nach Erlösung aus seiner Verlassenheit, aus seiner Einsamkeit, aus seinem Schmerz.

Ruhelos ging er dann in seinem Zimmer auf und ab, trat ans Fenster, sah hoch in Richtung Bexbacher Straße, wo er Roswitha wußte, sah ihr Fenster, hinter dem Licht brannte. Er wartete darauf, sie zu sehen, oft wurde sein Warten belohnt. Sie erschien am Fenster, er sah ihre dunkle Silhouette hinter dem Vorhang, sah ihren Umriß, er sah ihren Busen, als sei sie im BH oder nackt. Er konnte nicht genau erkennen, ob sie wirklich nackt war, aber vor dem Licht der Deckenlampe konnte er die Form ihres Busens wahrnehmen. Sie stand hinter dem Vorhang, sie zog den Vorhang zur Seite, legte sich auf die Fensterbank, er ahnte ihre vollen Brüste, ahnte ihren Körper. Die oben im Dunkel des Hauses schwebende Erscheinung hatte etwas Wirkliches und erschien ihm gleichzeitig wie eine Ausgeburt seiner Phantasie, das, was er sehen konnte, war fast nur eine Andeutung, und doch stachelte diese Andeutung seine Vorstellungskraft an. Diese Fata Morgana, die da am nächtlichen Himmel schwebte, war real und gleichzeitig lockend und unerreichbar, wenn er, angestachelt von den Klängen der Appassionata, zu ihr hochblickte. Dann war er doch wieder allein. Zurückgesunken aufs Bett, konnte er es sich nur wieder selbst machen, wieder war er eingeschlossen in die Unentrinnbarkeit des eigenen Körpers.

Einmal rief aber plötzlich die Erscheinung, die Gestalt da oben mit lauter, ärgerlicher Stimme zu ihm hin, er solle verdammtnochmal seine Musik leiser stellen, da könne ja kein Mensch schlafen! Und schloß das Fenster. Das wirkte wie eine kalte Dusche. Aber insgeheim dachte Andreas, daß ihr dieses Spiel von Andeutung und Verlockung auch gefallen müsse. Gleichzeitig aber, obwohl er sie begehrte, sich oft nach ihr sehnte, und sie morgens manchmal im Auto ein Stück mitnahm, schien ihm eine Verbindung schwer vorstellbar. Die Unterschiede waren wohl zu groß, die Interessen zu verschieden, und auch die Vorstellung, etwa hier in der Rotstraße oder in der Bexbacher Straße ein Verhältnis einzugehen, mit ihrem mißtrauisch blickenden Vater, war nicht verlockend. Deshalb verabredete er sich nicht mit ihr. Sie blieb die nächtliche Fata Morgana.

Jetzt in der neuen, zumindest äußeren Sicherheit des Berufs, schien ihm oft, es drohe der geistige Erstickungstod. Zwar schrieb er jetzt öfter als früher, stürzte dann aber wieder für Wochen in Mutlosigkeit, sah alles als vergeblich an. Dann floh er zu seinen Lieblingen, floh in die Literatur, fand dort Bestätigung für seine eigene Zerrissenheit. Besonders der „Steppenwolf“ von Hesse packte ihn jetzt, sprach zu ihm wie zu einer verwandten Seele, einem Bruder im Geist und im Empfinden. Oft blickte er auf die Fotoleiste an der Wand: Hesse, Miller, Benn, Thomas Mann, Flaubert. Im Steppenwolf fand er so wunderbare Sätze, die ihm ganz aus dem eigenen Empfinden sprachen, Sätze vom Künstler, vom Leiden, von der Glücksfähigkeit und der Leidensfähigkeit. Ihr Leben sei eine ewige, leidvolle Bewegung und Brandung, sei unglücklich und schmerzvoll zerrissen, sei schauerlich und sinnlos, oder vielleicht sei das ganze Menschenleben nur ein arger Irrtum, eine heftige und mißglückte Fehlgeburt der Urmutter, ein wilder und traurig fehlgeschlagener Versuch der Natur. Oder er las von den Einzelgängern, die sich durch ihre Fähigkeit zum Erleben, zum Einfühlen, zum Mitschwingen auszeichnen, aber keine besondere Begabung haben, und oft dachte er, ob er auch zu denen zähle. Dann erschien ihm, wie Harry Haller, der Selbstmord als einziger Ausweg aus allem, gleichzeitig aber spürte er, daß er soweit noch nicht war. Er hatte trotz allem noch Hoffnung.

Aber die Hoffnung gerann oft zur Melancholie wie im „Niels Lyhne" von J.P. Jacobsen, einem anderen Roman, den er liebte. Die Gestalt des Niels Lyhne zog ihn an wie die des Harry Haller, und wenn er gegen Abend zu seinem Spaziergang auf den Hoferkopf ging, sprach die Melancholie zu ihm aus dem weiten Land ringsum, das in der abendlichen Stille lag, aus den Birken der Allee, die mit ihren weißen, wie Leichentücher wirkenden Behängen an das Ende erinnerten. Und die Trauer sprach zu ihm aus dem Wind, der oft über den Hügel blies, dem er sein Gesicht entgegenhielt.

Kam er zurück, betrat er das Haus und die Wohnung wie jemand, der aus einer anderen, fernen Welt zurückkehrt, und da hatte sich nichts geändert in der Welt, die er wieder betrat.

Vater saß am Tisch im Wohnzimmer, so wie er immer am Tisch saß, hatte den Kopf in die Hände gestützt und starrte die Wand an. Sein Gesicht war ernst, mit bitterem Ausdruck, stark traten die Tränensäcke unter den Augen hervor, die Falten um Mund und Nase waren tief eingegraben, die Nase sprang vor. Manchmal streicht er mit den Händen über sein Gesicht, als ob er etwas fortwischen wolle. Er brütet über seine mißliche Lage nach, er kann nicht mehr arbeiten, er ist krank geworden, im Frühjahr eine schwere Bonchitis, die er nicht mehr richtig los wird, dazu sein Zucker. Er hat seine Aktentaschen und die Kollektionen der Bestecke an die Firma Kirchner Solingen zurückgegeben, er hat aufgehört. Wie sehr hing er an seiner Vertretung, wie hatte er sich nach dem Tag X ‘59 gefreut, als er seine alte Vertretung wiederbekam, und nun hat es doch nur sechs Jahre gedauert. Jetzt ist er fertig, fühlt sich unglücklich und überflüssig. Nun ist er pensioniert worden, und die Rente ist gerade zum Verhungern, sein Leben lang hat er geracker und jetzt bekommt er nicht mal fünfhundert Mark Rente.

Sie sprechen selten zusammen, Mutter schaut das Werbefernsehen. Andreas steht unschlüssig eine Weile herum, er möchte ihnen einmal etwas sagen, doch das Elend in ihm selbst ist so groß, so schwer liegt und brennt es in ihm, als daß er sich überwinden könnte, ein paar einfühlende Worte zu sagen.

Dann ging er ins Dorf, ging ins Heli, wo sich doch noch ab und zu die Reste der Clique trafen, wo man sich über die Amerikaner aufregte, die in Vietnam Napalmbomben abwarfen, und wo man sich über das Urteil im Frankfurter Auschwitz-Prozeß empörte, bei dem so lächerlich geringe Urteile für die KZ-Schergen und Aufseher herausgekommen waren, daß es eine Schande war. Eine Minute Zuchthaus für einen Ermordeten, hatte man ausgerechnet. Aber was konnte man von diesem Land, von dieser Justiz anderes erwarten?

An den stürmischen Herbsttagen, Anfang November, lief er stundenlang allein über den Hoferkopf, über seinen geliebten Berg, den Mantelkragen hochgeschlagen, die Hände in den Taschen, um den Hals einen warmen Wollschal. Es dämmerte meist sehr früh, unbestimmt und verschwommen war der Übergang, kaum merklich war es dunkel, wenn eben noch Tag schien. Die Natur war in Bewegung, dunkle große Wolken trieben vom Wind zerfetzt, der Wind peitschte die Äste, an denen noch gelbrote Blätter hingen, er bog die dünnen Stämme der Bäume und jagte braunes Laub, als wirbele ein Heuschreckenschwarm über den Boden. Der Wind pfiff und heulte ihm in den Ohren. Er stützte sich auf seinen Schirm, blieb bewegungslos stehen und hielt sein Gesicht dem Wind entgegen. Er liebte den Wind, er liebte das Pfeifen und Sausen in den Ästen, den Aufruhr in der Natur, denn in ihm fachte dieser Wind die kleine, kümmerliche Flamme seines Lebens wieder an, er jagte sie wieder heiß lodernd in ihm hoch, er war erfüllt von einer jubelnden und gleichzeitig verzehrenden Sehnsucht. Es brannte in ihm die Sehnsucht nach Leben, nach Flucht aus der Erstarrung, nach neuem Beginn.

8

Das erste, was er von Moni, die als etwas Helles, Leuchtendes im trüben Februar in sein Leben trat, sah, waren lange, blonde, eher aschblonde Haare, die auch die Farbe reifen Weizens haben konnten, schöngeschnittene, blaue Augen und ihr Gesicht, das sich in einen braunen Pelzkragen schmiegte. Moni war eine Schulfreundin von Renate, Renate war die neue Freundin von Günther, der sie auf einem Sylvesterball in Saarbrücken kennengelernt hatte und heftig in die ebenfalls blonde, hübsche Renate mit ihrer weichen Pagenfrisur verliebt war. So verbrachte Günther jetzt die meisten Wochenenden nicht mehr in den namenlosen, nur Ziffern und Buchstaben tragenden Straßen Mannheims, sondern kam Samstagsmittag wieder nach Hause in die Rotstraße, um dann aber bald nach Elversberg aufzubrechen. Als Renate Moni zum ersten Mal mitbrachte, fuhr man gemeinsam nach Quierschied in jenes legendäre Tanzcafé Moser, das für Andreas mit so vielen Erinnerungen an Eva und ihre gemeinsame Zeit verbunden war.

Moni war erst siebzehn. Ihr Gesicht mit vollen Lippen und weichen Wangen zeigte noch jugendlichen, rosig überhauchten Schmelz, und als Andreas zum ersten Mal mit ihr tanzte, bewunderte er ihre makellose Figur, die ihr helles Kostüm mit den blauen Bordüren ahnen ließ. Beim Tanzen spürte er ihre vollen Brüste, die sich manchmal unabsichtlich an ihn drückten, er sah ihre langen Beine, die braunen Stiefel unter dem kniekurzen Rock. Es war ein blonder, ein heller Zusammenklang, nicht der dunkle, den er so kannte. Sie hatte etwas Warmes, Volles, etwas gleichzeitig Unschuldiges und doch Herausforderndes mit ihrer Figur, die von schlanker Fülle war, mit ihrem duftenden, aschblonden Haar, das wild und ungebändigt über ihre Schultern fiel. Sie erschien ihm an diesem ersten Abend als etwas Köstliches und Kostbares zugleich, das aber für ihn wohl nicht bestimmt sein werde, denn sie war so jung und wohlbehütet, sie hatte wohl andere Interessen, andere Pläne. Und was soll ich mit ihr, dachte Andreas, ich mit meinen Problemen, mit meiner Vergangenheit, die mich so oft gefangenhält und beschäftigt, ich auf der Suche nach Selbstverwirklichung, nach künstlerischer Verwirklichung, wenn sie mein Weg sein kann, sein soll, und einen anderen sehe ich ja nicht.

Er dachte zurück an die letzten Monate, an die Erzählung von etwa sieben Seiten, die er geschrieben hatte. „Fatal“ hatte er sie genannt. Er beschrieb darin einen kleinen Vorfall an einem Abend im Club 1900. Als er zur Toilette ging, sah er plötzlich an einem Tisch Eva zusammen mit Kunzel sitzen, und übersah bei dem plötzlich ihn durchzuckenden Blitz ganz die Stufe, stolperte, fiel fast, konnte sich gerade noch an einem Garderobeständer festhalten. In der Erzählung aber fiel er hin, lag auf dem Boden fast vor dem Tisch von Eva, er sah ihr überraschtes Gesicht, in dem sich Verlegenheit und Belustigung zu paaren schienen. Er beschrieb die entsetzliche Scham, die ihn packte und aus dem Lokal fliehen ließ, beschrieb die Spur der Demütigung, als er dann zu einer Nutte ging und versagte, weil er immer ihr Gesicht, Evas Gesicht, vor sich sah und die erstaunte Belustigung über den unvermuteten Zwischenfall. Gaby in Berlin hatte diese Geschichte an eine Bekannte gegeben, und diese hatte sehr zustimmend reagiert, sie war beeindruckt gewesen von der Erzählung und als Frau eines Herausgebers einer Literaturzeitschrift hatte sie die Geschichte an diesen weitergegeben. An eben diesen hatte Andreas einmal seine Gedichte geschickt, die er alle, bis auf eines, zurückbekam, aber er druckte die Erzählung ebensowenig ab wie dieses eine Gedicht. Dann begann Andreas etwas Längeres. Der erste Satz war: „Ich könnte tot sein, die Erde unbewohnt, ein kalter Stern an einem kalten Himmel…“, er schrieb in der Ich-Form, getrieben, abstandslos, beschwor den Schmerz um den Verlust von Eva, sprang mitten hinein in seine momentane Lage, und da begann es auch schon schwierig zu werden, denn, wie Gaby meinte, jetzt wisse der Leser, wie es war und wie es gewesen sei, und das Interesse erlahme. Warum versuche er denn nicht, den roten Faden einer Handlung zu entwickeln, die auch die Neugierde des Lesers wecke und am Leben erhalte?

Alles wieder gescheitert, wieder aufgegeben, auch dieser Versuch, obwohl er ihm wichtig erschienen war, weil er ja auch versuchte seine Motive zu begreifen, zu verstehen, warum es mit Eva so gekommen war, warum er sie so schlecht behandelt hatte, daß es zum Bruch gekommen war, die Machtgelüste, die sich darin gezeigt hatten. Das führte seine Gedanken zurück in die Kindheit. Oft war er der Kleinste gewesen, der unter der Willkür der Größeren zu leiden hatte, wenn ihn etwa die Schulkameraden immer wieder die Mauer am Schulhof am Krebsberg in Neunkirchen herunterstießen, oder ihn manchmal ins Gepäcknetz des Eisenbahnabteils steckten, ohne daß er sich dagegen wehren konnte. Später hatte er dann seine Unsicherheit an Eva ausgelassen, sie ebenfalls gequält, weil er sich überlegen fühlte, als er zum ersten Mal so etwas wie Selbstbewußtsein spürte. Vielleicht bildete er sich alles auch nur ein, weil er gerne gehabt hätte, daß es so sei. Nie mit großem Selbstbewußtsein, immer mit Zweifeln, selten auch gestärkt durch Vater im Selbstbewußtsein, geprägt auch durch die Sirenen und die Ängste der Kriegsnächte. Alles hatte sich in ihm gesammelt und gespeichert, aber als Kind war er auch munter und wißbegierig, ganz offen und voller Begeisterung für alles, für die Welt und das geheimnisvolle Leben gewesen.

Über alles sprach er auch einige Wochen lang mit einem Psychiater, mit Dr. Müller, der ihm eigentlich nur das bestätigte, was er über sich selbst schon wußte.

Bei dem Konflikt Beruf und Kunst konnte er auch nur raten, es gelassener zu sehen, ruhiger zu werden, sich nicht so zu quälen. Aber es tat gut, einmal mit einem Außenstehenden über alles zu sprechen. Bei vielen Künstlern war es offenbar genauso gewesen. In ihm wütete die gleiche Verzweiflung, wie er sie aus den Tagebüchern Kafkas kannte. Auch aus den Briefen Flauberts sprach immer wieder Verzweiflung, die Angst zu scheitern. Dazu kam die Krankheit, die belastete, und aus all dem erwuchs die Besessenheit, sich durch nichts vom eigenen Werk, von der Arbeit abbringen zu lassen. Das Werk war das Wichtigste. So wurde die „Education sentimentale“ Flauberts eines der Bücher, die Andreas packten, und ihre Hauptfigur, Fréderic Moreau, gehörte sofort zu jener imaginären Reihe der innig vertrauten Lieblingsfiguren wie Tonio Kröger, Peter Camenzind, Hans Giebenrath, Harry Haller oder Niels Lyhne. Und neulich hatte Andreas in einem Antiquariat in Saarbrücken endlich jenes legendäre Jugendwerk Flauberts gefunden, nämlich „November“. Er war ja immer auf der Suche nach Büchern, nach schönen Ausgaben, und als er vor dem Regal stand und die Reihen mit den Augen durchflog, sprangen ihm in der untersten drei Buchstaben in Goldschrift ins Auge, und die drei Buchstaben waren NOV…. Der ersten Intuition folgend, zog er das Buch heraus, und es durchzuckte ihn ein süßes, scharfes Glück, dasselbe Glück, das ihn durchflutet hatte, wenn er als Junge im Wald einen Schwalbenschwanz entdeckt hatte, der regungslos auf einer Brombeerstaude saß. Es war „November“, eine wunderschöne Ausgabe im Kurt Wolff Verlag Leipzig. Und so las er zum ersten Mal die betörenden Sätze des Anfangs: „Ich liebe den Herbst, seine Traurigkeit stimmt gut zu Erinnerungen. Wenn die Bäume entlaubt sind, wenn der Abendhimmel noch in den tiefsten Farben glüht, die einen goldenen Schein über das Heu werfen, dann sieht man mit Entzücken alles verlöschen, was jüngst noch im Herzen brannte.“

Die Melancholie lockte, war betörend und zerstörend zugleich, wenn sie zur Verzweiflung wurde, wenn man sich aufgeben würde, und das wollte Andreas nicht, er wehrte sich noch gegen die Verzweiflung, er wollte weitermachen, nicht aufgeben, die Kunst nicht aufgeben, trotz aller Entmutigungen und Rückschläge, trotz aller Zweifel. Und da stimmten Dr. Müller und er überein.

Er schrieb, wenn auch mit langen Pausen dazwischen, in denen er alles für schlecht und sinnlos hielt, er las, wie jetzt gerade den „Zauberberg“, der ihn so fesselte mit Hans Castorp, Mynheer Peeperkorn oder Madame Chauchat, und wenn er Thomas Mann las, schien ihm, die umfassende Art der Ironie sei doch die einzige, die beste Art zu schreiben, aber wenn er dann Flaubert las, wurde das alles wieder fraglich. Er selbst schwankte, er hatte seinen eigenen Weg noch nicht gefunden.

Dr. Müller meinte, auch ein neuer Mensch, eine neue Liebe werde sich einmal wieder einfinden, er dürfe nicht so pessimistisch sein. Andreas hatte ihm erzählt, und er hatte dies auch in seine Aufzeichnungen geschrieben, er sei innerlich tot, sei gestorben, er fühle nichts mehr seit Eva, seit er beinahe wirklich vor Schmerz gestorben sei, als ihr Verlust ihn fast zerstört habe. Nun sei er kalt und wie abgestorben, spüre in sich nur noch Kälte und Verlorenheit, und für eine neue Zuneigung, für eine neue Liebe, gebe es überhaupt keinen Platz mehr in ihm.

Aber er vergaß Moni nicht. Öfter sah er ihr Bild vor sich, sah ihr Gesicht, das sich in den weichen Pelzkragen ihres Mantels schmiegte. In der Fastnachtswoche rief sie im Büro an, ob er Lust habe, am fetten Donnerstag nach St. Ingbert zu einem Ball zu kommen. Er ließ es noch offen, da sie in jedem Fall hingehen würde.

Schöner als ein Faschingsball, dachte er am Abend des fetten Donnerstags, wäre es, zu Hause zu bleiben, mich an meinen neuen, kleinen, dunklen Schreibtisch zu setzen, das weiße Papier vor mir zu haben, die Rauchkringel der Zigarette aufsteigen zu sehen, das leise Kratzen der Füllfeder auf dem Papier zu hören und dem Entstehen der Schrift zuzusehen, die langsam das Papier füllt. Aber plötzlich ging ihm die Stille des Zimmers auf die Nerven, er zog sich an und fuhr nach St. Ingbert.

Als er noch unschlüssig in der Vorhalle stand, kam aus dem Saal Moni auf ihn zu, und sie war wie eine Erscheinung. Ihre Haare fielen in leichten Wellen auf ihre Schultern, die Bluse ließ Ansätze ihrer Brüste frei, aber was ihn für einen Augenblick wie etwas Schönes und Unerwartetes durchzuckte, war der Anblick ihrer Beine, denn sie trug zu kurzen Shorts nur ein paar schmale, hohe Stiefel. Sie kam mit festen Schritten auf ihn zu, sie war kein Mädchen mehr, sie war eine selbstbewußte Frau, die sich ihrer Wirkung sicher war. Als sie sein Gesicht sah, in dem sich sein Erstaunen und seine Überraschung spiegeln mußten, fiel sie ihm um den Hals und küßte ihn auf die Wange. Er drückte sie an sich, und er spürte seit langem wieder die Wärme einer Frau, roch ihr Parfum. Sie zog ihn auf die Tanzfläche in den Saal, denn die Kapelle spielte gerade etwas Langsames. Sie tanzten eng umschlungen, ihre Haare fielen über sein Gesicht, ihre festen Brüste drückten sich an ihn, ihr Hintern bewegte sich unter seinen Händen. Jetzt hielt er dieses hübsche, warme, atmende Mädchen in seinen Armen, aber in sich spürte er auch immer noch die Kälte, das Abgestorbene, den Schmerz, ja, vielleicht immer noch etwas von der Liebe zu der anderen, der Dunklen, aber hier war jetzt sie, hier war Moni mit ihrer Wärme, mit ihrem Zutrauen, mit ihrem Körper, und es schien Andreas, als lege sich dies alles wie Balsam auf die Erstarrung, auf die Wunden des Schmerzes.

Als er sie nach Hause brachte, saßen sie im Auto und küßten sich zum ersten Mal, zum ersten Mal berührte er ihre festen, schönen Brüste und es war wie ein Erschauern, als er ihre warme, durchpulste Haut unter seinen Händen spürte, und Moni sich an ihn schmiegte.

Am Fastnachtssonntag fuhren sie zusammen nach Saarbrücken, um sich den Fastnachtsumzug anzusehen, und als sie im Auto neben ihm saß, geschminkt, schön, mit ihren langen, blonden Haaren, empfand Andreas in einer Aufwallung von Stolz und Wärme, wie gut es war, wieder eine Frau neben sich zu haben, wieder eine attraktive Frau bei sich zu wissen, welche die Blicke der anderen Männer auf sich zog. Es schien ihm, als sei er wieder mitten im Leben, als tauche er auf aus der langen Nacht des Schmerzes und der Trauer, hier neben diesem warmen, lebendigen Wesen, dessen Lächeln ihm galt, das zu ihm gehörte, das offenbar Interesse an ihm hatte, das ihn mochte. Zwar fragte sich Andreas noch, ob sie eigentlich zu ihm passe, ob sich ihre Interessen nicht zu weit auseinander bewegten. Moni hatte in den letzten Jahren ein Internat, eine höhere Handelsschule im Schwarzwald besucht, und jetzt belegte sie in Saarbrücken noch Kurse einer privaten Handelsschule. Im Gespräch hatte sie sich durchaus für seine Dinge interessiert. Vieles war ihr zwar fremd, sie hatte keine so starke Beziehung zur Literatur, zur Kunst, wie Andreas lieb gewesen wäre, aber sie interessierte sich für seine Malerei, für sein Schreiben, hörte ihm zu, wenn er ihr seine Zweifel auseinandersetzte, wie es denn mit ihm weitergehen solle. Das schien sie nicht zu stören. Aber sie war auch munter und neigte zum Widerspruch, war nicht kritiklos, was Andreas wiederum gefiel. Von da an nahm Andreas sie mit in die Clique, stellte sie seinen Freunden vor, so wie er es früher mit Eva getan hatte.

Inzwischen war Andreas nach Saarbrücken versetzt worden, fuhr jeden Tag über die Grühlingsstraße, die alte Heerstraße Napoleons, die heute der friedlichen Invasion der Pendler diente. Das Amtsgericht war in eines jener gesichtslosen Rechtecke umgezogen, die von den Architekten als modern bezeichnet wurden, und stand jetzt an der Saar, nicht weit vom Landtag, in dem Ministerpräsident Röder als Landesvater mit seiner Mehrheit die sogenannte christliche Politik anführte. Denn seit der Rückgliederung des Saarlandes wählten die Saarländer ergeben und brav in ihrer Mehrzahl die CDU, das dritte Kabinett des Dr. Röder war im Amt. Und nebenan stellte der wilhelminische Bau des Landgerichts die anscheinend gottgegebene Ordnung wieder auf die Beine seiner martialischen Säulen. So reihten sich an der Saar die Legislative, die Exekutive und die Dritte Gewalt in Reih und Glied, und auch die Kirche war nicht weit, denn nur einen Steinwurf vom Landtag entfernt reckte sich die alte Schloßkirche neben den etwas vernachlässigten Bauten des feudalen Schlosses, während sich die Staatskanzlei im Schatten der mächtigen, noch nicht ganz wiederhergestellten Ludwigskirche fast versteckte. Allerdings waren beides evangelische Kirchen und an der Saar dominierte die katholische, aber davon gab es in Saarbrücken auch genug. Denn das Saarland war katholisch, katholisch war auch die Regierung, und so war sie, wie die Kirche, für die Konfessionsschule und gegen die Abtreibung, gegen Freizügigkeit und Libertinage, gegen Pille und Miniröcke. Das Saarland war schwarz, schwarz wie die Kohle, schwarz wie Bonn, wo die Saarländer ja seit der Rückgliederung ein Wort mitreden durften. Diese Ordnung schien gottgewollt, und niemand, auch nicht die Genossen der oppositionellen SPD, konnten sich vorstellen, daß sich daran je etwas ändern würde.

Andreas war froh, Homburg mit dem leblosen Mumien-Kollegen entkommen zu sein. Endlich in Saarbrücken, auch in der Nähe seines Freundes Rauber, in dessen Büro noch eines seiner eigenen, farbglühenden Bilder hing. Und es gab die Bahnhofstraße, die immerhin etwas hauptstädtisches Gepräge zeigte, den Sankt Johanner Markt, wo in der Kappengasse die Nutten ihre Busen in den Fenstern präsentierten, und den Vorbeigehenden zuriefen: „Hasche kä Luschd?“ Neuerdings gab es sogar vor einem Lokal an der Bahnhofstraße ein paar Tische im Freien.

Die Versetzung nach Saarbrücken erleichterte es, Moni auch tagsüber zu treffen. Im beginnenden Sommer fuhr er mit ihr in den Wald an der Grühlingsstraße, wo sie einen guten, nach allen Seiten gesicherten Platz fanden. Moni war neugierig, sie war garnicht schüchtern, und als Andreas zum ersten Mal nach den Küssen und Zärtlichkeiten ihre Brüste ganz nackt in seinen Händen hatte, sie streicheln und küssen konnte, da durchströmte ihn die gleiche Erregung, die er immer empfunden hatte, wenn er dies erleben durfte. Sie nutzten die kurze Zeit der Mittagspause, ihre Körper zu erkunden, er streichelte sie, und es war für sie eine ganz neue Erfahrung, der sie sich hingab. Sie mochte es, wenn seine Hand zwischen ihren Beinen war, wenn er ihre Erregung, ihre Feuchtigkeit spürte, und natürlich blieb es nicht dabei, sie wollte auch ihn berühren, und Andreas spürte, wie alles ihn wieder erregte, wie er wieder das Blut kraftvoll in seinen Pint strömen fühlte. Er war wieder da, er war wieder auferstanden. Im gebrochenen Licht des Sommertags, in der Wärme des Autos berührte sie ihn, sie sah ihn mit Neugierde und Lust an, es gefiel ihr, ihn zu streicheln bis er kam und sie spritzte auf den Bauch, und sie atmeten tief und lachten, und sie waren sich so nahe, unter dem Blätterdach des Baums. Andreas mochte sie mit ihrer Neugierde, er mochte ihre Finger mit den roten Nägeln, es war so obszön und zärtlich zugleich, wenn sie ihn auf und ab bewegte. Danach rauchte er noch schnell eine Zigarette, die Blätter der Bäume bewegten sich leise im Mittagswind, und dann fuhren sie wieder in die Stadt hinunter. Das Auto war ihr Liebesnest und es war ihr Pettingnest.

Andreas spürte, wie gut ihm das alles tat. Soll es denn möglich sein, dachte er, daß mir dies wieder hinaushilft aus der Tiefe, aus dem Eingeschlossensein, aus der Misere, da ich doch glaubte, nichts mehr empfinden zu können, abgestorben zu sein im Schmerz um Eva. Vielleicht kann Moni die Verhärtung lösen, vielleicht hilft es mir, endlich Eva zu überwinden, zu vergessen, daß es dieses Gesicht mit den slawischen Wangenknochen gibt und gab, endlich diese Jahre des Schmerzes zu überwinden. Aber er dachte auch, daß diese Jahre des Schmerzes nicht umsonst waren, er hatte wohl diese harte Schule gebraucht, um von seiner Überheblichkeit und Selbstverblendung wegzukommen.

Aber jetzt mußten sie endlich einmal zusammen schlafen, es drängte sie beide danach. An einem Sonntag im Juni fuhr er mit Moni nach Mannheim. Günther hatte ihnen seine Wohnung überlassen. Zum ersten Mal waren sie nackt beisammen im Bett, schmiegten sich aneinander, sie spürten sich. Andreas sah zum ersten Mal den prächtigen Körper Monis, so schlank und doch voll, ihre Brüste, ihren Leib, ihre Beine, ihren festen, schönen Hintern, alles sah er, alles konnte er streicheln und berühren, in der atemlosen Aufregung, die sie beide packte, und es schien Andreas, als lösten sich in diesen Augenblicken alle Verhärtungen, alle Leiden der letzten Zeit. Ein starkes Empfinden der Wärme für sie durchströmte ihn, er dachte nicht an Eva, er sah nur sie, Moni, er spürte nur die erregende Berührung ihrer Körper, die sich aneinander schmiegten, aber er spürte zu seiner Verblüffung auch, daß er keinen hochbekam, daß sich nichts regte. Er streichelte ihre feuchte Scham, die auf ihn wartete, die darauf wartete, daß er endlich in sie eindringen werde, aber er bekam keinen Ständer, er blieb schlaff und lahm, und als er nach einer Weile bemerkte, daß sich dies nicht änderte, daß sich nichts tat, wurde er nervös. Aber Moni war nicht enttäuscht, sie sagte, das sei doch nicht schlimm, und sie spazierte im Zimmer umher und sie zeigte sich ihm. Er lag auf dem Bett und bewunderte sie, er sah ihre gereckten Brustwarzen, die schöne Behaarung ihrer Scham und ihre festen Hinterbacken, und sie war ein prächtiger Anblick, sie war wie eine Erscheinung an jenem Nachmittag im Juni. Sie war die Jugend und die Göttin der Liebe, sie mit ihrem stolzen Körper, mit ihren langen blonden Haaren im hellen Licht des Nachmittags, das die Vorhänge dämpften. Später duschten sie, seiften sich gegenseitig ein, ihre glitschigen Körper berührten sich.

Jetzt schwelgte er wieder im Fleisch, er liebte ihren Körper mit dieser Festigkeit der Jugend, er schwelgte darin an den Tagen des Sommers, an denen sie die Sonntagmittage im Wald verbrachten. Die Tage waren wieder satt und warm und träge von der Zärtlichkeit, die sie sich gaben, mit ihren Berührungen und Erfüllungen, obwohl er immer versagte, wenn sie versuchten miteinander zu schlafen. Sie blieben dann beim Petting. Er sagte: „Du mußt Geduld haben mit mir, ich weiß auch nicht, wie das kommt.“ Aber auch beim Petting fanden sie ihre Erfüllung, es war genüßlich und befriedigend. Die Nachmittage des Sommers waren gesättigt und schön, wie er es früher mit Eva erlebt hatte.

Einmal gingen sie im Wald bei Schüren zum Auto zurück. Sie hatten noch nicht genug, sie blieben in einer kleinen Schonung stehen, sie hatte ihre Hand bei ihm, spürte, daß er wieder erregt war, sie drehten sich zueinander, sie nahm ihn heraus, er stand da in der frischen warmen Luft, und sie begann ihn zu liebkosen. Plötzlich strich in der Nähe ein Mann durchs Unterholz, aber er drehte ab, als er sie sah. Dann war es soweit, es spritzte in die Himbeerhecken und tropfte auf den Boden, und es roch nach warmem Gras und Laub, der Wind strich leise und unmerklich über sie und der Wind roch nach Tannen und nach Harz.

Tage des Sommers, Tage der Zärtlichkeit und der Lust, Monis Augen, die sich gegen die Sonne schlossen, ihr Mund, Monis Brüste in ihrer warmen Fülle, alles war so gesättigt von ihrer Zärtlichkeit. Andreas dachte im Moment nicht an die Zukunft, er wußte auch nicht, was aus ihnen beiden werden würde, was sich daraus entwickeln und ergeben würde, er genoß ihre Gegenwart, ihre Nähe, ihre Gesellschaft, ihr Zutrauen, ihre Zärtlichkeit. Er konnte sich nicht mehr vorstellen, daß es Moni nicht gebe, daß er wieder allein sein könnte, obwohl er manchmal schon spürte, daß es da auch Probleme gab, daß manches nicht so einfach war. Moni war noch jung, aber sie hatte in vielem eine eigene, eigenständige Meinung, sie war nicht spießig und nicht kleinlich, sie lachte über vieles im ach so anständigen bürgerlichen Leben, sie pfiff auf Kleinlichkeit und Prüderie, was sie Andreas ja ständig bewies, sie haßte Krämerseelen und Bigotterie, ihre Jahre im Internat hatten sie über ihr Alter selbstständig und reif gemacht. Sie hielt mit ihrer Meinung auch nicht hinterm Berg, und bei der Clique erregte sie manches Kopfschütteln oder Schmunzeln, wenn sie bei tiefschürfenden Gesprächen über Politik und Gesellschaft auch einmal mit einer eher banaleren Bemerkung einfiel, oder eine Marotte der Herren bissig kommentierte. Von den Freunden mochte Wolfgang sie am meisten, erinnerte sie ihn doch mit ihren langen blonden Haaren an seine vergangene Liebe Karola, der er eigentlich immer noch nachtrauerte.

Im August würde Moni mit ihren Eltern nach Jugoslawien reisen. Und so beschlossen Andreas, Wolfgang und der lange Berti, ebenfalls in den Süden zu fahren und dort auf der Insel Krk zu Moni zu stoßen. Zum ersten Mal würden die Freunde in dieser Zusammensetzung in den Süden fahren, und jetzt, Wochen vorher, wurde schon eifrig geplant. In einer Nische im Heli, ihrem neuen Stammlokal, wurde auch wieder vom letzten Winterurlaub erzählt, den Andreas mit Berti in Reit im Winkl verbracht hatte. Immer wieder gaben die beiden die inzwischen schon legendären Geschichten zum Besten. Wie Andreas und Berti einen Tag krank im Bett lagen und mit Hähnchenknochen warfen, wie sie den Rekord im Kneipensitzen gebrochen hätten, nämlich vierzehn Stunden am Stück, und wie sie an Sylvester für eine Frau eine Flasche Wein bestellt hatten, aber um ihr zu imponieren, ein ganz teures Etikett hatten aufpappen lassen, aber es habe dann doch nichts geholfen, und wie Andreas partout noch besoffen habe Auto fahren wollen, woran ihn Berti gerade noch hindern konnte, und wie Andreas auf dem Idiotenhügel nie den Stemmbogen gelernt und deswegen immer „Vorsicht" gerufen habe und sich dann unten habe fallen lassen, oder wie unterwegs der Scheibenwischer kaputtgegangen sei, und der Berti ihn von innen bewegt habe, als er eine Polizeistreife sah, und dann erzählte Andreas als Krönung die Geschichte von dem Bayern, der in einem Lokal gesessen hatte, und sie hatten sich zu ihm gesetzt und hatten ihn gefragt, was er ihnen zum Essen empfehlen könne, und der hatte gesagt, das gleiche wie ich, und gleich bekam er Knödel mit Sauerbraten, aber er habe nur darin herumgestochert, und dann habe er den Teller weggeschoben und keinen Bissen angerührt, und als sie ihn fragten, warum er nicht esse, es sei doch sein Lieblingsgericht, da habe er gesagt, Fleisch mog i net, Knödel mog i net, am Arsch konnst mi lecken, und jedesmal erntete diese Vorstellung jubelnden Applaus.

Wolfgang sagte: „Na Freunde, da bin ich mal gespannt, was wir vom Süden berichten können!", und die Blicke wandten sich dann vielsagend Andreas und Moni zu.

9

Ich schenke mir diese Wochen da unten im Süden als Entschädigung für alles, was ich in den letzten Jahren durchgemacht habe, sagte sich Andreas, gleichzeitig hatte er, ehe der Urlaub begann, schon Angst vor seinem Ende, wenn er wieder in derselben Lage sein würde wie vorher, da es immer dringlicher würde, etwas zu tun, endlich weiterzukommen mit dem Schreiben. Mit Wehmut dachte er an den Urlaub mit Günther vor drei Jahren in Südfrankreich, damals als er noch mit Eva zusammen gewesen war, also im Glück. Und wie verrückt war dieser Urlaub auf dem Campingplatz in Lavandou gewesen! Zum ersten Mal der Süden, zum ersten Mal das Meer, gesättigt von der Sonne, von der Intensität der Tage. Aber auch jetzt freute er sich. Er und Moni würden zusammen sein, endlich einmal würde er dieses Glück des Südens, das Meeresglück, das Wasserglück, das es mit Eva nicht gegeben hatte, mit einer Frau erleben. Manchmal spürte er kleine, häßliche Zweifel, ob sich dies mit Moni erfüllen könne, ob die Gefühle zwischen ihnen wirklich dieses Drängende, diese Intensität hatten. Aber er schob die Zweifel beiseite. Alles war offen. Jetzt war es schön, aber keiner von ihnen wußte, wie es weitergehen würde, und sie machten sich auch keine Gedanken darüber. Der Abschied von Moni war leicht, da sie sich ja auf Krk treffen würden. Moni würde mit ihren Eltern in einer Woche nachkommen.

Zerklüftete Felsen, dazwischen ein paar Büsche und Sträucher, Felsen jeder Größe, Gesteinsbrocken, als habe ein Riese sie um sich gestreut, als habe es Felsen geregnet, Steine über Steine. Das war kein lieblicher Garten, es war ein Steingarten, durch den sie auf der schmalen Inselstraße fuhren, immer weiter vorbei an der unwirtlichen, verwunschenen Felsenlandschaft, das war die Insel Krk, und auch das Dorf Punat, in dem sie dann ankamen, war maßlos enttäuschend für sie. Kein Strand, kein Sand, nur eine Art Hafenbecken mit Mole, an die träge das Wasser dümpelte. Kein befreiendes Anrollen der Wellen, kein Sandstrand, das gefiel keinem, auch Andreas nicht, und so beschlossen sie schweren Herzens, nicht zu bleiben. Das hier war, wie Wolfgang sagte, einfach gräßlich. Andreas hinterlegte im Hotel, wo Moni wohnen würde, einen Brief, sah schon alles sich auflösen, verschwinden, die Tage mit Moni, auf die er sich so gefreut hatte. Es war bitter, aber dann überlegte er, daß er ja wieder allein hierher zurückfahren könne, und das hob seine Stimmung wieder.

Italien nahm sie auf, und da war alles, was sie sich ersehnt hatten, da war die Adria, da war Jesolo, der weite Sandstrand, das Meer, das auf den Strand rollte, der gute Wind vom Meer, der nach Salz roch und die Weite des Horizonts, ein weitläufiger, schöner Campingplatz. Und wie beim ersten Mal in Südfrankreich nahm Andreas alles in sich auf, jetzt schon mit der Vertrautheit des Liebenden. Das Wasser begrüßte ihn wieder mit seinem Salzgeschmack, dem herben Geruch, mit den Schaumperlen und Wellen, mit der wunderbaren Weichheit seiner Konsistenz, mit dem es ihn wiegte und schaukelte, und die Sonne war wieder diese wärmende, wohlige Aura, die einem ständig umgab, vor der man sich bisweilen auch schützen mußte. Wieder genoß er den Wechsel von Sonne und Wasser, diesen Rhythmus des Badens und Erwärmens, der den Tag bestimmte. Die ersten Tage waren wie ein Wiederfinden, wie eine Heimkehr, waren aber auch jedesmal wieder neue Freude.

Ja, sie waren in Italien, in dolce Italia, das seinem zum Klischee gewordenen Ruf von mare und sole gerecht wurde, in jenem Italien, das zu Hause schon seit den fünfziger Jahren unentwegt von Caterina Valente und Silvio Francesco besungen worden war, jenes „Komm ein bißchen mit nach Italien“, oder noch früher mit den so zeitresistenten Caprifischern. Und Conny Froboess trällerte „Zwei kleine Italiener … oh Tina und Marina …“. Eigentlich war alles ein Klischee, ein gefühlstriefender Stimmungshall, aber das richtige Italien war wirklich schön mit mare und sole, und der Strand vorm Campingplatz war gar nicht überfüllt, nicht wie in Jesolo selbst, wo die Leute wie die Heringe liegen sollten. Aber alles sole und mare Geflüster und die Sehnsucht der Deutschen nach dem Süden, kennst du das Land, wo die Zitronen blühn, alles hatte seine Wirkung, denn die italienische Adria war wirklich fest in deutscher Hand. In der Stadt gab es Wienerwald und Münchner Hofbräuhaus, Haxen und Schweinsbraten, deutsches Bier und überall das Schild: Hier spricht man deutsch, und die deutschen Seppls mit ihren Shorts und kurzen Hosen und Sandalen und mit den Wabbelbäuchen, und an den Zeitungskiosken kauften die Leute ihre BILD Zeitung wie zu Hause. Die Leute auf dem Campingplatz erzählten voller Bewunderung vom nahen BMW Campingplatz, der wirklich große Klasse sei, unter deutscher Leitung, versteht sich, da herrsche strenge Ordnung und Sauberkeit, alles stehe in Reih und Glied, und drumherum gebe es einen hohen Zaun, da komme keiner unbefugt rein. Die Freunde lästerten, das sei ja das reinste Straflager, fehle nur noch der Stacheldraht mit Starkstrom.

Aber zur Zeit verstanden die Deutschen keinen Spaß. Die BILD Zeitung schrie die Empörung in großen Schlagzeilen heraus, die Leute auf dem Platz diskutierten, wo man auch hinkam. Ob am Kiosk, in den Duschen, überall hatte das umstrittene 3:2 Tor der Engländer in Wembley die sonnen- und chiantitrunkenen Gemüter der Tedesci erhitzt. Die deutsche Volksseele kochte auch im Ausland, und da es hier um einiges heißer war als zu Hause, noch ein bißchen mehr. Die Wellen der Empörung standen denen des Meeres in nichts nach. Das Tor zum drei zu zwei war Betrug, war eine Schande, war eine Schweinerei, war eine Sauerei, ein ungeheuerlicher Betrug, war gegen alle Regeln, kurz es war Schiebung! Deutschland war wieder mal an die Wand gedrückt und um seinen verdienten Sieg gebracht worden! Es hätte den Sieg verdient und war um diesen Sieg schändlich betrogen worden! Andreas erinnerten alle Argumente an die Argumente, die man sonst in Deutschland hörte, wenn es um den verlorenen Krieg ging, wo die Deutschen ja auch hinterrücks betrogen und niedergemacht worden waren, wo sie es doch verdient hätten zu gewinnen mit den tapferen deutschen Soldaten. Plötzlich glichen sich Fußball und Krieg wie ein Ball dem anderen, der Erbfeind England hatte nur durch Betrug gewonnen. Da Andreas und die Freunde das Spiel gar nicht gesehen hatten, waren sie Ziel zahlreicher detaillierter Schilderungen: der Ball sei an die Latte gesprungen und von dort nach unten, aber nie und nimmer hinter die Torlinie, der Schiedsrichter habe auch kein Tor gesehen, aber sein Linienrichter, und dann habe sich der Schiri korrigiert und auf Tor erkannt, aber der Ball sei nie drin gewesen, nie und nimmer, gehobene Hand, Zeigefinger, nie und nimmer, und der Erzähler ging hoch wie das HB Männchen. Die Freunde amüsierten sich über die Erregung über das Tor des Jahrhunderts, wie es gleich getauft wurde, aber sie amüsierten sich leise, um sich nicht den Volkszorn zuzuziehen. Denn Fußball hatte für alle drei nichts mehr mit Prestige und schon garnichts mehr mit Nation und Nationalstolz zu tun. Ja, 1954 im Saarland war das etwas anderes gewesen, da hatte der Sieg der Deutschen auch sie begeistert, die damals gar keine Deutschen mehr gewesen waren.

Aber trotz der Tedesci, die immer Germani sagten, wenn sie Tedesci meinten, man hörte auch noch Italienisch, auch auf dem Campingplatz. Und wie herrlich klang dieses Italienisch, diese klingenden, schwingenden, vollen Vokale, dieses Ausklingenlassen mit Freude am eigenen Klang, und Andreas dachte, wie wahr doch der Satz des Felix Krull sei: „La lingua italiana e la bellissima del mondo!“

Sie genossen das Leben auf dem Campingplatz, das Leben im Freien in Badehose und Hemd, sie genossen den vino bianco und den vino rosso, selbst ihre mitgebrachten Dosenravioli schmeckten köstlich am Abend vor dem Zelt, wenn sie um ihre Gaslampe oder eine Kerze saßen. Es herrschte zwischen ihnen der vertraute Ton der alten

Freunde, die Clique hatte eine Zweigstelle in Italien. Denn auch zum langen Berti hatte Andreas inzwischen ein gutes, wärmeres Verhältnis als früher. Zu Hause fuhr er oft zu ihm, saß mit ihm in seinem Dachzimmer, zu dem nur ab und zu das erstickte Husten von Bertis Vater hochdrang, der Steiger gewesen war und Silikose hatte. Und sie redeten, vor allem über Andreas. Berti sagte, er habe doch alle Requisiten zum Glücklichsein. Sie hörten Bertis Lieblingssong der Beatles „She loves you, yeah, yeah, yeah", sie legten Bach auf, oder Andreas versuchte, die Probleme von Bertis Diplomarbeit zu verstehen, aber da es um höhere Mathematik ging, war das sowieso vergeblich.

An einem Tag der zweiten Woche vertauschten sie Badehosen und Hemden mit ihren Sakkos und Hosen und fuhren nach Venedig. Wolfgang, der es schon kannte, lästerte, es gebe auch dort Deutsche, die mit ihren Seppelhosen und Sandalen ankämen, barbarisch so was, denn einer Stadt wie Venedig müsse man auch Ehre erweisen!

Venedig, so stand es im Reiseführer, müsse man vom Meer, von der Lagune aus betreten. Das taten sie, sie nahmen die Fähre in Punta Sabbione, und Andreas, der Schiffe so liebte, der das Meer liebte, das Wasser, stand an der Reling des Bootes, hielt das Gesicht dem Wind entgegen, der trotz des sonnigen Tages kräftig ins Gesicht blies, genoß den Geruch nach Meer und nach leichter Fäulnis, der vom Wasser der Lagune, das ziemlich trübe und dunkel schien, aufstieg, er genoß das Klatschen der Wellen, staunte über das verwirrende Durcheinander, das auf der Lagune mit Schiffen aller Arten, mit Fischerbooten, die mit ausgeworfenen Netzen vor sich hin dümpelten und mit ihren Auslegearmen wie große Seetiere wirkten, herrschte, und bewunderte die Gelassenheit, mit der alle diese Boote und Schiffe zielsicher irgendeinem Ort innerhalb der Lagune zustrebten. Und alles, die Farben der Schiffe, der Boote, die Holzpfähle in der Lagune, die Fahrrinnen markierten, die Fischer auf ihren Booten, alles war so einfach, so meerverbunden, wies nicht über sich hinaus, ruhte in sich.

Aber dann tauchte vorn aus dem leichten Dunst, der noch über der Lagune lag, etwas auf, das sich gänzlich von den einfachen Formen auf dem Wasser unterschied, wurde langsam größer, nahm die Form eines schlanken Turms an, zu dessen Seiten sich Bauten reihten, und als sie bis auf Sichtweite herangekommen waren, schien es Andreas, das sei ein Traum, eine Einbildung, denn hinter den Reihen von dümpelnden Booten und Gondeln bot sich der Blick auf die weißen, phantastischen Fronten der riesigen Paläste, auf zwei Säulen, auf den Campanile, der alles überragte, und dieser Anblick war atemberaubend und unwirklich, er überstieg alles, was Andreas je in seinem Leben gesehen hatte. Es war, als komme man aus dem normalen Leben, aus der normalen, profanen Welt da draußen wie durch einen Schleier plötzlich in eine Märchenwelt, in eine phantastische Welt der Farben und Formen, wie man sie sonst nur im Traum sah. Der Dogenpalast mit dem blendenden Weiß seiner Marmorfassade schien aller Schwerkraft Hohn zu sprechen, denn er wirkte, als liege er mit seiner fensterdurchbrochenen leichten Unterseite auf und trage den fast fensterlosen Überbau, und doch schwebte er in seinem blendenden Weiß schwerelos und elegant.

Als sie später umhergingen, erschien dies alles wie ein Traum für Andreas, der ja doch schon einiges an Städten gesehen hatte. Es war eine Imagination, es war eine Erscheinung, es blendete mit dem Weiß, mit dem Gelb und dem Ocker oder dem Tiefrot der Fassaden und der Säulen, mit den herrlichen, hohen und schmalen Fenstern und Fensterbögen, mit den Bogengängen und Erkern, den Vorhängen, die sich zwischen Säulen leicht bewegten, mit dem leuchtenden Gold und Rot der Mosaiken. Man ging weiter wie in einem Traum, weiter über die Piazzetta, und es war wie eine Offenbarung, endlich den Markusplatz, die Piazza, zu betreten, diesen weiten, mächtigen Platz, den wiederum die prächtig gegliederten Fronten begrenzten, und man stand fassungslos vor dem Gebirge aus Kuppeln, Rundtürmen, aus Bildern und Portalen der Markuskirche, die in Goldtönen glänzte wie eine Erscheinung aus Tausendundeinernacht. Auf dem

Marmor des Platzes schritt man mühelos und leicht, die Schwärme der Tauben stoben auseinander, um gleich wieder niederzusinken. Die Flügelschläge der Tauben und die Rufe oder Gesprächsfetzen der vielen Menschen mischten sich, von den Cafés am Rande des Platzes drangen wie entfernt die Töne einer Geige. Andreas blieb stehen, drehte sich immer wieder, um das Wunder dieses Platzes in sich aufzunehmen. Weil er groß und fast ohne Ende schien, machte er eigentlich garnicht den Eindruck eines Platzes, aber durch die Begrenzung mit den prächtigen Bauten wirkte er doch wiederum geschlossen. Es war eine geschlossene Weite und eine weite Geschlossenheit, die Weite des Platzes war geborgen in der Begrenzung, die Begrenzung aufgehoben in der Weite, der Platz war ein helles, lichtdurchflutetes Wunder.

Und abseits, in dem Gewirr der Gassen und Straßen, schliefen kleine Plätze ihren Traum aus Zeit und Erinnerung, die verwaschenen oder manchmal kräftig leuchtenden Fassaden der schmalen, ineinander verwachsenen Häuser variierten in Gelb und Ocker und Braun zugleich die Farben der Vergänglichkeit und des Jetzt. Katzen hielten Siesta auf malerischen Fenstersimsen und Mauervorsprüngen, über die Straße wehte als Fahne des Lebens die frischgewaschene Wäsche, die Fensterbänke leuchteten in der Symphonie der Farben eigens mit dem frischen Rot und Gelb von Blumen, von den Kanälen stieg modriger, strenger Geruch, Plastikflaschen trieben träge in der kaum merklichen Strömung. Auf die Fassaden und Häuserwände hatte die Zeit ihre Spuren geschrieben, die abblätternden Runen des Regens und der Sonne. Alles trug die Zeit zur Schau ohne Scham und ohne Angst, die Vergangenheit nistete in allen Mauern, sie nistete in den Gesichtern alter Leute, die sich aus einem Fenster lehnten, Spinnweben des Vergangenen im Gesicht wie in den Spuren des abblätternden Anstrichs ihres Hauses. Hinter den Holzläden ahnte man das Geheimnis der Zeit und vieler Leben, vieler Jahrhunderte, doch unter der Patina des Alterns und des Verfalls wuchs überall auch neues Leben, alles schien dem Untergang geweiht und ihm doch auf geheimnisvolle Art zu entkommen und zu bestehen, mochte die Stadt auf schwankendem Grund erbaut sein, mochte sie auch jedes Jahr Zentimeter um Zentimeter sinken, sie lebte trotzdem, und sie tat es auf eine ganz eigene, nur ihr eigene Art.

Am Rialto öffneten sich die Gassen, man stand auf der Brücke und blickte auf das Panorama des Canale Grande. Mit einem Vaporetto fuhren sie den Canale Grande entlang, vorbei an den Palazzi, an den prächtigen, atemberaubenden Fassaden, die aus dem Wasser aufstiegen, vorbei an dieser Symphonie von Farben und Fassaden, die einem stets aufs neue entzückte und einem manchmal wie die riesige, aufgebaute Kulisse einer überdimensionalen, anderen Welt erschien, die mit der normalen Welt der Menschen nichts mehr zu tun hatte.

Später saßen sie vorm Café Florian auf dem Markusplatz auf den bequemen, plastikgeflochtenen Stühlen mit den roten CINZANO Aschenbechern auf dem Tisch. Hinter ihnen spielte das kleine Orchester unter seinem roten Baldachin einen Walzer, die Geigen tremolierten, die Fassaden der Prokuratien gegenüber strahlten mit ihren Bögen und Kollonaden in der Sonne. Andreas war überwältigt, wie betäubt von dieser Stadt, von ihren Farben und Gerüchen, von der Pracht, von den Bauten, den Kirchen, von allem, was sie gesehen hatten. Es erschien ihm wirklich wie ein Traum, daß es so etwas wie diese Stadt gab. Er dachte, was sein Vater, seine Mutter sagen würden, wenn sie dies sehen könnten, sie, die höchstens mal eine Fahrt an den Rhein oder in den Schwarzwald gemacht hatten, und dies alles hier bestand schon seit Jahrhunderten. Zuhause gingen die Leute auf den Marktplatz mit der Mariensäule, die Bergleute fuhren in die dunkle Grube ein, Vater war mit seinen Taschen Tag für Tag auf Tour gegangen, vorm Eiscafé Roma am Markt standen ein paar Stühle im Freien, und zur gleichen Zeit gab es diese Stadt, diese Stadt des Lichts, der Farben und des Wassers.

Andreas spürte, daß diese Stadt plötzlich in ihm war, wie es vorher nur Paris gewesen war, so schön und so verrückt, so reich und phantastisch. Sie war wirklich, aber gleichzeitig war sie ganz und gar unwirklich, sie war nicht, um dort zu leben, sie war, um dort ab und zu einen Traum zu leben, und dieser Traum war sie selbst.

Und zwei Tage später sah er wieder die aus dem Dunst des Morgens auftauchende Silhouette des Campanile, des Dogenpalastes. Er kam mit dem Vaporetto am Bahnhof an, er fuhr nach Jugoslawien.

In seinem Abteil saß noch eine ältere, gut gekleidete Dame. Als der Schaffner kam, der groß und schlank war und zumindest wie ein Luftwaffenpilot aussah, gerieten er und die Dame in einen Disput über Fahrkarte oder Fahrziel, das verstand Andreas nicht so genau. Der Luftwaffenadmiral redete erst erregt auf die Dame ein, dann setzte er sich ihr gegenüber und es begann ein Dialog, der offenbar bald auch vom Thema Fahrkarte abwich, denn die Gesichter der beiden wurden freundlicher und freundlicher, die Kaskaden der wohlklingenden italienischen Sätze flossen nun ununterbrochen in Rede und Gegenrede, der General wurde immer freundlicher und temperamentvoller, die Dame immer mehr Dame. Andreas hörte mit wachsendem Entzücken das klingende, reine Italienisch, das nun mit Höflichkeitsbezeugungen und lebhaften Gesten geschmückt war, und nach einer Viertelstunde hatte sich offenbar alles in Wohlgefallen aufgelöst, denn als der Zug in Triest einlief, brachte der Feldmarschall die Dame mit ihrem Koffer höchstpersönlich auf den Bahnsteig, und Andreas, der fasziniert diesem herrlichen Dialog gelauscht hatte, dachte, daß so etwas wohl bei keinem anderen Volk möglich wäre. Du, glückliches Italien redest, und redest in dieser herrlichen Sprache!

Am Abend, auf der Insel der Zyklopen oder Zykladen, jedenfalls auf der Insel der Steine, stieg Andreas völlig erschöpft und durchgeschwitzt aus dem Bus, in dem die bedauernswerten Touristen auf der langen, aber langsamen Fahrt über die Insel gegen die entsetzliche Hitze angekämpft hatten. Nicht immer mit Erfolg, denn ein, zwei Damen mußten die Papiertüten vor ihrem Sitz zu Hilfe nehmen.

Andreas spürte, daß sein Gesicht unter der Bräune glühte, ständig wischte er sich mit dem Taschentuch den Schweiß von der Stirn.

Am Busbahnhof sah er Moni, die in eine andere Richtung schaute. Sie stand da in einem ihrer enganliegenden Sommerkleider, einem Mini, und bei ihrem Anblick spürte Andreas plötzlich ein starkes, warmes Gefühl der Freude. Er trat auf sie zu, legte ihr die Hand auf die Schulter. Sie drehte sich um, lachte und fiel ihm um den Hals. Sie küßten sich, sie umarmten sich, die lange Qual der Busfahrt fiel ab von Andreas. Sein Bart, den er sich wachsen ließ, und der allmählich Konturen annahm, gefiel ihr gut.

Im Hotel begrüßte er Monis Familie. Ihr Vater hatte geschäftlich mit dem Besitzer des Hotels zu tun, es war kein Problem, ein Zimmer zu bekommen, es lag sogar neben Monis Zimmer und hatte zu allem noch eine Verbindungstür.

Die Tage von Punat begannen. Das Hotel lag nicht weit von der Mole und ihren Felsen, zwischen denen sich kleine Sandinseln fanden. Dort suchten sie sich ein Plätzchen. Andreas bedauerte zwar, daß es hier keinen richtigen Strand mit anrollenden Wellen gab, aber Monis Gegenwart ließ das vergessen. Sie trug einen knappen Bikini. Andreas begehrte sie, ihre Beine, ihre Oberschenkel, den sanften Übergang zu dem Verborgenen, ihre Brüste in den weißen Körbchen. Sie war strahlend und sicher mit ihrem jugendlichen Reiz, der ihn berührte und herausforderte. Er rieb sie mit Sonnenöl ein, spürte ihre heiße, glatte Haut unter seinen Händen, strich über die so feste und doch nachgiebige Haut ihrer Schenkel, folgte ihren langen Beinen, berührte ihren Bauch, der, wenn sie auf dem Rücken lag, sich als Vertiefung und Mulde zum Bikinihöschen hinzog, und er spürte die Lust, dort weiterzumachen, seine Hand weitergleiten zu lassen. Ihre Augen waren enge Schlitze gegen die Sonne, wenn sie sich ansahen. Er sagte, wie schön dein Körper ist, so vollkommen, ich habe solche Sehnsucht nach dir, und sie sagte, ja, du, ich habe auch Sehnsucht nach dir. Sie gingen ins Wasser und kühlten sich, sie balgten miteinander und berührten sich wie im Spiel. Andreas streichelte ihren glitschigen Körper, ihre Hand glitt hinab und spürte seine Erregung, sie küßten sich wie zwei Verschwörer, hingen an der Luftmatratze ihrer beiden jüngeren Geschwister und verhakten ihre Beine unter Wasser. Er streifte die Badehose etwas herunter und war frei unter Wasser und sie nahm ihn zwischen ihre Schenkel.

Später zogen sie sich in einer der Strandkabinen um. Im Halbdunkel der Kabine drängten sie sich atemlos aneinander, er packte ihren Hintern und preßte sie an sich. Sein Pint rieb gegen ihre Haare, Moni griff nach ihm, er drang in sie ein. Ja, zum ersten Mal war er in ihr, er spürte es voller Aufregung, aber es war zu eng, sie konnten sich kaum bewegen, von draußen hörten sie die Stimmen ihrer Brüder, die nach ihnen riefen. Es hatte keinen Zweck.

Doch am Abend, nach dem Familienessen im warmen Speisesaal, gingen sie noch spazieren, suchten sich einen Platz an der Mole, weit weg von der Straße. Sie küßten sich. Endlich waren sie allein und ungestört. Das Verlangen, das sie am Tage hatten zurückhalten müssen, blühte in ihrer Umarmung auf. Moni war so anschmiegsam, so warm, ihre Brüste so lebendig unter seinen Händen, ihre Körper drängten sich aneinander. Und diesmal versagte er nicht. Als er in sie eindrang schien ihm, alles Trübe der Vergangenheit falle ab, löse sich auf, die kalten Jahre des Schmerzes, die Folter des Verlassenen, die Nächte der Trauer, die Verzweiflung und der kalte wie der brennende Schmerz, alles trug er jetzt zu ihr, zu ihr hin, trug es in sie, mit den langsamen, wie befreiend wirkenden Bewegungen. Moni roch nach Sonne und Öl, und sie war so warm und weich, so hingegeben an ihn, an seinen Pint, den sie aufnahm und in sich hielt, ihre Schenkel öffneten sich für ihn so weit, und so tief konnte er in sie eindringen. Ihr Hintern war in seinen Händen, und sie bewegten sich in ihrem neugefundenen Rhythmus, sie fanden zueinander, sie stöhnten und klammerten sich aneinander, und Moni flüsterte, komm in mir, es ist egal! Auch ihm war es gleichgültig in diesem Moment, und sie kamen zusammen. Nicht weit von ihnen spülte das Wasser mit leichtem Klatschen an die Steine, ein kaum merklicher Wind kühlte ihre nackten Körper. Der Mond stand hinter einem Dunstkreis und warf draußen auf dem Meer ein kleines Lichtbündel aufs Wasser.

Der Platz an der Mauer wurde ihre Liebesinsel am Abend, das Wissen darum war in ihren Zärtlichkeiten am Tag. Andreas freute sich auf die Abende, wenn er tagsüber am Meer Moni mit ihrem weißen Bikini sah, wenn er am Morgen in ihr Zimmer ging und sie halbnackt mit ihrem prächtigen Busen fand. Es war schön, wie selbstverständlich sie miteinander lebten. Da störte nicht nachhaltig, daß man Andreas neue, noch in Saarbrücken gekaufte Badehose nachts von der Wäscheleine stahl, und er sich für den Rest der Tage mit einer Badehose made in Jugoslawia quälen mußte, die ihm zu eng war, denn es gab nur zwei Größen, oder daß das Bier abends meistens warm serviert wurde, denn mit steter Regelmäßigkeit fiel abends der Stromgenerator aus, oder daß Monis Mutter meist mit Migräne auf ihrem Zimmer blieb und daß deswegen Moni und Andreas die Buben oft mitnehmen mußten. Aber am letzten Abend nach einer Woche erstrahlte die Mole in südlicher Heiterkeit, Lichterketten und Lampions verzauberten den sonst eher trostlosen Hafen, überall standen Bänke und Tische im Freien und eine kleine Kapelle spielte. Es war eine laue, warme Nacht. Andreas begehrte Moni in ihrem knappen Sommerkleid. Sie gingen zu ihrem Platz, aber an diesem Abend waren zuviele Leute unterwegs. Sie legten sich in den Sand und streichelten sich. Er fragte Moni, ob sie noch Schmerzen habe, denn am Tag war sie in einen Seeigel getreten. Eine nette Jugoslawin hatte ihr die Spitzen aus der Fußsohle mit einer Nadel herausgepuhlt. Er streichelte ihre warmen Oberschenkel und ließ seine Hand zwischen ihren Beinen auf ihrer klopfenden Wärme ruhen. Sie küßten sich und Andreas spürte, wie die Angst von ihm abgefallen war, die Angst zu versagen, die Angst, impotent zu sein. Beide freuten sich schon auf zu Hause und aufeinander.

In Rijeka herrschte fürchterliche Hitze. Auf dem Weg zum Busbahnhof suchte Andreas in einer kühlen Kirche Zuflucht. So war eine Kirche ja doch einmal zu etwas nützlich. Am Busbahnhof warteten Myriaden von Menschen auf ihren Koffern, ganze Familien, die Frauen mit ihren dunklen Kopftüchern, die Männer mit harten, dunklen Gesichtern. Sie lagerten ganz verloren im Schatten der Überdachungen, vielleicht Gastarbeiter auf dem Weg ins gelobte Deutschland. Und Andreas spürte plötzlich die unendliche Verlorenheit, die die Menschen umhertreibt. Später in Triest die gleiche Hitze. Er ging zum Bahnhof, immer mit der schweren Reisetasche, trat an einen Schalter, kaufte seine Karte, ging weg, um noch etwas zu trinken, und da merkte er, daß er seine Brieftasche vergessen hatte. Er eilte zurück, die schwere Tasche schlug ihm an die Beine, der Schweiß lief ihm von der Stirn, und als er an den Schalter kam, lag seine Brieftasche unangetastet da. Die Erleichterung war vollkommen, und, dachte Andreas, vielleicht hat es ja genutzt, daß ich in Rijeka zumindest eine Kirche betreten habe. Daß seine Brieftasche noch dagewesen war, mit allen Papieren, mit allem Geld, war ein wirklicher Glücksfall. Erst auf der langen Fahrt im Zug nach Venedig überlagerte die Erinnerung an die vergangenen Tage langsam die Aufregungen. Ganz erfüllt war er von den Tagen mit Moni, von ihrer Zärtlichkeit, von ihrem Verlangen, von der Erfüllung an den Abenden. Das mischte sich, war ein leuchtendes, pulsierendes Erinnern, das Meer, ihre Körper, Monis Brüste, ihre Schenkel, ihr Fleisch, ihr warmer fester Körper, der ihn aufgenommen hatte, immer wieder sah er sie am Abend, in ihrer Umarmung, hörte das leichte Anschlagen des Wassers auf den Steinen, spürte ihre Berührung, hinter den geschlossenen Augen die durchpulsten Tage, spürte in seiner Haut die Sonne. Ja, es ging ihm gut, es ging ihm endlich wieder gut, wenn auch die Angst immer noch in ihm war, was mit ihm werden solle, mit ihm und seiner Kunst. In Venedig kam er zu spät an, die letzte Fähre hinüber nach Punta Sabbioni war weg, ein Taxi-Vaporetto zu teuer. Er mußte in Venedig übernachten.

In einem Café neben dem Bahnhof bestellte er ein Bier und gleich zwei Portionen Würstchen. Das erste Bier erschien ihm nach dem langen, heißen Tag als das Köstlichste, was er je getrunken hatte.

Obwohl es schon auf Mitternacht zuging, herrschte noch viel Betrieb, doch langsam lichteten sich die Tische. Andreas beschloß, auf die andere Seite des Kanals zu spazieren. Hier war es sehr ruhig, die hellerleuchteten Cafés und Restaurants fehlten fast völlig. Er ging dicht am Kanal vorbei, der schwarz und reglos wirkte und stärker als am Tag einen modrigen Geruch verströmte. Er fand eine kleine Weinstube, vor der Tür zwei Tische, beide leer. Der Wirt, klein und freundlich, brachte einen Rotwein. Andreas trank und rauchte eine Nazionali. Hier war es ruhig. Die Fassaden der prächtigen Palazzi lagen im Halbdunkel. Nur die schwarzen Hälse der Gondeln gleich nebenan auf dem Wasser bewegten sich in klatschendem auf und ab. Seltsam und fast gespenstisch erschien es Andreas, er hätte sich nicht gewundert, wenn plötzlich aus einer Seitengasse ein Edelmann in prächtigem Gewand hervorgetreten wäre, wenn vermummte Gestalten mit Handleuchten erschienen wären, oder wenn er um die Ecke das Klirren von Degen gehört hätte. Schloß er die Augen, wurde ihm fast schwindlig vom Atem der Vergangenheit in diesen Gassen und Palästen.

Aber kein edler Venezianer, eine junge Frau kam um die Ecke einer Gasse und nahm an dem Tisch nebenan Platz. Ihr Gesicht war von der Art, wie man es auf alten Gemmen findet, nicht unbedingt schön, aber von geheimnisvoller und fast düsterer Anmut, von zurückgezogener Strenge, und sofort sah Andreas sie in einem jener stillen alten Paläste an einem ruhigen Seitenkanal, behütet und umgeben von lautlosen Dienerinnen. Und plötzlich, für diese Zeit, dachte Andreas nicht an Moni, nicht an ihre Tage, seine Gedanken kreisten sofort um diese junge Frau, obwohl ihr Blick ihn nur gestreift hatte, als sie an den Tisch kam, ohne eine Reaktion zu zeigen. Lächle einmal mit mir, du Schöne aus einem verwunschenen Palast, dachte er in einer wirren Intensität der Sinne, die durch die mannigfaltigen Ereignisse des Tages auf fast fiebrige Weise geschärft schienen. Aber sie lächelte nicht, trank nur still ihren Kaffee, legte nach einer Weile etwas Kleingeld auf den Tisch und ging. Sie erreichte die Ecke der

Gasse. Da wandte sie den Kopf zu Andreas und sah ihn an, wie man einen Fremden nicht ansieht. Er warf etwas Geld auf den Tisch, eilte zur Seitenstraße und sah sie gerade noch um die nächste Ecke biegen, wo sie sich nochmals umdrehte und ihn ansah. Aber als er die Ecke erreichte, war nichts mehr von ihr zu sehen.

Ach ja, dachte Andreas, du bist doch ein unverbesserlicher Romantiker, sowas geschieht dir wieder ganz recht! Die Nacht verbrachte er vor dem Bahnhof, stellte sich zwei Stühle zusammen, döste bis zum Morgen, so gut es ging, ohne je richtig einschlafen zu können. Aber einmal schien ihm, er sei in einem prächtigen Zimmer, die Unbekannte lag mit ihm an einem Fenster, das auf einen stillen Seitenkanal hinausging, und ein anderes Mal schien ihm, er hätte eben einen Zweikampf in einer jener düsteren Seitengassen zu bestehen gehabt, und die Schöne stand oben auf dem Balkon und warf ihm ihr Taschentuch zu. Er erwachte vom Scheppern der Tassen im nahen Bahnhofsbuffet, das gerade öffnete.

10

Keine Palazzi, kein Canale Grande, dafür die paar Bürgerhäuser in der Bildstocker Hauptstraße, kein Markusplatz, keine Piazza und keine Piazzetta, kein Campanile, aber der Turm der Bildstocker Josefskirche, der auch den Ort überragte, kein Café Florian, aber das Eiscafé Roma am Marktplatz, keine ockerfarbenen Häuser, aber die grauen, geduckten Häuser der Rotstraße, stärker hätte der Kontrast nicht sei können, als Andreas wieder zuhause war, immer noch erfüllt von der phantastischen Stadt, die er mit den Freunden dann noch einmal besucht hatte. Der Vergleich war nicht zulässig, nicht fair gegenüber dem einfachen Dorf, wo sie lebten, aber die Erinnerung an diese Stadt war ganz lebendig in ihm, die Facetten ihrer herrlichen Vielfalt setzten sich immer wieder vor seinem inneren Auge zu neuen Bildern zusammen wie die bunten Glasscherben in einem Sehrohr, die man als Kind bewundert hatte. Venedig mit seiner vielfältigen Pracht, mit seinem Füllhorn an Vergangenheit hatte jetzt einen unverrückbaren Platz in seiner Vorstellung, war Teil von ihm geworden, wie die Tage mit Moni, ihre Abende an der Mole, ihre Vertrautheit. Die Erinnerung an den Süden war erfüllt von Monis Gegenwart, ihrem Lachen, von der Zärtlichkeit und der Lust der warmen Abende, durchpfählt von ihren Vereinigungen, dem Geheimnis ihrer Abende, die er als etwas Lebendiges in sich spürte. Sie überstrahlten alles andere, die Begegnung mit den freundlichen Italienern auf dem Campingplatz, die, auch jüngere Leute, die Freunde zum Essen einluden, sie bei einem schönen Festmahl mit gebackenen Hähnchen, mit Risotto und Wein herzlich bewirteten, und dazu die klangvollen italienischen Namen der Frauen, Maddalena, Tani. Inzwischen war auch schon eine Karte aus Udine gekommen. Wolfgang hatte mit Tani geflirtet, ließ aber offen, wie weit er gekommen war. Berti hatte dasselbe mit Maddalena getan, für die er gleich der „professore“ gewesen war. Sie hatten sich ungern von der Großfamilie getrennt.

In die Erinnerung mischte sich Angst, Angst, die er auch manchmal gespürt hatte, wenn er an das Ende des Urlaubs dachte, denn die Wochen im Süden waren so etwas wie ein Aufschub gewesen. Dieser Aufschub war jetzt vorbei, endgültig vorbei, jetzt mußte er endlich wieder schreiben, mußte weiterkommen. Auch Moni konnte diese Angst nicht ganz verdrängen, nur besänftigen, denn ihre gemeinsame Erinnerungen an die Tage im Süden, an ihre Abende, waren ein wohltuender Schleier, der ihm oft den Blick in die dunkle Schreckenskammer seines nach Verwirklichung hungernden Innern verbarg. So gab er sich, fast gegen sein Gefühl, der Leichtigkeit des Lebens mit Moni hin, obwohl er wußte, daß er sich damit nur auf der Flucht vor sich selbst befand. Aber wie gut war es für ihn, endlich wieder zu spüren, daß er wieder ein richtiger Mann war, daß die Zeiten der Impotenz vorbei waren, daß er wieder, wie früher, jederzeit fähig und bereit war. Zweimal in der Woche, wenn Moni Ausgang bekam, fuhren sie an den früh dunkelnden Abenden hoch zum Hoferkopf, den Andreas immer geliebt hatte und immer noch liebte, zum Hügel der einsamen, windzerrissenen Spaziergänge, bei denen er tiefe Verzweiflung in sich gespürt hatte, zum Hügel der Liebe, wo er vor Jahren mit Rita und später auch mit Eva gewesen war, zum Hügel, auf dem er vor langen Jahren auf einer Bank unterm Regenschirm sein erstes Gedicht in ein blaues Notizbuch geschrieben hatte. So wurde aus dem Hügel der Erinnerung wieder der Hügel der Gegenwart, zu den Glühpunkten des Vergangenen kam die neue, lebendige Gegenwart mit Moni, setzte so eine Tradition, eine Reihe fort, war aber wiederum ganz eigen, ganz neu. Jetzt war es nicht mehr das Crèmeschnittchen, das die Zeit mit Eva erlebt hatte, jetzt war es der VW Käfer, und der war zwar nicht viel, aber ein wenig geräumiger auf dem Rücksitz. Dort kamen sie zusammen, Moni warm in seinen Armen, Monis helle, im Licht einer fernen Lampe golden schimmernde Haarflut war wie ein Leuchtzeichen für ihre Abende. Das helle Geheimnis ihres Körpers, ihres Fleisches, die Freude, die ihn durchzuckte bei dem Anblick, beim Berühren ihrer sich öffnenden Schenkel, ihrer Brüste immer wieder, die Freiheit, mit der sie ihn aufnahm, die Erregung jedesmal wieder, wenn er in sie eindrang, wenn er dieses neue, unglaubliche Ereignis vollzog, wenn er sie spürte, in sie glitt, in sie stieß, wenn nichts anderes auf der Welt war als sie beide, ihre Körper, der Rhythmus ihrer Bewegungen, dieses tiefe, atemlose Eindringen, dieses herrliche, ruhelose Bewegen bis zu einem Ziel oder das Verharren und Warten, und der Geruch ihrer Körper, und der Geruch ihrer Haare an seinem Gesicht. Er legte alle Inbrunst in sie, seine Zweifel, sein Fleisch und seine Verzweiflung, seine Hoffnung und Resignation, es begann die Zwiesprache ihrer Körper, er spürte ihre Scham wie nassen Samt, der sich um seinen Pint legte, oh ja, es war schön, es war so weich und warm. Im Auto beschlugen die Scheiben, und sie spürten sich, auch wenn sie es jetzt wieder mit Pariser taten, sie spürten sich, wenn sie kamen, und sie klammerten sich aneinander, sie waren allein auf der Welt und allein auf dem Hügel, über den der Wind immer kräftiger wehte.

Die Abende waren die Lichtinseln, die sie trugen, sie waren so voll, so angefüllt mit Befriedigung, und wenn er Moni sah, in ihrem oft eleganten Kostüm, mit ihren Stiefeln, dann wußte er, sie würde sich ihm hingeben, sie würde es genauso genießen und mögen wie er, sie wäre aufgelöst, außer Atem, wie er selbst. Sie, die noch den Schmelz des Unschuldigen im Gesicht trug, sie mochte ihn, sie mochte alles, was sie taten, was sie trieben, oh ja, ihre Haarflut über seinem Gesicht, ihr schneller Atem an seiner Wange oder an seinem Mund, oh ja, die so stolz wirkende war dann Hingabe und Lust, und nur für ihn war sie so.

Manchmal tauchten auch Zweifel auf, überfielen ihn plötzlich wie aus heiterem Himmel. Wie sollte es mit ihm weitergehen? Im Hintergrund seines Fühlens entdeckte er dann eine plötzliche Angst, zu resignieren, gleichgültig zu werden in dieser Wohltat des Fleisches, das Leben in kleiner Münze des Wohlergehens weiterzuleben, weiter so von Tag zu Tag im satten Gutgehen.

Denn von Tag zu Tag, hieß ja auch von Tag zu Tag Büro. Jeden Tag eine kleine Münze, gezahlt ans Leben, ein kleiner Tribut, der sich summieren würde zum Leben, zur Zahl der Jahre. Andreas war jetzt zuständig für Nachlaßsachen. Kam er morgens aus dem Fahrstuhl in die dritte Etage, sah er auf der Bank neben seinem Büro schon einige Leute, meist ältere Frauen und Männer, die warteten. „Die Schwarzen", wie er sie für sich getauft hatte, wollten Rat, Auskunft, oder warteten bis neun auf den Eröffnungstermin in ihrer Nachlaßsache. Andreas konnte gut mit ihnen umgehen, er sah die Resignation, die Trauer, die Verzweiflung, die Einsamkeit in ihren Gesichtern. Er hörte ihnen zu, ließ sich Zeit mit ihnen und bekam so langsam einige Stammkunden, die ihn auch ohne besonderen Anlaß öfter aufsuchten und ihr Herz ausschütteten. Die Schwarzen waren erträglich. Aber oft erlebte Andreas auch die andere Spezies der Hinterbliebenen, die Raffer und Neider, die Geiferer und Habgierigen, die sich ohne Scheu und Scham gleich schon bei der Testamentseröffnung in die Haare gerieten. Sie sahen sich um ihr rechtmäßiges Erbe gebracht, bezichtigten die Begünstigten der Täuschung oder der Beeinflussung und breiteten alle schmutzige Familienwäsche aus. Diese Szenen konnte Andreas nur mit energischen Worten beenden oder vor seine Tür verweisen. Aber, so dachte er auch, dies sind unbezahlbare Lehrstunden für mich, menschlicher Anschauungsunterricht, und wenn ihm früher die Entdeckung der Greueltaten der Nazis die Augen über das geöffnet hatten, wozu Menschen fähig sind, so tat es die Raffgier der Hinterbliebenen auf weniger spektakuläre aber auch nachhaltige Art. Auf der Nachlaßabteilung machte man sich bald keine Illusionen mehr über die Menschen, über ihren Charakter, oder über ihren fehlenden.

Aber das war die Ausnahme. Die Regel waren die Älteren, Bescheidenen, Geschlagenen, eben „Die Schwarzen".

Alle Anträge aufnehmen, hieß den Tag hinbringen. Das Mitfühlen mit einem anderen durch die Trennwand. Behutsam mit einem Menschen zu sein, war schon viel.

Die Unfaßlichkeit des Todes und der Zerstörung geriet zur Faßlichkeit der Formulare. Gestorben in, am. Innerhalb des Formulars war der Tod wieder eine Funktion der Ordnung. Sterben hieß Hinterlassen von Vermögensgegenständen, von Ansprüchen, ordentlich sterben hieß ein Testament machen, Unordnung hieß sterben ohne Testament oder Erbvertrag bei unklaren Verhältnissen der Hinterbliebenen.

Stammbäume aufzustellen, war fast schon ein Vergnügen. Gestorben, vorverstorben, nachverstorben. Das Bild wuchs, Kreuze quer und längs. Wucherten die Nachkommen in Auswüchsen, konnte er den Überblick verlieren. Stammbäume waren eine Ordnungsmacht im Dickicht der Sterbenden und der schon toten. Ein komplizierter Stammbaum war schon fast ein intellektuelles Vergnügen, von den Wurzeln der längst Verstorbenen zu den Sprösslingen der noch Lebenden. Adern aus Verbindungslinien zogen von den Toten zu den Lebenden, wuchsen in die Quere und in die Senkrechte, mit Karos für Männer und Kreisen für Frauen. Alles aufnehmen, hieß, die Lückenlosigkeit des Verfalls festhalten.

Sie brauchen, sagte Andreas zu dem Mann, der ihm gegenüber saß und die Hände verschränkt auf den Schreibtisch auflegte, sich dabei mit dem Oberkörper zu Andreas neigte und die Aufstellung ansah, sie brauchen, sagte er, zuerst einmal ihre Geburtsurkunde, dann die Geburtsurkunde ihres Vaters und ihrer Mutter, dann die Geburtsurkunden der Geschwister ihres Vaters, und soweit diese Geschwister verheiratet waren, die Heiratsurkunde, dann die Geburtsurkunden der Kinder der Geschwister ihres Vaters, bei vorverstorbenen Geschwistern ihres Vaters deren Sterbeurkunden, sodann die Geburtsurkunden der Geschwister ihres Vaters aus der zweiten Ehe ihres Großvaters sowie die Sterbeurkunden der verstorbenen oder vorverstorbenen Geschwister ihres Großvaters und schließlich, Andreas fügte weiteres an, sah er in das Gesicht des Mannes, sah die Tränensäcke unter den Augen, die Äderchen auf den Hautfalten des Gesichts, und er spürte das Fremde und Automatenhafte als plötzliche Verhärtung in sich.

Eingezogen vom Ablauf, mußte er besinnungslos treiben. Eingetaucht in den bewußtlosen Weitertrieb, fiel das Auftauchen schwer. Eingezogen hatte er die Verbindungen nach außen, zu etwas anderem als dem Vorgang, der anlag, die Fäden zu den Menschen gegenüber am Tisch waren zufällige Gespinste. Er sah die Gesichter der Menschen gegenüber, handelnd aufgezogen und wie außer sich.

Der Vormittag war ein wulstiger Schlauch. Stand er an seinem Anfang, schien er unüberwindlich und ohne Ende, eine gleichmäßige Aneinanderreihung von Stunden, von Zeiteinteilungen, die sich langsam über die blinkende, kantige Oberfläche eines ins Riesige vergrößerten Metallstücks bewegten, und die vergehende Zeit war die Aneinanderreihung, das mühsame Fortschreiten von einer kleinen Erhebung zur nächsten, die sich nie zu einem Abschnitt zu fügen schienen, und, sah er sie rückwärts, in der Vollendung, zur Mittagszeit, war die vergangene Zeitspanne eine überschaubare Einheit, ein hinterlassener Abdruck, und doch wußte er, daß ihm jeder Augenblick dieses jetzt einheitlichen Zeitblocks mühevoll und nicht endenwollend erschienen war. Doch die Gewissheit, daß die Zeit einschnurrte, sich zusammenzog, sich dann als Block darstellte, war nicht tröstend im Vorwärtsgehen. Jeder erledigte Antrag war der Zeit entrissen, brachte sie ein Stück vorwärts, ließ den Abschnitt vor ihm zusammenschrumpfen, vergrößerte den Abstand zum Anfang immer mehr, neigte sich zu einer Mitte, bei der Anfang und Ende gleichweit entfernt waren, und, auf dem letzten Teilstück eilte sie nun, schrumpfte zusammen, verhielt sich manchmal noch quälend langsam, näherte sich nur zögernd dem Ende, ließ aber den Anfang versinken, zurückgleiten in das Dunkel des Vormittags.

Hinter den Türen der Büros ruhten die anderen, Arbeitslarven in ihren Gehäusen, die eine bestimmte Menge Anträge aufnahmen, Vorgänge produzierten, sie wieder bearbeitet von sich gaben. Andreas spürte den Atem, der durch die Büros ging, den langen Wehatem nach Freiheit, den ruhigen Geduldatem der Zufriedenen, den flachen Brustatem der Gequälten. Sich nicht befreien können aus dem endlosen Strom der Anträge und Vorgänge, mittreiben müssen in der Aktenflut. Ganz Bestandteil werden, sich auflösen, und doch den Widerstand spüren und die Abneigung. Die Tür stand auf, Andreas hörte das Knallen der Schreibmaschinen unten vom Flur, ein Telefon klingelte, er hörte Stimmen, hörte die Autogeräusche von der Stadtautobahn her, er sah vor sich auf die nackte Wand des Zimmers, spürte den harten Stuhl unter sich, die aufliegenden Arme auf dem Schreibtisch, und die ruhige, gleichmäßige Geräuschkulisse konnte besänftigen.

Manchmal in einer kurzen Pause, im Stuhl zurückgelehnt, spürte er die Lehne, spürte den Körper auf dem Stuhl aufliegen, und für einen Augenblick schien es ihm, als seien sein Körper und der Stuhl mit dem Schreibtisch, auf den er sich aufstützte, zu einem Organismus verbunden, bei dem aus seinem Körper die Kraft in das Holz des Schreibtisches floß, ihn auslaugte. Schloß er für einen Moment die Augen, schien er sich mitsamt dem Schreibtisch und dem Zimmer in einem ständigen Zustand des Fallens zu befinden, dann wieder schien es ihm, er sei im Innern einer Kugel, deren Innenfläche sich auf ihn hin zusammenziehe.

11

Für einen Samstag im Oktober hatte die Clique eine Wanderung verabredet, die Autos brachte man vorher an den Zielort. Es herrschte wieder der gute, alte Cliqueton, jetzt, da auch wieder Frauen dabei waren. Wo wir sind, ist oben! Selbst Wilhelm hatte es geschafft, einigermaßen pünktlich zu sein. Als Proviant hatte er zwar nur ein hartes Ei dabei, aber wenn die Clique sich erinnerte, wie er letztes Jahr zu einem zweiwöchigen Frankreichurlaub morgens von Berti erst hatte aus dem Bett geholt werden müssen, sich ganz erstaunt erinnerte, daß er ja mitfahren wollte, dann ein paar Kleider in eine Tasche stopfte und mitfuhr, war dies immerhin ein Fortschritt. Und seine Reaktion auf Moni, die sportlich-salopp in Kniebundhosen erschien, die ihre schönen Beine zur Geltung brachten, wurde zum geflügelten Wort des Tages: „Oh, bist Du gammer!" Andreas sah ihn mit weniger Nachsicht und Wohlwollen als früher, denn Wilhelm sympathisierte seit einiger Zeit offen mit der NPD. Er hatte auch schon fallen lassen, er werde wohl in diese Partei eintreten, worauf Andreas ihm gesagt hatte, dann sei es mit ihrer Freundschaft aber vorbei.

Über dem Hochwald bei Schüren lag der Himmel in strahlender Bläue, die Sonne formte mit ihrem Licht schwarze Astskulpturen, an den Hecken glühte tiefrotes Laub. Andreas genoß dies alles. Er liebte den Wald, liebte das weiche Einsinken im Laub, liebte die Losgelöstheit, die ihn im Wald erfüllte. Wenn er allein spazieren ging, konnte er lange stehenbleiben, hochsehen in die Äste, in die Baumwipfel, es war dann, als könne er aus der Natur neue Kraft ziehen, bei der Natur von allen Getriebenheiten, von allen Qualen Heilung finden, allein dadurch, daß sie da war. So unabhängig von den Menschen, so ganz in sich ruhend, in ihren Formen und Farben, in ihrer Kraft, in der Vielfalt der Blätter und Strukturen, die man lange betrachten und studieren konnte. Bilder und Erinnerungen an die Zeiten unten im Redenerwald, als sie die Tage im Wald mit Häuschenbauen und Klettern verbracht hatten, stiegen in ihm auf. Die Tage der Bubenzeit waren ganz ausgefüllt gewesen davon und immer schwebten sie wie etwas lang Verlorenes und doch Wunderschönes in ihm.

Sie machten keinen Marsch, keinen Gewaltmarsch, keinen Geländemarsch, sie waren keine Wandervögel und keine Mitglieder des Saar-Wald-Vereins, die gleichmäßig und zäh Kilometer machen wollten, sie flanierten, sie spazierten, sie schlenderten, sie blieben stehen, sie betrachteten einen Ameisenhaufen, einen Baum, ein schönes Moospolster. Andreas demonstrierte, wie sein Vater früher bei den sonntäglichen Spaziergängen im Wald als erstes die Zigarette ausgetreten und dann mit tiefen Atemzügen die gute Luft eingesogen hatte: „Tief einatmen! Tief einatmen!“ Und wie er immer gesagt hatte, einen Hasen könne man nur fangen, wenn man ihm Salz auf die Pritsche streue, oder wie er stocksteif stehenblieb, wenn man den Kuckuck aus dem Wald hörte. Ach ja, Vater und sein Wald, Vater und seine Waldgeschichten, und die eigenen, so unzähligen Waldgeschichten von einstürzenden Erdgruben, von der Suche nach den legendären Maiglöckchen, von der Quelle unten im Redenerwald, den Holzhäuschen, den Baumhäuschen, den Farnhäuschen und den Kletterbäumen, von den Pfaden und Schlupfwinkeln, von seinem Freund Steinchen und ihren ersten erotischen Spielen, von den ersten Zigaretten, von den langen Tagen im Wald, vom Geheimnis der Bäume, aber auch von ihrem Schrecken, als er ein an einen Baum genageltes Eichhörnchen gefunden hatte. Und Vaters Suche nach den Rehen!

In seinem Kopf existierte eine ganze Waldwelt, der Wald war ein eigenes Land, das Waldland! So ähnlich schilderte er es Moni, die vor ihm ging, weil der Pfad doch schmal war, und die Gruppe sich auseinanderzog. Vorn sah er Renates Pagenkopf, denn auch Günther war von Mannheim herübergekommen.

Moni war ihm nahe, er legte seinen Arm um ihre Hüfte, spürte ihre Wärme, er sah ihre Haare, die auf den Schultern hüpften, ihre schlanken Beine in den schönen Hosen, ihre festen Schuhe. Und er vergaß manche Zweifel, die er in letzter Zeit hatte, ob es denn mit ihnen gut gehen könne. Sie war doch nicht so in seiner Welt, in der Welt der Kunst, der Literatur zuhause, sie interessierte sich sehr für Mode, was ihn nicht störte. Sie bemühte sich zwar, ihm in seine Welt zu folgen, aber oft spürte er, daß es ihr nicht soviel bedeutete wie ihm. Mit seinen Lieblingen Benn und Miller konnte sie auch nicht viel anfangen. Aber jetzt war dies alles unwichtig, jetzt spürte er dieses Fließen zu ihr hin, dieses Angezogensein von ihrer Jugend, von ihrem Lachen, mit dem sie ihn ansah, von ihrem stolzen, schlanken Körper. Erst am Mittwoch hatten sie ihren rauschhaften Abend auf dem Rücksitz des Autos verbracht.

Im sanften Licht, das die Sonne auf die Bäume als hellen Flaum legte, war schon die Melancholie des Herbstes. Ja, mein Benn, dachte Andreas, Tag, der den Sommer endet, Herz, dem das Zeichen fiel … Auf einer Waldlichtung machten sie zu Mittag Rast. Vorher hatten sie lachend und prustend an einer Quelle im Wald köstliches, kaltes Wasser getrunken, das unter einer Baumwurzel herausfloß. Sie rollten ihre Decken aus, die sie wie richtige Wanderburschen eng geschnürt hatten. Sie ließen sich zu einem Picknick nieder und aßen mit Genuß belegte Brote, kaltes Fleisch und harte Eier und tranken köstlichen Kaffee aus der Thermosflasche. Wilhelm hospitierte bei allen und wurde auch satt. Und wie gut schmeckte die Zigarette nachher, wenn man dem Rauch nachsah, der in den langsam blasser werdenden Himmel stieg. Andreas ließ sich hinreißen und stimmte Rilkes Herbstgedicht an: „Herr, es ist Zeit, der Sommer war sehr groß, laß deine Schatten auf die Sonnenuhren fallen und auf den Fluren laß die Winde los“, und Wolfgang rezitierte weiter, „wer jetzt kein Haus hat, baut sich keines mehr, wer jetzt allein ist, wird es lange bleiben, wird wachen, lesen, lange Briefe schreiben und in Alleen unruhig wandern, wenn die Blätter treiben..." Wilhelm, der Romantiker und Fast-NPDler, wie ihn Andreas bei sich nennen mußte, obwohl heute politische Themen vermieden wurden, bekam den Verlassenheitsblick, denn mit Rita hing wohl zur Zeit der Beziehungssegen schief, und auch der lange Berti blickte melancholisch, denn er war schon länger allein, seit sich seine schöne Unnahbare aus dem Norden auf nordisch von ihm verabschiedet hatte, was ihm ziemlich nahegegangen war. Aber die melancholische Stimmung hielt nicht lange an, als Berti die Frage aufbrachte, was denn der Jupp mache.

Das Thema war nicht lustig, eher ernst, aber auch etwas grotesk. Es ging um Jupp, der als hospitierendes Mitglied der Clique, ohne je eigentlich dazu zu gehören, öfter zu ihnen stieß, und bei dessen Partys auf dem Hoferkopf es oft hoch her gegangen war. Ereignisse wie der Aufenthalt von Karl in der Hundehütte zählten zu den legendären Geschichten der Clique. Vor ein paar Wochen war Jupp an einem Abend im Heli erschienen, strahlend, aufgeräumt und komplett neu gekleidet. Er bat die verdutzte Clique hinaus und zeigte ihnen einen riesigen, neuen Amischlitten. Das sei sein neues Auto, er habe im Toto gewonnen, habe einen Zwölfer, ein paar Hunderttausend seien es wohl. In den folgenden Tagen machte er alle Kneipen unsicher, spendierte eine Runde nach der anderen und lud alle Freunde zu Fahrten in seinem Amischlitten ein. Und dann, ein paar Tage später, platzte die Bombe. Er hatte nicht einen Pfennig gewonnen, er hatte nur gesponnen. Bei ihm, er war beim Fernmeldedienst der Post, waren ein paar Drähte locker, ein paar Anschlüsse falsch geschlossen. Weil er zur Zeit von seiner Frau getrennt lebte, brachten ihn die Freunde nach Merzig in die Klinik. Die Ärzte behielten ihn gleich dort. Der Schaden war beträchtlich. Er würde lange abzahlen müssen, wenn er wieder herauskäme. Der Amischlitten ging natürlich an den Autohändler zurück. Wilhelm hatte neueste Informationen: es ging Jupp schon besser, er wußte, was mit ihm los gewesen war. Die Freunde atmeten auf, denn obwohl Jupp ja nie zu dem engeren Kreis gezählt hatte, spürten sie doch eine gewisse Verbundenheit mit ihm.

Weiter durch den Wald, weiter auf den schmalen Waldwegen, auf den Wegen der Kindheit, der Fährtensucher, auf den verwunschenen Wegen der Bergleute. Sie stießen in einem kleinen Ort auf einen noch kleineren Platz, und dort winkte wie aus einem Zauberbild aus der Kindheit eines jener alten Kettenkarussells herauf, die man früher auf jeder Kirmes auf den Dörfern finden konnte, die inzwischen aber ihren moderneren Nachfolgern mit bunten Kabinen hatten weichen müssen.

Hier aber sahen die Freunde mit Entzücken eines jener schönen, alten Karussells mit den Sitzen an richtigen Ketten. Sie stiegen in die engen Sitze, das Karussell setzte sich langsam in Bewegung. Moni hielt Andreas an einer Hand, Moni war vor ihm, ihr Haar flog im Wind, aber die Bewegung wurde immer schneller, sie mußten loslassen, die Fliehkraft trug sie in die Schräge, ringsum flog alles vorbei, als radiere ein Gummi über eine Zeichnung. Für einen Augenblick verspürte Andreas wieder die unbändige Lust der Knabenzeit am Karussellfahren, an der rasenden Bewegung der Berg- und Talbahn, und gleichzeitig wußte er, daß diese Zeit vorbei war, für immer vorbei und begraben unter der Lawine der Jahre, und nie mehr würde es ein Zurück geben. Nur in solchen köstlichen Augenblicken klang wieder eine Ahnung auf, eine Erinnerung. Jetzt war Moni da, er war kein Knabe mehr, er sah sie vor sich, wie sie sich an den Ketten festhielt, er sah ihre Haare als züngelnde Bewegung um ihren Kopf. Verweile doch Augenblick, bleibe so in der zitternden Schwebe von Begehren und Sehnsucht. Ist es wieder Glück, was ich fühle? Ich bin mir nicht sicher. Kann ich überhaupt nocheinmal glücklich sein nach allem, was war, nach dem Verlust? Er spürte eine leise, untergründige Trauer, der Augenblick war voll Sehnsucht und traurig zugleich. Aber jetzt war sie bei ihm, sie die Blonde, die Warme, und später, als sie an einem Waldrand ein Feuer machten, lagen sie zusammen auf ihrer Decke. Er berührte und streichelte ihren nackten Bauch, den ihre Bluse freigab, und er begehrte sie.

Es dauerte nicht lange, bis Wilhelm zu singen anfing. Natürlich sang er, nun Brüder eine gute Nacht, und alle sangen mit, und sie sangen wieder ihre Lieder, my bony is over the ocean, my bony is over the sea und guten Abend, gute Nacht und der Mond ist aufgegangen, die goldnen Sternlein prangen, und hab mei Wage voll gelade, nur Ruhiges und Stimmungsvolles, nicht wie sonst oft ihre Songs aus der Dreigroschenoper oder ca ira. Für einen Moment stieg in Andreas wieder die Erinnerung an einen anderen Abend, an eine andere Nacht auf, als er auf dem Hoferkopf bei Jupp, der jetzt in Merzig schmachtete, an einem anderen Feuer mit einer anderen, mit Eva gesessen hatte, und plötzlich war ihr Gesicht wieder gegenwärtig und stark in ihm. Aber er verdrängte dieses Bild, versuchte es zu verbannen. Das war vorbei, jetzt war Moni da, und es war gut, sie bei sich zu haben, ihre Nähe war so voll und warm, es war so gut, nicht mehr in den Eiswüsten der Einsamkeit zu sein, in denen er so lange gelebt hatte. Er streichelte sie und flüsterte ihr ins Ohr, wie schön es jetzt wäre, wenn sie könnten, und wie schön es am Mittwoch gewesen war, und er sagte, wie gerne er jetzt mit ihr schlafen würde, und sie lachte und flüsterte, sie würde auch gerne.

Aber sie waren nicht allein. Wilhelm wollte zum Abschied unbedingt nocheinmal nun Brüder eine gute Nacht singen. Andreas wußte, daß kein Herr im hohen Himmel wacht, aber das war jetzt gleichgültig. Sie löschten das Feuer auf alte Weise, sie pinkelten es aus. Moni und Renate hatten sich etwas entfernt, gickelten und sahen ihnen zu. Inzwischen war es fast dunkel. Der Waldrand stand hinter ihnen als schwarze Wand, nur über den Baumwipfeln floß noch versickerndes Gelb. Aber niemand wollte schon nach Hause. In einer Dorfkneipe fanden sie einen großen, leeren Stammtisch. Sie bestellten ein gutes kühles Bier, tranken es in einem Zug leer, und bestellten gleich ein neues. Sie waren müde. Moni legte ihren Kopf an Andreas Schulter. Er streichelte ihre Haare. Zwischen allen war es jetzt wieder leicht und gut wie in alten Zeiten. Sie prosteten sich zu, und Wolfgang rief: Hoch die Tassen! Wo wir sind, ist oben!

Der Tag blieb Andreas als etwas Helles und Leuchtendes in Erinnerung, ein Tag, der der letzte Tag hätte sein können.

Wenig später begann er mit einem Roman. Endlich schien das Ende der Qual, der erlösende Moment gekommen, endlich schien der Damm gebrochen. Er schrieb wie getrieben von einer inneren Kraft, er sah, wie sich die Seiten füllten. Das Fieber, das ihn antrieb, war wieder in ihm. Er schrieb über sich und die Clique, begann, sich selbst zu beschreiben, seine Sensibilität als Junge, sein Angezogensein von der Melancholie. Er setzte ein, als Sebastian, wie er sich nannte, siebzehn war und Gottfried, also Wolfgang, kennenlernte. Anfangs schien ihm ein guter, eigener Stil zu gelingen, auch wenn er, ohne es zu wollen, zu sehr den ironischen Ton Thomas Manns imitierte, den er liebte, und der ganz in ihn übergegangen war. Über Aufbau und Plan hatte er sich wenig Gedanken gemacht, und nach einigen Tagen, nach dreißig eng beschriebenen Seiten, die er dann abtippte, war der Rausch zuende. Er wußte nicht, wie er weitermachen sollte. Er wollte alles erzählen, seine Geschichte, seine Geschichte mit Rita, später mit Eva. Aber jetzt wußte er nicht weiter, plötzlich war er voller Zweifel, alles erschien ihm schlecht. So plötzlich wie es begonnen hatte, hörte es auch wieder auf. Er verfluchte sich und seine Unbeständigkeit. Der Satz vom halben Talent quälte ihn wieder, die Zweifel hoben wieder ihr häßliches Haupt und riefen: wir sind allhier! Und sofort stürzten sich wieder alle Dämonen auf ihn. Wozu diese Qual, wenn doch alles sinnlos ist, wenn das Leben nur dazu da ist, gelebt zu werden. Wenn es mir aber nicht gelingt, mich zu verwirklichen, Künstler zu sein, zu schreiben, dann hat alles keinen Sinn, alles andere auch nicht. Man muß alles hinnehmen, Glück und Schmerz, die Intensität der Augenblicke, den Ballast des Alltags. Aber wenn alles nur öde ist und ohne Aussicht? Und jeden Tag bezahle ich mit dem Büro, jeden Tag mit der Gleichförmigkeit, dem Widerwillen. Der Roman ruhte, im Lande aber war Bewegung.

Es schien, als zeigten sich erste Risse im so sicher erscheinenden Staat, der sich mit seinem Wirtschaftswunder so unerschütterlich glaubte. Kanzler Erhard, der immer wieder „keine Experimente“ sagte, der aber auch Schriftsteller Pinscher und Schmeißfliegen nannte, wurde seines Wunders nicht mehr froh, wurde der Schwierigkeiten nicht mehr Herr, und als dann auch noch der Koalitionspartner FDP mit seinem Chef Mende, der das Ritterkreuz, vom Pinscher Günter Grass salopp als Dinglamdei bezeichnet, so selbstbewußt trug, ganz unmilitärisch fahnenflüchtig wurde und die Koalition kündigte, da mußte der Meister des Wirtschaftswunders zurücktreten. Ihm war die Puste ausgegangen, die Zigarre aber noch nicht.

Drafi Deutscher sang „Marmor, Stein und Eisen bricht, aber unsere Liebe nicht“, die christlich-liberale Liebe zerbrach doch, und es begann eine Vernunftehe, denn der neue Bundeskanzler Kiesinger schloß die große Koalition mit der SPD. Das Unfaßliche geschah: die Sozialdemokraten, die für Konrad Adenauer noch Vaterlandsverräter gewesen waren, saßen zum ersten Mal nach dem Krieg auf der Regierungsbank. Auch Willy Brandt war dabei. Das war etwas Neues, das ließ hoffen. Doch auch die Gestrigen und Ewiggestrigen, die alten und neuen Nazis und Nationalisten witterten Morgenluft. Über den Gräbern der Opfer von gestern reckten sie wieder ihre Kreuze und Hakenkreuze, gingen wieder auf Stimmenfang, säten wieder ihre dumpf aggressiven Parolen in die stets aufnahmebereite Seele vieler Deutschen, die sich immer noch ihre Sympathie für die Verderber von gestern bewahrt hatten, und denen das Völkische, Nationale und Antisemitische noch im Blut rumorte. Die NPD zog in einige Landtage ein.

Albert Speer, der die größenwahnsinnigen und monströsen Vorstellungen seines Führers in Granit zelebriert hatte, und Baldur von Schirach, der die verbrecherischen Ideen seines Führers in die Seelen der Jungen eingeimpft hatte, beide wurden aus dem Gefängnis entlassen. Sie hatten nicht lange gebüßt, gemessen an der Ewigkeit des Todes der Opfer ihres Fanatismus.

Es war schon empörend, daß die beiden wieder frei herumlaufen konnten, fehlte nur, daß sie noch eine ordentliche Pension bekämen, wie so manche NS Richter, deren Opfer längst vermodert waren. Die Täter aber konnten sich auf Staatskosten einen schönen Lebensabend machen.

All das beschäftigte natürlich auch die Clique, man spürte die Wandlung, das Neue, das mit der großen Koalition in der Luft zu liegen schien, es war, als zeigten sich in der so konservativen, beharrenden Stimmung der Nation erste Zeichen einer Veränderung.

Auf die Rechten müsse man mehr aufpassen, sagte Wolfgang an einem Abend im Heli, die dürfe man nicht unterschätzen, aber man dürfe sie auch nicht überschätzen, er sehe noch nicht, daß Deutschland wieder auf dem Weg zu einer Diktatur sei. Wilhelm, der später dazu gekommen war, ereiferte sich. Er fände es toll, daß die NPD so auf Erfolgskurs sei: „Meine Partei macht sich! Und von Thadden ist der richtige Mann für uns!"

„Wieso deine Partei?" fragte Andreas, der ja Wilhelms Sympathie für die NPD kannte.

„Ja, das ist jetzt meine Partei, ich bin eingetreten!"

„Du bist wirklich eingetreten? In diese Scheiß-Partei?"

„Ja, warum nicht?"

Andreas war mehr verblüfft als überrascht, denn schon seit längerem zeigte sich bei Wilhelm diese Tendenz. In den Diskussionen der letzten Jahre hatte er mehr und mehr diese Argumente und Sprüche aus dem Lager der alten und neuen Nazis übernommen, hatte sie gebetsmühlenhaft immer wieder vorgebracht: überall finde der Ausverkauf der deutschen Werte an das eroberungslüsterne Ausland statt und das ausländische Großkapital fresse sich still und leise in den gesunden Körper unserer Volkswirtschaft und die vielen Fremdarbeiter seien auch eine Schande die dem deutschen Arbeiter das Brot wegnehmen würden man würde sogar deutsche Arbeiter entlassen um den ausländischen Arbeitern die Stelle zu erhalten Deutschland müsse sich endlich wieder auf sich selbst besinnen schließlich sei es doch eine Wirtschaftsmacht aber es sei ja kein Wunder wenn man sich ständig mit der sogenannten unbewältigten Vergangenheit herumschlage damit müsse endlich einmal Schluß sein man habe schließlich genug bezahlt auch an Israel den Juden habe man den Aufbau ihres Staates bezahlt das mit den Juden sei zwar nicht richtig gewesen aber wieviele das wirklich gewesen seien wisse man sowieso nicht und da werde bestimmt übertrieben aber es sei endlich einmal Zeit damit aufzuhören und einen Schlußstrich unter die Vergangenheit zu ziehen denn man vergesse ja völlig was den Deutschen angetan worden war und da könne man erst mal aufrechnen wer mehr Schuld habe aber das größte Unrecht sei die deutsche Teilung und der Verzicht auf die deutschen Ostgebiete diese feige Verzichtspolitik und wer sei Schuld daran natürlich diese Linksintellektuellen mit ihren zersetzenden Einflüssen denen man die Presse und das Fernsehen zur Verfügung stelle diesen vaterlandslosen Gesellen … Diese Sprüche kannte man ja von ihm. Da konnte man ja auch nicht mehr diskutieren, ob es etwa nur in Anführungszeichen eine Million Juden gewesen seien oder nur in Anführungszeichen fünfhunderttausend. Aber jetzt war das Maß voll, das war zuviel. Andreas sah Wilhelms eiferndes Gesicht. Es unterschied sich nicht von den anderen Gesichtern, die er so oft an der Theke gesehen hatte. Er spürte den gleichen dumpfen Biereifer, mit dem sie alles verteidigten, was gewesen war, und dahinter den gleichen ekelhaften, dumpfen Hass, ihre Dummheit und ihren Fanatismus, mit dem sie bestritten, es seien Juden vergast worden oder mit dem sie äußerten, es seien noch zu wenige vergast worden. Gut, so weit ging es bei Wilhelm nicht, aber er glich diesen Eiferern, er fühlte wie sie, er stützte sie. Andreas sah Eichmanns Gesicht in der Glasbox in Jerusalem, er dachte wieder an all das Grauen, das die Deutschen angerichtet hatten, das ihn bedrückte und bewegte, seit er vierzehn, fünfzehn war. Eigentlich konnte er immer noch nicht begreifen, daß Wilhelm diesen Weg gegangen war, einen Weg, für den er kein Verständnis und keine Entschuldigung finden konnte. Schon seit längerem hatte er gespürt, wie Wilhelm ihm mehr und mehr fremd geworden war. Er sah sich mit Wilhelm wieder auf Tour mit Bohnerwachs und Fleckenentferner, damals in der Zeit nach der Saarabstimmung, als sie ihre Ware als „deutsch" tituliert hatten und gute Umsätze machten. Er dachte an die viele Zeit, die sie zusammen verbracht hatten, an ihre gemeinsame Begeisterung für Dostojewski, für den „Idioten" oder den „Spieler". Wilhelm war ein Freund gewesen, er hatte ihn gemocht, sein männliches Gesicht, die Haare, die er immer mit der Hand aus der Stirn strich. Er dachte daran, wie sie in der Wachsfabrik seines Onkels gearbeitet hatten und ein Ofen Feuer fing und Wilhelm ihm zu Hilfe kam, er dachte an die vielen Stunden in den Kneipen oder im Ort. Aber immer war auch etwas Improvisiertes, etwas Chaotisches, Unzuverlässiges in seinem Wesen, etwas Sprunghaftes und Fragwürdiges, dieser Zug zum Handeln und Feilschen, das doch nie etwas hervorbrachte, diese Ideen vom Reichwerden, einmal mit einem neuartigen Schachspiel, einmal mit der Wachsfabrik seines Onkels. Wilhelm war ein Freund gewesen, aber die Freundschaft war für Andreas untragbar geworden.

Plötzlich spürte er eine kalte Klarheit. Er konnte nicht mehr anders, es war zuviel, als stehe er neben sich, hörte er sich ganz ruhig sagen: „Wilhelm, ich will mit dir nichts mehr zu tun haben! Ich bin fertig mit dir! Ich will mit einem NPD Mitglied nicht mehr am selben Tisch sitzen!"

„Aber amigo," fuhr Wilhelm auf, „mach doch keinen Unsinn, wir sind doch Freunde!"

„Es tut mir leid, wir sind keine Freunde mehr, ich kann nicht weiter mit einem NPD Mann befreundet sein, das geht gegen alles, was ich denke, was ich empfinde, gegen alle meine Prinzipien, meine Überzeugungen! Sei mir nicht böse, ich kann es nicht, ich kann das nicht mehr trennen, hier NPD, hier Freund, und alles ist wie vorher, wie bisher." Wolfgang mischte sich ein: „Meinst du nicht, Andreas, daß du zu hart reagierst, du weißt ja, ich denke wie du, aber der Wilhelm ist doch kein Nazi, oder meinst du?"

„Ich weiß nicht, auf jeden Fall ist er nicht weit davon entfernt. Aber das muß jeder machen, wie er denkt, ich kann es nicht ertragen, es tut mir leid. Ich will es auch nicht mehr ertragen. Ich bin fertig mit ihm. Ich kann mich in der Öffentlichkeit nicht mit einem Mann zeigen, mit ihm an einem Tisch sitzen, der NPD Mann ist, als seien wir noch befreundet. Ich kann das nicht. Irgendwann glauben die Leute, ich gehöre auch zu denen. Nein. Tut mir leid!"

Andreas zahlte. In der Runde war es plötzlich sehr still geworden. Er ging, ohne Wilhelm die Hand zu geben. Er empfand Trauer über diesen Abschied, aber gleichzeitig wußte er, daß er richtig handelte, daß er gar nicht anders handeln konnte. Andreas spürte, daß mit diesem Vorfall ein Riß in der Clique entstanden war, daß sich etwas verändert hatte. Die Wirklichkeit, die Politik, die Geschichte dieses Landes, die deutsche Geschichte, die grauenhafte deutsche Vergangenheit war zwischen sie gekommen. Ihre Freundschaft war auf der Strecke geblieben.

Die Clique würde nicht mehr dieselbe sein wie bisher.

12

Vater war nie dafür gewesen, er war kein Mitläufer und kein Parteigenosse, rief nicht Heil Hitler und nicht Sieg Heil, glaubte nicht an den Führer und nicht an den Endsieg, trug nie freiwillig eine Uniform, er hing nie die Fahne raus, er war einfach dagegen, wie auch Mutter dagegen war, nicht verführbar und nicht verführt in der Zeit der Mitläufer und der Schreier, der Begeisterten und der Täter, und dafür war Andreas dankbar in diesem Land der verführten Väter.

Vater sagte, Politik sei Kappes, da halte man sich raus, davon habe er die Nase voll, wer sich da einmische, der verbrenne sich nur die Finger. Vater hatte sich die Finger verbrannt. Er war im Krieg von der Gestapo verhaftet worden, hatte eine Aussage widerrufen müssen, sonst wäre er wohl nicht mehr freigekommen, hätte sich mehr als nur die Finger verbrannt. Er war der Macht ausgeliefert, ihrer kalten, unbarmherzigen Bedrohung. In den Krieg hatte er gehen müssen, aber er lernte nie schießen. Vater war anständig geblieben in diesem Land der Mitläufer und Begeisterten. Vater wählte die Sozialdemokraten. Das war Tradition bei den Schöbers. So sagte er jetzt, das sei ja schön und gut in Bonn, aber er wisse nicht, ob es so gut sei, daß jetzt alle an der Macht seien. Denn einer müsse denen doch auf die Finger gucken. Aber das sei sowieso alles Kappes, denn die da oben würden doch machen, was sie wollten.

Überhaupt war dieses „alles Kappes“ Vaters Lieblingswertung, die sich auf die Politik oder auf das Leben selbst beziehen konnte. Andreas erinnerte sich, daß ihm dieses „alles Kappes“ als jüngerer Mann oft in Rage gebracht hatte, weil er damals darin einen Ausdruck von Interesselosigkeit an allem gesehen hatte. Jetzt aber, da ihm selbst das Leben und viele seiner Erscheinungen, auch in der Politik, sinnlos erschienen, dachte er, daß Vater und er gar nicht so weit auseinander seien in ihrer Wertung, daß Vaters „alles Kappes“ durchaus mit seinem eigenen „alles sinnlos“ gleichgesetzt werden konnte, auch wenn Vater nie Schopenhauer oder Camus gelesen hatte wie er selbst. Vater hatte nur gelebt und seine Erfahrungen gemacht.

Manchmal sagte Vater auch, sehr zur Mißbilligung von Mutter, die dann ihr „aber Paul!“ nicht unterdrückte, die besten Kinder seien die, die nicht auf die Welt kämen, denen bleibe viel Leid und Mühe erspart, und auch da traf er sich nun mit Andreas' Überzeugung, es wäre besser, nie geboren zu sein, denn er selbst zöge das Nichtsein entschieden dem Sein vor.

Aber trotz dieses väterlichen Verdikts gegen das Geborenwerden, das er wohl durchaus ernst meinte, dieses Verdikt erstreckte sich nicht auf die Geborenen, denn über die Geburt seines ersten Enkelkindes vor über einem Jahr hatte er sich doch sehr gefreut. Jetzt zu Weihnachten sah er es zum ersten Mal, hielt seine Enkelin Ruth auf dem Arm, und sein sonst eher ernstes Gesicht, in dem die Falten schon tief eingegraben waren, war plötzlich heiter und gelöst wie lange nicht. Er widerrief sein Veto gegen das Geborenwerden nicht, aber man spürte, daß er jetzt daran nicht dachte. Ebensowenig wie Mutter, die Ruth gar nicht mehr hergeben wollte, und Andreas, der Onkel geworden war, dachte insgeheim an die romantische Vorstellung des Hanno Buddenbrook, nach ihm komme nichts mehr, die ihm so gefallen hatte, als er zum ersten Male die Buddenbrooks gelesen hatte: er würde jetzt nicht mehr der letzte Schöber sein.

Ludwig und Ilse waren zu Besuch aus Afghanistan und konnten zum ersten Mal selbst die abenteuerliche Geschichte von Ruths Geburt erzählen. Ilse war zur Geburt nach Rawalpindi gegangen, dort gab es ein gutes Krankenhaus und eine amerikanische Ärztin, eine Jüdin deutscher Abstammung, die sie gut kannte. Aber das Kind kam noch nicht, Ludwig fuhr von Pakistan wieder nach Kabul, acht Tage später kam ein Telegramm, das Kind war da, er flog gleich nach Rawalpindi, aber als er ankam, ging es Ilse sehr schlecht, sie hatte viel Blut verloren. Ludwig hatte zum Glück die gleiche Blutgruppe. Er legte sich neben seine Frau und spendete Blut, und während er das Leben seiner Frau retten half, dröhnten über dem Krankenhaus die Motoren von Flugzeugen, die tödliche Last mit sich trugen, denn am gleichen Tag waren kriegerische Auseinandersetzungen zwischen Pakistan und Indien ausgebrochen. Da Rawalpindi nicht weit von der indischen Grenze entfernt war, befürchtete die Ärztin Luftangriffe. Sie riet beiden nach einem Tag Ruhe, sich auf den Heimweg zu machen. Ludwig hatte sich in der Eile bei seiner Ankunft nicht, wie vorgeschrieben war, bei der Polizei angemeldet, das und die Abmeldung mußte er erst nachholen. Auf der Kommandatur fragte ihn ein schnauzbärtiger Colonel aus, mißtrauisch und überall, wie in Kriegszeiten üblich, Spione witternd. Dann verhaftete er ihn, sperrte ihn in einen Raum. Ludwig sagte, er sei wie vor den Kopf geschlagen gewesen, er habe nur immer an Ilse und das Kind gedacht. Er hörte die Flugzeuge über der Stadt, wußte nicht, ob es vielleicht schon feindliche waren, und das Dröhnen erinnerte ihn an seine Zeit als Flakhelfer in Saarbrücken oder an die Kämpfe in den Vogesen, als er verwundet worden war. Er dachte an Vater, der von der Gestapo verhaftet und eingesperrt worden war. Er mußte unbedingt das Konsulat in Rawalpindi erreichen, alles würde sich aufklären, und groß war seine Erleichterung, als sich nach zwei, drei Stunden plötzlich die Tür öffnete, der Colonel eintrat und ihm freudestrahlend erklärte, alles habe sich aufgeklärt, er sei frei, hier seien seine Papiere. Und gute Reise!

Sie charterten ein Taxi, fuhren mitten unter Lastern und Truppen zur Grenze, sie hörten entfernten Geschützdonner, bald wären sie an der Grenze, bald wären sie in Sicherheit. Aber der Grenzsoldat verwehrte ihnen die Einfahrt zur Asphaltstraße durch den Hindukusch. Die sei wegen Sprengungen gesperrt, sie müßten durchs Gebirge, über die Kamelstraße. Das würde Tage dauern und war gefährlich dazu. Ludwig versuchte es mit einem Trick, Ilse sah wirklich mitgenommen und krank aus, sie brauchte sich nicht zu verstellen. Ludwig machte aus der Tochter einen Sohn, da er den Stolz der Leute hier auf einen Sohn kannte, er sagte, „er“, der Kleine, sei krank, müsse schnellstens nach Hause, nach Kabul, und den Weg über den Kamelpass werde „er“ nicht überleben. Ilse stöhnte an den passenden Stellen. Seine Taktik war gut gewesen, der Soldat hatte ein Einsehen, er ließ sie durch.

Und so saß die kleine Ruth, die auf so dramatische Weise in Rawalpindi das Licht der Welt erblickte und gleich schon eine abenteuerliche Reise durch den Hindukusch zu bestehen hatte, nun in der friedlichen Rotstraße auf den Knien des Großvaters. Zum ersten Mal seit längerem kam die ganze Familie zusammen. Es wurde eng im Wohnzimmer, in dem Zimmer, in dem Geburtstage gefeiert wurden, das an Weihnachten im milden Licht des Bäumchens erstrahlte, in dem aber auch damals nach dem Krieg Oma aufgebahrt wurde. Dieses Zimmer war das Zentrum des Hauses. Immer war es Andreas früher wie ein Hort, eine Zuflucht, eine Wärmeinsel erschienen, immer noch stand der Wohnzimmerschrank mit den schön furnierten Türen und dem spiegelnden Bleikristall hinter den Scheiben an seinem Platz, und immer noch schaute über der Chaiselongue das blonde Mädchen mit Zöpfen herab, das seinen Arm auf den Bildrahmen zu legen schien.

Vater saß am Tisch und baute aus Streichhölzern kleine Türmchen oder zeichnete für Ruth den Schinderhannes mit seinem Räuberhut, so, wie er es früher auch für seine Kinder getan hatte, und Vater entwickelte eine Engelsgeduld. Es wurde ihm nicht zu viel und nicht zu lang, die kleine Ruth brachte ihn auf andere Gedanken. Sie brachte ihn weg von seinen Grübeleien über die niedrige Rente, davon, daß er sich zum alten Eisen gehörig fühlte, seit er nicht mehr auf Tour gehen konnte, davon, daß der Doktor ihm eigentlich die Gartenarbeit verboten hatte, er es aber nicht lassen konnte, und daraufhin immer wieder krank wurde und ins Bett mußte. Auch Mutter, die natürlich mit ihrem Enkelkind glücklich war und den ganzen

Tag mit freudig erregtem Gesicht und geröteten Wangen wirkte und fürs Essen sorgte, wunderte sich über Vaters Geduld.

Sie selbst stürzten Ludwigs Erzählungen in ein Wechselbad der Gefühle, der Angst und der Erleichterung, denn die Ferne überhaupt, und dort vor allem das Unbekannte, Nichtberechenbare, kurz das Gefährliche, waren unerschöpfliche Quellen für Mutters Phantasien, ihre Vorstellungen und Ängste. Als Ludwig erzählte, wie er zuerst erst allein nach Thailand gegangen sei, wie er dort in einem kleinen Nest weit weg von der Hauptstadt, weit weg von größeren Städten in einer Ansiedlung gelebt habe, die nichts besseres als ein Dschungelcamp gewesen sei, weil sie mitten im Dschungel gelegen habe, konnte man auf Mutters Gesicht fast die physiognomische Widerspiegelung aller Schrecken des Dschungels, von den Schlangen zu den Skorpionen, den giftigen Tausendfüßlern und allen sonstigen größeren und kleineren Bestien verfolgen. Aber auch für Ludwig selbst war dieser Aufenthalt an der Dschungelschule strapaziös. Bei hohen Temperaturen und hoher Luftfeuchtigkeit war der fast ganztägige Unterricht nicht nur ein Vergnügen.

So war auch Ludwig froh gewesen, als er nach drei Monaten den Dschungelort Khon-Kaen verlassen und über Karatschi nach Kabul fliegen konnte, wohin ja endlich auch Ilse nachkommen würde.

Khon-Kaen, Karatschi, Kabul, wie klangen diese Namen in dem ruhigen Wohnzimmer in der Rotstraße Nummer sieben, sie klangen für Andreas wie die Namen im Sven Hedin, den er als Junge gelesen hatte, die er aber nie sehen und kennenlernen würde. Es war die magische Mythologie Asiens, die sich ihm nicht erschließen würde, die aber zur Mythologie von Ludwigs eigener Familie werden würde, aber alles, was damit zusammenhing, hatte neuerdings auch den Beigeschmack des Krieges, der in Vietnam tobte, wo die Amerikaner jetzt damit begannen, den Dschungel mit Pflanzengiften zu entlauben. Früher Korea, Indien, Pakistan, Saigon, Vietnam, später vielleicht Afghanistan, immer länger wurde die Reihe der Namen, die mit

Krieg und Greueln verbunden waren, kein Ort der Welt war davor sicher, kein Land, kein Volk.

Afghanistan, das sei eine ganz andere Welt, erzählte Ludwig. Wenn man Kabul zum ersten Mal sehe, sei alles grau, steingrau, erdgrau, gebirgsgrau, lehmgrau die Häuser, so sei es auch am Boden, Lehmziegel, nur in der Hauptstraße feste Gebäude aus Stein. Die Häuser seien von Mauern umschlossen, jedes Haus habe einen Garten, durch den ein kleiner Bach fließe, ein ganzes Bewässerungssystem vom Kabul-Fluß her, und hinter allem die greifbar nahen schneebedeckten Gipfel des Hindukusch. In der Hauptstraße gebe es ein paar Teestuben, das sei alles, essen könne man im internationalen Club, natürlich gebe es auch etwas gesellschaftliches Leben, viele Deutsche, aber die Hauptsache sei doch die Schule, da sei viel zu tun. Und nicht alles sei rosig. Natürlich hatten sie ein Haus gemietet, mit eigenem Brunnen. Vor ein paar Monaten hatte die kleine Ruth Typhus bekommen, sie hatten den Brunnen untersuchen lassen, da lagen drei tote Ratten drin. Überhaupt das Viehzeug! Einmal lag ein Skorpion auf dem Bett, der von der Decke gefallen war, und ein andermal habe an der Wand im Schlafzimmer eine Tarantel gesessen, die Ilse dann erschlagen habe, die sei groß wie eine Hand gewesen!

Solche Erzählungen stürzten Mutter natürlich in Todesängste, Vater meinte, Ungeziefer habe er auch in der Gefangenschaft kennengelernt, und Ludwig sagte, man gewöhne sich dran. Aber wie erregend war es, in der Rotstraße den Atem des thailändischen Dschungels, das Gekreisch der Affen, den Staub der afghanischen Hochebene mit dem Anblick der grandiosen schneebedeckten Gipfel des Hindukusch zu spüren. Man sah die prächtigen Festgewänder der Afghaninnen, die ziselierten Krummschwerter der Männer, der Krieger.

Wieder einmal war es Ludwig, der die entfernte, die exotische Welt in die Rotstraße brachte. Andreas erinnerte sich daran, wie Ludwig in den Fünfziger Jahren als Reiseleiter nach Italien gefahren war, in jenes legendäre Cesanatico, und von dort zum ersten Mal den Hauch des Südlichen, des Fernen, in die Rotstraße zurückgebracht hatte, und mit ihm auch Chiantiflaschen und Schokolade. Andreas selbst sehnte sich nicht nach Afghanistan, nicht nach Thailand, seine Länder waren Italien und Frankreich, Paris und Venedig, der Süden, aber wenn er den Erzählungen Ludwigs und Ilses zuhörte, spürte er wieder, wie ihn die Enge seines eigenen Lebens zwischen Rotstraße und Saarbrücken bedrückte. Jeden Tag das Büro, jeden Tag die Toten, es war ein ewiger Kreislauf, den er offenbar nicht mehr durchbrechen konnte.

Seit der Roman ruhte, bedrängten ihn wieder die Qualen des Selbstzweifels und des Überdrusses. Jeden Tag gehe ich in dieses Scheiß-Büro, dachte er, fülle mein Leben mit Unrat, mit dem Unrat der Toten und dem noch schlimmeren der Lebenden, die sich um den Unrat der Toten streiten. Ich sitze diese acht Stunden ab und fühle den Wunsch nach Bestätigung, nach Wirken in mir. Manchmal meine ich, auch das würde absterben, Friede der Toten, der Erloschenen. Nehme ich einen Aktendeckel in die Hand, ist es ein Toter, schreibe ich eine Zahl, ist es ein Sterbetag, nehme ich eine Urkunde in die Hand, ist es eine Sterbeurkunde.

Und es gab keine Möglichkeit, alles hinzuwerfen, er war gefangen, eingespannt. Was er als Übergang, als provisorische Station angesehen hatte, wurde zum Dauerzustand. Ich veröde, ich trockne aus, ich krepiere in dieser Welt. Es schien ihm, auch Moni könne ihn nicht herausreißen aus all dem, zu sehr war er eingesunken in sich, in die Verzweiflung über das verpfuschte Leben. Das, was für ihn so wichtig war, war für sie nicht so wichtig, sie lebte in einer anderen Welt, sie las die „Brigitte", er las die Briefe von Flaubert. Ihre Gespräche kreisten um den Alltag, das Tägliche, ihre Familien, den Beruf, oft fand er alles so normal, so uninteressant, so bürgerlich, zuwenig Kunst war dabei. Auch die Clique hatte etwas an Format verloren, seit Moni und Renate öfter dabei waren, die leidenschaftlichen Gespräche von früher waren seltener geworden, fanden mehr dann statt, wenn die Freunde sich allein trafen. Aber er sah auch, daß er jetzt ohne Moni nicht leben könnte, trotz der Mißstimmung, die manchmal zwischen ihnen war, wenn er wieder einmal entmutigt und deprimiert war wegen seiner Lage und er es ihr nicht verbergen konnte. Aber immer wieder fanden sie zusammen in den Umarmungen, er konnte sich bergen in ihrem lebendigen Fleisch, in ihrer Wärme. Dort fand er die Nähe, die er sonst immer mehr mied. Immer mehr war er gerne allein. Ich will niemanden sehen, dachte er, die Dummheit, die Arroganz stoßen mich ab, die Eitlen, die Aufgeblasenen und die Versager wie ich, die Traurigen, die Grüblerischen, und am schlimmsten die Optimisten, die Fortschrittlichen, die Erfolgreichen. Nichts mehr sagen, keine Äußerung mehr, das ist das Beste. Jeder in sich selbst, in sich abgekapselt.

Zuflucht war plötzlich wieder die Malerei geworden. Er begann mit etwas ganz Neuem, warf nicht mehr wie früher die Farbbögen mit schnellem Schwung auf die Malunterlage, jetzt spachtelte er Deckweißstrukturen auf seine Malplatte, rieb dann die Farben darüber, spachtelte sie darüber, es entstanden neue Strukturen, Farbbewegungen, Farbflächen, und vielleicht war dieses Arbeiten nun doch etwas, was seinen Ursprung in den Übungen mit den Weilandschen Grauwerten hatte. Diese Strukturen ließen sich auch zu Gegenständlichem formen, es entstand ein Portrait von Moni, das fast wie ein altes, zerblättertes Fresko wirkte, eigenartig und morbide. All das kostete viel Zeit, viel Mühe, aber es hatte ihn jetzt wieder gepackt. Jetzt spürte er wieder die Freude des Schöpferischen, die Anstrengung, die aber nicht ermüdete, das Verlangen nach der Arbeit, das Verlangen, das Beste zu machen aus einem Bild, immer wieder daran zu arbeiten, bis er das Gefühl hatte, es sei fertig, besser sei es nicht zu machen. Er atmete wieder den Geruch der Ölfarben und des Leinöls, er kniete am Boden oder war über seinen Schreibtisch gebeugt unter dem starken Licht einer Lampe. Er träumte wieder von den Bildern, dachte an sie beim Erwachen und beim Einschlafen, sie begleiteten ihn ins Büro, er spürte wieder, daß für ihn nur in diesem

Schöpferischen, in der Kunst, das zu finden war, was das ewige Brennen des Ungenügens an der Welt, am Leben besänftigen konnte, denn die Kunst, so sah es Andreas, war ein Versuch, dem unlösbaren Geheimnis allen Leben und Seins, das uns so quält, näherzukommen. Im Tun, im Malen lag die Befriedigung, die Befreiung. Und in rascher Folge entstanden einige Bilder, zunächst ein großformatiger Akt, zu dem natürlich Moni Modell saß. Der Körper wirkte, als habe er im Sand gelegen, die Brüste standen weg in ihrer sich aufhebenden Schwere.

Dann malte er wieder reine Formen, die sich zu roten und gelben Strukturen verdichteten. Spiralnebel konnten es sein, glühende Leuchtpunkte eines früheren Glücks, entfernte Welten in den Eiswüsten des Alls, Sonnen, die geheimnisvoll und fern leuchteten. Soll ich doch mit der Malerei weitermachen, dachte Andreas, ist sie doch mein Weg? Aber im Innersten spürte er, daß es ihn mehr zur Literatur, mehr zum Wort zog, das sich ihm zur Zeit aber verweigerte. Wenn er doch einmal seinen Weg klar vor sich sehen würde, wenn er nicht immer dieses Schwanken, diese Zweifel in sich hätte, wenn es in der Kunst so einfach wäre, ein festes Ziel vor Augen zu haben, so, wie es Wolfgang, sein Malerfreund aus früheren Tagen hatte. Wolfgang war jetzt in Paris, um Recherchen für seine Doktorarbeit zu machen.

13

Wolfgang war in Paris, hatte ein Zimmer in der Cité Universitaire, lebte also in der Stadt, die für Andreas immer so etwas wie ein Traum gewesen war, die Stadt, in der er selbst vor einer Zeitlang gerne gelebt hätte, um dort als Maler das schöne, freie Leben der Bohemiens zu führen. Dieser Traum war bei seinem Besuch bei Günther doch einer realistischeren Einschätzung gewichen, als er gesehen hatte, in welcher Armut viele dort lebten. Aber immer noch war Paris die Stadt vieler Phantasien, sie war die Stadt Henry Millers, sie war die Stadt des Wendekreises des Krebses, sie war die Stadt der Cafés, der Boulevards. Andreas beneidete Wolfgang um die Möglichkeit, dort leben zu können, auch wenn die Briefe der ersten Zeit alles andere als überschwenglich klangen. Wolfgang klagte auch über Einsamkeit. Seit er seine Verlobung mit Jutta schon vor einiger Zeit gelöst hatte, schien es, als könne auch er dem Zermürbenden, das Paris ja auch hatte, nicht ganz entgehen. Aber aus seinen farbigen Briefen sprach auch viel Begeisterung, und Andreas erschien das Leben, das Wolfgang zwischen Bibliotheken, Archiven und dieser Stadt führen konnte, lockend und verführerisch, wenn er es mit seinem eigenen Leben zwischen Rotstraße und Gericht verglich. Dann spürte er wieder die Unzufriedenheit mit seinem eigenen Leben wie ein unausrottbares Übel, das an ihm fraß und seine Lebenskraft unterhöhlte. Auf seine Klagen und seine Berichte über den Fortschritt in der Malerei versuchte Wolfgang ihn zu ermutigen. Das sei doch toll, vielleicht sei das endlich der Weg, den er immer gesucht habe, und im übrigen solle er sich doch etwas mehr um jene kesse, aufmüpfige junge Blondine namens Moni kümmern!

Wolfgang fehlte. Trotz mancher Verstimmungen und Risse, die ihre Freundschaft erlitten hatte, war er doch neben Günther der Freund, mit dem ihn am meisten verband, und so mußten jetzt ihre Briefe den ständigen Austausch beim Weber oder im Heli ersetzen. Als Israel den Sechstage Krieg gewann, schrieb Andreas nach Paris, an der Theke im Weber, wo man sonst noch öfter die alten Sprüche über die Juden hören könne, ob das denn auch alles wahr sei, ob es denn sechs Millionen gewesen seien und manchmal auch die Sprüche von den Juden, die man vergessen habe zu vergasen oder von Auschwitz, was doch alles erstunken und erlogen sei, da seien die gleichen Leute jetzt des Lobes voll über die Juden. Das habe man denen gar nicht zugetraut! Daß die so etwas fertig gebracht hatten, alle Achtung! Und dieser Moshe Dayan sei ja ein toller Kerl, das hätte der Rommel auch nicht besser gemacht! Selbst der hartgesottene alte Afrikakämpfer aus dem Dorf, mit dem Wolfgang und Andreas einmal fast eine Schlägerei gehabt hatten, hatte mit leuchtenden Augen von Dayan gesprochen, als sei sein Held Rommel leibhaftig wiedergekehrt, eine Schilderung, die Wolfgangs sarkastische Begeisterung auslöste.

So vieles wäre zu besprechen gewesen bei ein paar Bierchen beim Weber. Auch der neue Kanzler Kiesinger war, wie sich bald herausstellte, schon seit 1933 Parteigenosse gewesen, und das bis zum Ende, und obwohl im Rundfunk tätig, hatte er nichts gewußt, hatte von gar nichts gewußt, wie er beteuerte. Er erwog sogar gerichtliche Schritte gegen die Verleumder, und so war es einmal wieder wie immer in diesem Lande: Diejenigen, die etwas aufdeckten, waren die Schuldigen, nicht die, die in etwas verstrickt waren. Das war gute deutsche Tradition, siehe Spiegelaffäre. Da schien sich nun auch bei einer Beteiligung der SPD nichts zu ändern. Das enttäuschte. Und diese Regierung unter dem Vizekanzler Brandt schien von allen guten Geistern verlassen, als der Schah von Persien mit seiner Frau Farah Dibah zum Staatsbesuch nach Deutschland kam. Das schamlose Hofieren des Ölmagnaten, des skrupellosen Unterdrückers verblüffte, ja, empörte. Selbst der Rhein, der zuletzt erst das pompöse Zeremoniell der Bestattung Konrad Adenauers auf seinen Fluten hatte ertragen müssen, wurde gesperrt, Autobahnen ebenso. Andreas sah in der Tagesschau dies hochmütig erstarrte Gesicht des Schahs, der zuhause über eine brutale Geheimpolizei verfügte und mit seinen Gegnern kurzen Prozeß machte, sah das zu einem starren Lächeln gefrorene Gesicht der Farah-Dibah, der Nachfolgerin jener Soraya, die der Potentat verstoßen hatte, weil sie keinen Nachwuchs gebar, eine Geschichte, die in der deutschen Regenbogenpresse Gegenstand unzähliger Rührstücke gewesen war, und es war unbegreiflich, daß diesem skrupellosen Machtausüber, der vielleicht auch manches an Reformen auf den Weg brachte, dermaßen ergeben gehuldigt wurde, so, wie die deutsche Industrie damals dem Führer gehuldigt hatte. Wieder einmal erfaßte Andreas Ekel und Abscheu vor der Schamlosigkeit der Macht und der Mächtigen, wenn er den Bundespräsidenten Lübke, dem man Mitwirkung an den Erbauungsplänen für Konzentrationslager nachsagte, nun neben diesem orientalischen Despoten, dem man die Ermordung vieler Gegner und Folter in den Gefängnissen vorwarf, im einträchtigen Kameralächeln stehen sah. Das war alles zum Kotzen. Was für ein Land war das, in dem man aus Wirtschaftsinteressen Diktatoren hofierte, aber öffentlich nicht gegen den Krieg in Vietnam Stellung nahm, nicht die Bombardements der Amerikaner verurteilte, die auf Nordvietnam schon soviel Bomben abgeworfen hatten wie auf Deutschland im zweiten Weltkrieg. Der freie Westen mußte sich, so hieß es, in Vietnam verteidigen.

Und der Herrscher auf dem Pfauenthron kam nach Berlin, aber er kam nicht allein. Er brachte ein paar Busladungen Jubelperser mit, und diese Jubelperser griffen mit Schlagstöcken die Demonstranten an, die friedlich hinter einer Absperrung gegen den Schahbesuch demonstrierten. Die Polizei schlug nun nicht etwa auf die Jubelperser ein, wehrte nicht sie ab, nein, im Gegenteil, sie schlug auf die Demonstranten ein. Im allgemeinen Gedränge wird ein Student erschossen, und natürlich sagte der Polizist Kurras, aus dessen Pistole die tödlichen Schüsse fielen, es sei Notwehr gewesen. Zum ersten Mal wendet die Polizei ihr Leberwurstprinzip gegen Demonstranten an, einschnüren, draufschlagen. Im Gedächtnis aber blieb haften das Bild des jungen Mannes am Boden, mit dem dunklen Blut um seinen Kopf. Wieder der Staat, die Polizei, und Andreas sah wieder die Bilder aus der Nazizeit vor sich, die Polizisten, die Juden auf offener Straße niederschlugen, oder die vor einem Geschäft standen, kauft nicht beim Juden.

Der Schah aber ließ erklären, das komme bei ihm jeden Tag vor, so etwas.

Für den Schah war der Tod des jungen Studenten Benno Ohnesorg also nur ein kleiner Betriebsunfall. So erschien es auch den meisten Zeitungen, allen voran denen des Springer-Konzerns, vor allem der BILD-Zeitung. Nur die wenigen kritischen Stimmen im Land wie der SPIEGEL oder die Sendung PANORAMA ließen nicht locker und drängten auf Aufklärung. Dieses Deutschland erschien Andreas wie ein wirtschaftlicher Riese, ein Elefant, mit dem Gewissen einer Maus, ein Elefant, der über alle hinwegtrampelte und den Anstand unter dem Aufprall seiner kräftigen Säulenbeine zertrampelte. Unter den Röcken der Macht stank der Mief des tausendjährigen Reiches, man wünschte sich einen frischen Wind, ja, einen Sturm, um endlich mit all der Verlogenheit, mit der Willkür der Macht aufzuräumen. Andreas empfand dies auch ganz stark. Er wünschte keine Revolution, er wünschte eine Erneuerung, denn er wußte, daß Revolutionen meist wieder zu neuer Unterdrückung führen und, wie die russische, ihre eigenen Kinder fressen. Manchmal hatte Andreas das Gefühl, man müsse hier bei all der Verlogenheit, bei all den Lügen, den Unwahrheiten, den Halbwahrheiten, den Verdrehungen, dem Verschweigen der Wahrheit ersticken, und auch drüben war es nicht besser, wo man Flüchtlinge an der Mauer erschoß, und den Menschen die Freiheit nahm, zu leben, wo sie wollten.

Da kam Wolfgangs Vorschlag, ihn doch in Paris zu besuchen, gerade recht. Ja, einmal wieder weg hier, raus, nach Paris, dann ans

Meer, in die Normandie. Moni erhielt die Erlaubnis ihrer Eltern, die wohl dachten, ihre Tochter sei so vernünftig, Andreas in den Grenzen des Erlaubten zu halten, oder daß er, wenn er diese überschreiten solle, ja wohl wisse, was er dann zu tun habe.

Sie trafen sich am ersten Café rechts der Einfallstraße von Paris, so war es vereinbart, mit Skizze bekräftigt, und es klappte auch. Als Andreas dort vorfuhr, sah er Wolfgang an einem kleinen, roten Cafétisch im Freien sitzen. Da sie sich schon ein paar Monate nicht gesehen hatten, empfand Andreas beim Anblick von Wolfgangs Gesicht mit der dunklen Hornbrille wieder dieses warme, gute Gefühl der Vertrautheit. Sie klopften sich auf die Schultern, und gleich war zwischen ihnen wieder der leicht ironische Ton ihrer Gespräche. Andreas fühlte sich mit Moni durchaus stark und sicher. Wolfgang brachte sie in ein Hotel am Boul-Mich, wo er ihnen ein Zimmer bestellt hatte. Andreas trug sie beide als Madame und Monsieur ein, und niemand wollte genauer wissen, ob das zutraf. Dann ruhten sie erst einmal auf dem breiten französischen Bett in der schon etwas verblichenen, aber nicht heruntergekommenen Eleganz des Zimmers mit verblassten altgoldfarbenen Tapeten. Eine Weile später kam Moni nackt aus dem Bad. Andreas sah ihren Körper, der wie von Gold überhaucht schimmerte, als sie gegen das Licht des zugezogenen Vorhangs stand. Andreas sagte, sie solle doch mal kommen. Er legte seine Hand auf ihren Hintern, auf die noch warme Haut, auf der ein Film Feuchtigkeit zu schweben schien. Diese Stunden im Hotelzimmer mit dem gedämpften Licht, in Paris, dessen Geräusche hereindrangen wie durch Watte, waren etwas Einmaliges und Schönes. Ja, er war in Paris, in Paris mit einer Frau, nicht allein wie beim erstenmal. Er zog Moni näher ans Bett, sah ihre Brüste, die nach vorne fielen, aber Moni sagte, jetzt nicht, ich hab‘ grade geduscht, bitte, jetzt nicht, ich sterbe vor Hitze, später.

Am Abend trafen sie sich mit Wolfgang vor dem Café Monaco an der Place Saint Sulpice, vor jenem legendären Café, das bei seinem Paris-Besuch bei Günther ihr Treffpunkt gewesen war. Sie saßen im Freien an einem kleinen Tisch, und wieder war Andreas entzückt von dem Café, von den auffälligen Typen, die hier nach wie vor verkehrten. Er hielt Ausschau, ob er vielleicht einen der Copains von damals sehen würde, und gab natürlich seine Paris-Geschichten zum besten, die Geschichte vom Quatorze Juillet, als er hier mit einer Französin tanzte und sie später am Morgen hinaus nach Versailles fuhren und dort Whisky tranken. Es war eine herrliche, verrückte Nacht gewesen, und wieder stieg die Erinnerung in ihm auf, die Ratten am Seineufer, wo sie Station machten, der Clochard, der um ihr Auto tanzte. Aber er erinnerte sich auch an die verzweifelte Einsamkeit, in der er gewesen war, und jetzt saß er mit dieser schicken Frau hier. Vielleicht war er behäbiger geworden, aber es war auch befriedigend, daß er nicht allein hier war, daß er mit Moni schlafen konnte, daß sie sich lieben konnten, wenn sie wollten. Als sie die Beine übereinanderschlug, sah er für einen Augenblick die weiche Haut ihrer Schenkel. Oh ja, das war auch gut, das war sogar besser als der wütende Hunger damals, dieses Ausgehungertsein nach Fleisch und Frau.

Sie stapelten ihre Unterteller auf dem Tisch, was ihm immer so verrückt erschienen war, so französisch. Wolfgang erzählte von der Uni, von seiner Arbeit, dem Exzerptieren aus alten Zeitungen und Büchern. Auf der Straße floß jetzt im Hochsommer ein beängstigender Strom von Menschen, nicht wie früher, als sie an manchen Abenden allein vor dem Café gesessen hatten und nur ab und zu jemand vorbeigekommen war, jetzt war Saison, es war ein wirbelndes, ununterbrochenes Fluten der Menschen. In den Häusern ringsum nistete die Vergangenheit und war gegenwärtig zugleich, die Häuser atmeten in der warmen Sommernacht ihren Geruch nach Steinen und Menschen aus. Später zogen sie weiter in den spanischen Keller gleich oben an der Ecke, wo man auch tanzen konnte. Wolfgang tanzte mit Moni. Andreas schwitzte plötzlich in der Hitze des Kellers, wo es nach Rauch und Sangria roch. Die Kerzen funkelten in den roten Gläsern. Wolfgang sah gut aus in seinem leichten Glencheckanzug, den Andreas noch von Bildstock kannte. Die beiden waren ein schönes, gutaussehendes Paar, und es schien Andreas, als lehne sich Moni etwas zu eng an beim Tanzen. Sie fuhren zu den Fontainen am Palais Chaillot. Riesige Wasserfontainen durchmaßen in Parallelen dreißig, vierzig Meter und die Tropfen des diesigen, stiebenden Spiels leuchteten in dem Licht der Scheinwerfer wie Kristalle. Andreas hätte stundenlang in dieses leichte, sich ständig auflösende und wieder bildende Lichtwunder sehen können, es war ganz und gar phantastisch und unwirklich.

Sie schlenderten durch die Hallen, vorbei an den aufgetürmten Bergen von Gemüse, von Obst, vorbei an den Tischen mit Käse, der aromatisch und stark duftete. Man ging von einem Duft zum nächsten, weiter zum starken Duft der Schinken, der geräucherten Salamis, der vielerlei Wurstsorten, vorbei an den Theken mit Geflügel, mit den gelben, fetten Mastgänsen, mit Hühnern und Poularden jeder Größe, mit den Reihen von kleinen Wachteln, die akkurat nebeneinander lagen mit ihren jämmerlich nackten, kleinen gerupften Körpern, deren Haut wie eine kleine Gewürzrappe aussah. Öfter drängelten sich Männer, die eine Schweinehälfte trugen, in blutverschmierten Überhängen mit Kapuzen durch die Menge. Am Boden in den Abflußrinnen stauten sich Abfälle mit einem dunklen, blutigen Rinnsal, und die Stimmen der Verkäufer mischten sich mit dem allgemeinen Lärm zu einem hohen, ständigen Pegel von Lachen und Rufen.

Dann gegen Morgen saßen sie draußen vor einer Kneipe und hatten einen fürchterlichen Hunger. Sie tranken ein frisch gezapftes Bier und bestellten Steak und Frites. Als das Essen kam, suchte Wolfgang sein Steak und fand ein kleines Stück Fleisch unter den aufgehäuften Frites. Er rief klagend nach der Bedienung und hob sein jämmerlich kleines Steak anklagend mit der Gabel hoch. Köstlich, dieses Bild der zu Recht beleidigten Majestät, das Wolfgang bot, als er anklagend mit dem Zeigefinger auf das kümmerliche Steak wies. Die Bedienung verschwand auch mit dem Teller und brachte ein ordentliches, großes Steak. Sie tranken noch einen kleinen Kaffee. Etwas beschwipst von den Bieren, fuhren sie mit dem Taxi durch die nun schon hellen, jetzt aber leeren Straßen zurück, vorbei an der Seine, und in dem frühen, unverbrauchten Licht des Morgens sah es aus, als sei die Stadt über Nacht gewaschen worden, so klar standen die Gebäude da in ihrem hellen Sandstein, so sauber glänzten die Fenster im Licht der ersten Sonne.

Auch am Tag machte die Hitze Andreas zu schaffen, er schwitzte, mußte sich öfter die Stirn wischen. Es war heiß. Die Frauen zeigten viel Fleisch, viel Bein, in der neuen Mode der Miniröcke. Manchmal wirkte die erschreckende Blässe ihrer Beine, die sich frei bis in die Mitte der Oberschenkel zeigten, wie etwas Obszönes, wenn man sich vorstellte, wie es weiterging nach oben zu dem Schlüpfer, zu dem Verschatteten, und der Reiz wurde noch verstärkt durch die plump wirkenden Plateauschuhe, die dem Gang etwas Zögerndes, Schleichendes verliehen. Moni, die auf Formen hielt, was Andreas schätzte, trug ihr schönes Chanel-Kostüm mit den blauen Bordüren, sie trug trotz der Hitze auch die Kostümjacke, sie litt nicht darunter, und ihr perfektes Make-up war unberührt. Moni wollte unbedingt in die Rue de Faubourg. Sie schlenderten vorbei an den teuren Boutiquen, an den Niederlassungen der Modezaren und Modepäpste, die Namen Yves Saint Laurent, Coco Chanel, Pierre Cardin und all die anderen entlockten Moni leise Ausrufe der Bewunderung und des Entzückens. Sie liebte die Mode, sie war ja selbst eine elegante Erscheinung, sie hätte Mannequin sein können, wie sie dahinschritt in ihrem Kostüm, mit ihren langen, blonden Haaren. Sie betrachtete die Schaufenster, die Auslagen, und Andreas lief ergeben neben ihr. Ihn langweilte die Mode, sie interessierte ihn kaum, aber er wollte ihr den Spaß nicht verderben. Zudem war er vollauf mit seinen Schweißausbrüchen und mit dem Kater von der vergangenen schönen Nacht beschäftigt. Ihm war wirklich warm in seinem blauen Blazer, den er dann auszog und über die Schulter hängte.

Er hatte heute nicht so viel Blicke für das flirrende, lebendige Paris, über dem ein blauer Julihimmel aufstieg. Auf den Champs Elysées fuhren die Wagen in endlos breit erscheinender Phalanx, und trotzdem hatten die französischen Autos immer noch etwas Elegantes oder Verspieltes, die herrlichen Citroëns mit ihren flachen Kühlern, die Göttinen, die DS 19, und die alten, klapprigen Enten. Andreas sah auch mit Entzücken noch viele schöne, gut erhaltene Crèmeschnittchen, wie er selbst einmal eines gefahren hatte. Wie befreiend war es, mitten im Strom der Menschen vorbei an den eleganten Geschäften und Cafés zu bummeln, nicht in Deutschland zu sein, nichts zu lesen von Kiesinger und Co., obwohl Andreas, wenn er den krönenden Arc de Triomphe sah, dachte, auch hier habe man den Mördern und Eroberern Denkmäler gesetzt oder sie sich selbst, aber das war nur eine flüchtige Trübung der Gedanken an diesem Tag. Als sie später oben von den Treppen vor Sacré Coeur, vor diesen sich türmenden hellen Kuppeln, diesem phantastischen Tadsch-Mahal der Vergänglichkeit, auf das Häusermeer in seinen schiefer- und sandsteingrauen Nuancen, auf denen sich das Licht der Sonne in immer neuen Brechungen spiegelte, hinabsahen, da wurde Andreas wieder gepackt und ergriffen von dieser Stadt. Seine alte Sehnsucht, hier leben zu können, erwachte wieder, aber es war ihm auch klar, daß er dies jetzt Wolfgang überlassen mußte.

Noch lange klangen die Bilder auf der Fahrt in die Normandie in ihm nach, noch lange sah er die Blitze der Boulevards, die so unnachahmlichen, unverwechselbaren Fassaden der Häuser, noch lange die Gesichter der Frauen, diese romanischen Gesichter. Aber die Hektik, der wimmelnde Verkehr und die Menschenmassen hatten ihn auch erschöpft. Und so hatte die Weite der Landschaft neben der Route Nationale geradezu etwas befreiendes. Der Motor des Käfers brummte zuverlässig und ruhig, und Andreas spürte, daß er den Käfer mochte, so, wie er früher sein Crèmeschnittchen gemocht hatte.

Sie durchfuhren das sanfte Hügelland der Normandie, vorbei an riesigen Reklametafeln, die sich wie bunte Leitbilder rechts und links immer wiederholten, Suze und Ricard, und La vache qui rit mit dem grinsenden Kopf einer Kuh. Das Land wurde immer grauer und steiniger. Die vorherrschende Farbe war jetzt Grau, Granitgrau, Steingrau, Felsengrau, das Kalvariengrau der Kreuze auf kleinen Erhebungen, und immer wieder auch das Grün der Wiesen, auf denen die Kühe ruhig standen und den Kopf ins Gras senkten, als suchten sie Verborgenes. Sie näherten sich der Küste, Siedlungen, geduckte normannische Häuser, mit dem Kamin auf einer Seite des Hauses, die dadurch merkwürdig unsymmetrisch wirkten. In einem kleinen Ort, in Villers sur mer, fanden sie nach einigem Suchen in einer wie verwunschen wirkenden älteren Villa ein Zimmer unterm Dach mit einem kleinen Balkon. Die Besitzerin war freundlich, mit klugen Augen, sie fragte nicht, ob sie verheiratet seien. Sie zeigte ihnen das Zimmer, wünschte bonnes vacances. Das Zimmer war hübsch und hell, vom Balkon aus sahen sie hinter weiteren Häuserreihen das Meer. Andreas sagte, das sei ja wie in den Ferien des Monsieur Hulot, einem Film, den beide liebten und zusammen gesehen hatten. Fast meinte Andreas, er höre die heitere Xylophonmelodie der Filmmusik, oder er sehe Jaques Tati mit seinen stakenden Schritten durch die Hotelhalle gehen, am Empfang die Pfeife aus dem Mund nehmen und sein „Hulot“ hervorwürgen. Im Zimmer hatten sie auch eine Kochplatte, was Moni befriedigt feststellte.

Wie anders als das Mittelmeer war der Atlantik, wie anders die starken Gerüche des Meeres nach Tang und Muscheln, nach salzigem Wellenschlag. Land und Meer strömten einen herben, starken Geruch aus, alles war gesättigt von diesem Geruch. Er nistete in den grauen Steinen der Häuser und blies vom Meer in dem mal stärkeren, dann abflauenden Wind, der urplötzlich auch dunkle Haufenwolken herantreiben konnte.

Am Hauptstrand war ihnen zu viel Betrieb. In Frankreich war Ferienzeit, die Franzosen strömten zum Meer, und so fanden sie etwas weiter weg vom Hauptstrand am Fuß der Steilküste, die dort begann und mindestens zehn, fünfzehn Meter hoch anstieg, einen schönen Platz.

Andreas suchte sich im Treibgut ein paar große Äste. Er spannte eine Wolldecke darüber, und die Leute, die vorbeigingen sagten, ca c'est drole, eh! Aber das störte ihn nicht. Fast fühlte er sich wie Robinson, den er als Junge am meisten geliebt hatte, und sein Freitag war Moni. Er nahm einen kleinen Skizzenblock und Ölkreide mit, saß unter seinem Baldachin und zeichnete die Steilküste, die zerklüftet und braun mit rötlichen Maserungen hinter ihnen aufstieg, die aufgetürmten Steinbrocken der Wellenbrecher, die in regelmäßigen Abständen ins Meer führten, oder er skizzierte Moni, die sich lieber neben der Wolldecke in die Sonne legte. Er sammelte die länglichen, perlmuttfarbenen Schalen der Schwertmuscheln, und große Steinknollen, die, wenn man sie aufschlug, eine glänzende, glatte Innenfläche wie ein verborgenes Geheimnis offenbarten, und hortete seine Schätze unter seinem Dach, so wie es Robinson getan haben mochte. Sie kauften sich kroß gebackenes Flûte und schönen, gekochten Schinken und speisten wie Gott in Frankreich. Moni trug einen neuen Bikini, der mit seinem Häkelmuster ganz leicht und schmiegsam anlag, dessen Oberteil ihre Brüste halb freiließ, und dessen Höschen ebenfalls äußerst knapp war. Andreas fand ihn zu gewagt. Sie stritten sich darüber, bis er schließlich einlenkte. Er wunderte sich selbst über seine Anwandlungen von Seriosität. Moni bemerkte spitz, er solle mal kein Spießbürger aus der Rotstraße sein, sonst sei er doch für alles zu haben, da sei ihm doch nichts offen und freizügig genug. Womit sie recht hat, dachte er, und er beschloß, keine Grundsatzdiskussion daraus zu machen. Denn mit ihrem makellosen Körper sah sie in ihrem Bikini wirklich verlockend aus. Andreas durfte sie mit Sonnenöl einreiben, und wenn er ihre warme Haut unter seinen Händen spürte, wußte er, daß auch sie es mochte. Er legte sich zu ihr in die Sonne, ließ eine Hand auf ihrem Oberschenkel und beide dachten daran, daß sie sich am Abend in ihrem Zimmer über der Stadt lieben würden.

Öfter gingen sie am Strand entlang. Andreas genoß die Luft, den Wind vom Meer, der so ganz anders roch als im Süden, viel elementarer, herber und strenger, und er spürte, daß dieses Meer, der Atlantik, ihm eigentlich wesensgemäßer war, ihn mehr berührte, ihn mehr aufwühlte in seiner herben Wildheit.

Mit der Sonne in der Haut, mit dem Wind in allen Poren tranken sie Abends nach dem Essen, das sie sich auf ihrem Gaskocher zubereiteten, auf dem kleinen, etwas baufällig wirkenden Balkon, an dessen Geländer man sich besser nicht anlehnte, noch Wein, saßen an einem winzigen Tisch auf zwei Klappstühlen und sahen hinaus auf das in dunklen Grautönen ruhende Meer, das manchmal wie Quecksilber schimmerte, wenn ein Lichtstrahl auf seine Oberfläche fiel. Am Horizont zur Rechten schwebten die Lichter von Le Havre als flimmernde Sternhaufen. Der Wein funkelte rot in den Gläsern. Später lagen sie zusammen. Moni wurde braun, die Brüste mit ihrem Weiß und den rosigen Spitzen und das Dreieck des Bikinihöschens wirkten in ihrer Nacktheit wie Signale, verletzlich und erregend.

Die Normandie war auch das Land Flauberts. Auf der Rückfahrt wollte Andreas unbedingt nach Croisset. Nach einigem Suchen auf den schmalen französischen Landstraßen fanden sie den kleinen Ort, fanden das Haus mit dem Gartenpavillon, in dem Flaubert gearbeitet hatte, wo er, der Nachtarbeiter, seine Texte meist so laut vorlas, daß sich die Schiffer auf der nahen Seine danach richteten, denn wenn sie Monsieur Flaubert brüllen hörten, wußten sie, daß sie auf der Höhe von Croisset waren. Als Andreas in dem Pavillon stand, ergriff ihn ein ähnliches Erschauern, wie er es in Berlin erlebt hatte, als er am Grabe Gottfried Benns gestanden hatte. In Flaubert verehrte er den berserkerhaften Arbeiter, der sich ganz der Kunst verschrieben hatte. Fast alles andere gab er dafür auf und arbeitete mit Besessenheit an seinen Büchern. Für ihn fand das Leben nur in der Kunst seinen Sinn, und das war es, was Andreas an ihm so faszinierte, was er auch oft so empfand und fühlte. Alles müßte man der Kunst opfern, die Bindungen, die menschliche Normalität. Der

Künstler war am besten dran, wenn er allein lebte, wenn er keine Rücksicht nehmen mußte auf Familie, auf Frau und Kinder. Das war bestimmt schwer oder gar unmöglich. Andreas spürte auch, daß es wohl sehr schwer war, ohne einen Menschen zu leben, aber wenn die Kunst stark und schöpferisch war, dann mußte sie schon an erster Stelle stehen. Oft dachte er, auch er müsse sich von allen Bindungen frei machen, dürfe sich gar nicht erst binden. Hier in diesem Raum hatte Flaubert also geschrieben. Auf dem dunklen Schreibtisch mit gedrechselten Beinen war noch alles so angeordnet, als sei der Meister nur hinausgegangen, als komme er gleich wieder und tauche seine Stahlfeder in das Tintenfaß, betrachte den ausgestopften Papagei, den er in „Un coeur simple“ beschrieben hatte, oder formuliere eine jener so genauen, so naturalistischen Schilderungen in „Madame Bovary“, wie die Szene, als Emma Bovary sich mit Rattengift umbringt. Danach war Flaubert selbst ein paar Tage lang krank. Mit Andacht ging Andreas umher, studierte Originalseiten mit Flauberts Handschrift, betrachtete Fotos an den Wänden, sah diesen schweren, schnauzbärtigen Kopf, und die Erklärungen des Verwalters, der klein und dunkel neben ihm stand und seine Hinweise mit leicht zischenden Lauten, aber durchaus liebevoll abgab, gingen ihm eher auf die Nerven. Gerne wäre er allein hier gewesen. Mit Andacht schrieb er seinen Namen in das ausliegende Gästebuch. Er dachte für einen Moment daran, wie er vor Jahren in Berlin verzweifelt und unglücklich auf dem Dahlemer Waldfriedhof am Grabe Gottfried Benns stand und sich vorstellte, er würde ihn da unten fragen, wie man leben solle, und Benn würde antworten: „Man soll ja auch nicht!“ Was würde der Meister hier sagen? Er würde vielleicht sagen: „Travaillez!“

14

Ja, travaillez! Nur in der Arbeit, im Schreiben, im Malen lag die Rettung. Und in den letzten Monaten hatte Andreas gearbeitet. Wenn er jetzt, Ende November, an seinem kleinen, dunklen Schreibtisch unterm Dach in der Rotstraße saß, betrachtete er oft mit Stolz den inzwischen schon stattlichen Stoß von Blättern, der auf der rechten Schreibtischseite lag. Er hatte den Roman weitergeschrieben und es schon auf 125 Seiten gebracht. Fast jeden Tag hatte er geschrieben, das Malen ruhte, auch wenn sein Freund Herbert in der Buchhandlung eine kleine Ausstellung mit seinen Bildern arrangiert hatte. Andreas hatte die Geschichte seiner Jugend und der Clique weitergeschrieben, aber jetzt spürte er plötzlich, daß es nicht weiterging, er hatte sich festgeschrieben. Die Gespräche uferten aus, alles wurde zu breit, er spürte, daß etwas nicht stimmte und seit ein paar Tagen betrachtete er den Stoß der Blätter eher mit Sorge. Ständig überlegte er, wie es weitergehen solle. Dann packte ihn die Angst, die Quelle sei versiegt, die Inspiration ausgedörrt und am Ende. Er saß am Schreibtisch, starrte auf das letzte Blatt, die letzte Seite, versuchte zu ergründen, warum er sich verrannt hatte. Vielleicht mußte er einen größeren Plan machen, wahrscheinlich war alles zu breit, zu ausladend. Auch die Sprache erschien ihm zu konventionell und zu sehr von der Ironie Thomas Manns beeinflußt, die er ja ganz in sich aufgenommen hatte, so, wenn er und Wolfgang zum Beispiel in einer Kneipe die Bedienung in Verwirrung brachten, wenn sie Mynheer Peeperkorn nachspielten und ein „Brot", „ein flüssiges Brot" bestellten, und damit meinten, sie wollten einen Korn, oder wenn sie ein Gespräch à la Peeperkorn führten „wie denn überhaupt und wie ich einmal sagen möchte und ist es mir ein Bedürfnis, … nicht nur für mich … sondern für das Gesamte … worauf ich hinweisen möchte … und nicht versäumen möchte auf diese besondere … aber auch sonst in jedem Falle … nicht versäumen doch geradezu und besonders bei dieser Gelegenheit …“ und dies immer in erhobenem Ton und mit erhobenem Zeigefinger, was ausufern konnte und seine Wirkung am Tisch nicht verfehlte.

Aber jetzt half keine Ironie, jetzt war es Ernst. Alles schien wieder zu Ende, erneut stürzte Andreas in die Qualen der Verzweiflung, der Selbstvorwürfe, wieder schien alle Bemühung sinnlos und ohne Aussicht auf Erfolg. Vielleicht konnte ihm Gaby in Berlin weiterhelfen. Er schickte ihr den ganzen Packen, um ihre Meinung zu hören.

Insgeheim hoffte er natürlich, Gaby werde es gut finden, werde ihn unterstützen. Umso größer war die Enttäuschung, denn auch Gaby hatte Vorbehalte, war nicht überzeugt davon, daß er einer so großen Sache schon gewachsen sei. Wieder am Ende, dachte Andreas, wieder am Anfang, vielleicht wieder gescheitert, und diese Erkenntnis stürzte ihn erneut in die Qual der Selbstzweifel. So konnte er den Roman nicht weiterschreiben, das war klar. Aber wie anders? Er mußte den Roman jetzt einfach mal ruhen lassen, ihn auf die Seite legen, mußte sich Zeit nehmen und nachdenken.

So ausgeliefert den Zweifeln und Selbstzweifeln war plötzlich wieder die Vorstellung stark, er müsse etwas ändern, müsse freier werden, auch um vielleicht besser arbeiten zu können. Um freier zu werden, mußte er selbständig werden, er mußte sich auf die eigenen Füße stellen, weg vom Elternhaus, er mußte die Rotstraße verlassen, mußte ausziehen. Eine eigene Wohnung haben, keine Rechenschaft mehr ablegen, wann, wo und wie, keine Ermahnungen, keine Vorhaltungen, auch wegen Moni, denn immer noch gab es ja Vaters Vorstellungen von dem, was sich in seinem Haus schicke oder nicht. Moni durfte zwar mit auf sein Zimmer, aber alles hatte doch immer etwas von widerwilligem Dulden seitens Vaters.

Andreas wußte, daß es für die Eltern nicht leicht wäre, wenn er ausziehen würde. Dann wären sie allein, denn auch Günther würde nicht mehr zurück in die Rotstraße ziehen, obwohl er seine Stelle in Mannheim aufgab, um wieder in Saarbrücken zu arbeiten. Er hatte geheiratet, wohnte jetzt in Elversberg in einer schönen Wohnung. Er hatte Andreas erzählt, er habe es satt, immer in diesem Mannheim zu leben, er und Renate waren sich sowieso einig gewesen, zusammenzubleiben, einmal zu heiraten, und nun, na ja, sie bekomme ein Kind, und früher oder später, also lieber gleich. Aber ich kann, dachte Andreas, jetzt keine Rücksicht darauf nehmen, daß die Eltern alleine sind, ich muß jetzt an mich denken, muß mich abnabeln. Schließlich bin ich schon sechsundzwanzig, es wird höchste Zeit. Es wird Zeit, selbständig zu werden, es wird Zeit zu arbeiten, es wird Zeit, endlich etwas zu erreichen, wenn ich sehe, wie die Zeit vergeht, wie ich immer älter werde. Bald bin ich dreißig und ich habe immer noch nichts erreicht, vielleicht ein paar gute Bilder gemalt, c'est tout. Wieder überfiel ihn die Panik, zu scheitern, unterzugehen im Bürgerlichen, zu verrotten im Büro, im täglichen Trott, nie das zu tun, von dem er träumte, nie sich auszudrücken im Werk, im Schreiben, und, dachte er, irgendwann werde ich auch heiraten, in der bügerlichen Wohllebe alt werden, und immer mehr den Tod der Erstarrung, der Stagnation sterben. Dann erfaßte ihn ein Schwindel, eine Angst vor allem, was kommen konnte. Aber noch wehrte er sich, noch spürte er zwischen den Verzweiflungen ja auch sporadische Aufschwünge und Kraft, er wehrte sich dagegen, sich schon festzulegen. Dazu gehörte auch Heirat, gehörte der Weg, den Günther jetzt ging, aber bei Günther war es etwas anderes, denn er hatte ja keine künstlerischen Träume, keine Ziele in dieser Richtung. Aber er selbst wollte und konnte sich jetzt noch nicht binden, auch wenn er dadurch die Beziehung mit Moni vielleicht aufs Spiel setzen würde. Das mußte er riskieren.

Denn neulich, nach der Hochzeit von Günther und Renate, zu der natürlich auch Wolfgang aus Paris angereist war und ihnen ein

Foto mitgebracht hatte, das sie drei auf den Stufen vor Sacré Coeur zeigte, hatte Moni ihn, im Spaß, wie sie sagte, gefragt: „Und wann heiraten wir?“

Andreas wußte, daß sie es nicht ernst meinte, sie war angesteckt gewesen von der Trauung in der Elversberger Kirche, von diesen ganzen schönen und stimmungsvollen Ritualen des willst du in guten und in schlechten Tagen und bis daß der Tod euch scheidet, aber vielleicht war ja doch auch etwas Ernst dabei. Nachher hatten sie sich ausgesprochen, Andreas hatte ihr gesagt, er könne sich noch nicht fest binden, das sei ihm alles zu früh, er wisse nicht, wie er das vereinbaren solle, er könne sich das jetzt nicht vorstellen, und er wisse auch nicht, ob er sich das überhaupt vorstellen könne, er wisse nicht, wie sich Künstlertum und Verheiratetsein verbinden lasse.

„Du, ich will ja auch noch nicht“, sagte Moni, „aber würdest Du mich denn überhaupt wollen, wenn Du wolltest? Was bedeute ich Dir eigentlich? Manchmal glaube ich, daß Du mir mehr bedeutest als ich Dir. Ich hab Dich sehr gerne, das mußt Du wissen. Und Du bist oft so kalt, so abweisend. Und so wenig zärtlich. Nur wenn wir miteinander schlafen. Dann bist Du gut. Aber manchmal habe ich das Gefühl, daß Du immer noch an Deiner Eva hängst.“

„Das ist doch Blödsinn. Ich mag Dich doch auch sehr. Das weißt Du. Sonst wären wir doch nicht schon so lange zusammen.“

„Ja, wir sind zwar zusammen, aber gehören wir auch zusammen? Hast Du das Gefühl, daß wir zusammengehören? Liebst Du mich denn? Oder kannst Du Dir vorstellen, auch wieder eine andere zu haben? Oder wenn heute diese Eva wieder zurückkäme? Was wäre dann? Liebst Du sie noch?“

„Du weißt genau, daß die Sache vorbei ist. Ja, ich hab sie geliebt, und ich hab sehr gelitten wegen ihr. Ich kann Dir jetzt nicht so einfach sagen, ich liebe Dich, Moni, aber ich mag Dich, ich hab Dich sehr gern. Aber verlange jetzt nicht von mir, daß ich Dir sage, ich liebe Dich, ich werde Dich immer lieben, heiraten wir. Das kann ich jetzt nicht, laß mir Zeit, es ist doch auch so schön mit uns beiden.“

Er spürte den unsicheren Boden unter sich, er spürte die Beladenheit seiner Beziehung, seiner Gefühle. Er wußte eigentlich nicht, ob er nach Eva wieder lieben konnte. Oft empfand er, der Schmerz habe etwas in ihm verbrannt. Etwas war abgestorben, etwas war verloren, und er wußte nicht, ob er es je wiederfinden würde, ob er es bei Moni wiederfinden würde. Das schien ihm manchmal eher zweifelhaft. Die Beziehung zu Moni war von Anfang anders als damals die zu Eva. Da war nicht dieses atemberaubende, drängende Verliebtsein gewesen, sie hatte ihm gefallen, sie hatte ihn gereizt, aber sie hatte ihn nicht so hingerissen, nicht so himmelhoch jauchzend zittern und beben lassen. Alles war viel selbstverständlicher und ruhiger gewesen. Das war die Wahrheit, die er nicht verleugnen konnte. Ihre Beziehung war nicht so vom Kontakt der Augen ausgegangen, vom Einsinken, vom Sichverlieren. Ihre Weiblichkeit hatte ihn angezogen, ihre Wärme, der Zusammenklang, ihre Haare, ihre ganze Erscheinung, ihre Jugend. Sie hatte ihm Halt gegeben vor nun bald zwei Jahren, hatte ihn wahrscheinlich vorm Untergang gerettet. Er wußte nicht, was aus ihm geworden wäre, wenn er sie nicht kennengelernt hätte, wenn sich nichts zwischen ihnen entwickelt hätte. Vielleicht hatte er sich ja an ihr festgehalten, eher zögernd erst. Aber sie hatte alles aus freien Stücken getan, sie war auf ihn zugekommen mit ihrer Jugend und mit ihrem hinreißenden Körper, in jener Nacht in der Turnhalle, als sie in ihren Shorts auf ihn zukam, so hell, so begehrenswert, so lockend, so offen für ihn, für seine verletzte und mürbe Seele, seinen verlassenen Körper. Und er hatte sich nicht gewehrt dagegen, er hatte sie auch nicht von Anfang an mit Liebesbeteuerungen überrumpelt oder ausgenutzt. Aber vielleicht fehlte ihr das, vielleicht fehlte ihr jetzt die Liebe, die große Liebe, das starke Gefühl. Natürlich waren sie im Laufe der Monate einander nähergekommen, sie hatten sich ineinander verliebt, eher auf leise Art, nicht so spektakulär. Aber wenn sie sich nun in ihn so verliebt hatte, wie er damals in Eva, erwartete sie von ihm das gleiche Gefühl, und wenn sie spürte, daß er nicht so stark empfand, mußte sie nicht denken, daß er sie ausnutze, daß er sie gebrauche? War er ein Schwein, das ihre Jugend, ihre Gefühle ausnutzte? Und trotzdem war doch ihre Beziehung bisher ganz schön gewesen, aber manchmal auch etwas wie hinter Watte, da die Gefühle nicht die Schärfe der früheren hatten. Vielleicht konnte sie nicht das in ihm auslösen, was er einmal empfunden hatte. Und da waren noch die Unterschiede in den Interessen, oft lebten sie doch in anderen Welten. Reagierte sie deswegen in letzter Zeit oft aggressiv, reagierte gereizt auf Nichtigkeiten, warf ihm vor, wie jetzt, er liebe wohl immer noch „seine Eva", fühlte sie sich ausgenutzt? Oh Gott, dachte er, was tue ich da, was tue ich, ich darf dieses Mädchen nicht unglücklich machen, und wenn ich sie nicht so lieben kann, wie sie es verdient, dann muß ich sie aufgeben, aber ich versuche es doch, ich mag sie wirklich, ich kann mir nicht vorstellen, jetzt ohne sie zu sein, ohne sie zu leben.

„Meinst Du, wir sollen uns trennen? Sollen wir aufhören? Ich will Dir nicht weh tun. Aber dieses große Gefühl kann ich im Moment nicht geben, das hat nichts mit Dir zu tun. Aber Du weißt doch, daß ich Dich sehr mag."

„Ach Quatsch, ich rede doch nicht vom Aufhören! Ich weiß ja auch nicht so genau, was werden wird. Ich weiß nur, daß Du mir etwas bedeutest, daß ich Dich gern hab."

Er dachte an ihr Gespräch zurück. Vieles war unklar, vieles war zweifelhaft, vielleicht würde sich auch daran manches ändern, wenn er endlich für sich wäre, eine eigene Wohnung hätte.

Vater war überrascht, Mutter begann zu weinen. Vater sagte, ob er auch wisse, was er tue? Er habe es doch gut hier, er könne seine Füße unter den Tisch strecken, es fehle ihm an nichts, besser könne er es doch gar nicht haben, er könne doch Federn in die Luft blasen hier, ob er sich das auch gut überlegt habe, denn wenn er einmal draus sei, brauche er gar nicht wieder zu kommen, wenn ihm das andere nicht gefalle. Er werde merken, wie schwer es sei, auf eigenen Füßen zu stehen. Dann müsse er den Pfennig umdrehen, wenn er einmal für alles selbst berappen müsse, und dann sei niemand mehr da, der ihm das Essen auf den Tisch stelle und ihn hinten und vorne bediene wie Mutter, und Mutter sagte, er solle aber doch seine Wäsche weiter bringen, und sonntags solle er doch zum Kaffee kommen, und Andreas erwiderte, klar, ich will doch im Ort bleiben.

Zufällig traf Andreas einen Kollegen im Dorf, dessen Cousin eine Wohnung frei hatte, zwei Zimmer, Küche, Bad. Es war die obere Wohnung in einem Zweifamilienhaus, sie gefiel Andreas. Zum Februar konnte er einziehen.

Das Haus lag fast am anderen Ende des Dorfes in einer Seitenstraße der Merchweilerstraße, es war eine ruhige Siedlungsstraße mit Gärten um die Häuser. Die Merchweilerstraße führte weiter zur Walachei, wo Onkel Alfred, Tante Gerda und die Cousins gewohnt hatten, die früher, gleich nach dem Krieg, auch einmal eine zeitlang in der Rotstraße gelebt hatten, und die später in eines der Grubenhäuser der Walachei umzogen. Andreas erinnerte sich, wie sie zusammen mit Vater mit dem Handkarren durchs ganze Dorf auf die Walachei gezogen waren, um dort Kohlen zu holen, denn Onkel Alfred war Bergmann. Er dachte daran, wie sehr er sich geschämt hatte, mit Vater und dem mit einem Sack abgedeckten Handwagen mitten durchs Dorf zu ziehen, wie sehr er gefürchtet hatte, etwa einem Schulkameraden von der Volksschule oder noch schlimmer, einem der Kameraden zu begegnen, die nach Sulzbach zum Gymnasium gingen, oder als Schlimmstes, etwa von einem Mädchen gesehen zu werden, das er kannte. So hatte er sich seine blaue Skimütze immer tief in die Stirn gezogen.

Tante Gerda aber war weiterhin oft in die Rotstraße gekommen. Immer hatte Andreas den Eindruck, ihr ewig beweglicher Mund liege auf der Lauer, um jammernde und beschwörende Sätze loszulassen, die, wenn sie einmal begonnen hatten, nicht mehr zu bremsen waren. Sagte Mutter zum Beispiel damals, daß der Ludwig ja jetzt Lehrer sei und sich jeden Tag vorbereiten müsse, und wie froh sie sei, daß er das geschafft habe, dann brummte Tante Gerda immer wieder, wiegte beim Zuhören den Kopf, und dann legte sie los, es sei ja auch kein Wunder, ihre Kinder hätten das eben nicht machen können, sie hätte sie ja nicht auf die Schule schicken können, der Alfred sei doch immer krank gewesen, er sei halt nur Bergmann, nicht wie der Paul, der sich hochgeschafft habe. Aber sie könne ja nichts dafür, es seien doch ordentliche Buben, es könne halt nicht jeder höher hinaus. Mutter sagte dann gar nichts.

Tante Gerda wußte alles. Auf dem weiten Weg von der Walachei zur Rotstraße, die am anderen Ende des Dorfes lag, mußte sie durchs ganze Dorf, die lange Merchweilerstraße hinunter, vorbei an der Insel, über den Marktplatz, die Neunkircher Straße hoch, und es schien, als sauge sie mit ihrer Neugierde alles auf, was es an Streitigkeiten, an Todesfällen, an sonstigen Neuigkeiten gebe. Sie wußte, wer mit wem warum seit wann Krach hatte, wer wann gestorben war und wann beerdigt wurde, wer mit wem und wann sich verlobt oder wer wen wann geheiratet hatte.

Das war dann dem und dem sein Mädchen oder Kindstochter, oder dem und dem, den ihr doch kennt, der da unten im ersten Haus der Hofstraße wohnt, und der hat doch einen Bruder, der jetzt in der Helenenstraße wohnt, und dem seine Tochter, die heiratet jetzt den Sohn von dem und dem, der früher da oben in der Neunkircher Straße gewohnt hat, der die kleine, krumme Frau gehabt hat, und der dann nach Hühnerfeld gezogen ist, und der hat einen Sohn, und die beiden haben das Aufgebot bestellt, die sind von der Kanzel herunter angesagt worden. Tante Gerda ging auch in die Kirche. Sie las die Aufgebote und die Todesanzeigen, sie kannte die Termine der Hochzeiten, der Taufen und der Beerdigungen, sie kannte die Anfangszeiten der Messen, der Andachten und der Rosenkränze. Sie war auf dem Laufenden über das, was in der Gemeinde vorging und über das, was in der Pfarrgemeinde vorging. Sie war eine lebende Chronik. Und alles, was sie mit ihren unentwegt lauschenden Ohren, mit ihren flinken Augen, denen nichts entging, aufnahm und speicherte, trug sie weiter, beflügelte hier die Klatschsucht und befriedigte dort die Neugier. Sie trug jedem zu, was er hören wollte, redete jedem nach dem Mund und war immer bereit, gleich zu nicken und in ihr „Ja, ja, so ist es!“ einzufallen.

Hinter der aufdringlich schwätzenden Gerda verbarg sich aber auch eine andere. Mutter sagte: „Die Gerda schwätzt zwar viel, aber es ist ihr auch nichts zu viel, wenn man was will. Im Krieg hat sie mir viel geholfen, da lasse ich nichts auf sie kommen.“ Sie bekamen auch Kohlen und Holz vom Onkel Alfred, und einmal schlachtete sie sogar extra ein Huhn, damit der Andreas was ansetze, wie sie sagte.

So faßte Mutter zusammen: „Ich freu mich, wenn die Gerda kommt, ich freu mich aber auch, wenn sie wieder geht. Aber die Gerda hats ja auch nicht leicht, mit den Buben und mit dem Alfred, der so krank ist.“

Onkel Alfred hatte etwas mit dem Kehlkopf. Er hatte schon eine Kehlkopfoperation hinter sich und konnte nur noch ganz heiser sprechen. Zu Hause kam Onkel Alfred demnach kaum zu Wort. Der war froh, wenn er nicht einen seiner Husten- oder Erstickungsanfälle bekam.

Mutter sagte, der Onkel Alfred stecke in keiner guten Haut, für den wäre es eben nicht gut gewesen, daß er auf die Grube mußte, da habe er sich wohl die Sache mit dem Kehlkopf geholt, und die Silikose bestimmt auch.

Aber Tante Gerda wohnte nicht mehr auf der Walachei, auch Onkel Alfred nicht mehr, denn er lag, gar nicht weit weg von seinem Haus, auf dem neuen Gemeindefriedhof. Er bekam keine Husten- und Erstickungsanfälle mehr, sein Kehlkopf oder die Silikose hatten ihn geschafft, die Grube hatte ihn geschafft, wie so viele andere.

Andreas verließ die Rotstraße, verließ die Zimmer unterm Dach, in denen er in jedem schon kürzer oder länger gewohnt hatte, diese Zimmer, die prall waren von Erinnerung, in denen die Erinnerungen nisteten, sich überlagerten wie die Schichten alter Tapeten. Sie waren selbst Erinnerung, mit ihren wenigen Möbelstücken, von denen einem jedes vertraut war, mit ihren Gerüchen, ihren Winkeln und Ecken, mit der Dachgaube, an der man so oft gelegen hatte um auf das weite Land hinauszusehen, oder mit den Fenstern zum Nachbarhaus, das seine regenschlierige oder hellglänzende Wand zeigte. Die Erinnerung hatte eigene Farben, Gerüche und Temperaturen. Andreas dachte an die langen Winter früher ohne Ofen, als die Kälte erst auf den Fenstern Eisblumen malte, sie dann mit einer dicken Eisschicht zuwachsen ließ und an die Decken Eiskristalle zauberte. Er dachte an die Sommer, die still und duftig ihre Hitze unters Dach legten. Im Herbst roch es nach den Feuern in den Wiesen hinterm Haus, der Wind verfing sich in den Dachgauben und klapperte mit den Ziegeln. Alles war so verwoben, war ein dichter Flickenteppich aus Erinnerungen, aus Ablagerungen, aus flüchtigen Fetzen oder aus eingebrannten Erlebnissen. Sie atmeten die Qualen und die Freuden der Kindheit und der Jugend, sie bargen die Erinnerungen wie eine dieser russischen Puppen, die in sich eine immer kleinere bergen. Die Erinnerungen waren wie die Schichten einer Zwiebel, die, sobald man eine abzieht, gleich die nächste freilegt. Die Zimmer waren nicht nur einfach Räume, in denen man lebte. Sie lebten auch in einem selbst. Sie waren wie die dicke, schützende Rinde eines Baumes, die einem umschloß, unter der man aber auch manchmal zu ersticken glaubte, sie waren aber auch oft der Ort der Erlebnisse, die aufwühlten und berührten. Dostojewski mit fünfzehn unter der Bettdecke, „Schuld und Sühne“, und der Atem stieg in hellen Schlieren hoch, die ersten Taschenbücher auf dem wackligen Regal, das Vater zusammengenagelt hatte, die ersten Malversuche auf dem weißen Waschtisch mit seinen Schubladen, in denen man seine Schätze aufbewahrte, die Verlorenheit vieler Abende und Nächte in dem alten Bett oder die Tage, wenn man krank war und Mutter einen versorgte. Und immer die Freuden der Onanie, die Taschentücher im Nachtschränkchen, und einmal das Mädchen aus Trier an einem heißen Sommertag, das nur mit seinem Büstenhalter dagesessen hatte, und er hatte sie bewundert, aber nichts gewagt, und Trini Lopez dazu, und später manche Stunden mit Eva, die ersten Liebesfreuden, die ersten richtigen Nummern, alles verrückt und herrlich, und vorher Rita, nach der man sich sehnte, in der schwülen Verlassenheit mancher Abende. Die Melancholie überhaupt, die einen trieb, das herzzerreißende Gefühl, alles zu versäumen und alles erleben zu wollen, die Sehnsucht nach Gemeinschaft, die Flucht ins Dorf, in die Kneipen, und all die Abende, wenn man betrunken oder besäuselt nach Hause kam, und das Bett sich zu drehen begann mit seinem unbarmherzigen Wirbel, der einen stürzen ließ. Die Heimkehr vom Weber vorn an der Ecke, und die Zeiten des Schmerzes, nachdem Eva ihn verlassen hatte, der Schmerz des Erwachens und der Träume, und die Tage, als er die Grauwerte malte für die Werkkunstschule, dann die anderen Bilder, und einmal Moni, wie sie ihm nackt Modell saß, ja, alle Versuche, alle Skizzen, alle Zeichnungen, die wilden Freuden des Malens, wenn er dachte, am schönsten wäre es, sich in der Farbe zu wälzen, wie es Yves Klein dann mit seinen nackten Frauen tat, die Lust des Entstehens und die Qual des Mißlingens. Alles wohnte hier in diesen Zimmern, ballte sich zusammen, war gegenwärtig, wie dieses Haus, dieses alte, handfeste Bergmannshaus, das der Großvater aus Hasborn gebaut hatte. Nicht nur die Zimmer unterm Dach schwitzten die Erinnerungen aus, sie nisteten auch unten, in der Küche, im Wohnzimmer, im Schlafzimmer der Eltern, in das die Amerikaner damals hineinpolterten mit ihren Gewehren, die sie auf die schöne rote Steppdecke gelegt hatten. Es waren die stillen, weißen Nachmittage der Kindheit, es war Oma, die unten in der Wohnung lebte und einem einen Henkelbecher Wasser übergoß, wenn man sie wieder geärgert hatte, und es war Oma, die später im Wohnzimmer mit den Blumen und den hohen, weißen Kerzen aufgebahrt lag. Und später hatte man unten einmal die Frau des Cousins gesehen, die ihre weiße Brust entblößte, um ihr Kind zu stillen. Und es war die Küche im Winter, die man nie vergessen würde, der große Küchenherd, der glühte und bullerte, auf dessen Herdplatte man Äpfel und Kartoffelscheiben legte, deren Duft die Küche erfüllte, und der Backofen, in den man seine Füße streckte, um sie aufzuwärmen nach dem Schlittenfahren. In der dampfenden Küche wurde am Samstag in der

Waschbütte gebadet, und es war das Wohnzimmer, in dem Vater saß, seine Aufträge erledigte und eine Zigarette nach der anderen rauchte, und in dem man sonntags aß und Kaffee trank oder in dem an Weihnachten Vaters Bäumchen wie etwas Unwirkliches geleuchtet hatte, und wo er jetzt in letzter Zeit oft so traurig saß und an die Wand starrte. Aber der Familie waren ja bisher Verluste erspart geblieben, und es war kein Grund zur Trauer gewesen bisher außer der inneren Trauer, die einen zerfressen kann, die Trauer über Trennung und Verlassenwerden wie bei Eva und ihm. Er dachte, daß er den Blick vermissen werde, den Blick aus den Fenstern nach hinten über die Wälder und Wiesen, bis zum weit entfernten Horizont mit dem kleinen Höcker des Schaumbergs, hinüber nach Heiligenwald, wo das oxydierte Kirchendach grün schimmerte, oder hinunter zu den Schlammweihern bei Reden, zur Bergehalde, auf die Loren hinaufschlichen, zu den Schornsteinen bei Neunkirchen, die kräftig qualmten, der Blick hinunter auf den Waldrand mit dem Mehlbeerbaum, der im Frühjahr weiß blühte, hinunter auf die Wiesen der Kindheit, hinüber zur Awand, zur Schlittenbahn, die sie im Winter angetrieben hatten und dann im Rausch des Fahrens, des aufstiebenden Schnees gar nicht mehr verlassen wollten, hinüber zur Hollunderhecke weit hinten in der Wiese, wo man mit einem Nachbarmädchen vor der Kommunion Unkeusches getrieben hatte, hinüber zu den Wäscheleinen auf der Wiese, wo die hellen Segel der Wäsche sich im Wind blähten, wo man im Herbst die Drachen aufsteigen ließ mit jubelnder Spannung und Freude. Auch die stille Straße würde man nicht vergessen, wo man in stundenlangem Rausch Klicker spielte, oder einmal beim Herumtoben mit der Stirn in eine gezackte Gußröhre fiel und ums Haar ein Auge verlor. Alles war ein Kosmos, ein Mikrokosmos und ein Makrokosmos zugleich, die Erinnerungen und das Erlebte waren Atome und Moleküle, sie waren aber auch Sterne und Fixsterne, sie waren Galaxien, die sich langsam bewegten und drehten. Sie spielten die Melodie des Lebens und die Melodie des Vergehens, sie drehten sich mächtig und ohne Unterlaß, sie bildeten aber auch Löcher mit schwarzer Materie, die alles Licht verschluckten, sie reflektierten das Licht und strahlten aus eigener Kraft, sie hatten tausenderlei Facetten und Abstufungen, in denen sie das Erlebte immer wieder neu spiegelten. Andreas wußte, daß ihn dies alles geformt hatte, im Widerstand oder im Einverständnis, als habe jedes Leben diesen Dingen, dieser Umgebung seine Formen eingedrückt, aber auch jeder war von diesen Dingen in wechselseitigem Spiel geformt worden. Es war kein glanzvolles, es war ein bescheidenes, eher unscheinbares, nicht auftrumpfendes Spiel gewesen, aber dafür hatte man in der Enge auch Wärme finden können, die Wärme einer Baumrinde oder eines schönen, schwarzen Teerzapfens am Schuppen im Garten an einem Nachmittag im Sommer, wenn es nach warmem Holz, nach Erde und Teer roch.

15

Es war nicht Berlin, Augsburgerstraße, Hinterhof, möbliert, mit Blick auf die Gedächtniskirche, seine erste selbstständige Bleibe in jenem Winter vor nun bald fünf Jahren, große Stube mit Berliner Kachelofen, nicht Paris im vierten Stock ohne Ausblick, wo er ein paar Wochen bei Günther gewohnt hatte, es war Bildstock, Fliederstraße, mit Blick auf die Gärten der Nachbarn. Kein Kudamm in der Nähe, keine Place Saint Sulpice, kein erregendes Treiben, keine Weltstadt, es war nicht anders als die Rotstraße, gleich bürgerlich und gleich bescheiden, aber, dachte Andreas, immerhin ist es meine erste eigene Wohnung, weg von der Rotstraße, ist der Schritt in die Selbständigkeit. Aber dieser Schritt erforderte, wie sich bald erwies, wiederum Konzessionen an jenes bürgerliche Leben, dem Andreas ja eigentlich ausweichen wollte, denn es schien ihm, je mehr er sich mit diesen äußerlichen Attributen belaste, desto mehr entferne er sich von dem Eigentlichen, das für ihn wichtig war, der Konzentration auf die Kunst. Aber, sagte Moni, Kunst hin Kunst her, er könne schließlich nicht zwischen Apfelsinenkisten wohnen, er brauche zumindest eine anständige Couchgarnitur, denn die zwei klapprigen Sessel aus der Rotstraße, Marke Nachkriegsbau Firma Werle Friedrichsthal, das sei ja wirklich nichts mehr.

So mußte Andreas gute Miene zum bösen Spiel machen, durchstreifte mit Moni verschiedene Möbelgeschäfte in Saarbrücken, fühlte sich äußerst unbehaglich und wischte sich öfter den Schweiß von der Stirn, während Moni ruhig und sicher die Ausstellungsstücke betrachtete und prüfte. Da gab es Supermodernes mit Stahlrohren als

Armstützen und geschweiften Auswüchsen, die Andreas von weitem an einen abgestürzten Starfighter erinnerten, die zur Zeit zahlreich vom Himmel fielen, oder es gab wuchtige, ausladende Garnituren, Marke Altdeutsch, in deren pompösen, ausladenden Polstern, Schabracken und Troddeln man sich aufgebahrt fühlte wie in einem Katafalk. Hier, dachte Andreas, bumst der deutsche Hausherr die deutsche Hausfrau. Dazu gehörte die Wohnwand als unverrückbares Zeichen deutscher Tradition und Standhaftigkeit, in Treue fest, wir weichen nicht, und an der Wand der röhrende Hirsch, früher der Führer. Aber zwischen allen Schreckenskabinetten deutscher Gemütlichkeit fanden sie dann doch etwas, was ihnen gefiel: nicht zu groß, nicht zu klein, aus schönem hellen Cordsamt, eher lässig. Und als ein paar Wochen später sein Wohnzimmer sich mit der neuen Garnitur, einem Sideboard, einem runden Eßtisch mit Stühlen und seinem kleinen Schreibtisch nun doch recht passabel ohne gediegene oder gar protzige Bürgerlichkeit präsentierte, und sowohl Mutters „Ist das aber fein!“ als auch Vaters „Einfach, schlicht und gediegen!“ einheimste, da spürte Andreas sogar etwas Stolz, aber eher widerwillig. Denn der Weg in die Selbständigkeit war auch mit Schulden gepflastert und die Schulden bei der Bank banden einen wiederum enger an den bürgerlichen Beruf.

Für die Clique gab Andreas ein Einweihungsfest. Moni übernahm die Rolle der Gastgeberin und trug an dem Abend ein enganliegendes, kurzes Kleid aus Silberlamé, das ihre Figur zur Geltung brachte und mit dem sie schon einmal bei einer Neujahrsfeier im „Weber“ bei den Bildstockern Aufsehen erregt hatte. Auch Wolfgang war da. Seine Zeit in Paris war zu Ende. Er arbeitete jetzt bei einer saarländischen Zeitung. Der lange Berti, der inzwischen Examen gemacht und als Mathe- und Physiklehrer seine erste Stelle hatte, brachte zum ersten Mal eine neue Freundin, eine Kollegin mit. Günther hatte wieder seine Stelle bei der Buchhandlung in Saarbrücken, seine Renate hatte ihre Lehrerinnenprüfung gemacht. Karl, der inzwischen Grafiker war, kam wie immer allein. Nur Wilhelm hatte Andreas nicht eingeladen, seit er sich mit ihm wegen der NPD entzweit hatte. Sein Versuch, ihn ganz zu schneiden, ließ sich nicht durchführen, denn ab und zu war er eben am Tisch, wenn Andreas in einer Kneipe, im Heli meistens, dazukam. Die anderen nahmen das mit der NPD wohl nicht so ernst wie Andreas.

Ja, die Clique hatte es geschafft, sie war aus dem Gröbsten heraus, auch wenn Andreas sich selbst immer noch nicht da sah, wo er hinwollte. Aber es gab ja Schritte, Ansätze, er war auf dem Weg, er hatte, neben Günther, die erste eigene Wohnung, und da war Moni, die Lichte und Blonde, mit der Wolfgang, der allein war, an diesem Abend am meisten tanzte. Und sie spielten die alten Lieder, die Lieder der Sehnsucht, Paul Anka und die Piaf, non je ne regrette rien, Moni steuerte ein paar Platten von Elvis the pelvis bei, love me tender, love me true. Elvis hatte wirklich eine einschmeichelnde Stimme. Berti hatte natürlich etwas von den Beatles mitgebracht, she loves me yeah, yeah, yeah, und später spielten sie die Dreigroschenoper, ja, so war es, es ist des Menschen gutes Recht auf dieser Erden, da er nur einmal lebt, glücklich zu sein. Es herrschte wieder der alte Ton der Clique, Wolfgang rief, wo wir sind ist oben! Andreas empfand Stolz auf Moni, Stolz auf seine Wohnung, er erinnerte sich an die Parties früherer Zeiten, als sie noch solo gewesen waren, als sie suchten, an die Verzweiflung und Sehnsucht dieser Tage, und er wußte nicht, ob es damals nicht vielleicht doch besser gewesen war.

Moni konnte über Nacht bleiben. Als alle weg waren und sie die Aschenbecher ausgeleert hatten, liebten sie sich auf der neuen Couch. Und dies war ja nun wirklich das Beste an der eigenen Wohnung, sturmfreie Bude, kein Vater, der Verbote aussprach. Andreas dachte daran, daß er Moni, als sie zum ersten Mal in seiner neuen Wohnung übernachtete, gebeten hatte, sich nackt aufs Bett zu legen, wenn er ins Zimmer käme. Ja, das hatte er sich immer gewünscht. Als er ins Zimmer trat, betrachtete er sie wie ein schönes Bild.

Am Morgen nach der Party wachte er mit einer schönen Erektion auf. Er streichelte Monis Hüften, drückte sie an sich. Sie drehte sich um und flüsterte ihm ins Ohr, sie habe noch eine Überraschung.

Zielsicher wanderten ihre Hände unter die Decke und sie dekorierte ihn mit einer roten Schleife. „Für Standhaftigkeit und gute Leistungen mit herzlichem Glückwunsch zur neuen Wohnung", kicherte Moni. Aber das war noch nicht alles, sie betrachtete ihn besonders zärtlich und nahm sich seiner an. Die rote Schleife wanderte hinauf und hinunter, das Rot ihrer Nägel harmonierte mit dem Rot der Schleife. Die Schleife löste sich langsam, aber Monis Finger lösten sich nicht, die Schleife gab ihre stolze Stellung auf, lag formlos auf seinem Bauch, wurde naß und dunkel.

Oh ja, dachte Andreas, eigener Herd ist Goldes wert, eigenes Bett auch. Das konnte mit manchem versöhnen oder es zumindest erträglicher machen. Auch war die Wohnung recht ruhig, kaum Autoverkehr. Nur manchmal hörte man von unten die etwas schrille, keifende Stimme der Hausherrin, die ihre Kinder ausschalt, zwei bleiche, schmale Buben, die Andreas kaum anschauten und verlegen grüßten, wenn er ihnen begegnete. Am Abend drang von unten dumpfe Musik oder das Gemurmel des Fernsehers, was Andreas störte. Er selbst hatte noch keinen, wollte sich einmal einen Gebrauchten zulegen. Die Hausherrin sagte spitz, sie hörten auch seine Schreibmaschine, wenn alles ruhig sei, aber man könne ja Rücksicht nehmen, er solle bitte nicht nach zehn Uhr schreiben, sie würden auch ihren Fernseher leiser stellen. Schon dachte Andreas mit Wehmut an die dicken, alten Mauern in der Rotstraße. Das hier war eben Neubau. Ja, er war ins Bürgerliche geraten, mußte mit Bürgern leben, sich arrangieren. Er wollte ja nicht gleich wieder ausziehen, wenn ihm dies auch leichter fallen würde als den Hausherren. Denn in deren Wohnzimmer sah er beim Mietezahlen eine jener kompakten, für tausend Jahre bestimmten altdeutschen Wohngarnituren, an denen jede Veränderung spurlos vorbeigehen würde, die keine Revolution je erschüttern könnte. An der Wand ein gestickter Sonnenaufgang und in einem Regal der mächtigen Wohnwand zwischen den grünen Weinpokalen auch ein paar Taschenbücher, Ullstein Krimis, wie er mit geübtem Blick sah.

Zu den Pflichten des Mieters gehöre es natürlich, alle vierzehn Tage zu kehren, erklärte ihm die Hausherrin. Sie mochte Anfang dreißig sein, hatte eine üppige, schöne Figur, die sie aber unter etwas unförmigen Kittelschürzen verbarg, war dunkelhaarig, mit überraschend heller Haut und dunklen Augen, die aber immer etwas an einem vorbeisahen. Sie hätte Andreas durchaus gefallen können, aber natürlich war es undenkbar, so, wie sie in den festen Ritualen der Familie und des Bürgerlichen lebte und in ihm, der Bilder malte, der Schreibmaschine schrieb, und der trotzdem oder zu alledem noch beim Gericht arbeitete, wohl gleich das Andersartige, Fremde spürte. Ihr Mann hatte eine kleine Plattenlegerfirma.

Aber das Odium oder der Anschein des Künstlerischen entband Andreas nicht vom Kehren. Kehren mußte sein. Kehren war eine ernste Angelegenheit, beim Kehren hörte der Spaß auf. Und Kehren bedeutete nicht nur, die Rinne und den schmalen Bürgersteig zu kehren, kehren hieß säubern bis zur Straßenmitte, und das gründlich, nicht mal eben so obenhin und flüchtig, nein, gründlich und porentief, bis in die Tiefen des Asphalts, bis in die Tiefen der Rinne. Meister in dieser Disziplin war der Nachbar, ebenfalls stolzer Eigentümer eines Einzelhauses. Dieser Nachbar war Polizist. Auch das noch! Andreas dachte an seine Nacht in der Polizeizelle in Friedrichsthal, als man Wolfgang und ihn wegen Ruhestörung und Widerstands eingesperrt hatte, erinnerte sich an jenen legendären Polizisten, den Wachtmeister Busse, den sie mit … komm Buss Buss Rufen gelockt hatten. Ja, schöne, beschauliche Zeiten! Aber der Nachbar wirkte nicht martialisch, er war freundlich und führte Andreas gleich beim ersten Mal in die Geheimnisse des gründlichen Kehrens ein: man dürfe den Besen nicht zu fest aber auch nicht zu locker aufdrücken, mit federndem, aber doch druckvollem Besenstrich erreiche man am meisten, am besten von der Rinne aus nach oben und nicht von oben zur Rinne hin. Oft stand der Nachbar auf seinen Besen gestützt da wie ein Feldherr nach gewonnener Schlacht. Wenn die Besenschlacht geschlagen, wenn die Straße wirklich sauber und porentief rein, wenn der Dreck wieder einmal vertrieben worden war, dann kam das Auto an die Reihe. Dem Auto widmete der Nachbar fast noch mehr Aufmerksamkeit als dem Kehren, und nicht nur der Nachbar gegenüber tat dies so, am Samstagmittag wurden fast vor jedem Haus die Schaumorgien gefeiert.

Das gute Stück wurde erst eingewässert. Dann kam der Schaum, den man mit dem Schwamm auftrug und mit dem man den Corpus des geliebten Stücks gründlich einrieb und säuberte, als sei es die eigene Frau in der Badewanne, wenn man der überhaupt soviel Aufmerksamkeit widmete. Aber die Vorsicht und Behutsamkeit, die Zärtlichkeit der Bewegungen hatten wirklich etwas Erotisches, drückten Besitzerstolz und Leidenschaft aus, und es war Befriedigung und Erfüllung zugleich, den Schaum, und mit ihm den Dreck, wieder mit dem Wasserstrahl abzuspülen, um dann nach dem Trocknen den Lack mit einem Wachs so zu polieren, daß das geliebte Stück später makellos und glänzend wiederauferstand. Kyrie und Gesang, Hosianna, Wandlung und Opferung, es war vollbracht, der Volkswagen oder der Opel glänzte wieder im Zustand der fleckenlosen Empfängnis. Dann kam er in die Garage.

Andreas wusch sein Auto nie selbst und es entging ihm auch nicht, daß die Blicke des Nachbarn mißbilligend auf seinem Auto ruhten. Am liebsten würde der ihm wohl das Auto wegen Mißbrauchs und Vernachlässigung polizeilich entziehen. Denn den Dreck galt es auszumerzen mit Schrubben und Putzen und Lüften und Klopfen und Säubern, wie es drinnen auch die Hausfrauen taten. Immer ran an den Dreck, den Ruß und den Staub, immer die Winkel ausräumen und säubern. Es galt aufzuräumen, wie früher mit den Juden und heute mit den Andersdenkenden, den Ausländern, Studenten und Demonstranten.

Und jetzt schien wieder eine Zeit gekommen, in der viel aufzuräumen war.

Denn im Lande, vor allem in den Großstädten, gingen die Studenten auf die Straße, nachdem auf Rudi Dutschke ein Attentat verübt worden war. Ein dreiundzwanzigjähriger Anstreicher, aufgestachelt von den Haßparolen der Springer-Presse und des gesunden Volksempfindens, hatte den APO-Führer niedergeschossen, der schwerverletzt überlebte.

Andreas las die Reden und Artikel Dutschkes in „Konkret“ mit Distanz und wenn er ihn im Fernsehen sah, fand er ihn in seinem agitatorischen Eifer eher abstoßend. Auch die Forderungen, den kapitalistischen Staat, das System, abzuschaffen, endlich die Revolution, die Umwälzung herbeizuführen, gingen ihm zu weit, schienen ihm unsinnig. Diesem absoluten Kampf gegen das System konnte er nicht folgen. Das schien ihm gefährlich, denn an den Kommunismus glaubte er nicht und hatte nie an ihn geglaubt. Es galt, und das war auch die Meinung in der Clique, diesen Kapitalismus zu reformieren, mit mehr Sozialismus zu verändern, ohne gleich das System ganz abzuschaffen, genauso wie es galt, den Kommunismus mit mehr Freiheit zu erfüllen. Andreas war kein Revolutionär, er war für Veränderung, war aber auch für Liberalität und Demokratie. Doch wie die Polizei jetzt bei Demonstrationen vorging, war eine gewaltige Schweinerei. Seine Sympathien waren auf Seiten der Demonstranten.

Gerade jetzt war in Saarbrücken eine Demonstration gegen die geplanten Fahrpreiserhöhungen bei Bussen und Bahn angesagt, eine „Rote Punkt“ Aktion. Eigentlich waren dies auf die Straße gehen und demonstrieren, dieses lautstarke sich Solidarisieren, Andreas eher fremd, aber, dachte er, einmal möchte ich doch die Stimmung miterleben.

Die Bahnhofstraße in Saarbrücken war für den Verkehr gesperrt worden, nachdem die Zahl der Demonstranten anwuchs. Immer mehr Gruppen und Grüppchen stießen aus den Seitenstraßen dazu, meist junge Leute, die sich mit entschlossenen Gesichtern ansahen und sich gegenseitig zu ermuntern schienen, denen der Vorgang selbst aber auch noch nicht ganz so selbstverständlich und geheuer schien.

Viele trugen Tafeln und Transparente mit dem roten Punkt, oder mit Parolen gegen Preiserhöhungen. Vereinzelt sah man auch rote Fahnen und Tafeln mit Bildern von Rudi Dutschke, dem neuen Helden und Märtyrer. Die Grüppchen formierten sich zu lockeren Reihen und setzten sich in Bewegung. Andreas hielt sich am Rande in der Nähe der Arkaden, unter denen die Geschäfte lagen und wo der gewohnte Nachmittagsbetrieb herrschte. Fast gegen seinen Willen wurde er mitgezogen. Er spürte die merkwürdig erregende Stimmung, die sich ausbreitete, als beteilige man sich an etwas Verbotenem, was trotzdem getan werden mußte, als erwachse aus der Anzahl der Menschen eine Kraft, die von allen auf jeden Einzelnen überzufließen schien. Flüchtig dachte Andreas, wie es wohl zugegangen war, wenn das Volk, die Menge, die Dinge wirklich in die Hand genommen hatte, beim Sturm auf die Bastille oder anderem, er ahnte, welche Kraft im geballten Willen einer solchen Ansammlung steckte, wenn Wut und Haß auf die Unterdrücker sich in einem einzigen, verzweifelten Aufschrei und Ansturm gegen die verhaßten Peiniger Luft machten, er spürte aber auch, daß die Kraft der Menge etwas Dumpfes und Bedrohliches haben konnte. Wehe dem, der ihr dann in die Finger geriet.

Aber hier war kein Sturm auf die Bastille, kein Straßenkampf an den Barrikaden in Paris, hier standen nicht die Schergen Louis XVI., die wahllos in die Menge schossen, hier war Saarbrücken, war 1969 und nicht 1789, es ging nicht um Brot fürs Volk, es ging um Fahrpreise, aber auch hier lag Empörung in der Luft, die sich jetzt mit Megaphonrufen und Parolen gegen die Regierung, gegen Minister Luft machte. Auch „Dutschke“ Rufe hörte man, skandierende Rufe „Ruudi, Ruu-di Dutsch-ke, Ru-di Dutsch-ke, Ru-di Dutsch-ke“. Die Rufe schwollen an, schallten in der Bahnhofstraße zurück von den Häuserfronten, aber sie verhallten auch, denn es war kein direkter Gegner vorhanden, kein Minister war da, der hätte Rede und Antwort stehen können. Es schien, als machten sich die Demonstranten selber Mut und Stimmung. Noch etwas Übermütiges war dabei, als beweise man sich selbst und den anderen, daß man auch hier, im bisher so beschaulichen Saarbrücken, weitab von den Zentren, demonstrieren könne. Die Sehnsucht nach Veränderung lag einfach in der Luft, die Sehnsucht, den Staat, der alles so mächtig und bedrückend bestimmte, etwas in seine Schranken zu weisen, ihm Veränderungen abzutrotzen. Unter den Talaren der Mief von tausend Jahren, Friede, Freude, Eierkuchen. Man wollte mehr Mitbestimmung, mehr Durchlässigkeit, man empfand es zu bedrückend, wie der Staat alles bestimmte und durchsetzte, und man wollte ja auch mehr soziale Gerechtigkeit, manche die klassenlose Gesellschaft. Auch die ganzen Affären hatte man satt, die Bereicherungen, die Skandale, man hatte es satt, wie man mit der Vergangenheit umging, wie alte Parteigenossen wieder in Amt und Würde waren, wie Nazirichter freigesprochen wurden. Es war einfach Zeit, gegen dieses Establishment zu demonstrieren, das immer nur Geld scheffelte, das alles regelte und bestimmte, das zum Krieg in Vietnam schwieg, aber den Schah empfing. Die Zeit schien reif für Veränderung, für Neues, das spürte jeder, der hier mitmachte, das spürte auch Andreas. Nur die da oben schienen nichts zu ahnen und nichts zu spüren, sie reagierten wie immer, wenn sie die Ordnung bedroht fühlten, sie schickten die Polizei.

Von vorne schob sich den Demonstranten jetzt eine geschlossenen Reihe von Polizisten entgegen. Sie riegelten die Bahnhofstraße ab, um das weitere Vordringen zu verhindern, und, wie Andreas sah, der jetzt etwas erhöht auf dem Bürgersteig stand, auch von hinten, vom Bahnhof her, drängte Polizei nach. Aha, dachte Andreas, Leberwurstprinzip, wie gehabt, von beiden Enden her einschnüren und in der Mitte hineinstechen, bewährtes Vorgehen!

Der Vormarsch kam an der Polizeireihe zum Stillstand. Als Andreas die Reihe der Polizisten auf die Demonstranten hatte zukommen sehen, waren sie ihm in ihrer Geschlossenheit furchterregend erschienen. Als er ihnen aber nun direkt gegenüberstand, wandelte sich dieses Gefühl, denn er sah, daß es Einzelwesen waren, jeder für sich, mit Gesichtern, die man unterscheiden konnte, obwohl einige von ihnen ihr Plastikvisier am weißen Schutzhelm heruntergeklappt hatten und man ihr Gesicht nur undeutlich hinter den Reflexen des Schildes sehen konnte.

Der Vormarsch kam zum Stillstand. Plötzlich hörte man keine Rufe, kein Megaphon mehr. In dieser kurzen Zeitspanne schien sich die Atmosphäre zu wandeln, als sei das Übermütige und immer noch Leichte der Demonstration schlagartig erloschen. Anspannung und Erregung breiteten sich aus, als kündigten sich Unheil und Gewalt an. Vielleicht war es die Ruhe vor dem Sturm.

Andreas war mitgetrieben worden, er kam in der zweiten oder dritten Reihe am Rande der Straße zum Stehen. Vorne sah er in der ersten Reihe einen Bekannten, den Geschäftsstellenbeamten Obermann vom Grundbuchamt, der einen Fotoapparat um den Hals trug. Der Zug war vor dem Polizeikordon zum Stehen gekommen. Demonstranten und Polizisten standen sich fast auf Tuchfühlung gegenüber. Die Polizisten hatten sich untergehakt, eine Phalanx in grün. Alle trugen weiße Helme, manche einen Plastikschutz, der ihre Gesichter etwas verschwimmen ließ, Glieder einer gesichtslosen Kette. Gespornt und gewappnet auch mit Plastikschilden erinnerten sie Andreas an römische Legionäre in Historienfilmen. Die Macht staffierte sich eigenlich immer mit den gleichen Insignien aus. Aber, dachte Andreas, wir Deutschen brauchen nicht die Römer als Vorbild, wir haben ja unsere eigene, bewährte Vergangenheit.

Nach einigen Momenten der Stille ertönten von hinten wieder die Rufe und Parolen, während in der vorderen Reihe einige der Demonstranten auf die Polizisten einredeten, ihnen offenbar erklärten, warum sie demonstrierten. Andreas hörte Bruchstücke eines Gesprächs, das einer mit einem sehr jung und unsicher wirkenden Polizisten führte. Er fahre doch wohl auch Bus, er müsse doch eher auf dieser Seite stehen, und der junge Polizist, der seinen Gesichtsschutz nicht heruntergeklappt hatte, nickte mehrere Male, als wolle er sagen, tut mir leid, ich kann nicht anders, Dienst ist Dienst. Das wirkte wie ein friedliches Gespräch. Andreas sah, wie der Kollege vom Grundbuchamt seinen Apparat vors Auge hob und diese Szene zu fotografieren begann. Zustimmung, Bravo-Rufe aus den ersten Reihen. Doch plötzlich sprang einer der Polizisten, die neben dem jüngeren standen, vor, hob seinen Gummiknüppel und schlug Obermann den Fotoapparat vom Gesicht weg, traf wohl auch noch dessen Kopf. Nach einem Moment des Schreckens und der Stille schrillten Pfiffe, Buhrufe, einige skandierten „Bul-len Bul-len Bullen-schweine Bullenschweine, ei ei ei schlagt die Polizei, ei ei ei schlagt die Polizei“. Um Obermann entstand ein Handgemenge zwischen Polizisten und Demonstranten. Schlagstöcke zischten, Transparentstangen flogen durch die Luft, ein paar Leute wurden zu Boden gerissen und versuchten, sich vor Schlägen mit den Armen zu schützen. Trillerpfeifen schrillten, von hinten, wo man nicht so mitbekam, was vorne los war, wurden die Schreie und Pfiffe immer lauter, alles dröhnte in dem Raum der Straße und unter den Arkaden.

Andreas, der hin und her geschoben wurde, sah noch, daß Obermann von zwei Polizisten weggezogen wurde und sich dagegen wehrte. Aber sie packten ihn mit ihrem Polizeigriff, bogen ihm den Arm auf den Rücken und beförderten ihn durch ihre Reihen zurück zu den Mannschaftswagen. Andreas war erschreckt und empört über diesen plötzlichen Ausbruch von Gewalt. Er sah den starren Ausdruck des Hasses in den Gesichtern der Polizisten, die jetzt wie Automaten einem höheren Willen und Befehl zu gehorchen schienen. Jetzt schienen sie nur noch Ruhestörer und Anarchisten vor sich zu sehen, die es zur Raison zu bringen galt. Auch er geriet in Panik. Zum Glück war er in Höhe eines Verbindungsweges zur Berliner Promenade an der Saar, er drückte sich durch die Menge, schaffte sich weg.

Er war aufgewühlt und erregt, steckte sich erst mal eine Zigarette an und schlug sich dann in Richtung Landtag und Gericht durch, wo er sein Auto geparkt hatte. Immer wieder sah er dieses Bild vor sich, den Knüppel, der gegen den Kopf von Obermann schlug, das helle scheppernde Geräusch des am Boden auftreffenden Fotoapparates, die instinktive Bewegung, mit der sich Obermann zu schützen versuchte. Und er ertappte sich dabei, wie er selbst sagte: „Dieses Bullenschwein!“, obwohl er sonst solche Wörter vermied und auch das Wort „Bulle“ für Polizisten nicht gut fand. Aber dieser war wirklich ein Bullenschwein gewesen. Er mußte an einen Vorfall denken, den er vor einigen Monaten in Neunkirchen erlebt hatte und der ihn genauso entsetzte. Im „Buckel“, einer Kneipe in der Wellesweilerstraße, in der auch viele Amisoldaten aus Kaiserslautern und der nahen Pfalz verkehrten, hatten sie an einem Tisch in einer Ecke gesessen, an Nebentischen einige GIs. Plötzlich stürzten durch die Lokaltür drei, vier Männer der MP mit ihren weißen Helmen, stürmten zielsicher und ohne zu zögern auf einen der Tische und schlugen mit ihren langen Holzknüppeln den dort Sitzenden auf die Schädel. Die Knüppel trafen mit einem hohen trockenen Knallen, das im niedrigen Raum der Kneipe wiederhallte. Die Geschlagenen stürzten vom Stuhl auf den Boden, rollten unter die Tische. Alles war in Sekundenschnelle geschehen. Wie sie erfuhren, hatten die Geschlagenen selbst kurz vorher draußen Autoscheiben zerschlagen. Es waren diese schrecklichen Ausbrüche von Gewalt, die Andreas schon früh entsetzt hatten: Die Männer, die deutschen Soldaten, die unten am Redenerweg auf gefangene Russen einschlugen, das waren Bilder, die sich ihm als Kind eingebrannt hatten und sich nie verloren.

Andreas war froh, weggekommen zu sein. Zwar hatte er während der Demo auch das Gefühl gehabt, zu einer Gemeinschaft zu gehören, auch war ihm die Nähe der Menschen nicht bedrohlich erschienen. Aber ihm fehlte einfach dieses Selbstverständliche, das die anderen zu haben schienen, er fühlte sich auch in dieser Menge als Einzelner, als Eigener, als jemand, der eigentlich nirgendwo dazugehört, als einer, der für sich selbst bleibt und ist. Das hatte er schon vorher gewußt. Zum Demonstrieren gehörte wohl auch eine Art von Unbefangenheit und Naivität, von nur „ja“ und „nein“, die ihm abging. Er wußte nicht, ob er das bedauern sollte, er wußte aber, daß er zu denen gehören würde, die solche Massenaufzüge lieber von außen sehen.

Auch der Landtag war mit einem Polizeiaufgebot gesichert. Die Mächtigen schützten sich vor dem Volk, dachte Andreas, die Bannmeile der Fürsten und Herrscher, wie hier am Schloß auf dem Felsen über der Saar. Und doch brannte dieses Schloß einmal, die riesigen Feuer standen über der Saar, beleuchteten die Nacht und den Fluß, und die Bürger von St. Johann standen drüben und sahen zu, wie sich die Herrlichkeit in Flammen auflöste. Und das war wohl auch gut so. Auch die Mächtigen haben Angst vor ihren Untertanen, und es ist gut, daß sie es nicht vergessen. Jetzt schien auch der Landesvater Röder Angst zu haben, der eigentlich nicht unsympathische Bonvivant mit dem Silberhaar, der seine Saarländer wieder ins gelobte Deutschland heimgeführt hatte, heim ins Reich, und nix wie hemm, denn jetzt übernahmen seine braven Landeskinder, denen er doch selbst mit Verantwortung und Redlichkeit, mit Familie und Heim, mit Kirche und Glauben ein leuchtendes Beispiel gab, auch noch die Unsitten von drüben, die Unsitten der Demonstrationen, der Unruhe.

Mein Gott, ja, die Ruhe war in Gefahr, die Ordnung bedroht, Anarchie nicht mehr weit. Es galt, den Anfängen zu wehren, man mußte das alles im Keim ersticken, Helm ab zum Gebet, Knüppel frei und Wasser marsch, wir müssen die Demokratie, die Ordnung, unsere gottgewollte Ordnung verteidigen.

Am nächsten Tag las man, die Demonstration in Saarbrücken sei bis auf einen Vorfall, den die Polizei aber gleich unter Kontrolle gehabt habe, friedlich verlaufen.

Herr Obermann, noch sichtlich erregt und mit einer Schwellung an der Stirn, erzählte, er sei von zwei, drei Mann zum Wagen geschleppt worden, obwohl er sagte, er habe doch nur fotografieren wollen. Aber darauf seien die gar nicht eingegangen. Man habe seine Personalien aufgenommen und ihm gesagt, er werde eine Anzeige wegen Widerstands gegen die Staatsgewalt bekommen. Dagegen werde er in jedem Fall Widerspruch einlegen. Andreas sagte spontan zu, als Zeuge für ihn auszusagen. Das war das Mindeste, was er tun konnte. Das konnte man einfach nicht hinnehmen, denn überall im Lande galt bei der Polizei die Devise: „Knüppel frei!“

16

Sovieles hatte sich angesammelt in Andreas: alle Sprüche der alten und der neuen Nazis in den Kneipen, die Rechtfertigungsversuche, die Verharmlosungen, die Verklärungen, die leuchtenden Augen beim Erinnern an die glorreichen Zeiten, die so ganz normalen Sprüche der Intoleranz, der Ablehnung gegen Andersartige, gegen Andersdenkende, gegen Farbige, gegen Ausländer, die Reden der NPDler, die Verdrängung der Vergangenheit in den Reden und Sonntagsreden vieler Politiker, die eifernden Reden der Vertriebenenfunktionäre, die Urteile und die Urteilsbegründungen, mit denen die Täter oft freigesprochen wurden, die milden Urteile gegen andere Täter, die Entschuldigungen für alles und jedes, was die Deutschen getan hatten, das Verhalten der Polizei bei den Demonstrationen, und zuletzt das Erlebnis in Saarbrücken. Alles ballte sich in Andreas, alles drängte sich, oft schien ihm, er höre einen ununterbrochenen Strom der Reden, der Redefetzen, die blitzartig in ihm aufstiegen, die er in sich vernahm. Es war ein beängstigender, furchteinflößender Chor von Stimmen, die sich anscheinend ununterbrochen und gebetsmühlenhaft gegenseitig bestätigten und wiederholten, es war das dauernde Stammtischgespräch unter dem lauten Lachen der Zustimmung der Zuhörenden, es war die verqualmte Wirtsstube beim „Weber“ oder im „Heli“, wenn der dicke Egon hinter der Theke seine Sprüche losließ. Es war der überall zu vernehmende Dialog, der deutsche Dialog, den er in sich zu hören vermeinte, ein Brodeln der Stimmen, ein ständiges Gemurmel und Murmeln, das anschwoll und wieder abebbte, aber nie ganz verstummte. Andreas hörte auf diese

Stimmen, er wußte plötzlich, daß es jetzt Zeit war, diese Stimmen aufzuschreiben. Er begann zu schreiben, und es schien ihm manchmal, als schreibe er nur die Stimmen auf, die er in sich höre, als brauche er nichts zu tun, als sie aufzuschreiben, zu ordnen, zu formulieren. Und beim Schreiben flossen Wut und Zorn, die sich seit Jahren in ihm gesammelt hatten, mit in die Gespräche ein, gaben ihnen eine oft bösartige, sarkastische und ironische Wendung, aber es waren die Gespräche, die er so oft, zu oft, mitangehört hatte.

Er sah einen jener Stammtische vor sich beim „Weber" oder im „Mainzer Hof", aber dieser Stammtisch konnte auch überall sein in diesem Land der Stammtische, und an diesem verrauchten Stammtisch konnten sich normale Bürger unterhalten, für die alles so in Ordnung war, wie es war, und Ruhe die erste Bürgerpflicht und Demonstranten Unruhestifter, gegen die man vorgehen müsse, die gar nicht begriffen, gegen was man denn eigentlich demonstriere, denn es war ja alles in Ordnung, so lange das Bier schmeckte. Es sollte wieder Ordnung herrschen im Lande, ja, Ordnung muß sein, und an diesem Stammtisch konnten zwei Polizisten stehen nach getaner Arbeit, die sich über ihren Einsatz unterhielten und über das Leberwurstprinzip, in der Mitte hineinstechen und am Rande auffangen und draufschlagen, die Unruhestifter und Provokanten mit legalen staatlichen Mitteln unter Einsatz einfacher körperlicher Gewalt zu unterdrücken und von ihrer Pflicht, unseren Staat zu verteidigen. Dieser Stammtisch konnte auch in Ost-Berlin oder in Leipzig und Dresden sein, es unterhielten sich zwei Bürger-Ost, zwei normale, linientreue SEDler, die die Zustände in ihrem sozialistischen Arbeiter- und Bauernstaat verteidigten, die sich über die Haßpropaganda aus dem Westen aufregten, und an diesem Stammtisch sprachen zwei Mauerschützen über ihre harte Pflicht, Republikflüchtlinge an ihrem Fluchtversuch zu hindern, wenn es sein mußte, auch mit der Waffe, und sie fachsimpelten über den perfekten Aufbau der Staatsgrenze der DDR mit Mauer, Stacheldraht, Selbstschußanlagen und Minen. An einem anderen Stammtisch schimpften zwei Heimatvertriebene über das ihnen angetane Unrecht, wobei sie natürlich das Unrecht, das zur Vertreibung geführt hatte, übergingen. Es unterhielten sich alte und neue Nazis, tauschten ihre Rechtfertigungssprüche aus, oder schwärmten von den guten alten Zeiten, als der Führer noch lebte und als die deutsche Kraft und Sauberkeit noch Geltung gehabt habe, und dann, als makabrer Höhepunkt, als groteske und grausige Konsequenz aus all diesen Rechtfertigungsreden, unterhielten sich zwei KZ-Wächter über ihre „Arbeit“, die in der systematischen Vernichtung von Menschen bestanden hatte. Sie unterhielten sich darüber leidenschaftslos und mit deutscher Gründlichkeit, die man aus den Tagebüchern von Höss oder aus den Aussagen von Eichmann kannte, sie erörterten die, wie sie es nannten, „Arbeitsabläufe“, sprachen über aufgetretene Störungen, aber auch ihre guten Ergebnisse, und kamen dann zu dem Schluß, daß sie trotz allem, und das sei etwas, worauf sie immer stolz sein könnten, anständig und sauber geblieben seien. Sie schlossen sich damit dem Reichsführer-SS Himmler an, der einmal, nachdem er Zeuge von Massenerschießungen gewesen war, gesagt hatte, dies durchzuhalten und zu ertragen, sei ein ewig zu schreibendes Ruhmesblatt deutscher Geschichte, womit er natürlich die Mörder meinte, nicht die Gemordeten. Diesen letzten Dialog nannte Andreas „Rosen und Geranien“, denn das waren die Lieblingsblumen des KZ-Kommandanten der beiden Aufseher.

Als Andreas die Dialoge, er nannte sie „Gesamtdeutsche Gespräche“, beendet hatte, fühlte er sich zuerst wie befreit von einer Last, von einer Qual, die ihn lange bedrückt hatte, aber er spürte auch, daß diese Erleichterung nur vorübergehend sein werde, denn die Scham über das Vergangene würde er nie loswerden. Aber er empfand auch, daß er damit für sich selbst einen Versuch gemacht hatte, gegen diese Geisteshaltung, gegen die Dummheit anzukämpfen.

Andreas schickte das Manuskript an den Saarländischen Rundfunk, ohne sich viel Hoffnung zu machen. Eine Woche später klingelte am Nachmittag im Büro das Telefon. Andreas, einen dienstlichen Anruf erwartend, meldete sich, und es durchzuckte ihn plötzlich, als sich der Anrufer mit „Hier ist Zabel, Saarländischer Rundfunk" meldete. Andreas war für einen Augenblick sprachlos, sein Herz begann heftig zu schlagen, Zabel war der Leiter der Literaturabteilung. Er hatte die Gespräche am Wochenende im Schwimmbad gelesen, er war beeindruckt, fand sie, wie er sagte, toll. Er nehme sie an. Die Produktion werde im Herbst sein, die Sendung anschließend. Das Gespräch dauerte nicht lange. Andreas wußte später gar nicht mehr, was er eigentlich noch gefragt und erzählt hatte, nur dies war in ihm, dies „ich nehme die Gespräche an", daran war nicht zu deuteln und nicht zu rütteln. Dieses „ich nehme an" klang in ihm, es streichelte ihn, stieg in ihm auf, war plötzlich in ihm als etwas ganz Großartiges und Tolles, dehnte sich als Wärme in ihm aus, strömte in alle Poren seines Körpers, seines Empfindens wie eine plötzliche, unerwartete Freude. Er hatte es geschafft. Endlich, nach all den Jahren der Versuche, nach allen Zweifeln, allen Fehlschlägen und Mißerfolgen, nach dem Scheitern des Romans, jetzt endlich war es ihm gelungen. Endlich war er dort, wo er immer hingewollt hatte: er hatte mit der Kunst Erfolg. Jetzt war es keine Enttäuschung wie damals mit der Werkkunstschule, als er sich mit allem am Ende glaubte, als er ganz tief unten am Boden gewesen war, fast zerstört, fast bereit, alles aufzugeben, alles wegzuwerfen, jede Hoffnung fahren zu lassen, er sei Künstler, er könne Künstler werden. Wie tief unten war er gewesen, mit allen Selbstzweifeln, mit aller Verzweiflung, wie hatte er gelitten an sich und seinen Unzulänglichkeiten, wie hatte er gelitten wegen seiner Zweifel an seinem Talent, und auch später, als er den Roman dann doch wieder verwarf, als er einsah, daß er auf dem falschen Weg gewesen war, als wieder eine Hoffnung starb. Aber er hatte nicht aufgegeben, er hatte weitergemacht, war von sich selbst und seinem Leben weggegangen, und das war gut so gewesen, er hatte Abstand gebraucht und hatte diesen Abstand genutzt, und jetzt schien es zu gelingen. Er war am Anfang, er hatte den ersten Erfolg, er würde nicht nur mehr der Justizinspektor sein, der versuchte, zu malen, der versuchte, zu schreiben, das würde der Anfang einer anderen Laufbahn sein, die sich neben dem ungeliebten Büro, in das er ja eigentlich auch nicht gehörte, entwickeln könnte. Das Bewußtsein, daß diese Gespräche, die er wie in einem Sog in den letzten Wochen geschrieben hatte, Zustimmung fanden, daß sie angenommen waren, erfüllte ihn, beflügelte ihn, war ständig in ihm, begann ihn zu ändern, es erfüllte ihn mit neuem, so nicht gekanntem Selbstbewußtsein, mit Erwartung und Aufregung vor dem, was auf ihn zukommen würde. Er würde Zabel, würde die Leute beim Rundfunk kennenlernen, er würde gesendet werden.

Die Überraschung und Freude bei der Familie, bei Moni, bei Günther waren ebenso groß. Auch Wolfgang war erst mal sprachlos, aber seine Freude schien sich in Grenzen zu halten. Andreas beachtete das nicht weiter, für Wolfgang war es halt selbstverständlicher. Er schrieb jeden Tag für die Zeitung, wenn es im Moment auch nur der Regionalteil der kleineren Zeitung im Lande war, aber er hatte nach einigem hin und her jetzt eine kleine Erzählung von Andreas mit dem Titel „Meine geliebte Parzelle" im Feuilleton untergebracht. Zum ersten Mal sah Andreas seinen Namen in der Zeitung, ja, da stand es, Erzählung von Andreas Schöber, und es war wiederum ein starkes Gefühl des Stolzes, der Freude, mischte sich mit dem Wissen, daß es ja noch viel besser käme, jetzt, da seine Gespräche am Rundfunk angenommen waren. Es würde aber noch etwas dauern, bis Andreas die Stimmen seiner Stammtischbrüder im Radio hören würde.

Aber eine kleine Kostprobe, nicht erfunden, nicht Literatur, so schien es Andreas, gab es schon vorher. Der Termin in Sachen Obermann.

Andreas hatte mit den Richtern im Hause wenig Kontakt, mit Ausnahme seines Abteilungsrichters, mit dem er sich oft wegen zu erteilender Erbscheine oder sonstiger Dinge unterhielt. Zwischen ihnen herrschte ein höflicher, distanzierter Ton, ohne das Dienstliche je zu verlassen. Andreas spürte, wie sich der Richter auf seinen akademischen Überlegenheitspunkt zurückzog, wie er Andreas als jemanden ansah, der einfach nicht zu seiner Kaste, zu seiner Klasse, zu den Richtern gehörte, und, dachte Andreas, das ist mir so genau recht, denn was ich hier tue, betrifft nicht mich selbst, nur mein Amt, und mit den meisten Juristen kann ich sowieso nichts anfangen. Er mußte immer an den Richter beim Amtsgericht in Neunkirchen denken, als er dort als Anwärter zum ersten Mal eine Sitzung miterlebte. Dabei hatte ihn der schneidende Ton der Stimme des Richters Jäger an jene furchtbaren Juristen, insbesondere an jenen furchtbaren Vorsitzenden des Volksgerichtshofes Freisler erinnert, und so viele furchtbare Juristen außer Freisler hatte es gegeben, willfährige Diener des NS Staates, die das Recht pervertierten, die ohne Skrupel wegen Nichtigkeiten Todesurteile fällten, und die später nicht einmal dafür belangt wurden, denn, so die perfide Begründung, sie hätten ja nur damals bestehende Gesetze angewandt, es könne ja heute nicht Unrecht sein, was damals Recht war. Andreas spürte wenig Sympathie für die Richter, auch heute nicht, und, dachte er, ein Glück nur, daß sie keine Todesurteile mehr fällen können.

Richter Vogel war hager, mit schmalem Gesicht und kurzem Haarschnitt, sprach mit volltönender, eher jovial und verständnisvoll als schneidend wirkender Stimme. Herr Obermann wurde befragt, was er zu der Anzeige zu sagen habe, er habe sich durch tätlichen Widerstand der Feststellung seiner Personalien entziehen wollen und sich damit eines Vergehens gemäß Paragraph 113 STGB strafbar gemacht. Herr Obermann, links vorm Richter hinter der niedriger gelegenen Anklagebank, wirkte nicht wie ein armer Sünder, war nicht beeindruckt von der Würde des Gerichts, er stand frei und bequem, nahm keine Haltung an, als er sagte, er sei sich keiner Schuld bewußt. Im Gegenteil, er sei ja von den Polizisten völlig grundlos angegriffen worden, als er das Gespräch zwischen einem Demonstranten und einem Polizisten habe fotografieren wollen.

„So, so, keiner Schuld bewußt!“ In Richter Vogels Stimme klang plötzlich Schärfe mit, „das wird sich ja herausstellen! Die Zeugen! Polizeimeister Wachter, schildern Sie doch einmal die Situation!“

„Also der Beschuldigte stand mir gegenüber."

„Hat er sie bedroht?"

„Nein, nicht direkt, aber ich habe mich durch sein Verhalten bedroht gefühlt."

„Inwiefern?"

„Weil er mich fotografieren wollte."

„Und wieso haben Sie sich dadurch bedroht gefühlt?"

„Ich habe mich in der Ausführung meiner Dienstpflicht, und die bestand an diesem Tage darin, Ruhe und Ordnung aufrecht zu erhalten, beeinträchtigt gefühlt, denn das Fotografieren geschah ja wohl deshalb, um den Polizisten zu zeigen, daß man sie identifizieren könne. Das habe ich als Drohung aufgefaßt."

„Sie haben sich also durch den Beschuldigten provoziert gefühlt?"

„Ja genau, das ist das richtige Wort! Bedroht und provoziert!"

„Und was haben sie dann getan?"

„Ich habe den Beschuldigten aufgefordert, den Fotoapparat wegzunehmen. Das hat er aber nicht getan, sondern er hat weiterfotografiert."

„Er hat sich also ihrer Anordnung widersetzt?"

„Ja. Das hat er."

„Und dann?"

„Dann habe ich zur Abwendung der Bedrohung von meinem Schlagstock Gebrauch gemacht und dem Beschuldigten den Fotoapparat aus der Hand geschlagen. Ich habe also mit einfacher körperlicher Gewalt auf die Provokation und Bedrohung reagiert."

„Was geschah dann?"

„Der Beschuldigte wurde wütend und wendete sich drohend gegen mich."

„War der Beschuldigte bewaffnet?"

„Soviel ich weiß, nein."

„Und dann?"

„Ich habe dem Beschuldigten zusammen mit dem Kollegen mit

einfacher körperlicher Gewalt die Arme auf den Rücken gedreht, um seine Personalien festzustellen."

„Hat er sich dagegen gewehrt?"

„Ja, er hat um sich geschlagen."

„Er hat also Widerstand gegen die Feststellung der Personalien geleistet?"

„Das hat er."

„Und was haben Sie dann getan?"

„Wir haben den Beschuldigten zum Polizeiwagen gebracht. Da er sich dagegen wehrte, mußten wir ihn mehr oder weniger gewaltsam dorthin bringen."

„Haben Sie den Beschuldigten geschlagen?"

„Nur einmal, als ich ihm den Fotoapparat wegschlug. Es kann sein, daß der Knüppel da auch unabsichtlich seinen Kopf getroffen hat. Aber Hauptziel war der Apparat."

„Aber wahr ist, daß der Beschuldigte sich gegen die Feststellung seiner Personalien gewehrt hat?"

„Das ist wahr. Der hat wie wild um sich geschlagen, und dadurch auch eine Gefahr für Leib und Leben des Beamten dargestellt."

Andreas, als Zeuge vernommen, sagte, er habe gesehen, daß die Polizisten Herrn Obermann ohne Grund den Fotoapparat vom Gesicht geschlagen hätten. Er habe nur noch gesehen, daß Herr Obermann von den Beamten im Polizeigriff abgeführt worden sei. Das gleiche sagten zwei weitere Zeugen. Es nutzte nichts.

Obermann wurde wegen Widerstands gegen die Staatsgewalt zu eben jenen 500 DM Geldstrafe verurteilt, die auch schon im Strafbefehl festgesetzt waren. Es sei, so führte Richter Vogel aus, zweifelsfrei nachgewiesen, daß Obermann in provokatorischer Absicht die Polizisten habe fotografieren wollen. Ohne Zweifel sei dies in der angespannten Lage der Demonstration geschehen, um die Polizisten bei der Erfüllung ihrer Dienstpflichten zu verunsichern. Die anschließende Reaktion der Polizisten sei lediglich erfolgt, um die Ordnung wiederherzustellen. Daß sich der Beschuldigte anschließend der Feststellung seiner Personalien habe mit Gewalt entziehen wollen, erfülle zweifelsfrei den Tatbestand des Widerstandes gegen die Staatsgewalt. Es sei eindeutig an der Zeit, den Chaoten klarzumachen, daß der Rechtsstaat nicht mit sich spaßen lasse. Ruhe und Ordnung seien gefährdet, und wer das nicht begreifen wolle, der müsse es eben spüren. Besonders gelte das für den Beschuldigten, der als Angehöriger der Justiz doch wahrhaftig Besseres zu tun habe, als an Demonstrationen teilzunehmen.

Als Richter Vogel endete, ertönten im Saal Pfiffe und Buh-Rufe, denn es waren einige Teilnehmer der Demo anwesend.

Andreas hatte die Vernehmung der Polizisten und die Urteilsbegründung mit eher ungläubigem Staunen angehört, erinnerte ihn doch alles an den Dialog aus seinen „Gesamtdeutschen Gesprächen“, in dem zwei Polizisten ihren Knüppel-Einsatz ähnlich rechtfertigten, und es schien ihm, die Realität reiche hier an die Satire heran oder übertreffe sie gar. Aber zum Lachen war das nicht. Eher zum Heulen, oder zum Kotzen, wie auch Obermann später meinte, der das Urteil zähneknirschend angenommen hatte. Er wolle nicht noch mehr Ärger mit der Justiz, schließlich war sie sein Arbeitgeber, und Ärger mit der Justiz habe man ja schon jeden Tag genug.

Andreas sagte, bei der Justiz wundere er sich über gar nichts mehr.

17

Der große Tag für Andreas war da. Die Sendung der Gespräche erfolgte in zwei Teilen, heute der erste. Andreas, der bisher keine Notwendigkeit gesehen hatte, sich ein Radio zuzulegen, denn für seine Musik reichte ihm der Plattenspieler, hatte sich ein Kofferradio und ein Tonbandgerät gekauft. Zur Premiere fuhr er in die Rotstraße zu seinen Eltern. Sie saßen im Wohnzimmer an dem großen Tisch und warteten bis es 20 Uhr würde. Andreas dachte daran, wie er als Junge in diesem Zimmer, das damals allerdings das Wohnzimmer von Tante Irma und Onkel Stefan gewesen war, im Dunkeln vor deren Radio gesessen hatte, um einem Mundarthörspiel von „Radio Saarbrücken" zu lauschen, oder einfach den Zeiger über die magisch glühenden Namen der Sender gleiten zu lassen. Das Radiohören war etwas Geheimnisvolles und Magisches gewesen. Später war das Radio dann zwei weitere Male so Mittelpunkt gewesen wie heute: bei der Saarabstimmung 1955, als man gespannt auf die Abstimmungsergebnisse wartete, die gegen Mitternacht in die atemlose Stille des Wohnzimmers klangen und das Saarstatut ablehnten, und später bei der Rückgliederung, als mit Glockenschlag zwölf Uhr nachts aus den Saarländern wieder Deutsche wurden. Heute aber gab es auch nicht den Boxkampf Joe Louis gegen Max Schmeling, bei dem vor dem Krieg auch die Nachbarschaft vor dem Radio der Schöbers gesessen hatte, heute gab es kein Mundarthörspiel, keine Saarabstimmung und keine Rückgliederung, heute würde zum ersten Mal der Name Schöber im Radio zu hören sein. Und das war ja schon, wie Vater es ausdrückte, etwas

Besonderes. Nie im Leben habe er daran gedacht, daß der Name Schöber einmal im Radio zu hören sein werde, daß der Name Schöber einmal bekannt würde!

Vater war stolz darauf, und normalerweise hätte er, wie immer zu besonderen Anlässen, zu Weihnachten, an einem Geburtstag, oder einfach mal an einem anderen Tag, den er dann einem mit besonderem Anlaß kurzerhand gleichstellte, eine gute Zigarre geraucht. Es hätte gequalmt im Wohnzimmer, Vater hätte seine Rauchringe, die das Wohnzimmer langsam mit ihrem duftenden Aroma füllten, in den Kronleuchter steigen lassen. Auch heute saß Vater am Wohnzimmertisch auf seinem Platz an der Breitseite, aber Vater rauchte nicht, Vater qualmte nicht, Vater ließ keine Rauchwolken und keine Rauchkringel steigen, Vater saß auf dem Trockenen. Er durfte nicht mehr rauchen, der Arzt hatte es verboten. Im Oktober war Vater sehr krank gewesen. Die Familie hatte das Schlimmste befürchtet, aber er war noch einmal durchgekommen, er war dem Tod noch einmal von der Schippe gesprungen, hatte ihm ein Schnippchen geschlagen. Tagelang hatte es auf der Kippe gestanden. Andreas erinnerte sich einiger Nächte, die er an Vaters Bett im Krankenhaus verbracht hatte. Erschüttert hatte er mitangesehen, wie dieser starke, immer noch kräftige Mann mit dem Tod gerungen hatte, hörte das Stöhnen und Ächzen, das Schnaufen, das Zischen, das verzweifelte Bemühen um Luft, sah, wie die Schmerzen ihn quälten, hatte sein Gesicht gesehen, das ganz nach innen gewandt war, das mit dem unsichtbaren Feind in seinem Körper kämpfte. Andreas erlebte mit, wie da ein Mensch noch nicht aufgeben wollte, wie er sich wehrte gegen den Tod, und dieses Ringen, diesen Kampf mitanzusehen, ohne helfen zu können, durchdrang Andreas in allen Fasern seines Empfindens. Immer wieder dachte er, was dieses Leben doch für eine wahnsinnige Geschichte sei, ein Geheimnis, da wir weder wissen können, woher es kommt, noch was dahintersteht, es erschien ihm im Tiefsten sinnlos, nur der Erhaltung des Lebens, der Weitergabe bestimmt. Aber wozu war dieses Leben gut, das Leben an und für sich, wenn es Arbeit war, Mühe und Leiden, aber auch wenn es Glück war für Momente oder Zeiten? Und er konnte keinen Sinn darin finden, der über das Leben hinausgewiesen hätte, und das lohnte den Aufwand nicht, das lohnte auch nicht das Ende, das unweigerlich kommen würde, früher oder später. Das Ende wiederum war Leiden und Kampf, denn das Leben wollte das Leben nicht aufgeben. Andreas dachte, daß er nicht zu den glühenden Verfechtern des Lebens gehöre, die hinter dem Leben das Walten eines Gottes oder eines anderen Mysteriums verehrten. Wie es auch sein mochte, dachte Andreas, das Leben ist absolut ohne Sinn, es hat keinen und wird nie einen anderen haben als es selbst. Aber wozu? Was solls? Entschieden besser ist das Nichtsein.

Vater aber hatte es noch einmal geschafft, er war wieder genesen. Nach seinem bewährten Motto „Unkraut vergeht nicht" war er vom Knappschaftskrankenhaus in Sulzbach doch wieder in sein Haus in die Rotstraße zurückgekehrt. Er war gealtert, die Tränensäcke unter seinen Augen waren ausgeprägter, die Linien und Furchen in seinem Gesicht hatten sich vertieft. Aber er war auch froh, es nochmals geschafft zu haben, versprach, vernünftiger zu sein und nicht mehr so viel im Garten zu arbeiten. Das Schlimmste für ihn aber war, daß er nicht mehr rauchen sollte. Tatsächlich fiel es schwer, sich Vater ohne Rauchen vorzustellen, denn Vater und Zigaretten, Vater und Zigarren, das hatte immer zusammengehört, war eins, und Andreas konnte es Vater nachfühlen, wie schwer es ihm fiel, aufs Rauchen zu verzichten, denn er selbst qualmte ja auch. Aber jetzt mußte Vater gute Miene zum bösen Spiel machen, er biß in den sauren Apfel, statt einer Zigarre gab es nun einen Apfel. Andreas dachte mit Beklemmung an diese Nächte im Krankenhaus zurück, wie nahe lag das zusammen, das mögliche Ende und die Hoffnungen. So, wie er jetzt am Anfang neuer Hoffnungen war, war Vater fast am Ende, er hatte kaum noch welche.

Andreas dachte daran zurück, mit wieviel Aufregung er zum Rundfunk, zum Halberg, hochgefahren war, wie er mit Herzklopfen das Rundfunkgebäude betreten hatte, um dort in einem Studio zusammen mit dem Regisseur und den beiden Schauspielern die Bänder abzuhören. Wie aufregend und wunderbar war das alles, das Studio mit den Mischpulten und Schneidetischen der Cutterin, die so leicht und sicher mit den Bändern umging, diese ganze gelöste, schöne Atmosphäre, die nach getaner Arbeit im Studio herrschte. Und er durfte dabei sein. Hier war er jemand, hier war er wichtig, er war der Autor, hatte geschrieben, was nun, von den beiden bekannten Schauspielern mit Leben erfüllt, aus den großen Studio-Lautsprechern klang. Als er zum ersten Mal seine Worte, seine Sätze hörte, durchdrang ihn ein starkes Gefühl der Bestätigung, es war, als falle damit alle Unsicherheit, alle Verkrampftheit von ihm ab, er spürte, daß er nun wirklich jemand war, den die anderen mit Achtung behandelten, er hatte dies geschrieben, allen gefiel es sehr. Es hatte sich verselbständigt, war etwas eigenes außerhalb von ihm geworden. In seinem neuen Zustand fühlte er sich gut, er konnte ihn akzeptieren, ihn annehmen und ausfüllen. Ja, alles paßte zu ihm und war, was er sich immer erwünscht hatte. Alle Ängste, die ihn vor der Begegnung mit diesen Menschen gequält hatten, waren bis auf eine gewisse Schüchternheit, die ihm blieb, überwunden.

Diese Schüchternheit, dies etwas Unfreie im Auftreten blieb anfangs auch, als er zum ersten Mal Arved Zabel kennenlernte, mit dem er bisher nur telefonischen Kontakt hatte, und der am Telefon einen eher kühlen, reservierten Eindruck machte. Andreas fand ihn in seinem Büro im Sender an einem bücherübersäten Schreibtisch. Er kam ihm leicht und jugendlich entgegen, bot ihm einen Platz an, bei dem ihn die Sonne nicht blendete. Zabel war schlank und groß, sein Gesicht war glattrasiert, während Andreas ja inzwischen einen Schnurrbart trug. Sein Gesicht wirkte beherrscht, doch sensibel, eher ernst, aber oft hellte es sich zu einem jungenhaften Lächeln auf, bei dem aber die Augen ernst blieben. Er trug Jeans und Pullover, schien auf Kleidung keinen besonderen Wert zu legen, und Andreas kam sich eher bürgerlich vor mit seinem blauen Blazer und Krawatte. Zabels Art des Interesses an seiner Person, seine behutsamen und doch neugierigen Fragen nahmen Andreas bald jede Beklommenheit. Er erzählte Zabel von seinem Werdegang, von seinen Versuchen mit der Malerei, mit dem Schreiben, und bald sprachen sie auch über ihre Lieblingsdichter, wobei sich zeigte, daß Zabel eher den aufklärerisch-didaktischen wie Brecht zuneigte, Andreas' Liebe zu Benn aber verstehen konnte. Andreas spürte, daß Zabel an ihm interessiert war. Die „Gesamtdeutschen Gespräche" hatten Zabel wirklich als etwas Erstaunliches beeindruckt. Er sah es offenbar als eine seiner schönsten Aufgaben beim Rundfunk, junge Literaten zu fördern, und schien dies auch bei Andreas tun zu wollen. Zabel selbst hatte gerade sein erstes Buch, einen Band mit Epigrammen veröffentlicht, die in ihrer ironischen, Widersprüche aufdeckenden Sprache etwas Neues waren. Sie entsprachen Zabel, dessen Denken etwas Aufklärerisches, ständig auf Widersprüche in der Gesellschaft oder zwischen Sprache und Denken oder Denken und Handeln Hinweisendes hatte, es war eine dialektische Art, bei der aber wenig von Gefühlen gesprochen wurde. Er glaubte, in der heutigen Zeit dürfe man einfach nicht abseits stehen, müsse Stellung beziehen, und zwar natürlich auf der Linken. Das traf sich ja durchaus mit den Vorstellungen von Andreas, und er verstand nun auch, warum Zabel die Gespräche sehr angesprochen hatten. So fragte Zabel, als Andreas sagte, er arbeite als Rechtspfleger, ob das Recht denn krank sei, daß es gepflegt werden müsse? Solche Bemerkungen liebte er. Aber sie waren sich auch einig, daß dieses Politisch-Gesellschaftliche, wie in den Epigrammen Zabels und den Gesprächen Andreas, nicht alles sein könne, es müsse auch irgendwann mehr dazukommen, mehr Persönliches, beide träumten von dem Buch „das einen umhaut".

Zabel, das spürte Andreas, war ein Mensch, der wesentlich mehr vom Intellekt, vom Kopf her lebte als er selbst, und er spürte auch, daß so etwas wie Freundschaft mit ihm kaum möglich sein würde. Aber das war ja auch nicht nötig. Er empfand Zabel als eine faszinierende, beeindruckende Person. Zabel behandelte ihn nicht von oben herab, nicht als Redakteur, der sich gnädig erweist, nein, er behandelte ihn als Gleichwertigen, fast Ebenbürtigen, als jemanden, dessen Arbeit er schätzte und in ihrem Wert anerkannte, der sagte, er habe noch nie als Erstling einen solchen „Hammer“ wie die „Gesamtdeutschen Gespräche“ bekommen. Andreas war am Rundfunk jetzt so etwas wie eine kleine Berühmtheit geworden, auf die man aufmerksam wurde. Und wie gut tat dies Andreas, wie erfüllte ihn dieses Wissen mit Stolz, es war Balsam für die Seele, Balsam für alle Erniedrigungen und Beleidigungen, für alles Scheitern und Aufgeben, für alles Mißlingen, es war Auftrieb für sein Selbstbewußtsein, das ja nie so stark gewesen war. Zabel war zu einer wichtigen Person geworden, zu einem Mentor fast, für den er neben Dankbarkeit auch Respekt empfand.

Andreas schien es, als schlüpfe er in eine andere Haut, als habe er eine neue Identität gefunden. Er gehörte jetzt dazu, er gehörte zum Rundfunk, er konnte dort wie selbstverständlich ein und aus gehen. Er traf sich mit dem Regisseur und sie verbrachten einen Abend zusammen in einer Kneipe. Alles war selbstverständlich geworden, Andreas gehörte dazu.

In manchen Augenblicken erschienen ihm die letzten Monate in der Ballung der Ereignisse, in dem Tempo, in dem sich sein eigenes Leben nun endlich in die Richtung bewegte, die er immer ersehnt hatte, fast wie etwas Unwirkliches. Wie selbstverständlich erschien ihm nun alles, was ihm vorher nur als Traum vorgeschwebt hatte. Endlich hatte ihn die Strömung gepackt, der Wind blähte seine Segel, das Brackwasser der Verzweiflung blieb zurück. Er war aufgebrochen, aber, das empfand er auch mit Stolz, er hatte es alleine geschafft, er hatte nicht aufgegeben, noch nicht resigniert, sich nicht fallen lassen in die bürgerliche Wohllebe, er hatte seinen Traum vom Künstlertum nicht verraten, das hätte er gar nicht tun können, denn das war etwas, was in ihm brannte. Ja, dachte Andreas, wie schnell sich mein Leben geändert hat in den letzten Monaten, seit Zabel die Gespräche angenommen hat. Neue Bewegung,

Aufschwung, und alles mit dem guten Bewußtsein dessen, was auf mich zukommt. Das hat alles überstrahlt, auch den kurzen Urlaub in Italien mit Moni. Auf der Hinfahrt besuchten wir Berti und Doris in Füssen, die geheiratet hatten, ja, die Clique wird bürgerlich, und Günther hat ein Mädchen bekommen, nur ich habe mich noch nicht vermehrt und fortgepflanzt. In Innsbruck waren Moni und ich krank und lagen ein paar Tage in unserem Zimmer, überhaupt oft krank in letzter Zeit, Angina, dies und jenes, vielleicht hypochondrisch, oft erkältet. In Italien hörten wir am Strand vom Einmarsch der Russen und der DDR-Soldaten in Prag, wir lagen in der Sonne und hörten es aus dem kleinen Taschenradio, das Moni dabei hatte, der Prager Frühling wurde von den Panzern niedergemacht. Dieser Einbruch von Gewalt war so furchtbar und schrecklich, überhaupt überall die Gewalt, das Morden, auch in Vietnam nimmt es kein Ende. Was für eine Welt!

Dann war es soweit: Die Ansagerin kündigte die Sendung an, Zabel selbst sprach ein paar einführende Worte über den Autor. Jetzt gab es keinen Zweifel mehr, es war der Name von Andreas, Andreas Schöber, der genannt wurde, über den man sprach. Mutter hatte vor Aufregung und Stolz ganz rote Wangen, Vaters Gesicht war beim Zuhören sehr wach und konzentriert. Ja, der Name Schöber erklang, es war auch sein Name. Andreas spürte seine eigene Aufregung bei allen anderen. Das war schon etwas Besonderes, zum ersten Mal trat er an die Öffentlichkeit. Er dachte daran, wieviele Nachbarn nun ebenfalls am Radio sitzen würden, denn Mutter hatte natürlich in der Straße davon erzählt, wieviele Leute in Bildstock zuhören würden, wieviele andere im Lande, die ihn kannten, würden überrascht sagen, ach der Schöber, die Kameraden aus der Schule oder von der Werkkunstschule, aus der Buchhandlung, vom Gericht, viele andere, und es war schön, sich vorzustellen, wie seine Sätze sich zellteilend und vervielfältigend in der gleichen Sekunde zu allen möglichen Menschen dringen würden. Flüchtig dachte er: Ob Eva es hört?

Und dann der Titel des ersten Gesprächs, dieser ewige, unausrottbare Wunsch so vieler in diesem Lande: „Ordnung muß sein!“ Die Stimmen der Schauspieler begannen mit ihrem Dialog der Bestätigung, der Rückversicherung:

„Ich habe ja für vieles Verständnis, aber was zu weit geht, geht zu weit!“

„Ja, ganz recht! Irgendwo muß auch mal eine Grenze sein. Auch ich bin der Letzte, der nicht Verständnis für die Jugend hat, aber was die sich heute alles leisten, das hat ja nichts mehr mit demokratischer Freiheit zu tun.“

„Das meine ich aber auch! Gut, die Demonstrationsfreiheit ist wohl im Grundgesetz verankert, aber auch die hat ihre Grenzen da, wo die Belange der Allgemeinheit, wo schlicht der fundamentale Bestand unserer demokratischen Grundordnung gefährdet wird.“

„Richtig! Wir können es einfach nicht zulassen, daß diese Demokratie uns von ein paar Radaubrüdern kaputt gemacht wird. Das würde denen so passen!“

„Ich würde noch nicht einmal etwas sagen, wenn der Protest noch gegen wirkliche Mißstände gerichtet wäre. Aber so: Dieser ungezielte, unqualifizierte Protest des akademischen Mobs, der nur Protest des Protestes wegen will.“

Und später:

„Es ist halt so: die wirklichen Werte unseres Volkes sind nicht mehr gefragt. Disziplin, Ordnung, Sauberkeit, Zucht, das hat uns doch zu dem gemacht, was wir heute sind! Mit Zersetzung allein hätten wir das nie erreicht.“

„Aber Gott sei Dank geht man ja gegen die Unruhestifter mit angemessenen Mitteln vor! Die sollen sehen, daß es so nicht geht! Ordnung muß eben sein!“

„Da kann ich Ihnen nur zustimmen!“

Nach jedem Dialog kamen kurze Musikstücke, verzerrte Übersteigerungen von „Einigkeit und Recht und Freiheit“ und von „Auferstanden aus Ruinen“. In beiden Deutschlands hatte man dieselben

Rechtfertigungen, dieselben Ausreden parat, wie jetzt bei den Mauerschützen:

„Nichts los heute!“

„Ja, verdammt ruhig! Wird ja langweilig auf die Dauer. Immer hier rumstehen und die Mauer beobachten.“

„Schon drei Wochen ist niemand mehr rüber!“

„Den letzten hab’ ich erwischt. Ich war schon so am Abdämmern, da sah ich den Burschen. Er kam vorsichtig hinter einer Hausmauer raus, lief wie ein Hase über den freien Streifen auf die ersten Hindernisse zu. Als er an die spanischen Reiter kam, habe ich aufgeblendet. Für einen Moment stand er ganz starr und versuchte dann verzweifelt über den Zaun zu kommen. Ich hab’ mir gesagt: ziel langsam und sorgfältig! Denn hier an der Mauer sind sie rar heutzutage. Ich hab’ ihn erwischt und er ist wie ein Kasperle vom Zaun gepurzelt.“

„Ja, das ist schon eine dumme Sache, daß wir sowas tun müssen. Wer schießt schon gerne auf Landsleute. Aber es muß halt sein. Wo kämen wir hin, wenn sich einfach jeder so verdrücken würde?“

Und am Ende, wie immer in diesem Lande, die Rechtfertigung für alles, die Pflicht, der Befehl, der Gehorsam:

„Und überall tun wir unsere Pflicht. Bei Schnee und bei Regen, im Sommer und im Winter. Das macht mich richtig stolz, wenn ich daran denke.“

„Das stimmt. Wir alle wissen, daß wir unsere Pflicht tun müssen, so hart sie auch sein mag. Wir müssen nur immer das höhere Ziel im Auge behalten.“

„Eben. Wir müssen immer daran denken, daß wir die Freiheit unseres Arbeiter- und Bauernstaates verteidigen und unsere Arbeitskraft für unser Volk und Vaterland einsetzen.“

„Und darauf können wir stolz sein!“

Manchmal sah Andreas zu Vater, der wie immer den Kopf in die Hände stützte. Bei manchen Stellen der Dialoge erschien ein Lächeln um seine Mundwinkel. Was mochte er dabei empfinden, daß sein

Sohn solche Sachen geschrieben hatte, doch ziemlich frech und satirisch? Einmal hatte er zu Mutter gesagt, er möchte wissen, was der Bub denn immer da oben schreibe. Wieder einmal überlegte Andreas, daß er und sein Vater sich eigentlich doch ziemlich fremd geblieben waren, obwohl er so vieles von ihm wußte, von seiner Vergangenheit, vom Krieg, und obwohl er ihn fast jeden Tag erlebte.

Aber dieses Satirische, etwas Aufklärerische schien Vater gefallen zu haben, denn nach der Absage, nach kurzem Schweigen, stand er auf, streckte Andreas die Hand entgegen: „Herzliche Gratulation!" und es schien, als habe er, der selbst nie fanatisch, der nie ein Mitläufer oder gar ein Nazi gewesen war, und der seine eigenen üblen Erfahrungen mit der Gestapo gemacht hatte, sein Vergnügen an dem, was er gehört hatte. Auch sein berühmter Satz: Ehre wem Ehre gebührt! durfte natürlich nicht fehlen. Andreas spürte, daß Vater und Mutter stolz auf ihn waren. Allerdings, sagte Vater, und Mutter stimmte zu, sei zu hoffen, daß Andreas mit diesen Sachen beim Gericht keine Schwierigkeiten haben werde.

Bei der zweiten Sendung, eine Woche später, schüttelte Vater oft den Kopf bei den Verdrehungen und Lügen der alten und neuen Nazis, bei den Rechtfertigungen des Schrecklichen, bei den Verklärungen der Vergangenheit, er kannte diese Sprüche, diese Lügen, aber er kannte auch die brutale Kälte der Macht, er war nie hereingefallen auf diese Nazis.

Dann, beim letzten Dialog, war es sehr still im Wohnzimmer, und die Stille hielt auch noch an, dauerte, als der letzte Satz des Dialogs „Rosen und Geranien" verklungen war:

„Auschwitz?"

„Nein, Bergen-Belsen."

„Auch gut!"

„Na ja, da war eines so gut wie das andere!"

„Denken Sie noch oft daran?"

„Eigentlich selten. Manchmal, wenn ich in meinem Garten die Rosen gieße, dann fallen mir die Blumenbeete vor den Baracken ein.

Das war die besondere Leidenschaft unseres Lagerführers. Er liebte vor allem Rosen und Geranien. Wehe, wenn einer seinen Blumen zu nahe kam! Er sagte immer: wer Blumen nicht liebt, das ist ein Vieh!"

„Ist was dran!"

„Er war überhaupt ein empfindsamer Mensch. Er las Romane und hörte Musik und hatte oft einen finsteren, schmerzlichen Ausdruck im Gesicht, wenn er durchs Lager ging. Wenn er sich über jemanden geärgert hatte und gezwungen war, zur Aufrechterhaltung seiner Autorität ein Exempel zu statuieren, dann konnte man abends noch lange Musik aus seinem Hause hören. Dann besoff er sich immer. Am nächsten Tag allerdings war er dann eisern und trieb uns alle zu Höchstleistungen an."

„Höchstleistungen! Das sagen Sie gut! Das war ja eines der Probleme, die uns viel zu schaffen machten. Wie kann ich mit einer oft unzureichenden Apparatur in kürzester Zeit möglichst viel erreichen? Das war doch immer die Frage. Aber da war eben die klare und einfache Forderung: das Material muß weg, denn am nächsten Tag kommt wieder neues."

„Eben. Und dann hieß es wieder: aussortieren, bereitmachen, verarbeiten!"

„Das war nicht leicht, ich weiß es. Aber eigentlich war es ja erst in den letzten zwei, drei Jahren so schlimm mit dem Arbeitsanfall. Vorher konnte man doch oft eine ruhige Kugel schieben. Ich meine, Arbeit war ja immer da, aber das konnte man bewältigen."

„Denken Sie doch mal an die Anfänge zurück, was man da experimentiert hat! Welche Schwierigkeiten es waren, bis man das geeignete Mittel zur Rationalisierung gefunden hatte."

„Ja, das weiß ich noch gut! Dann allerdings war das ein gewaltiger Fortschritt. Ich möchte sagen, daß diese neue Methode erst die Arbeit in dem großen Stile ermöglichte, wie sie später auf uns zukam."

„Not macht eben erfinderisch! Nehmen Sie diese Plackerei mit den Lastwagen, die wir anfangs hatten. Das war doch keine saubere

Sache! Meist funktionierten die Dinger nicht oder erst mit erheblicher Verzögerung. Die Folge war doch allseitige Unzufriedenheit, die eben erst aufhörte, als die neuen Kammern eingeführt wurden."

„Ich weiß, was Sie meinen! Bei den Lastwagen hatte man oft das dumme Ergebnis, daß teilweise noch lebendes Material da war, wenn man aufmachte, obwohl wir immer eine Karenzzeit zugaben, um auch sicher zu gehen. Vor allem auch für das Bedienungspersonal war es unpraktisch!"

„Richtig! Sehr umständlich und unpraktisch! Erst mußte der Motor warmlaufen, dann mußte man die Schläuche und Dichtungen nachprüfen, usw. Und wenn das alles getan war, dann konnte erst der eigentliche Arbeitsgang anlaufen."

„Vergessen Sie nicht die schlechte psychologische Wirkung! Was man da alles an Überredungskunst aufbringen mußte, um Stockungen zu vermeiden, das war doch oft nicht wenig! Wie heißt es: sie merkten die Absicht und waren verstimmt!"

„Gut gesagt! Oft half dann eben alles Gutzureden nicht mehr. Man mußte halt etwas nachhelfen. Die Leute wollten einfach nicht einsehen, daß etwas hoppla, hoppla gehen muß, wenn man weiterkommen will. Da hat man sich wunders wie angestellt, hat sich geziert, hat sich gewehrt, und was war das Ergebnis?"

„Zum guten Schluß ging es halt doch in den Wagen!"

„Eben! Ich sagte immer: ihr könnt euch drehen und wenden, ihr werdet doch im Wagen enden!"

„Man muß auch in solchen Situationen seinen Humor behalten. Einer unserer Fahrer sagte immer, wenn es da drin losging mit dem Krach und er den Motor mit Vollgas laufen ließ: die scheinen sich heute wieder gut zu amüsieren!"

„Das scheint ja ein Gemütsmensch gewesen zu sein! Na ja, anfangs war halt alles noch etwas primitiv und provisorisch!"

„Man braucht bloß zu denken, wie es in der ersten Zeit weiterging, wenn die Wagen leer gemacht waren. Wir mußten das Material nach der Verarbeitung noch in mühseliger Handarbeit vergraben lassen. Stück für Stück, eine Schicht auf die andere, Kalk drüber, nächste Schicht."

„Zumindest haben wir uns allerdings die Dreckarbeit, ich meine das Ausheben der Gruben, die haben wir uns vorher von ihnen selbst machen lassen. Da sieht man, wieweit der Mensch sinken kann. Die haben gespurt und dachten wohl, wir betreiben Landschaftsgestaltung."

„Auf jeden Fall war das immer ein Murks, bis man alles beseitigt hatte. Vor allen Dingen wurde ja auch allmählich das Gelände knapp!"

„Na ja, diese Plackerei hatte ein Ende, als man die Kammern mit den Öfen einführte. Im alten Stil hätte es auch nicht länger weitergehen können. Ich habe immer gesagt: wenn man von uns einwandfreie und produktive Arbeit im großen Stil verlangt, dann muß man uns auch die erforderlichen Hilfsmittel hinstellen. Das ist doch eine logische Sache!"

„Völlig klar! Die neuen Methoden waren ja auch wirklich brauchbar! Was da nicht alles an Arbeitsersparnis herauskam! Und vor allen Dingen eben: die Produktion konnte in einem Maße gesteigert werden, von dem man vorher nicht zu träumen wagte."

„Nachdem sich der Arbeitsgang einmal eingespielt hatte, ging ja alles wirklich reibungslos über die Bühne. Da kann mir keiner sagen, wir hätten nicht ganze Arbeit geleistet!"

„Das war eben unser Erfolgsrezept! Der reibungslose Ablauf! Angefangen mit dem Antransport, der ja durch die Benutzung des Schienenweges optimal gelöst war, bis hin zur Endverarbeitung."

„Es klappte wirklich alles prima! Morgens kamen die Züge an, alles raus auf den Bahnsteig, die Herren Ärzte walteten ihres Amtes, die guten ins Töpfchen, die schlechten ins Kröpfchen, wobei häufig genug schon Streit zu schlichten war. Da versuchten doch oft welche, zusammen zu bleiben, klammerten sich aneinander und waren nicht zu überreden, sich auf die Seite zu stellen, wo sie hingehörten."

„Na ja, weiter im Text! Wenn dann nach vielem Hin und Her alles da stand, wo es hingehörte, dann gings schön geschlossen ins Lager. Die Brauchbaren kamen dann gleich in die Baracken und der Ausschuß wurde gleich in Angriff genommen."

„Ganz recht! So konnte man am besten vermeiden, daß unnötige Stauungen vorkamen. Alles lief wie am Schnürchen."

„Es kam noch hinzu, daß diejenigen, die ankamen, mit den älteren Beständen so wenig wie möglich in Berührung kamen. So konnte überflüssige Aufregung vermieden werden."

„Und die Ankommenden empfanden es als nette Empfangsgeste, wenn wir zum Ausziehen aufforderten und ihnen eine Dusche und Seife versprachen. Zugegeben, bei der Kälte, die oft herrschte, war es kein reines Vergnügen, sich im Freien auszuziehen."

„Es war eben auch der Trick bei der Sache, daß die Kammern mit den Duschen an der Decke recht einladend aussahen. Nur so ist es zu verstehen, daß die meisten ohne viel Aufhebens reingingen."

„Die Überraschung war dann allerdings groß, wenn statt des erwarteten Wassers etwas anderes aus den Duschen kam. Man konnte die Verblüffung auf den Gesichtern sehen. Wir hatten ja in der Tür einen Sehschlitz und konnten so beobachten, was drin vorging."

„Ja, das war oft recht komisch! Wenn die merkten, daß es zum Waschen eigentlich zu eng war, dann kam es oft zu manchem Murren und zu unerfreulichen Szenen. Aber es half ja alles nichts: wir mußten eben bemüht sein, mit jedem Arbeitsgang optimale Ergebnisse zu erzielen."

„Das ist klar! Man beruhigte sich aber bald, und wenn der Arbeitsgang zu Ende ging, war alles unbeweglich und totenstill."

„Totenstill ist gut! Tot und still, das stimmt."

„Ich weiß nicht, ob es mir allein so ging. Was nämlich dann kam, war eigentlich das Unangenehmste an der ganzen Arbeit, und ich habe mich damals oft gefragt, ob es nicht den Idealismus zu weit getrieben sei, all das auf sich zu nehmen. Aber dann dachte ich wieder, daß diese Arbeit einfach notwendig sei, daß sie getan werden müsse und das hat mir über vieles hinweggeholfen."

„Ja, da muß ich Ihnen zustimmen! Ich weiß, was es heißt, beim Ausräumen einer Kammer die Aufsicht zu führen und dabei noch anständig und sauber zu bleiben! Das gelang nur, wenn man die Gedanken immer auf das Höhere, auf das Ganze unseres Zieles gerichtet hielt. Ich habe persönlich die Leute in den Ausräumkommandos nie beneidet!"

„Sie sprechen meine Gedanken aus! Es hat wohl jeder von uns ähnlich empfunden und gedacht. Jeder hatte wohl Momente der Schwäche, wo man am liebsten alles hingeworfen hätte, einfach, weil man an der Last der Arbeit fast verzweifelte. Aber man mußte wirklich hart werden und die Zähne zusammenbeißen, sonst ging es einfach nicht."

„Das ist wahr! Aber wo waren wir eben stehen geblieben? Ah so, bei dem Ausräumen der Kammern. Tatsächlich, das war mit das Unangenehmste. Nämlich jetzt hieß es für die Leute Kraft anwenden. Das Material war dermaßen ineinander verknäuelt, es war ineinander verhakt, regelrecht verzahnt und festgeschmiedet, daß es eine wahre Plackerei war, da überhaupt einen Anfang zu finden."

„Oft mußten die Leute vom Ausräumkommando mit dem Brecheisen dazwischen! Und der Geruch erst!"

„Ja, das war ein Gestank, der einen fertig machen konnte. Ich habe mich dann immer etwas abseits gehalten und habe mir mit Schnaps drüberweggeholfen. Dann ging es wieder."

„Das mußte man tun, sonst hätte man das nicht ausgehalten. Aber wenn die Kammern einmal ausgeräumt waren, dann war das Folgende direkt ein Vergnügen, obwohl es ja auch noch mit erheblicher Geruchsbelästigung verbunden war."

„Das stimmt, aber die Hauptarbeit war doch geschafft. Im Arbeitsprozeß gesehen, war der Hauptteil vorbei, jetzt kam noch die Beseitigung der Überreste."

„Und da waren ja unsere Verbrennungsöfen wirklich ausgezeichnet! Mit gutem Fassungsvermögen und hoher Brennqualität ermöglichten sie eine reibungslose Verarbeitung. Ich glaube, jede Müllverbrennungsanlage hätte uns um diese Öfen beneidet!"

„Das glaube ich auch. Na ja, man hat eben damals an den richtigen Stellen nicht gespart! Da war alles tipptopp."

„Der Rest ging ja dann auch kurz und schmerzlos. Öfen ausgeräumt, nächste Partie!"

„Manchmal ging es ja so flott, daß noch mit demselben Güterzug, mit dem man das Material angefahren hatte, die Fertigungsprodukte zurückgeführt werden konnten. Die Pack- und Sortierarbeit der Kleider, Schuhe, Haare, Goldgegenstände, was eben anfiel, das war ja nicht unsere Arbeit. Dafür hatten wir ja auch Hilfskräfte."

„Man konnte ja nicht alles selbst machen!"

„Eben. Abends wußten wir sowieso, was wir gearbeitet hatten."

„Das kann man wohl sagen! Aber gerade das hat uns ja auch stolz gemacht. Und denken Sie an die schönen Abende, die wir nach des Tages harter Arbeit im Lager verbracht haben."

„Das war wirklich oft schön. Zwischen uns allen war doch eine gute Kameradschaft! Rauh, aber herzlich. Da gings oft hoch her!"

„Wissen Sie, was neben der Kameradschaft für mich heute das Beste an der Sache ist und mich beruhigt und stolz macht? Daß ich trotz allem, was ich damals tun mußte, daß ich trotz allem ein anständiger Mensch geblieben bin!"

„Ja, das können wir mit gutem Gewissen von uns allen sagen!"

18

Die Clique feierte im „Hirschen“, der immer mehr zu ihrem Stammlokal wurde, auch wegen des guten italienischen Essens, das es seit einer Weile dort gab. An der großen Tafel seitlich in der Gaststube klangen die Biergläser zusammen, Andreas nahm die Komplimente der Freunde entgegen. Aber ein Freund, der ihm immer der wichtigste gewesen war, enthielt sich. Wolfgang, der zudem später kam, sagte, ihm habe es nicht gefallen. Er führte nicht aus, warum es ihm nicht gefallen habe, er saß den ganzen Abend über da, zog ein Gesicht, als habe Andreas ihm persönlich mit seiner Sendung eine Beleidigung zugefügt und verdarb allen fast den Abend. Mit seiner Meinung traf er sich mit Wilhelm, dem NPDler, den Andreas nicht eingeladen hatte und der trotzdem erschien und erklärte, das wäre doch ein starkes Stück gewesen, um nicht zu sagen, eine Unverschämtheit und Sauerei, so gegen das Deutsche, gegen die Deutschen anzupöbeln. Andreas sei ja ein richtiger Nestbeschmutzer. Das überraschte Andreas nicht, das war ja nicht anders zu erwarten gewesen. Was ihn aber wirklich enttäuschte, war Wolfgangs Reaktion. Er brachte nicht ein Wort der Anerkennung hervor und saß mit gequälter Miene dabei. Es hatte ihm die Sprache verschlagen, ihm, dem Journalisten, der doch sonst hier im Hirschen so eloquent und wortreich die Weltlage kommentierte und einordnete, der zu allem eine Meinung hatte und der alles beurteilte. Neuerdings brachte er noch Kollegen von der Redaktion mit, die dann alle Themen und Neuigkeiten durcheilten und besprachen, und von ihrer eigenen Wichtigkeit und Unfehlbarkeit so überzeugt schienen, daß man manchmal glaubte, nur sie seien wichtig, nicht die Dinge und Vorfälle. Das war nur Stoff, das war Material, die Gesellschaft war Material, die Menschen waren Material, die Vorfälle waren Material, und nur um das Material ging es dann, wie man aus dem Material das Beste machen, wie man es am besten in einer Story, einer Meldung verwerten könne, und wie man die Kollegen von der anderen, der größeren Zeitung im Land „am besten nähen könne“, wenn man eine Meldung früher habe als die. Und wenn es gelang, dann tönten sie, man habe die genäht, daß es eine Freude sei. Diese Art stieß Andreas oft ab. Wolfgang schien dann verändert, wurde ihm immer fremder. Und so fremd schien er ihm auch an diesem Abend. Er sah ihn dasitzen mit zerquältem Gesicht, es war klar, Wolfgang konnte kein Wort der Anerkennung sagen, er konnte es nicht hervorbringen, es war unmöglich, da er ihm diesen Erfolg einfach nicht gönnte. Denn damit hatte Andreas mit ihm gleichgezogen, hatte ihn eingeholt, er war nicht mehr allein der Schreibende, der in der Zeitung stand, der an seiner Promotion arbeitete. Er war nicht mehr der Herausragende allein, jetzt gehörte Andreas auch zum Kreis der Schreibenden, der Autoren. Erst verschloß sich Andreas dieser Einsicht. Aber im Laufe des Abends wurde sie ihm zur Gewißheit. Er wollte es erst nicht wahrhaben, suchte nach Entschuldigungen, aber er fand keine, er fand nur diese eine und klare Erklärung für Wolfgangs Verhalten, und diese Einsicht traf ihn als schwere Enttäuschung. Ein Wort der Anerkennung, ein Wort, daß er sich mit Andreas freue, das wäre das Mindeste gewesen, aber es kam nichts. Im Laufe dieses Abends begannen Andreas Gefühle für Wolfgang abzukühlen. Sie starben noch nicht sofort, nicht ganz, aber ihr Verfall setzte ein. Einmal sagte er zu Wolfgang, er finde es wirklich schlimm, wie er sich dranstelle, aber es sei ihm auch nicht mehr so wichtig, seine Worte seien kein Evangelium mehr für ihn, er solle sich doch mal überlegen, wer er sei, ein kleiner Lokalredakteur bei einer kleinen Lokalredaktion.

„Also spiel dich mal nicht so auf! Andere Leute, auf deren Urteil ich mehr gebe, finden die Sendung toll! Der Regisseur, die Schauspieler, der Arved Zabel!"

„Ach der Zabel! Es zabelt wieder!"

„Ach hör mal zu, Du kannst mich mal!"

Solche Worte waren zwischen ihnen noch nie gefallen. Sie schmerzten.

Andreas spürte in sich neues Selbstbewußtsein, neue Stärke. Er litt unter Wolfgangs Verhalten, aber er suchte die Schuld nicht mehr bei sich selbst. Er sah Wolfgang jetzt in einem anderen Licht, er mochte ihn noch immer, aber die Gefühle hatten gelitten, wurden reservierter. Wolfgang wurde unwichtiger, er schrumpfte, verlor die Stellung als neben Günther wichtigster Freund, als Künstlerfreund. Der Sommer '58 mit ihrem gemeinsamen Malen lag weit zurück. Ihr sonst so enges Verhältnis kühlte ab. Wolfgang kam weniger in die Fliederstraße, die samstäglichen gemeinsamen Schwimmbadbesuche unterblieben. Andreas ging in der Woche allein ins Bad. Es tat ihm leid. Manchmal litt er darunter, aber er selbst konnte sich keinen Vorwurf machen. Nicht er, Wolfgang hatte ihre Freundschaft verraten oder war auf dem besten Wege dazu. Sie hatten nicht miteinander gebrochen, sie hatten auch nicht über die Sache gesprochen, wenn sie sich manchmal noch in der Kneipe trafen, aber es schien, als vermieden sie es, alleine miteinander zu bleiben. Sie waren auf der Hut voreinander, sie waren nicht mehr offen, nicht mehr so vertraut, wie sie es einmal gewesen waren. Andreas dachte schmerzlich, daß auch die Freundschaft enden und sterben könne wie die Liebe. Aber noch war es nicht ganz soweit.

Das neue Selbstbewußtsein in ihm wuchs, allmählich lebte er sich in die neue Identität, die ja eigentlich die war, die er immer ersehnt hatte, ein. Sie wurde selbstverständlicher, so wie es selbstverständlich für ihn wurde, zum Rundfunk hochzufahren und Zabel zu besuchen. Ja, er war jetzt Schriftsteller, Zabel hatte ihn sogar für einen Preis der ARD vorgeschlagen. Auch wenn er noch kein Buch veröffentlicht hatte, war er zumindest Rundfunkautor. Er hatte einen Anfang geschafft, und dieser Anfang war vielleicht das Schwerste gewesen. Hinter allen Zweifeln spürte er, daß er weitermachen würde, daß es nun kein Zurück mehr geben durfte für ihn. Auch wenn er kämpfen müßte, er würde es schaffen, wie es auch andere geschafft hatten. Andreas dachte an Gustav Regler zurück, den er vor acht Jahren kennengelernt hatte, als der den ersten Kunstpreis des Saarlandes erhalten hatte. Regler war in Merzig geboren und aufgewachsen.

Herbert Rauber, der Freund, der mit Regler gut bekannt war, hatte Günther und Andreas zum Essen nach der Preisverleihung mitbringen können. Reglers bekanntestes Buch, „Das Ohr des Malchus“, hatte Andreas sehr beeindruckt, er hatte es verschlungen. Schüchtern und mit Bewunderung stand er Gustav Regler gegenüber. Er sah sein gebräuntes Gesicht, die weißen Haare über der hohen Stirn, die eindringlichen, klugen Augen, die schon soviel Schreckliches, soviel Kampf und Sterben gesehen hatten, und die trotzdem gütig und mit Wärme auf sein Gegenüber blickten. Er war wirklich eine Erscheinung aus einer anderen Welt. Im spanischen Bürgerkrieg kämpfte er auf Seiten der Republikaner, kannte Hemingway. Sovieles hatte er in diesem Jahrhundert erlebt und auch erlitten, hatte gegen die Nazis gekämpft, war Kommunist, hatte sich dann aber vom Kommunismus abgewendet.

Er schien sich über die Bewunderung, die er bei Andreas spürte und über dessen Fragen zu freuen, und als Andreas ihm dann erzählte, er selbst wolle Maler werden, hatte er ihn ermutigt. Später, nachdem das Essen zu Ende war, hatte Regler von seinem Haus in Mexiko, wo er jetzt lebte, erzählt, und dann, vielleicht aus der gelösten Stimmung heraus, lud er Herbert Rauber, den er als seinen „amigo“ bezeichnete, und die beiden jungen Männer nach Mexiko ein. Er werde, sagte er, jedem ein Zimmer, einen Reitesel und ein Indiomädchen zur Verfügung stellen. Genau in dieser Reihenfolge sagte er es, und diese Einladung war ernst gemeint, sie war kein Scherz, wie seine Frau lachend bestätigte. Aber aus Zimmer, Reitesel und Indiomädchen in Mexiko wurde nichts, denn Gustav Regler starb ganz überraschend im selben Jahr in Indien.

An Fastnacht, Rosenmontag mittag, traf Andreas nach längerer Zeit wieder einmal Wolfgang im „Hirschen". Die Rituale der Clique hatten noch Bestand. Solange war sie doch ihre Rettung, ihre Zuflucht und der Mittelpunkt des Dorfes gewesen. Niemand konnte sich vorstellen, wie es ihnen ergangen wäre, hätte sich die Clique im Dorf nicht gefunden. Verloren in der Einsamkeit, verloren im Riff der nächtlichen Straßen, Außenseiter, Einzelgänger, was wäre aus ihnen geworden in den unbarmherzigen Tagen und Nächten, in den Wirtsstuben, wenn da nicht die Gesichter der Freunde auftauchten als Licht und Erlösung, wie wäre es ihnen ergangen an den Tagen der sonnenbrütenden Verzweiflung oder Verlassenheit, wenn es keine Frau gab, oder wenn man verlassen worden war, alles verspielt, rien ne va plus, was hätte man getan in dem Ort mit seiner Mariensäule auf dem Marktplatz, mit seinem Hügel, dem winddurchwehten Hoferkopf. Wieder einmal füllte sich der Tisch mit den Freunden, den Frauen. Sie waren ja jetzt schon zweistellig, wenn alle mit ihren Frauen kamen, und heute kamen alle, in den niedrigen Gastraum des Hirschen, mit seinen holzvertäfelten, qualmgedunkelten Wänden und den Stützpfeilern im Raum, der viel niedriger war als der Gastraum beim „Weber" mit seinem schwindelerregenden Ofenrohr unter der Decke quer durch den Raum, mit Irmchen hinter der Theke und der eiskalten Toilette. Im hinteren Teil des „Hirschen" war der Saal, in dem die berühmten Bälle stattfanden, mit der Empore, mit ihren strategisch guten Plätzen, auf die man sich zurückziehen konnte. Die Schönen des Dorfes erblühten dort in den Ballnächten der Fastnachtszeit, auf dem Podest spielte die Kapelle unermüdlich Marina Marina Marina oder die schönen, langsamen Schnulzen oder Let's twist again. So würde es am Abend wieder sein. Aber jetzt tafelten die Freunde, denn es gab eine vorzügliche italienische Küche à la sarroise, es gab deftiges scallopina parmiggiana mit dicker Fleischsauce, knusprig überbacken, und goldene Pommes Frites und knackigen Salat. Hoch die Tassen, das Bier schmeckte heute. Manchmal braucht man das, dachte Andreas, manchmal hat das Kleinbürgerliche, das Bürgerliche auch seinen Reiz, manchmal genoß man es ohne schlechtes Gefühl, einfach so. Man war nicht mehr allein, da saß Moni, die blonden Haare fielen weich über ihre Schultern, man hatte Geld, eine eigene Wohnung, und man hatte so etwas wie Erfolg, der langsam begann. Aber von dem Preis, für den Zabel ihn vorgeschlagen hatte, hatte er nun doch nichts mehr gehört. Aber vielleicht kam ja noch etwas. Zabel hatte gemeint, das sei noch nicht entschieden. Und ein oder zweimal in der Woche mit Moni ins Kino, immer noch in die Heli Lichtspiele. Auch ein James Bond 007 mit Sean Connery konnte ganz amüsant sein. Später ein gutes Bier, und vielleicht konnte Moni noch bleiben, und einmal in der Woche in die Sauna, ja, auch das gehörte dazu. Andreas genoß diese Minuten in der Sauna, wenn man spürte, wie einem langsam der Schweiß am ganzen Körper aus den Poren trat und dann stetig und schön strömte. Die Hitze umhüllte wie eine zweite Haut mit wunderbarer Leichtigkeit, und erst wenn man zu ersticken glaubte, wenn man meinte, es nicht mehr auszuhalten, dann hinaus unter die kalte Dusche, die einen wie eine Keule traf, dann eintauchen ins Wasserbecken mit tausend Nadelstichen, und dann ruhen. Und noch ein, zwei Gänge und eine gute Massage. Ja, das war großartig, und man gehörte damit zu einer Gemeinschaft, der verschworenen Gemeinschaft der Saunagänger. Man spürte auch, daß man in einem Dorf lebte, jeder kannte jeden. Man gehörte ja sonst nirgendwo dazu, zu keinem Verein, zu nichts, aber für die Dauer der Sauna war man akzeptiert, man gehörte zum Ort.

Der Gastraum wurde voller und wieder leerer. Moni war inzwischen gegangen, sie hatte ja ein eigenes kleines Auto, einen 2 CV, eine Ente, seit sie als Sekretärin in Saarbrücken arbeitete, aber Andreas blieb noch, er hatte keine Lust wegzugehen. Das Bier schmeckte so

wurde ein Aschermittwoch im wahrsten Sinne des Wortes. Und dabei hatte Andreas nicht einmal ein Aschenkreuz auf der Stirn wie früher, als er noch zur Penne fuhr, und es obligatorisch war, sich morgens das Aschenkreuz zu holen. Er trug kein Aschenkreuz, aber er mußte trotzdem Buße tun, es war die Ernüchterung nach dem Exzeß, es war die Strafe auf dem Fuß, es kam der Moment der Wahrheit im Büro, als er am Fenster stand, als er hinunter auf die Stadtautobahn sah, die wieder einmal von der Saar überflutet war, man nannte sie auch Nebenfluß der Saar mit dreizehn Buchstaben. Er sah hinüber auf die andere Saarseite zum Stadttheater, dem wuchtigen, nicht ungraziösen Bau, dem Geschenk des Führers an die Saarländer anläßlich der Rückkehr ins Reich '35, heim ins Reich und nix wie hemm. Die Saarbrücker jubelten dem Führer auf dem Rathausvorplatz zu, und die „Saarbrücker Zeitung" begrüßte ihn enthusiastisch, ach ja, dachte Andreas, immer das Fähnchen nach dem Wind und später wieder andersrum und demokratisch, wie schön! Und er hob seine Colaflasche hoch und nahm einen langen Schluck. Etwas begann zu dröhnen, aber das Fenster war geschlossen, aber das Dröhnen war nicht im Raum, nicht im Büro, es war in ihm, oder war es mehr ein Glockenschlagen, ja, es war ein Glockenschlagen, die Glocken an der Saar läuten zur Rückkehr nach Deutschland, ja, wie später dann in der Silvesternacht '56, oder waren es die verzerrten Hymnen aus den „Gesamtdeutschen Gesprächen", das war toll gewesen, aber es hörte nicht auf, dieses Dröhnen, es war in ihm, es war sein Herz. Er setzte sich auf seinen Stuhl am Schreibtisch, aber es wurde nicht ruhiger, und plötzlich war ihm, als greife eine kalte Hand nach seinem Herzen und als ziehe eine andere Hand alles Blut aus seinem Kopf und als pumpe es das Herz schlagartig wieder zurück, und es war plötzlich eine Angst in ihm, es war Todesangst, er glaubte, jeden Moment sterben zu müssen. Er spürte kalten Schweiß auf der Stirn und am ganzen Körper, und er dachte, das ist ein Herzinfarkt. Schlagartig dachte er an alle Erzählungen von Leuten, denen es auch so gegangen war, aus und weg, diese Panik wuchs und wuchs, und jetzt begann das Herz wie verrückt zu jagen. Er fühlte seinen Puls, aber der war so schnell, daß er garnicht richtig mitzählen konnte. Das Herz jagte, es galoppierte, über Stock und Stein, und er dachte, ich will doch noch nicht sterben, nicht jetzt. Die Todesangst hielt an. Er saß ganz ruhig und dachte, eine Sekunde trennt mich vom Nichtmehrsein, vielleicht eine Sekunde oder zwei oder drei oder vier, oder fünf Minuten oder zehn Minuten, und plopp und plopp und plopp, er spürte den Puls, und er jagte immer noch, jetzt eine Zigarette, dachte er, die letzte Zigarette von Zeno Cosini, dann wäre es wahrhaftig die letzte, wenn es seine letzte Minute war, wenn ihm sein letztes Stündlein geschlagen hatte, wenn er den Griffel abgeben würde, Sela, Psalmenende, wie der gute Gottfried es nannte. Aber sein Leben zog nicht mit einem Schlag und blitzartig an seinem inneren Auge vorbei, er hörte auch nicht Fetzen aus seiner geliebten Appassionata, es war eine merkwürdige, dampfende Leere, ein wolkiges, ungemütliches Warten, aber er starb nicht, er fiel nicht vom Stuhl, er gab den Löffel noch nicht ab, noch war nicht Sela Psalmenende. Das Herz jagte weiter, aber diese gemeine, plötzliche Todesangst sank langsam in sich zusammen wie ein Feuer, dem der Sauerstoff entzogen wird. Er wählte die Nummer seines Arztes. Der war krank, man nannte ihm den Vertreter, er rief gleich an, man sagte ihm, er solle sofort kommen.

Noch nicht Asche zu Asche, noch nicht Staub zu Staub, aber Vorsicht sei geboten, sagte der Arzt, er habe eine Alkohol- und Nikotinvergiftung, übrigens sei er nicht der erste am heutigen Aschermittwochmorgen. Andreas bekam eine Spritze, der Arzt verschrieb ihm Tabletten und Tropfen. Sein Herz schlug immer noch heftigst und schnellst. Er mußte Moni anrufen, denn Autofahren verbot der Arzt. Andreas bat Moni, bei ihm zu bleiben, er hatte Angst, allein zu sein. Er konnte auch kaum schlafen, denn in der Nacht kam die Todesangst wieder, und wieder beschleunigte sein Herz das Tempo, und er lag da, und Moni hielt seine Hand und er war froh, nicht allein zu sein, und die Angst ließ wieder nach. „Ich bin froh, daß Du bei mir bist, Moni!“ flüsterte Andreas, und Moni drückte seine Hand. „Jetzt beruhige Dich, ich bin ja da!“ Er ließ seine Hand auf ihrem warmen Oberschenkel ruhen, eine schöne Nummer wäre noch ganz gut, dachte er, wer weiß, vielleicht die letzte. Aber der Arzt hatte ihm jede Anstrengung verboten. Und trotz allem mußte er an einen Nachmittag neulich denken, als Moni ihn besucht hatte. In der Küche hatte sie Kartoffeln geschält, und er stellte sich neben sie. Er hatte ihre Hand zu sich geführt, und sie hatte es ihm gemacht, im Stehen, und es war gut gewesen, und dann hatte sie seinen Pint in der Hand und sie spritzte seinen Samen in die Kartoffelschalen, und sie lachten beide. Oh ja, sie sollte es ihm jetzt machen, oh Moni, ja komm, mach es mir, und er nahm ihre Hand und führte sie zu sich, und Moni spürte, daß er tatsächlich einen Steifen hatte, aber sein Herz klopfte wie besessen, und Moni sagte, er sei verrückt, wenn ihm was passiere. Ach was, komm, wenn ich sterbe, dann ist's eh egal, und sein Herz klopfte im Hals und klopfte schnell, und Monis Hand war ganz zart und weich und langsam. Er brauchte nicht lange, er benetzte ihre Hand, er spürte ihre nasse Hand um seinen Pint. Oh ja, das war schön gewesen, einmal noch, bevor ich abkratze, dachte er.

Aber er starb nicht. Die Tabletten taten ihre Schuldigkeit, die Tropfen mäßigten den Herzschlag. Er war immer noch viel zu schnell, aber langsam rückte er wieder in die Regionen der Normalität, bewegte sich unter hundert. Nach zwei Tagen schlug sein Herz fast wieder normal, neigte aber eine zeitlang noch zu unkontrollierten Anfällen. Aber Andreas hatte die Herztropfen immer dabei.

Noch einmal Glück gehabt, noch einmal davon gekommen, noch einmal dem Tod von der Schippe gesprungen, aber immerhin ein Schuß vor den Bug, eine Warnung, ein Hinweis, ein Vorkommnis, dem man Beachtung schenken sollte, das hätte auch schief gehen können, sein letztes Stündlein hätte schlagen können. Aber er hatte den Löffel noch nicht abgegeben, er hatte dieser Erde noch nicht Lebewohl gesagt, und das war umso erfreulicher, als er ein paar Tage später einen Brief vom Hessischen Rundfunk erhielt. Man teilte ihm mit, daß eine Jury ihm mit anderen Autoren den Kurt-Magnus-Preis zuerkannt habe.

Das war nun wirklich eine Überraschung, das schlug ein wie eine Bombe. Einen Monat später nahm er in Frankfurt mit anderen Preisträgern den Preis entgegen, hörte die Begründung der Jury, in seinen „Gesprächen“ zerstöre er gefährliche Gesinnungen, indem er sie in Dialogen zweier Partner scheinbar bestätige, und er nahm seinen Scheck und seine Urkunde entgegen. Schon seit dem frühen Morgen spürte er sein Herz wieder, es klopfte und klopfte wie verrückt. Er fühlte seinen Puls, und der war schon wieder an hundert oder auch wieder etwas mehr. Andreas dachte, laß es klopfen, er zog noch durch ein paar Kneipen in Sachsenhausen und hielt krampfhaft die Brieftasche mit dem Scheck von sechstausend Mark fest. Später sah er sich in einer Kneipe im Fernsehen in der Hessenschau, für einen Moment sogar in Großaufnahme, und er gefiel sich ganz gut. Er bemerkte, daß ihn der Wirt hinter der Theke für einen Moment ganz verblüfft ansah, aber nichts sagte. Andreas mußte grinsen.

Natürlich gab es wieder eine Feier im Hirschen. Andreas zeigte die Zeitungen aus Frankfurt, die Fotos gebracht hatten, und auch Wolfgang erschien und gratulierte. Aber er sagte auch beiläufig: „Übrigens, ich hab' mich mal erkundigt! Diesen Preis kriegt jeder, der vorgeschlagen wird. Die Jury ist eine reine Formsache, eine Formalität nach außen. Also die hat im Grunde gar nichts zu entscheiden.“

Andreas widersprach natürlich, denn das war wirklich Unsinn. Wenn einer vorgeschlagen werde, den die Jury nicht wolle, dann kriege der auch keinen Preis. Im übrigen sei das doch scheißegal, er habe den Preis und basta.

Dieses beckmesserhaft Kleinliche von Wolfgang, der im übrigen auch keine Freude zeigte, paßte ja so gut zu seinem bisherigen Verhalten, daß Andreas sich nicht mehr wunderte. Aber es verletzte wieder, enttäuschte ihn, er spürte, wie die noch vorhandenen Spuren von Zuneigung zu Wolfgang erkalteten und erloschen. Er sagte nichts zu Wolfgang, aber die Freundschaft starb, er hatte das Gefühl, daß die Trennung unausweichlich war, die Entfernung voneinander wurde immer größer. Und dies schmerzte auch. Denn Wolfgang war ja auch Teil seines Lebens, er konnte ihn gar nicht trennen von den zehn Jahren, seit sie sich in jenem legendären und verrückten Sommer '58 kennengelernt hatten.

Und diese Jahre waren die Jahre ihrer Jugend gewesen. Es hatte begonnen in jenem Sommer '58, als sie sich zufällig kennenlernten. Oder war es kein Zufall gewesen? Es war wohl eher eine Notwendigkeit, daß sie sich gerade im Dorf getroffen, sich am Marktplatz angesprochen hatten. Sie waren gleich zusammen im Elan ihrer Jugend, ihrer Seelen, ihrer Gefühle, ihrer Begeisterung für die Malerei, die Literatur und die Musik. Vieles hatten sie zusammen genossen und zusammen gehört, Bach und Benn und Beethoven und Chopin. Den Es-Dur Walzer spielte Wolfgang in seinem Elternhaus in der Hauptstraße auf dem alten Familienklavier. Wie berauschend war dieser Walzer gewesen, so berauschend wie alles andere, wie James Joyce, wie Ulysses, den sie zusammen lasen, wie die Benn Gedichte, wie Hofmannsthal und Rilke und Tschaikowski und Brecht und die Dreigroschenoper, so vieles war es gewesen, was sie verband, was sie zusammen begeisterte, was sie zusammen hörten oder lasen. Und nicht nur die Kunst, nicht nur die endlosen, langen Diskussionen, nicht nur die durchsoffenen Abende, die durchfeierten Nächte, die langen Spaziergänge, die Schwimmbadbesuche, die Fahrten nach Schüren, ja, sie waren wirklich Freunde gewesen, es war eine ausgefüllte, erfüllte Freundschaft mit allen Schwankungen, mit allen Verrücktheiten. Es hatte auch Störungen gegeben, Verstimmungen. Auch hatte Wolfgang noch zwei andere Freunde, die ihm wichtig waren, aber sie hatten doch immer am Leben des anderen teilgenommen, hatten sich seitenlange Briefe geschrieben. Andreas von Berlin nach Bildstock, oder Wolfgang von Bildstock nach Berlin, oder Wolfgang von Paris nach Bildstock, und Andreas von Bildstock nach Paris, immer hatte der eine gewußt, wie es dem anderen ging, immer war die Vertrautheit dagewesen, der Faden der Beziehung war in den ganzen zehn Jahren nie abgerissen, seit sie in jenem verrückten Sommer '58 begonnen hatte, als Andreas sein erstes Portrait von Wolfgang malte. Der Geruch der Ölfarben, der Geruch der Bali-Zigaretten, die sie geraucht hatten, alles war lebendig und unvergeßlich.

Aber je mehr Andreas jetzt über Wolfgangs Verhalten nachdachte, umso mehr fand er, daß eigentlich alles immer gut zwischen ihnen gegangen war, weil Wolfgang sich in ihrer Beziehung wohl in vielem als der Überlegenere gefühlt hatte. Er war der Ältere, er konnte studieren, er hatte in manchem vielleicht ein sichereres Urteil, während Andreas all die Jahre über immer wieder Versuche gemacht hatte. Versuche in der Malerei, Versuche in der Werkkunstschule, Versuche mit dem Schreiben, aber bei allen Versuchen bis auf einige gute Bilder, noch keinen Durchbruch, keinen durchgreifenden Erfolg hatte und nach wie vor in sein Büro fuhr, während Wolfgang inzwischen Journalist war, schon beim Rundfunk gearbeitet hatte, und jetzt noch seinen Doktor machte. Nun aber hatte auch Andreas plötzlich etwas erreicht, hatte Erfolg, nun stand er nicht mehr unter Wolfgang, er stand mindestens neben ihm, und dies konnte Wolfgang nicht verkraften. Er reagierte so, wie Andreas es nie für möglich gehalten hätte. Zwischen ihnen war nun ein Riß, der nicht mehr zu kitten war. Wolfgang wurde ihm immer fremder.

19

Andreas spielte nicht Lotto und nicht Toto, er stellte nicht, wie früher der Nachbar, Herr Alt in der Rotstraße, Einser- oder Zweier-Bänke auf, er kreuzte keine sechs Zahlen an in den Lottoscheinen, er nahm auch sonst an keinem Preisrätsel teil, nur, als er durch Zufall im Lebensmittelgeschäft Karten ausliegen sah, bei denen eine Reise nach Venedig zu gewinnen war, füllte er eine aus. Zu seiner Verblüffung gewann er.

Der zweite Preis innerhalb eines Jahres, diesmal kein Literatur- und Rundfunkpreis, diesmal der Preis einer Schokoladenfirma, aber immerhin, Süße des Glücks, Glück der Süßigkeit. So bestieg er zusammen mit Moni in Frankfurt eine Düsenmaschine der Air Italia, er flog zum zweiten Mal überhaupt. Er dachte an seinen ersten Flug vor sieben Jahren nach Berlin mit einer viermotorigen DC 9, die mit allen Tücken der Luft kämpfte und die Mühen ihres Luftkampfes an die Insassen weitergab, wobei ihre Flügel atemberaubend zitterten und bebten, was Andreas von seinem Fensterplatz über den Flügeln hautnah miterlebte.

Nach dem Brüllen der Düsen beim Start konnte man für Augenblicke nachempfinden, welchen Kräften die armen Astronauten in ihren Raketen ausgesetzt waren, dann aber flog die moderne Düsenmaschine ruhig und unbeirrt, als seien unter ihr Schienen und nicht die Bodenlosigkeit des Luftraums.

Ja, das war der Fortschritt, das war die Technik, der erste Jumbo-Jet hatte den Atlantik überquert, die ersten Menschen waren auf dem Mond gelandet. Während die Schrift erlosch, die das Rauchen verboten hatte, zündete Andreas sich eine Zigarette an. Er mußte an jene Nacht im vergangenen Juli zurückdenken, als er zuhause vor dem alten, gebrauchten Fernseher, den er sich jetzt doch angeschafft hatte, gesessen hatte und wie Millionen anderer Menschen auf der Welt gebannt auf diese Bilder gestarrt hatte, die aus so ungeheuren Entfernungen übertragen wurden.

Es war faszinierend, aber es ließ Andreas auch auf eigentümliche Weise kalt. Zu unverständlich war für ihn dieses Bestreben, den Mond zu erreichen, so verlockend ihm dies als Junge erschienen war, als er ein großformatiges Buch von Jules Verne „De la terre à la lune" mit seinen herrlichen Illustrationen studiert hatte, wo auf einer die Rakete mit der Spitze voran auf den Mond aufgeschlagen war.

Aber dies nun, die Wirklichkeit, war das nicht ein gigantischer Unsinn, den sich die Wissenschaftler ausgedacht hatten, mit der gleichen Inbrunst, mit der sie die Atombombe oder die Wasserstoffbombe verwirklicht hatten? Was wollte der Mensch da auf dem Mond, dem kalten Gestein? Würde man dem Geheimnis des Universums näherkommen? Wohl kaum.

Verloren in einer Ecke am Rande einer Milchstraße unter Millionen anderen Milchstraßen mit unvorstellbaren Entfernungen, allein zum nächsten Fixstern müßten Menschen Tausende Jahre unterwegs sein. Alle Versuche, den Ursprung herauszufinden waren zum Scheitern verurteilt. Nur die Erde galt, diese Erde, die man neuerdings auf Aufnahmen aus dem Weltall als blaue, leuchtende Kugel sehen konnte. Das war wohl das Beste an der ganzen Sache, diese Bilder der Erde. Und auf dieser Erde hätte man wahrhaftig genug zu tun.

Dieselbe Großmacht Amerika, die den ersten Menschen zum Mond schickte, führte immer noch ihren erbarmungslosen Krieg auch gegen die Zivilbevölkerung in Vietnam, entlaubte den Dschungel mit agent orange, einem Pflanzengift, zerstörte Dörfer und brachte dabei Hunderte von Menschen um, wie in dem Dorf My

Lai, dessen Name denselben schlimmen Klang erhielt wie Lidice oder Oradour. Auf der Erde Bomben, aber zum Mond mit Apollo. Was für ein Irrsinn.

Die Welt war in den Händen der Strategen, der Militärs, der Politiker. Dieser Fortschritt um jeden Preis, diese ganze Hypertrophie der Technik. Die Bratpfanne, die nicht anbrennt, hätte man auch so erfinden können. Nein, dachte Andreas, die Menschen brauchen ganz andere Dinge, die Hungernden brauchen erst einmal zu essen. Und viel wichtiger als die Raketen, als die Eroberung des Mondes ist ein Baum, ein Blatt, eine Wiese, ein Wald, oder eine Sonate, ein Gedicht. Die Hoffnung lag nicht auf dem Mond, die Hoffnung lag nur in den Menschen selbst.

Die Bilder vom Mond konnten die Bilder von Kindern in Vietnam, die nach einem Napalmangriff mit verbrannter Haut nackt und entsetzt auf einer Straße liefen, nicht verdrängen. Das war eines jener Bilder gewesen, die sich einem einbrannten, die hervorstachen aus der Bilderflut der Medien.

Trotzdem betrachtete Andreas weiter die Mondoberfläche, die sich grau und kraterübersät zeigte. Er sah den großen Schatten der Landefähre „Adler", hörte den monotonen Sprechverkehr mit Houston mit diesem ewigen, nervenden „roger". Wenn schon, dachte Andreas, müßte zumindest ein Dichter da oben landen, der wirklich etwas weitergeben und beschreiben könnte. Und dann war der Moment da, die Landefähre setzte auf dem Mond auf, sie stand still, und später hangelte sich die unförmige Gestalt des Astronauten Neil Armstrong die Treppe hinunter. Er setzte einen Fuß auf den Mond und sagte: „Ein kleiner Schritt für einen Menschen, ein großer Schritt für die Menschheit", ein Satz, den Andreas sofort unsinnig fand. Aber es hatte eine gewisse absurde Faszination, sich vorzustellen, daß da oben nun wirklich Menschen auf der Mondoberfläche herumhüpften, und daß, wie es sich gehörte, das Sternenbanner gehißt wurde, daß aber mangels Wind eine Querstrebe die Fahne stabil halten mußte.

Diese Computerwelt, diese Maschinenwelt war Andreas fremd, war ihm ein Graus, auch wenn es jetzt beruhigend war, daß die Düsen der Boeing 727 zuverlässig zu arbeiten schienen. Keine schien ihren Geist aufzugeben, sie pfiffen und sangen wie eine Herde Staubsauger auf Hochtouren, während man ständig darauf lauschte, ob etwa das Geräusch der Düsen aussetzte, ob es stottere, unregelmäßig werde, und somit ankündige, daß etwas nicht in Ordnung war.

Beim Blick hinunter sah Andreas das weiße Landkartenpanorama der Alpen, in seinem Kopf aber sah er die Bilder von Flugzeugkatastrophen, sah Wrackteile, zerfetztes Metall, Sitze, Gepäck, alles zerkleinert wie von einem Schredder, sah die zerfetzten Bäume der Absturzstelle, die Schneise im Wald, die Heckflosse in den Boden gerammt wie eine Pflugschar, weißer Löschschaum auf einer aufragenden, verkohlten Flugzeugwand, sah Leichenteile in den zerfetzten Ästen der Bäume, wie damals im Neunkircher Wald, als die Flak einen Ami abgeschossen hatte. Was würde man empfinden, wenn es passierte? Der Schrecken, die entsetzten Schreie, beten würde er nicht, und dann der Aufprall, das Ende.

Aber keine Düse setzte aus, keine Explosion zerfetzte die Maschine, sie landete ruhig und sicher in Mestre. Moni hatte die Hand von Andreas umklammert, er spürte beruhigend ihren warmen Druck.

Das Grand Hotel des Bains am Lido war eines jener Hotels, die früher den Reichen und dem Adel dazu gedient hatten, ihrem Müßiggang in entsprechend luxuriösem Rahmen nachzugehen, ohne dabei vom gemeinen Volk gestört zu werden.

Noch immer zeigte das Hotel die schön gegliederte, pompöse Fassade mit Säulen, Erkern und reichen Verzierungen, die Hotelhalle prunkte in Goldtönen und Ornamenten, üppig gepolsterten Sitzgruppen und hohen Pflanzen, aber heute flanierten hier keine Damen mehr in langen Kleidern und mit ausladenden, federgeschückten Hüten, keine Herren im Cut oder Frack wirbelten ihre

Spazierstöcke mit Silberknauf, heute war alles legerer. Auch hier hatte die Ungezwungenheit der Freizeitgesellschaft Einzug gehalten, und da der Adel sich rar machte, nahm man sogar mit Pauschaltouristen vorlieb, um die Zimmer zu füllen. Die Schokoladengewinner unterschieden sich dabei nicht im mindesten von der übrigen Gesellschaft.

Das mochte zu den Zeiten, als Thomas Mann hier logierte, noch anders gewesen sein, und ein Rest, ein Stamm dieser alten, aristokratischen Schicht ließ sich wohl immer noch hier nieder, denn als Visconti seinen Film über das Sterben des Gustav Aschenbach drehte, hatten einige Stammgäste nur in ihren Kisten gekramt und die alten, reichen Kleidungsstücke angezogen, die früher zur guten Gesellschaft gehörten.

Andreas fand es köstlich, in diesem Bewußtsein hier zu wohnen. Vielleicht hatte gerade an ihrem Tisch im Speisezimmer Thomas Mann gesessen oder vielleicht in ihrem bequemen Doppelbett zusammen mit seiner Katja gelegen und dabei mehr an den schönen, polnischen Jungen als an sie gedacht. Aber noch immer herrschte hier die ruhige, dezente und gepflegte Atmosphäre des Luxus, die etwas einschüchtern konnte, auch wenn die Kellner sich bemühten, auch die Schokolade-Touristen so zu behandeln, als wären sie Gäste wie alle anderen, was ihnen aber nicht ganz gelang.

Ihr Zimmer mit den Stilmöbeln, den bequemen Sesseln und den altgold-farbenen Tapeten hatte die Eleganz vergangener Tage, in denen für die Reichen nichts teuer und elegant genug hatte sein können, zeigte die Selbstverständlichkeit des Luxus, die Andreas zu Hause nie kennengelernt hatte. Auch der Blick hinaus in den Park mit seinen alten Bäumen, seinen gepflegten Rasenflächen und den sorgsam geharkten Wegen war geeignet gewesen, die von der Anstrengung des Müßiggangs und des Vergnügens angegriffenen Nerven der Reichen wieder zu beruhigen. Diese Üppigkeit, diese geschmackvollen Interieurs waren wie ein Polster, das einen von der lauten Welt draußen abschirmen konnte.

Für einen Augenblick dachte Andreas, wie sehr dies alles hier wohl seine Mutter beeindrucken würde. Ach ja, dachte er weiter, für die Reichen war nichts gut genug, die Armen haben immer schuften müssen. Hier die Müßiggänger und dort Vater mit seinen Aktentaschen, der Tag für Tag auf Tour ging. Aber heute wird es wenigstens etwas demokratischer, die Schokolade-Touristen und Gewinner ruhen auch im bequemen Pfuhl der Betten, auch sie genießen den Luxus der schönen Badezimmer und der unerhört weichen und flauschigen Badetücher.

Am Nachmittag zur Teatime, zur blauen Stunde, spielte in der Bar ein älterer Pianist, der wie ein italienischer Conte oder russischer Großfürst wirkte, und er spielte nicht irgendwelche Schlager, er spielte Chopin-Walzer. Andreas genoß es, in einem der tiefen Sessel an einem kleinen Tisch zu sitzen, einen Campari oder einen Espresso zu trinken und den vertrauten Klängen der Chopin-Walzer zu lauschen. Unmerklich verschob sich dann die Zeit, und es hätte ihn nicht gewundert, wenn plötzlich doch eine elegante Schönheit mit bodenlangem Kleid und mit einem Hut mit Reiherfedern erschienen wäre. Aber die belle époque, die ja wohl auch nur für wenige eine solche gewesen war, war vergangen, heute dominierten Shorts und Tenniskleidung.

Abends im weitläufigen Speisesaal mit seinen prächtigen Lüstern und den festlich gedeckten Tischen aber strahlte ungebrochen die Eleganz des Grand Hotels, auch wenn noch am ehesten die Kellner mit Frack und weißen Hemdsbrüsten an die Gäste von früher erinnerten. Aber auch bei den Gästen zeigte sich viel Eleganz und Form, und selbst die Schokolade-Touristen fielen unter den Gästen aus aller Herren Länder nicht auf. Auch Moni, mit ihren langen blonden Haaren und ihrem dunklen Kleid, das ihre schönen Arme und die Ansätze ihrer Brüste zeigte, war eine auffallende Erscheinung und genoß es, daß die so erhabenen Kellner sie besonders liebenswürdig bedienten, als sei sie keine Schokoladen-Gewinnerin, während Andreas, der das sogenannte gesellschaftliche

Leben eher lächerlich fand, das Ganze mit einer Mischung aus Befangenheit und gleichzeitiger Distanz betrachtete, auch wenn er das vorzügliche Essen genoß.

Den Strand, natürlich nur für Hotelgäste, erreichte man durch eine kleine Fußgängerpassage. Man mietete eine Badehütte mit überdachtem Vorplatz. Auf einem Holzpodest standen Holztisch und Stühle, ein Garcon brachte Espresso oder kühle Getränke, stellte sogar einen Eimer mit Eiswasser dazu, um sie kühl zu halten. Das fand Andreas nun wirklich stilvoll und genoß diesen Service ganz ohne schlechtes soziales Gewissen. Denn es war ja nun wirklich der Gipfel des Angenehmen, geschützt vor der Sonne an dem kleinen Tisch zu sitzen, aufs Meer hinauszusehen, seinen Espresso zu trinken und eine Nazionali zu rauchen, die Zigarette, die er in Italien liebte, und von denen er sich dann auch einen kleinen Vorrat mit nach Hause nahm. Er konnte lesen, aufs Meer hinaussehen, den leichten Wind einatmen, und es war ein eigenartiges Gefühl, sich vorzustellen, daß vielleicht gerade an diesem Tisch auch einmal Thomas Mann gesessen haben könnte.

Oft setzte er sich auch in den bequemen Liegestuhl, schaute hinüber zu Moni, die sich sonnte, sah ihren schönen Körper, blickte dann wieder aufs Meer.

Manchmal lag das Meer als glatte Grundfläche eines Winkelschnittes gegen den Himmel, bildete eine scharf begrenzte Schnittlinie am Horizont, dann wieder war es nicht verbunden mit dem Himmel darüber, sondern verlor sich im Dunst. Manchmal lag es glatt in grünen und blauen Farben mit kaum bewegter Oberfläche, über die Sonnenreflexe liefen, Rauten bildeten, Sprünge, die versetzt Haken schlugen, aufleuchteten, auf dem Hintergrund glommen, dann wieder blies der Wind die Oberfläche auf, setzte auf die Aufrauhung Schaum, schuf das gezahnte Muster eines Wellenbretts, mitunter statisch, dann wieder bewegt. Manchmal war alles diffus unter Wolken, grau, schwarz, dunkelgrau und bleiern, dann wieder waren Meer und Himmel die auseinanderklaffenden Begrenzungen eines Raumes, der von der Oberfläche des Wassers und dem weggleitenden Himmel zusammengehalten wurde.

Wie wohltuend das war, wie beruhigend, ließ alles andere versinken, all die Aufregungen, die Veränderungen, die Zustimmung, die Kritik, auch den süß-sauren Zungenschlag der Zeitungskritik, diesen merkwürdig unfrohen Ton, der mit aller Macht das Gute an einer Sache übersieht, um im vielleicht Schwächeren herumzuwühlen. Nun war es schon über ein Jahr her, daß er den Preis erhalten hatte. Die Gespräche hatte Andreas an einen Bühnenverlag geschickt, die ihn anregten, ein Theaterstück daraus zu machen, bei dem man das Publikum einbeziehen sollte.

Er hatte sich an die Arbeit gemacht, mühte sich ein paar Monate ab, aber der Verlag meinte, es sei doch nicht so fürs Theater geeignet, aber sie schickten es nach Erfurt, ob man es dort vielleicht als einmalige Aufführung bei dem Treffen Brandt-Stoph gebrauchen könnte. Ja, vieles hatte sich geändert, Willy Brandt war Bundeskanzler geworden. Es schien, als sei die Zeit der Stagnation zu Ende, als wehe ein frischer Wind in diesem Land, und Willy Brandt war derjenige, mit dem sich diese Hoffnungen verbanden. „Mehr Demokratie wagen!“ hatte er gesagt, und da war nun wirklich ein Mann an der Spitze, dem man zutrauen konnte, daß er etwas verändern würde. Einer, der gegen Hitler agitiert hatte, war Bundeskanzler geworden, einer, der heute noch als Emigrant verunglimpft wurde, einer, dem man seine uneheliche Geburt vorwarf, der sich aber von allen Anwürfen nicht beirren ließ.

So war es in diesem Lande immer noch: wer gegen Hitler gewesen war, war verdächtig, die Mitläufer und Täter konnten mit Sympathie rechnen. Und verdächtig machte sich Willy Brandt bei den ewig Gestrigen, den kalten Kriegern und Vertriebenenverbänden auch mit seiner neuen Ostpolitik. Er setzte etwas in Bewegung. Als er zum ersten Mal die DDR besuchte, sich in Erfurt, wo man das Stück von Andreas doch nicht genommen hatte, mit Stoph traf, war der Jubel der Menschen unbeschreiblich, und unvergeßlich blieb die Geste, mit der Brandt sich am Fenster zeigte und den Leuten zuwinkte.

Aber es gab auch immer noch Proteste und Demonstrationen, vor allem gegen den Vietnam-Krieg, das „Ho-Ho-Ho-Tschi-Min" der Studenten ertönte in den Städten, und immer noch prügelte die Polizei.

Durch die Ablehnung aus Erfurt hatte sich Andreas nicht entmutigen lassen. Er hatte andere Texte geschrieben, die auch Zabel gefielen, der sie für eine neue Sendung annahm.

Wie aufgeregt war Andreas wieder gewesen, als er zum ersten Mal nun selbst in einem Studio an dem Aufnahmetisch vor dem Mikrophon saß und seine eigenen Texte las. Aber er las gut, er spürte, daß auch für ihn selbst aus seinen Texten eine Kraft floß, die ihn mit ihnen verband. Langsam wuchs er hinein ins Schreiben, im nächsten Jahr würde sogar sein erstes Buch erscheinen. Er hatte die Zusage einer kleinen, aber bekannten Handpresse, die bibliophile Bücher herausbrachte. Er spürte, daß im Schreiben seine Begabung, seine Zukunft lag.

Auch Günther freute sich, daß es ein erstes Buch geben würde. Einmal in der Woche fuhr Andreas nach Elversberg, sie trafen sich in einer schönen, verräucherten Kneipe, und sprachen auch viel über seine neuen Texte. Ja, dachte Andreas, das gewinnt Formen, Konturen, ich spüre die Kraft in mir, es bilden sich Möglichkeiten, Sätze fliegen mir zu, die sich formen und verbinden. So vieles spüre ich in mir, was hinausdrängt. Was das Schreiben angeht, habe ich keine Angst vor dem, was kommen wird.

Weniger sicher war er in der Beziehung zu Moni. Zwar waren sie nach wie vor zusammen, sie hatte ihn nicht verlassen. Trotzdem hatte ihre Beziehung etwas Labiles und gleichzeitig dachte keiner daran, sie zu beenden. Es hatte sich in den Jahren schon etwas Gemeinschaftliches gebildet, ein wir-Gefühl, Moni unterstützte ihn auch im Schreiben, sie ermutigte ihn, auch wenn diese Welt nicht unbedingt ihre eigene Welt war. Er konnte mit ihr nicht so reden wie mit Günther, sie war in der Kunst nicht zu Hause wie er selbst. Das vermißte er manchmal schmerzlich. Andererseits empfand er ihre Unterstützung, ihre menschliche Loyalität als wohltuend.

Oft überlegte er, was aus ihm geworden wäre, hätte er Moni zum damaligen Zeitpunkt nicht kennengelernt. Sie hatte ihm etwas Ruhe gebracht, hatte ihn stabilisiert im Inneren, er wußte nicht, wohin sein Weg damals geführt hätte. Vielleicht zum Ende. Dafür war er ihr dankbar.

Aber er spürte auch, daß seine Gefühle für sie nicht so leidenschaftlich waren, wie sie es wohl von ihm erwartet hatte. Aber da war eine Grenze in seinem Gefühl, und er wußte nicht, ob es daran lag, daß er damals wegen Eva so gelitten hatte, oder ob es einfach bei Moni nicht möglich war, wieder so zu lieben wie damals. Er dachte oft darüber nach, er empfand es selbst als Manko, er machte sich Vorwürfe, genoß dann aber wieder die Bequemlichkeit ihrer Beziehung, das Gewohnte, das ja auch gut war in seiner Selbstverständlichkeit. Denn sie mochten sich ja, sie mochten ihre Körperlichkeit, sie genossen es nach wie vor, miteinander zu schlafen. Manchmal aber schien es, als vermisse Moni doch, daß zwischen ihnen nicht die ausschließliche, starke Liebe war, die sie vielleicht ersehnte. Dann neigte sie zu Streitigkeiten, manchmal um eine Kleinigkeit, reagierte überempfindlich auf eine Bemerkung von ihm. Für diese Zeit dann waren die Verbindungen unterbrochen, es lag offener Haß in der Luft, und dann dachte er, es wäre doch besser für uns, wenn wir uns trennen würden. Aber der Streit hielt nie sehr lange vor, dann versöhnten sie sich wieder, fanden zusammen in der Wärme des Fleisches, aber es schien, als beschädigten diese Streitereien doch ihre Substanz, als drifteten beide unmerklich auseinander, ohne daß man einem von ihnen die Schuld hätte geben können.

Aber jetzt in Venedig, hier am Lido, war ihre Stimmung ausgeglichen und gut. Sie genossen das bequeme Bett, sie liebten sich wie in alten Zeiten, er begehrte ihren stolzen Körper, er streichelte die samtene Innenseite ihrer Schenkel, ihre Brüste. Er genoß es, wenn ihr die Männer nachsahen, oder wenn sie am Strand neben ihm lag, und er genoß es, mit ihr Venedig zu durchstreifen oder auf dem Markusplatz vor seinem geliebten Café Florian zu sitzen und Kaffee zu trinken. Zum ersten Mal fuhr Andreas mit einer Gondel, Moni saß neben ihm. Und natürlich dachte er an die Beschreibung der Gondel im „Tod in Venedig", und wirklich, der Meister hatte es getroffen.

Die gepolsterten Sitze der Gondel waren an Weichheit und zugleich Festigkeit, an Bequemlichkeit nicht zu übertreffen und mit keiner anderen Sitzgelegenheit zu vergleichen. Die sanfte Bewegung der Gondel, von den leichten Ruderbewegungen des Gondoliere angeregt und unterstützt, versetzte in einen angenehmen Zustand des Schaukelns, der einen einlullte und betäubte. Hinten stand der Gondoliere mit seinem rot-weiß gestreiften Hemd und einem kessen Strohhut und bewegte sich behende und gleichmäßig im sanften Auf und Ab. So nahe auf dem Wasser, das einen leicht fauligen Geruch verströmte, wirkten die Fassaden der Paläste am Canale Grande wie eine unwirkliche, riesige Filmkulisse. Von manchen Gondeln her hörte man ausgelassene Rufe oder den Gesang des Ruderers, der sich mit dem leichten Klatschen des Ruders mischte.

Ach ja, dachte Andreas, das ist alles so voller Wirklichkeit, so prall von ihr und gleichzeitig hat man das Gefühl höchster Unwirklichkeit, höchster phantastischer Einbildung. Das alles ist so vollkommen, so einmalig, so kitschig, so romantisch, aber auch so unübertrefflich, daß es eigentlich keine Steigerung mehr gibt. Und wie gut hat es doch Gustav Aschenbach sich ausgesucht, hier zu sterben, in diesem herrlichen, verrückten und einmaligen Venedig.

Saß Andreas in seinem Strandkorb, dachte er öfter an die Großaufnahmen aus Viscontis Film, als Gustav Aschenbach in seinem Strandkorb stirbt: die vom Schweiß zerstörte Schminke, Mahlers Klaviermusik, und der schöne Jüngling Tadzio, den Aschenbach aus der Ferne liebt und verehrt, seiner Schönheit verfallen. Wie gut konnte Andreas dieses Ergriffensein von einem Menschen nachvollziehen, diesen Magnetismus, den ein Gesicht ausstrahlen kann, wie man hingezogen wird, es verehrt, und wie es doch unerreichbar bleiben kann oder unerreichbar wird. Manchmal spürte er ganz im Innersten, fast ohne es sich eingestehen zu wollen, auch wieder Sehnsucht nach dieser Sehnsucht, nach diesem Verlangen, diesem Ergriffen- und Hingezogensein, nach dem wehen und leidenschaftlichen Gefühl. Dann sah er zu Moni hin, sah ihr Gesicht, das sie der Sonne darbot, sah ihren Odaliskenkörper stolz und erregend, und er wußte, daß er für sie dies Wehe, dies Ergriffene nicht empfand. Und er spürte dies wie etwas Fehlendes, das er irgendwann wiederfinden müsse, vielleicht um den Preis der Trennung.

Dann ließ er Moni allein, schwamm hinaus, tauchte ganz unter, tauchte den Körper ins Wasser, streckte die Arme vor, spürte nur unmerklich den Widerstand des Wassers, die langsame Abkühlung. Öffnete er die Augen, schlugen die Bewegungen des Wassers auf der Oberfläche und ihre Spiegelung unter der Oberfläche flammende, helle Zuckungen, abbrechende Lichtsignale, verkappte Ausläufer. Sie zuckten kurz nach oben und zur Seite, sie verliefen sich, sie bildeten, wie er auch den Kopf drehte, nach allen Seiten eine irrlichterne, flackernde Oberfläche, die sich unter Wasser umgekehrt fortsetzte, sich von unten brach, dann diffuser wurde im trüben Wasser. Er wiegte sich, er drehte sich, er bewegte sich vom Bauch auf den Rücken und vom Rücken zur Seitenlage, dann trieb er wieder auf dem Rücken und schloß die Augen, spürte das Wiegen der Wellen, die ihn schaukelten, ohne daß er etwas dazu tat. Er blinzelte hoch in den Flammhimmel, der Pfeile in die Augen schoß, nichts sonst mehr spürte er als die Bewegung des Wassers und das Zucken des Lichts, die Kühle an der Haut, die Geschmeidigkeit des Wassers.

Aufgehoben war die Zeit, der Zeitablauf, die Erschlaffung und Ermüdung war zugleich eine belebende Gleichgültigkeit, es gab keinen Grund, das Treibenlassen aufzugeben und an Land zu gehen, wie es keinen Grund gab, das Wiegen und sich Bewegen fortzusetzen.

Denn die Bewegung und das Wiegen hatten seinen Grund in sich, waren losgelöst von allem, und das Wohlbehagen ließ sich steigern, ließ sich ausdehnen, doch irgendwann, nach einer Zeit, die er nicht bestimmen konnte, verlor der Augenblick, dann spürte er, wie das Wasser unangenehm kühl wurde.

20

Manchmal, wenn Andreas die Augen schloß, schien ihm, er höre wieder das Anrollen des Meeres, sehe wieder die gekräuselten Wellen. Er lehnte den Kopf zurück auf das Polster des Sessels, aber er saß nicht mehr im bequemen Liegestuhl, atmete nicht mehr den guten Salzgeruch des Meeres, er saß in einem Zimmer im Krankenhaus in Sulzbach. Wenn er die Augen öffnete, sah er das Krankenbett, in dem sein Vater lag. Vater war vor drei Wochen ins Krankenhaus eingliefert worden. Die Familie hatte gedacht und gehofft, daß es sich um eine der üblichen Bronchialerkrankungen oder um eine Lungenentzündung handle, aber die Röntgenuntersuchung ergab, daß Vater Lungenkrebs hatte. Und dieser Lungenkrebs hatte nun sehr schnell Metastasen gebildet, die auch das Gehirn befallen hatten. Seit ein paar Tagen war er ohne Bewußtsein. Vater würde im Sommer sterben, so, wie Gottfried Benn es sich gewünscht hatte, im Sommer sterben, wenn die Erde leicht ist für den Spaten.

Der Arzt hatte Mutter sozusagen im Vorbeigehen auf dem Flur gesagt, Vater habe Krebs, er werde sterben, er hatte dies ohne jede Vorbereitung und ohne jedes Gefühl gesagt, und sie dann stehen lassen.

Immer wieder betrachtete Andreas das eingefallene Gesicht Vaters mit den geschlossenen Augen. Wenn er den Kopf manchmal mit einer unruhigen Bewegung zurückwarf, bildeten der offene Mund und die stark hervorspringende Nase eine gezackte Linie, die in ihrer Verzerrung erschreckte. Geflüsterte Worte, für Andreas unverständlich, zwischen den trockenen, gesprungenen Lippen, die er oft mit einem Tuch befeuchtete, zwischen den weißen Bartstoppeln um das

Kinn und über den Lippen, während die fiebrigen, großen Hände ununterbrochen über die Bettdecke strichen, unermüdlich hin und her, für einen Augenblick ruhend, und dann weiter hin und her über die Bettdecke, während die Lippen zusammenfielen, sich in der Mitte leicht öffneten. Unverständliches Flüstern, für niemanden zu verstehen, dann manchmal laut einen Namen, den Namen von Mutter, den Namen eines Sohnes, manchmal Ludwig, oder Günther oder Andreas, wobei Vater die sonst geschlossenen oder halbgeschlossenen Augen weit aufriß, daß die gelblichen Augäpfel frei wurden, in denen die Pupillen weit und starr einen Punkt anvisierten. Ohne Erkennen, längst woanders, auf einem weiten Weg, auf einer Reise, von der niemand wußte, wohin sie führen würde, ob ins Nichts oder woandershin, eine weite Reise ohne Wiederkehr, und niemand konnte ihn mehr aufhalten, niemand konnte ihn zurückholen von diesem Weg. Er war dem Zugriff der Menschen entglitten, er war auf dem Weg in das Dunkle, in das grauenhafte Dunkel des Todes, aber er wehrte sich, er führte einen langen und bitteren Kampf. Drei Tage sah Andreas diesen Kampf, drei Tage lang sah er die Hände, die über die Bettdecke strichen, sah die halbgeschlossenen Augen mit den schweren Augenlidern, ohne Bewußtsein, manchmal ruhig in den Kissen zurückliegend, die Augen ganz geschlossen, den schweren Schädel zurückgebogen, hervorspringend die starke Nase, die hohe Stirn mit den wenigen weißen Haarsträhnen über dem Kopf, scharf die Falten, tief eingegraben von der Nase hinunter zu den Mundwinkeln. Kaum hörbar oft noch der Atem, dann ein rasselndes Aufbrechen aus der Brust hervor, wobei sich der Brustkorb krampfartig von der Unterlage zu heben suchte, dann wieder ein Name, den er laut und deutlich aussprach, sich aufzurichten versuchte, mit den Händen in die Luft stieß, wieder zurücksank, ein Körper, noch am Leben und doch schon weit weg von allem. Andreas saß gebeugt neben ihm am Bett, starr, eingesunken, er beobachtete das Gesicht vor ihm, er nahm jede seiner Ausdruckswandlungen auf, er hielt manchmal Vaters heiße Hände. Beide Gestalten, die im Bett, und die neben dem Bett auf dem Stuhl, eingeschlossen in einen nicht zu durchdringenden Kreis, in eine Glocke, die sie von allem anderen schied, die undurchdringlich war für Einflüsse von außen, verbunden mit der Außenwelt durch ein kompliziertes System der Luftversorgung. Beide schienen festgeschmiedet an ihren Plätzen, erstarrt in der Pose des Liegenden und des Sitzenden, der manchmal die Hand des anderen nahm oder ihm einen kühlen Lappen auf die Stirn legte, ausgeschlossen von allem in einem unbegreiflichen Maße, ganz allein eine Insel in einer weiten Öde, in einer erbarmungslosen Kälte.

Durch die durchsichtige Wand dieser Zelle sah Andreas manchmal hinaus aus dem Fenster, hinaus auf den Hof des Krankenhauses, sah Sträucher und Bäume, sah ein Stück Natur, die Vater so geliebt hatte, aber nie mehr sehen würde, sah Leute, die sich im Hof bewegten. Oft sah er Wolken im Ausschnitt des Fensters, dann wieder das Blau des Himmels, der sich gegen Abend dunkel färbte, und nachts, wenn er aus dem Sessel, in dem er etwas geschlafen hatte, aufstand, stach das Schwarz des Fensterrechtecks scharf gegen die graue Wand des Krankenzimmers.

Manchmal wurde Vater unruhig, strich mit den Händen über die Bettdecke auf seinem Unterleib, dann zog Andreas die leichte Decke zurück, sah Vaters dünnen, eingefallenen Bauch, an dessen Seiten die Hüftknochen stark hervortraten, sah sein welkes Glied, die dünnen Beinen, und er spürte unendliches Mitleid. Er half ihm, dieses Glied in die Öffnunung der Flasche zu bringen, und er sah, daß erst dann die Flüssigkeit in die Flasche lief. Dieses hat mich gezeugt, dachte Andreas, dies jetzt so welke und schrumplige Glied, und es gab keine Scham mehr und keine Scheu, daß Vater diese Hilfe brauchte, nur dieses unsägliche Mitleid, und das Gefühl, ihm nicht mehr helfen zu können. Dort unten war sein Ursprung, Samen war er gewesen in Vaters Leib, und Vater war Samen gewesen in seines Vaters Leib, und Andreas empfand den Irrsinn des Geborenwerdens und den Irrsinn des Sterbens, er sah das Unbegreifliche, daß überhaupt etwas ist, er sah hinunter in den dunklen Grund, da, wo das

Unbenennbare beginnt, und manchmal meinte er, diesen Blick nicht mehr ertragen zu können. Es gab nichts, was versöhnen konnte mit diesem Blick, es gab nichts, was den Tod erklärbar machte oder verständlich, es war ein dunkler, grausamer Schlund, in dem wir alle versinken würden. Wir wurden geboren, um zu sterben, und nichts machte dies verständlich. Nur das Leben konnte in Momenten des Glücks versöhnen.

Je länger Andreas dieses Gesicht betrachtete, umso vertrauter wurde ihm Vater, wurde ihm dieser Mensch, der da im Sterben lag. Und es war nicht mehr nur sein eigener Vater, es war ein Mensch, aber dieser Mensch war auch sein Vater, und das Gesicht seines Vaters, das ihm in all seinen Zügen doch so gegenwärtig war, wurde jetzt zum reinen Gesicht Vaters, zu dem Gesicht, das Andreas vielleicht immer gesucht und nicht gefunden hatte. Das Fremde, das oft zwischen ihnen gestanden hatte, war jetzt weggewischt, und machte einem Empfinden Platz, das Andreas Vater gegenüber so nie gefühlt hatte.

Und viele Bilder Vaters stiegen in ihm auf. Ganz frühe Bilder. Vater, der mit ihm zeichnete, der Türme aus Streichhölzern baute, der ihn abends zu Bett brachte und zudeckte und die Decke noch zurechtklopfte. Vater, der sie jeden Sonntag in den Redener Wald schleppte um vielleicht ein Reh zu sehen, und Vater der mit seinen Reisetaschen abends in Hut und Mantel in der Tür stand. Vater, der seine Aufträge im Wohnzimmer schrieb und dort seine Zigaretten qualmte, Vater im Kreise seiner Familie, wie er es selbst nannte, an Weihnachten, wenn er die Lieder anstimmte, und der aufblühte, wenn Besuch kam, als Kavalier der alten Schule. Und Vater in seinem Garten, den liebte er, das war sein ein und alles, sein einziges Hobby, doch auch da mußte er wieder schwer arbeiten. Und sein zufriedenes Gesicht, wenn er sein Werk betrachtete. Was für ein Leben! Mit vierzehn in die Grube, weil zuhause soviele Geschwister waren, er war der Beste in der Volksschule und wollte Lehrer werden, aber er fuhr in die Grube, und er fuhr abends dann nach Saarbrücken und ging zur kaufmännischen Schule und er schaffte sich weg von der Grube, immer mit seinem eisernen Willen, und später die Stelle bei Kirchner Solingen, da ging es aufwärts. Aber dann kam der Krieg. Vater haßte alles Militärische, lernte nie richtig schießen und radfahren auch nicht, und er behandelte die russischen Gefangenen anständig, die ihm zugeteilt waren, er war immer menschlich. Selbst Frau Kurz, die ihn im Krieg bei der Gestapo denunzierte, hatte er nach dem Krieg nicht angezeigt, als sie kam und bettelte und flehte. Er schuftete, kaufte später sein Elternhaus, und ließ seine Buben etwas lernen. Meine Kinder kommen nicht auf die Grube, hatte er immer gesagt, und er und Mutter schafften das, und das war immer sein ganzer Stolz. Ja, dachte Andreas, er war stark, er war ein starker Mann, er war ein fleißiger und anständiger Mann. Aber in vielem war er mir auch fremd, weil ich mir vielleicht einen Vater wünschte, der mehr Zeit gehabt hätte für mich, einen wie Onkel Georg, der in allem auf mich einging, aber als ich später erfuhr, daß er Nazi gewesen war, wars vorbei. Oder vielleicht hätte ich mir einen Vater gewünscht, der mich einmal in die Arme genommen und getröstet hätte.

Wie oft hat mich seine Halsstarrigkeit gestört, die Pedanterie, aber ich habe nicht daran gedacht, was er schon alles durchgemacht hatte, manchmal auch sein Jähzorn, wo ich ihn wirklich fürchtete. Aber er konnte auch verständnisvoll sein, damals, als ich wegen Eva so litt, und er mir seine besorgten Briefe nach Berlin schrieb, oder später, als ich zur Kunstschule ging und meinen Beruf aufgab, aber er sagte, du hast immer einen Platz zu Hause. Ja, das war es, Vater hätte nie einen von uns aufgegeben, es war immer ein Platz da, für jeden, und er hat immer dafür geschuftet. Ach Vater, ich sehe dich aber auch am Tisch im Wohnzimmer sitzen in den letzten Jahren, nachdem du nicht mehr arbeiten konntest, nachdem du endgültig deine Taschen und Kollektionen an die Firma zurückgegeben hattest, und da hast du am Tisch gesessen, hast den Kopf aufgestützt und die Wand angestarrt, da warst du oft mutlos und resigniert, so ohne Hoffnung, ja fast trübsinnig. Und da spürte ich oft Gemeinsamkeit mit dir, ich spürte, daß dieses Schwere, das ich auch in mir habe, von dir kommt, und das hat uns irgendwie verbunden, mich mit dir, ohne daß wir je über so etwas gesprochen hätten. Denn über Gefühle haben wir kaum gesprochen. Und eigentlich habe ich dich in den letzten Jahren besser verstanden, habe vielleicht auch begriffen, warum du so mutlos warst. Aber du hast dich auch freuen können, über deine Enkelkinder, oder als Ludwig als erster in der Familie ein Buch herausbrachte, das Fischer-Taschenbuch mit den vietnamesischen Märchen, und du warst auch stolz, als der Name Schöber zum ersten Mal im Radio zu hören war, und als er dann in der Zeitung stand, als ich den Preis bekam. Trotzdem sind wir uns nie so richtig nahegekommen. Wir waren doch immer voneinander getrennt im Innern, aber ich habe Respekt vor dir, vor deinem Leben, vor der unermüdlichen Arbeit, deiner Aufrichtigkeit, deiner Anständigkeit, vor dem, was du erreicht hast, denn du hast ja etwas erreicht, dein Haus, deine Familie und in den letzten Jahren ja auch bescheidenen Wohlstand. Aber du hast dir wohl auch ein anderes Leben vorgestellt oder erträumt, wolltest Lehrer werden, und das hättest du auch gekonnt, aber es ging nicht, und so hast du auf der Grube anfangen müssen mit vierzehn. Das kann ich mir gar nicht vorstellen. Deine Träume waren anders, aber die Zeit war dagegen, die Umstände waren dagegen, Hitler war dagegen. Wie du wohl gewesen wärst als Lehrer, in einem anderen Rahmen, mit mehr Geld. Und du hättest alles vorstellen können, mit deinem guten Kopf, deinem guten Gesicht, Präsident oder sonstwas. Ja, du hast dich nie ganz verwirklichen können. Arbeit, Krieg, Gefangenschaft, Krankheit, und nach dem Krieg wieder Plackerei, nie Reisen, nur einmal im Krieg kamst du nach Berlin-Karlshorst, und dann der Rückzug, aber du hast nie das Meer gesehen, nie den Süden, mal den Rhein und ein paar mal den Schwarzwald mit Mutter. Aber du hast nie aufgegeben, hast immer weitergemacht. Und jetzt wirst du sterben, und wir werden nie mehr miteinander reden können. Vielleicht haben wir etwas versäumt, aber es wird sich nicht mehr ändern lassen. Aber trotz allem, ich glaube, du bist ein guter Vater gewesen.

Als Andreas ihn wiedersah, war er tot. Die fiebrige Unruhe der letzten Tage war gewichen, sein fahles Gesicht war ruhig. Diese Starrheit war endgültig und in ihrer Endgültigkeit hatte sie etwas Unbegreifliches und gleichzeitig Tröstliches. Er war in Mutters Armen gestorben. Er richtete sich plötzlich auf, riß die Augen weit auf und zog kurz und tief die Luft ein, so, wie er es früher immer in seinem geliebten Wald tat, Licht, Luft und Sonne, und tief einatmen, das waren immer seine Worte gewesen, wenn er im Wald angelangt war. Er atmete zum letzten Mal tief ein, vielleicht sah er noch einmal den Wald bei Reden vor sich, einen schönen Nachmittag im Sommer, wenn er mit seiner Familie da unten spazieren ging, vielleicht lauschte er noch einmal dem Singen der Vögel, an dem er sich so erfreuen konnte, und dann war es dunkel geworden, die Sonne war erloschen, die Vögel waren verstummt, der Wald rauschte nicht mehr, das Bild von Mutter, wie sie lächelnd bei ihm stand, löste sich von den Rändern her auf, war kurz und grell nocheinmal zu sehen gewesen wie eine Photographie, die plötzlich in Flammen verzischt, und auch die Bilder der Buben waren erloschen. Nie mehr würde er das Licht in den Bäumen sehen, nie mehr die Sonne, Vater war tot.

Als Pastor Scheidemann, der alt geworden war, aber immer noch mit rosig glänzendem Gesicht leicht nach Eau de Cologne roch, an dem ausgehobenen Grab stand und die Worte sprach „Staub bist du und zu Staub kehrst du zurück. Der Herr aber wird dich auferwecken am Jüngsten Tag“, als Mutter, von Ludwig gestützt, mit tränennassem Gesicht, es nicht fassen konnte, daß ihr Paul, mit dem sie ihr Leben verbracht hatte, nun nicht mehr war, daß er nun in der einen Hälfte des Familiengrabes ruhen würde, deren andere für sie selbst bestimmt war, da wölbte sich ein blauer, klarer Augusthimmel über dem Friedhof in Bildstock. Es war heiß. Andreas schwitzte in seinem dunklen Anzug, und als er sich mit dem Taschentuch das Gesicht abwischte, wußte er nicht, ob es Tränen waren oder Schweiß. Vater lag da unten im Sarg, er war neunundsechzig Jahre alt geworden, hatte zwei Weltkriege überlebt, aber den Krebs nicht. Die Unbegreiflichkeit des Lebens und die Unbegreiflichkeit des Todes glichen sich aus.

Keine Reden wurden gehalten, keine Kapelle spielte eines seiner Lieblingslieder, vielleicht den Postillon von Langjumeau. Das Begräbnis war so, wie Vater gelebt hatte, wie es sein Wahlspruch gewesen war, einfach, schlicht und gediegen. Und dabei, dachte Andreas, hättest du mehr als andere, deren Leben Lüge und Anpassung gewesen war, und die noch am Grabe gefeiert wurden, eine Lobrede verdient, denn du warst anständig und stark. Ja, Vater, wie Gottfried Benn sagte, den du nie gelesen hast, Sela, Psalmenende.

Mit Vaters Tod kam das Ende der Rotstraßenzeit. Ludwig, der das staubige Afghanistan verlassen hatte, kehrte in den heimischen Schuldienst zurück und baute sich ein Haus in Ottweiler. Mutter würde zu ihm ziehen, das Haus in der Rotstraße wurde verkauft.

Andreas beschloß, nach Saarbrücken zu ziehen, Günther ebenso. Die Zeit in Bildstock war zu Ende. Jetzt, da sich alles auflöste, dachte Andreas ohne Wehmut daran, daß er den Ort verlassen würde. Es war der Ort seiner Kindheit, der Ort der Jugend, der Ort der Freundschaft und der Liebe. Sovieles hatte er hier erlebt, sovieles hatte ihn geprägt und geformt, hatte sich abgelagert in ihm. Mit sovielen Fäden der Erinnerung und der Gewohnheit hing er an diesem Ort, an seinen Straßen, seinen Kneipen, an dem Hügel des Hoferkopfs. Aber jetzt war es Zeit, diesen Ort zu verlassen, es war Zeit, den Kokon dieses Ortes, der auch geschützt hatte, abzustreifen. Die Zeit der Jugend war vorbei. Aber Andreas spürte neue Kraft in sich. Endlich hatte er den Weg gefunden, nach dem er in den Wirren, den Verrücktheiten und den Enttäuschungen der Jugend solange gesucht hatte. Jetzt wußte er, es würde weitergehen. Endlich hatte er Boden unter den Füßen. Der Boden schwankte noch, aber Andreas sah seinen Weg vor sich und hatte keine Angst mehr davor.

Epilog

Veränderung lag in der Luft, auch in die Ostpolitik war endlich Bewegung gekommen. Zwischen Deutschland und Polen wurde ein Vertrag ausgehandelt. Der wichtigste Punkt darin war die Anerkennung der Oder-Neiße Linie als deutsch-polnische Grenze. Das war ein wichtiger Schritt, und wie nicht anders zu erwarten, heulten die Vertriebenenverbände, und nicht nur die, auf. Aber Willy Brandt ließ sich nicht beirren. Er fuhr nach Warschau und unterzeichnete den Vertrag. Vielleicht, dachte Andreas, kehrt doch langsam die Vernunft in die Politik ein.

Und so sah er, wie viele Deutsche, am siebten Dezember neunzehnhundertsiebzig, wie Willy Brandt das ehemalige Warschauer Ghetto besuchte. Dort stand ein Denkmal für die Opfer des Nationalsozialismus, denn gerade an diesem Ort hatten die Deutschen bei der Niederschlagung des Aufstandes besonders grausam und barbarisch gewütet. So war es für den deutschen Bundeskanzler Brandt selbstverständlich, diese Gedenkstätte zu besuchen. Aber was dann geschah, hätte vielleicht kein anderer Bundeskanzler getan, das stand in keinem Programm und das war nicht vorgesehen, das war eine spontane Geste, und es war nicht nur die Geste eines Politikers, es war die Geste eines Menschen. Willy Brandt stieg langsam die Stufen zum Denkmal hoch. Man erwartete, daß er sich jetzt verbeugen, daß er sein Haupt neigen würde vor den zahllosen Opfern deutscher Barbarei, aber er tat etwas anderes, er sank auf die Knie, sank nieder auf die nassen Steinplatten. Er verschränkte die Hände und blickte zu Boden. So verharrte er eine Zeitlang.

Andreas wußte nicht, wie lange Brandt kniete. Er starrte dieses Bild an, war ergriffen und erschüttert zugleich. Er wußte, daß er dieses Bild nie mehr vergessen würde. Einige solcher Bilder gab es ja, die sich ihm eingebrannt hatten: die Soldaten im Krieg unten am Redener Weg, die auf die Gefangenen eingeschlagen hatten, die Bilder aus dem Gelben Stern, die Hinrichtungsstätte Plötzensee, die er an einem klaren Dezembertag gesehen hatte, den stillen, leeren Raum mit den Haken an der Decke, Eichmanns Gesicht in der Glasbox in Jerusalem, und jetzt sah er Willy Brandt, der um Verzeihung bat, der mit dieser spontanen menschlichen Geste für die Verbrechen der Deutschen um Verzeihung bat, auch wenn die Schuld so groß war, daß man sich Verzeihung schwer vorstellen konnte. Aber hier bat ein Politiker zum ersten Mal in dieser menschlichen Weise um Vergebung. Er war der erste Deutsche, der das so getan hatte.

Endlich, dachte Andreas, endlich tut dies ein Deutscher. Ein Deutscher bittet um Verzeihung, und er tut dies für alle Deutschen.

NACHWORT

Manfred Römbell wurde 1941 in Bildstock, einer Arbeiterwohngemeinde und heute Stadtteil von Friedrichsthal (Saarland), geboren und ist dort aufgewachsen. Die Atmosphäre dieser im vorigen Jahrhundert gegründeten Bergarbeiterkolonie mit ihrer überwiegend katholischen Bevölkerung, die Durchdringung von ursprünglicher Natur und dem sozialen Umfeld der Industriearbeiterschaft hat den jungen Manfred Römbell stark geprägt. Nach einer ursprünglich angestrebten künstlerischen Laufbahn mit einem Studium an der Werkkunstschule Saarbrücken hat er sich schließlich für das Schreiben entschieden. Als bürgerlichen Beruf hat er die Laufbahn eines Rechtspflegers eingeschlagen, den er heute noch ausübt.

Innerhalb von 25 Jahren ist ein umfangreiches literarisches Werk entstanden: fünf Sammelbände mit Kurzprosa, drei Gedichtbände, ein Sachbuch über Stadt und Stadtverband Saarbrücken und zwei Romane, „Rotstraßenzeit" und „Rotstraßenträume", die jetzt durch den Roman „Rotstraßenende" zu einer Trilogie ergänzt werden.

Besonders in seiner Kurzprosa hat er seit 1973 einen eigenen Stil satirischer und gesellschaftskritischer Prosa entwickelt, der ihn schon damals als Autor unverwechselbar erscheinen ließ. Durch die Verwendung sprichwörtlicher und alltäglicher Redewendungen in anderen Sinnzusammenhängen, die Verfremdung des Amtsstils, durch die Technik einer bewußt absurden Beweisführung gelang es ihm, eine unterkühlte Modernität des Stils zu erreichen, hinter der skurrile Komik und manchmal auch humorvolle Wärme hervortritt.

Bereits in dem ersten bibliophil ausgestatteten Buch „Kaltluft" (1971) deutet sich die literarische Tendenz zum Aufgreifen politischer und gesellschaftlicher Themen in Verbindung mit sprachkritischer Durchleuchtung der Redens- und Denkungsarten an.

In dem Bändchen „Kurze Prozesse" (1973), das inhaltlich und graphisch eine geschlossene Einheit bildet, werden stärker politische Themen, insbesondere die deutsche Vergangenheitsbewältigung angeschnitten. In „Richtig lebendig wird es auf dem Friedhof im Herbst" (1976) treten saarländische Themen in stärkerem Maße hervor.

In „Brennen mit Licht" (1977) beschreitet der Autor ein neues Feld unter Anwendung seiner Stilmittel, nämlich Reiseeindrücke aus Frankreich, dem bevorzugten Nachbarland des Autors, zu formulieren.

Es folgt die Hinwendung wieder zu saarländischen Themen in „Das nächste Fest soll noch größer werden" (1980). „Die neue Altstadt", „Unser Airport", „Unser Bergmann" und das liebevolle Porträt „Friedrichsthal", wo schon das Sachbuch „Saarbrücker Stadt und Land" und die Romantrilogie vorbereitet sind.

In den drei Gedichtbänden „Durchsichtig ist das Land" (1982), „Vogesenflut" (1984) und dem zuletzt erschienenen „Grenzüberschreitung" (1995) hat der Autor gezeigt, daß er auch die lyrische Form beherrscht. Die Gedichte sind sehr bildhaft, manchmal dem Gedanklichen, Epigrammatischen angenähert, auch stark emotional geprägt.

Grenzüberschreitung bedeutet nicht nur diesen Vorgang im topographischen Sinne, sondern auch die Überschreitung innnerer Grenzen in Liebe, Trennung oder Todesnähe.

Manfred Römbell hat bis 1989 überwiegend kleine Formen gestaltet und auch zur Vollendung gebracht. Mit seinem ersten Roman „Rotstraßenzeit" (1989), inzwischen ist die dritte Auflage bereits vergriffen, die vierte erscheint demnächst bei Gollenstein, ist ihm der Durchbruch zur literarischen Großform gelungen, die immer noch den ersten Rang innerhalb der literarischen Gattungen behauptet. Gegenüber den bisher gepflegten kleinen Formen überrascht in der Romanfolge das erzählerische Element, das mit einem großen Atem ausgestattet ist. Schon im ersten Teil der Trilogie beeindruckt besonders die Sinnenhaftigkeit von Geruch und Auge in der Erfassung und Wiedergabe der Wirklichkeit, die Genauigkeit der Beschreibungen und die im Laufe der Erzählung zunehmend erzeugte Spannung.

Der Autor, als Held Andreas Schöber in dritter Person vorgestellt, tritt in die Szene als ein moderner Simplicius Simplicissimus mit einer zunächst naiven Weltschau, hinzu tritt das Bekennerische, das Augustinus wie Rousseau eigen war, die scharfe Selbstanalyse. Alle Stufen der Entwicklung eines jungen Menschen werden präzise nachgezeichnet. Dabei ist der Schauplatz eher banal, die örtliche Begrenzung erstreckt sich auf die heimatliche Straße. Wir werden ganz in das Milieu einer kleinbürgerlichen Welt versetzt. Und dennoch ist das Geschehen von einer ungeheuren Spannung erfüllt. Hier wird die Geschichte der Familie Schöber im saarländischen Dorf Bildstock lebendig, beginnend mit dem Einmarsch der Amerikaner im März 1945. Die Erzählweise ist natürlich und infolgedessen überzeugend. Keine Spur von Manierismus, da Römbell auch in den früheren Werken dem Realismus verpflichtet war. Im Leser wird die eigene Vergangenheit wieder lebendig.

Man kann es so formulieren, daß hier das saarländische Epos der Jahrhundertmitte und der darauffolgenden Jahrzehnte geschrieben wurde, ein Epos, das, wie seine weite Verbreitung beweist, auch über die Grenzen seiner Heimat hinaus große Resonanz gefunden hat.

In „Rotstraßenträume“ (1993) wird in einer fortgeschritteneren Lebensstufe die Chronik der Familie wie auch des Landes mit den gleichen Stilmitteln fortgesetzt. Insbesondere die politische Vereinigung des Saarlandes und die Auswirkungen des wirtschaftlichen Anschlusses am Tag X stehen im Mittelpunkt. So wird in diesen beiden ersten Bänden der Rotstraßen-Trilogie saarländische Geschichte lebendig. Zeitgeschichte und persönliches Erleben verbinden sich überzeugend.

Schließlich rücken in „Rotstraßenende" (1996), die politischen Ereignisse der jungen Bundesrepublik an die Stelle der saarländischen. In Verbindung mit diesen beschäftigt den Helden der Komplex der deutschen Vergangenheitsbewältigung, die im Namen Deutschlands begangenen Verbrechen existentiell. Seit er dieses entdeckt hat, „hat er das Grundvertrauen in die Welt verloren". Er fühlt sich schuldig, ohne selbst schuldig zu sein. Er trägt mit an der deutschen Schuld und leidet unter den Versuchen, die Vergangenheit zu beschönigen und den Mantel des Vergessens über die Schandtaten zu breiten. Er steht damit stellvertretend für viele aus der Generation der im Kriege geborenen.

Reisen nach Italien und Frankreich öffnen dem Helden den Zugang in neue Welten. Andreas Schöber, der schon sehr früh von Literatur, Musik und Malerei angezogen wurde, für den die Bücher von Anfang wichtig waren, spürt in sich die Neigung zum Malen und Schreiben, muß aber aufgrund familiärer Verhältnisse einen bürgerlichen Beruf erlernen. In dem letzten Teil der Trilogie versucht Andreas seine Träume von der Malerei zu verwirklichen, gibt seinen Beruf auf und beginnt ein Kunststudium.

Doch die künstlerische Verwirklichung findet er nach vielen inneren Kämpfen schließlich in der Literatur. Mit dem Tod des Vaters, der für den Helden in vieler Hinsicht, er hatte sich politisch nie verführen lassen, vorbildhaft wirkte, und mit dem Verlassen des Heimatortes endet die Trilogie. Mit seiner Rotstraßen-Trilogie stellt Manfred Römbell ein Werk vor, das wenig Vergleichbares in der neueren deutschen Literatur hat. Es erinnert an Kempowskis Familienchronik, an die autobiographischen Romane von Hermann Lenz oder die Erinnerungen von Günter de Bruyn.

Manfred Römbell ist ein vielseitiger Schriftsteller, der nicht nur zahlreiche abgeschlossene Werke in verschiedenen deutschen Verlagen veröffentlicht hat, sondern für viele in- und ausländische Zeitungen, Zeitschriften und Anthologien, aber auch für Funk und Fernsehen gearbeitet hat. Schließlich sind ihm auch wichtige Ehrungen zuteil geworden: 1969 der Kurt-Magnus-Preis der ARD und 1986 der Kunstpreis der Landeshauptstadt Saarbrücken.

Saarbrücken, im Juli 1996
Karl August Schleiden

Impressum

Die Deutsche Bibliothek – CIP-Einheitsaufnahme

Römbell, Manfred:
Rotstrassenende : Roman / Manfred Römbell. Mit einem
Nachw. von Karl-August Schleiden. - Blieskastel : Gollenstein,
1996
ISBN 3-930008-41-6

Gesamtbuchgestaltung Hajo Müller
Satz Karin Luck und Alexander Detambel auf Apple Macintosh
Schrift Times Roman und Univers
Papier „Poet“, holzfrei, Werkdruck, 100 g
Lithos, Satz und Druck Bliesdruckerei P. Jung GmbH
Bindung Buchbinderei Schwind, Trier

Gollenstein Verlag GmbH
Auf Scharlen 3-5, 66440 Blieskastel

Printed in Germany 1996
ISBN 3-930008-41-6